❖ 전국시대 일본의 지도

- 도호쿠東北
- 간토關東
- 주부中部
- 긴키近畿
- 주고쿠中国
- 시코쿠四国
- 규슈九州

주고쿠

긴키

오키 제도

쓰시마섬

쓰시마해협

이즈모 호키 이나바 다지마 단고 오

와

나가토 이와미 아키 빈고 빗추 미마사카 하리마 단바

지쿠젠 고쿠라 스오 히로시마 비젠 히메지

마쓰라 후쿠오카 부젠 이와쿠니 오카야마 오사

히젠 지쿠고 분고 아와지 사카이 요

이즈미

나가사키 히고 다케다 다카마쓰 와카야마

가쓰사 구마모토 사누키 도쿠시마 기이

이요 아와

사쓰마 휴가 도사

오스미 규슈 시코쿠

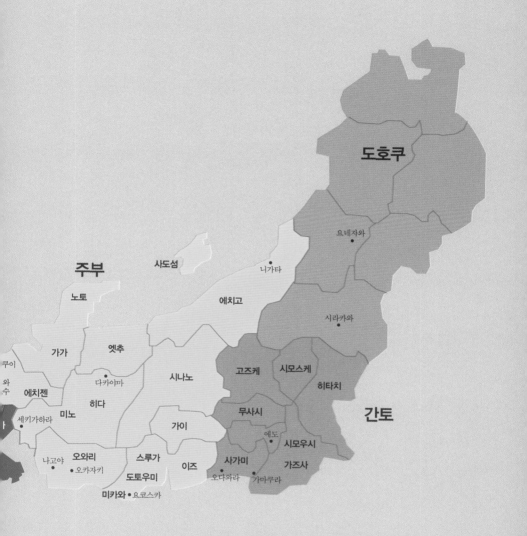

戰國志

전국지 9
영웅양립 英雄兩立

초판 1쇄 발행	2015년 9월 20일
초판 2쇄 발행	2015년 11월 20일
지은이	요시카와 에이지
옮긴이	강성욱
펴낸이	한승수
펴낸곳	문예춘추사
편 집	김성화, 조예원
마케팅	안치환
디자인	김선영
등록번호	제300-1994-16
등록일자	1994년 1월 24일
주 소	서울특별시 마포구 연남동 565-15 지남빌딩 309호
전 화	02 338 0084
팩 스	02 338 0087
E-mail	moonchusa@naver.com
ISBN	978-89-7604-279-8 04830
	978-89-7604-269-9(전 10권)

*책값은 뒤표지에 있습니다.
*잘못된 책은 구입처에서 교환해 드립니다.

영웅양립 英雄兩立

9

戰國志

강성욱 옮김
요시카와 에이지 지음

문예춘추사

차 례

와키자카 진나이脇坂基内(1554~1626)

아케치 미쓰히데, 도요토미 히데요시를 섬기며 시즈가타케 전투에서는 '일곱 자루 창' 중 한 사람으로 활약한다. 1585년에 아와지 스모토洲本의 성주가 되며 3만 석을 받는다. 세키가하라 전투에서 처음에는 서군에 가담했으나 도쿠가와 이에야스와 내통해서 동군으로 돌아선다. 무공으로 유명하나 학문에도 능하며 특히 단가를 잘 짓는다.

이시카와 가즈마사石川数正(?~1592)

도쿠가와 이에야스의 신하로 후카자深志의 성주. 아버지 야스마사康正는 이에야스 어린 시절의 중신이다. 가즈마사는 이마가와 가에 인질로 잡혔던 이에야스를 보살핀 가신들 중 필두 격. 늘 이에야스 가까이에 머물며 오다 노부나가와의 동맹에 중요한 역할을 수행한다. 이후 이에야스의 장남 노부야스의 가로가 되었으나 노부야스 자살 후에는 오카자키 성주 대리가 된다. 1585년 갑자기 오카자키 성을 탈출하여 도요토미 히데요시의 가신이 된다.

이이 나오마사井伊直政(1561~1602)

1575년 도쿠가와 이에야스의 시동이 되었으며 이마가와 우지자네에게 살해당한 아버지의 옛 영토를 받는다. 본능사의 변 이후 이에야스는 다케다의 유신 120명을 나오마사에게 주고 야마가타 마사카게의 '붉은 장비의 부대'를 계승케 했다. 1590년에 미노와箕輪의 성주가 된다. 세키가하라 전투의 군공에 따라 사와야마佐和山 성주가 되며 녹봉 18만 석을 받는다.

사카키바라 야스마사榊原康政(1548~1606)

도쿠가와 이에야스 직속의 유력한 부장이다. 원래는 이에야스를 배신한 사카이 다다나오의 시동이었다고 한다. 1560년에 오카자키로 돌아온 이에야스에 속해 근신이 된다. 이후 신임을 얻어 하타모토旗本 군단을 지휘하는 부장이 된다. 세키가하라 전투 후에는 논공행상에 따라 정치적 중추가 된다.

우에스기 가게카쓰上杉景勝(1556~1623)

숙부 우에스기 겐신의 양자가 되어 역시 양자였던 우에스기 가게토라上杉景虎와의 후계자 경쟁에서 승리한다. 도요토미 히데요시를 따랐으며 1598년에 에치고에서 아이즈会津로 옮겨 120만 석의 영주가 된다. 도요토미 고다이로五大老 중 하나가 된다. 세키가하라 전투 직전에 이시다 미쓰나리와 호응하여 도쿠가와 이에야스에 맞선다.

쓰다 소큐津田宗及(?~1591)

아즈치모모야마 시대 사카이의 호상, 다인. 센리큐千利休, 이마이 소큐今井宗久와 함께 천하 3종장宗匠이라 불린다. 아버지 때 미요시 씨, 본능사와 교류가 있었고 소큐에 이르러 가업이 발전했으나 재벌 특권 상인으로는 이마이 소큐에게 밀리고, 다인으로서는 센리큐에게 한길음 뒤진 것으로 평가된다.

가이호 유쇼海北友松(1533~1615)

이름은 쇼에키紹益紹益. 무문에서 태어나 이마이 가와 함께 멸망한 가이호 가의 재흥을 노렸으나 뜻을 이루지 못하고 화가로 이름을 날린다. 당시의 수묵에 새로운 바람을 불어넣었으며, 금벽화 양식을 확립한다. 사원의 장벽화와 병풍의 그림을 다수 그린다. 아케치 미쓰히데의 가신인 사이토 도시미쓰와 특히 친분이 두터워 그가 처형된 후, 유체를 거둔 것으로 알려져 있다.

모리 나가요시森長可(1558~1584)

오다 노부나가를 섬겼으며 나가시노 전투, 고슈 정벌 등에서 전공을 세워 1582년에 시나노의 4개 군과 20만 석을 받는다. 노부나가의 죽음 이후 벌어진 고마키·나가쿠테 전투에 장인인 이케다 쓰네오키池田恒興와 함께 히데요시 측해 가담했는데 도쿠가와 이에야스의 본거지인 미카와를 공격하려다 4월 9일, 나가쿠테에서 전사한다.

사카이 다다쓰구酒井忠次(1527~1596)

마쓰다이라 히로타다와 그의 아들인 도쿠가와 이에야스를 섬긴다. 도쿠가와 사대천왕 중 한 사람. 아내인 우스이碓井는 이에야스의 숙모다. 1564년에 요시다의 성주가 된다. 아네카와姉川, 나가시노長篠, 고마키·나가쿠테 등의 전투에서 활약한다. 정치 수완도 뛰어나서 이시카와 가즈마사와 함께 이에야스를 보좌한다.

혼다 다다카쓰本多忠勝(1548~1610)

도쿠가와 이에야스를 섬긴다. 50여 차례에 걸친 전투에서 단 한 번도 부상을 입지 않은 역전의 용사로 도쿠가와 사대천왕 중 한 명이다. 1590년에 오타키大多喜의 성주가 되어 10만 석을 받는다. 1601년에 구와나로 이봉移封되어 오타키를 장남인 다다토키忠朝에게 물려준다.

도요토미 히데쓰구豊臣秀次(1568~1595)

미요시 요시후사三好吉房의 아들. 어머니는 도요토미 히데요시의 누나. 1585년부터 하시바 성을 썼으며 야와타의 성주로 43만 석을 받는다. 1591년 히데요시의 장남 쓰루마쓰鶴松가 요절하자 양자가 되고 관백의 자리도 물려받는다. 히데요시의 차남 히데요리가 태어난 이후 히데요시와의 사이가 나빠져 1595년에 고야산高野山으로 추방되었다가 할복한다.

멘주 이에테루毛受家照(1559~1583)

통칭은 쇼스케. 시바타 가쓰이에 시동들의 우두머리로 녹봉 1만 석. 시즈가타케 전투에서 패했을 때 스스로 가쓰이에를 칭하며 형제들과 함께 가쓰이에의 퇴각을 돕다 25세의 젊은 나이에 목숨을 잃는다. 히데요시는 그의 충의에 감탄하여 기타노쇼 함락 후 멘주 형제의 목을 어머니에게 돌려준다.

| 일러두기 |

1. 이 책은 일본 고단샤講談社에서 발간한 요시카와 에이지 역사·시대 문고(吉川英治歷史時代文庫) 22~
   32권, 『신서 태합기(新書太閤記)』(전11권, 1990년 4월 23일~1990년 8월 3일)를 저본으로 삼았다.

2. 원서는 총 11권으로 구성되어 있으나 분량을 고려해서 총 10권으로 재편집했다.

3. 가능한 원본에 가깝게 번역했으나 고유명사의 명백한 오류는 바로잡았으며, 원서 내용을 해치지 않는
   범위 안에서 대화와 본문이 연결되는 부분을 일부 수정하여 우리 독자가 읽기 편하게 했다.

4. 원서 문장의 길이가 너무 길어 읽기에 불편한 부분은 내용을 해치지 않는 범위 안에서 문장을 끊어
   번역했다.

5. 한자 표기는 정오正誤에 상관없이 원서를 따랐으나 동일 인물이나 지명의 상반된 표기가 있는 경우에
   는 올바른 한자를 찾아 표기했다.

6. 이 책의 삽화 및 지도는 내용에 맞게 새로 제작한 것이다.

권위

여기서 시선을 돌려 기쓰네즈카 방면의 움직임을 보기로 하자.

시바타 가쓰이에 진 안의 정황은 밤새 어떠했을까? 그 전에 유의해야 할 점은 이 전쟁으로 뜻하지 않게 빚어진 결과의 특이성이다.

겐바노조의 '기습'에 의한 국지전이 전국 전체를 결정한 탓에 총사 가쓰이에의 주력은 이제 곁가지와도 같은 존재가 되어버리고 말았다. 다시 말해 가쓰이에는 모험이지만 기발한 방법이 될 수 있겠다 싶어 겐바노조에게 '서전'을 허락했는데 뜻밖에도 실패로 돌아가 아군 전체에 치명상을 입고 말았으며, 적의 대대적인 움직임을 본 순간 기쓰네즈카 주력의 기동력도, 그의 총사로서의 능력도 무의미한 것이 되어버리고 말았다.

이를 근거로 후세의 사가들은 겐바노조를 비난했다.

"시즈가타케에서 시바타 군이 패한 것은 무엇보다 풋내기가 대사를 그르친 데 있다."

그들은 겐바노조가 숙부 가쓰이에의 말을 듣지 않고 적지에 머문 것을 패인으로 돌렸다. 겐바노조의 재략이 노회한 장수와는 다르다 보니 '풋내'가 나는 것은 사실이지만, 그러한 주장 역시 극히 소승적인 결과론에 지나지 않는다. 그 이유는 가쓰이에가 그날 밤부터 이튿날까지 총사로서 조치한 일을 보면 자연스럽게 알 수 있다.

전날 밤인 20일 저녁, 가쓰이에는 겐바노조에게 여섯 번이나 보냈던 사자가 끝내 허탕만 치고 돌아오자 앙앙불락怏怏不樂했고, 모든 일이 끝장이라며 한탄했다. 그는 비통한 체념에 잠겨 진을 설치한 절의 한 방으로 들어가 잠시 눈을 붙이려 했으나 좀처럼 잠이 오지 않았다. 관자놀이 부근의 혈관이 눈에 띄게 두꺼워져 자꾸만 불평과 망상을 불러왔다. 그리고 이명이 들려왔다.

'어처구니없는 녀석. 이 가쓰이에에게 배를 가르게 할 녀석이다.'

잠에 빠진 진 안의 고요함 속에서 혼자 속을 끓이고 있자니 겐바노조에 대해 고함을 쳤던 자신의 말들도, 분노도 누구에게 돌릴 길이 없었다. 결국 자업자득이라며 자기 자신을 돌아볼 수밖에 없었다. 너무나도 지나쳤던 편애의 업보였다. 맹목적인 사랑이 품은 독이었다.

어쨌거나 숙질 사이라는 골육의 관계와 군율 속의 총사와 부하라는 엄연한 관계를 감정에 휘둘려 혼동하고 있었던 게 큰 잘못이었다.

'그것도 모두 내 탓……'

가쓰이에는 이제야 깨달았다. 양자인 가쓰토요가 나가하마에서 배반한 것도 겐바노조에게 원인이 있었다. 그리고 예전에 노토의 전장에서 겐바노조가 마에다 도시이에에게 불손한 행동을 했다는 말을 들은 적이 있었다. 하지만 그러한 흠을 인정한다 할지라도 겐바노조의 소질은 역시 누구보다 뛰어났다. 좋은 점을 많이 가지고 있었다.

'아아, 그것이 오히려 오늘의 치명타가 될 줄이야……'

가쓰이에는 악몽이라도 꾸고 있는 것처럼 신음하며 몸을 뒤척였다. 바로 그때였다. 등불이 흔들릴 정도로 무사들이 복도를 달려오는 소리가 들렸다. 옆방, 그리고 그곳과 연결된 방에서 선잠을 자고 있던 고쿠후 조에몬과 아사미 쓰시마노카미와 시동들의 우두머리인 멘주 쇼스케 등이 외쳤다.

"쉿, 누구냐?"

다른 한편에서 침소를 지키던 병사들이 발소리를 향해 내뱉는 소리를 듣고 바로 복도로 나왔다.

"웬 소란이냐?"

"무슨 일이라도 있는 게냐?"

급히 보고를 하러 온 무사의 동작부터 심상치 않았다. 무사는 쥐어짜는 듯한 목소리로 말했다.

"얼마 전부터 기노모토 방면의 하늘이 새빨갛게 보이기에 이상히 여겨 히가시노 산 근처까지 정찰병을 보냈더니."

"말이 길다. 요점만 한마디로 말해라!"

멘주 쇼스케가 엄하게 주의를 주자 보고자가 단숨에 말했다.

"오가키의 히데요시가 도착했습니다. 기노모토 부근이 인마로 소란스럽습니다. 심상치가 않습니다."

"뭣이, 히데요시가?"

사람들이 가쓰이에에게 보고하기 위해 침소로 들어가려 했으나, 가쓰이에는 이미 듣고 밖으로 나온 상태였다.

"지금 들어온 소식 들으셨습니까?"

"들었다."

가쓰이에는 고개를 끄덕였다. 저녁에 봤을 때보다 안색이 더 좋지 않았다.

"내 이럴 줄 알았다. 주고쿠 진의 경우를 봐도 히데요시라면 이 정도의 일은 할 줄 알았다. 놀랄 필요도 없다."

가쓰이에는 침착하게 말해 좌우를 진정시켰으나 감정의 잔재만은 숨길 수 없었다. 그는 '내 이럴 줄 알았다'며 예전에 맹장이라 불리고 귀신 잡는 시바타라 일컬어졌던 장수로 돌아간 듯 겐바노조에게 한 경고가 적중했음을 은근히 자랑 삼아 말했다. 예전을 기억하고 있는 사람들에게 그의 말은 가엾게 들릴 뿐이었다.

"이제 겐바는 믿을 수가 없구나. 이렇게 된 이상 이 가쓰이에가 몸소 버티고 서서 여한 없이 한번 싸워보겠다. 당황할 것 없다. 소란 피울 것 없다. 지쿠슈筑州가 이곳으로 온다면 오히려 행운이다."

가쓰이에는 부장들을 당 앞으로 불러 모은 뒤 부채를 들고 걸상에 앉았다. 그리고 전투를 위한 배치를 명령했다. 침착하고 강인하게 명령을 내리는 모습이 아직 늙지 않았다는 것을 말해주었다. 하지만 여기까지는 그도 만일의 사태로 예기했던 일이었으나, 그다음 참으로 당혹감을 느끼게 하는 일이 자신의 진 안에서 일어나고 말았다.

'히데요시가 온다'는 말이 퍼지자 진 안에 커다란 동요가 일었다. 자신이 맡은 자리를 지키는 병사는 적었다. 갑자기 꾀병을 부려 명령을 거역하고 혼란한 틈을 타 진에서 벗어나 도주하는 병사가 속출했기에 칠천 명의 병사가 순식간에 삼천여 명밖에 남지 않게 된 추한 상황이 연출되었다.

얼마 전, 에쓰후越府를 떠날 때 장병들은 히데요시와 싸우겠다며 굳게 다짐했다. 그러니 히데요시가 온다는 말만으로 이렇게 당황할 이유는 없었다. 오히려 부하들의 심리가 괴이하게 변한 것은 일만여 명의 대군을 이끌고는 있으나 그들을 엄격하게 통솔하지 못했기 때문이다.

낮 동안 두 사람 사이를 사자가 여섯 번이나 오갈 때부터 이미 이러한 불길함은 자라나고 있었던 것이다. 거기에 예상외로 신속한 히데요시의 행동이 그들의 간담을 서늘하게 했다는 사실까지 더해져 허언, 망설이 난무하다 보니 더욱 겁을 먹게 될 수밖에 없었다.

가쓰이에는 아군의 혼란스러운 상황에 아연실색하며 주위에 있는 장수들에게 분노를 표출했다.

"비겁한 놈들이로구나. 언제까지고 저렇게 혼란스럽다니, 어찌 된 일이냐? 각 부장에게 이 가쓰이에의 명령을 똑바로 전달한 것이냐?"

하지만 아사미 쓰시마노카미와 고쿠후 조에몬 등은 아까부터 자리에 앉았다 일어났다 반복했다. 그들의 모습에서도 침착한 모습은 조금도 찾아볼 수가 없었다. 그들은 그저 '명령은 재차 엄중히 전달했습니다만'이라고 웅얼거리듯 대답했다. 보다 못한 가쓰이에가 좌우를 꾸짖었다.

"왜들 허둥대는 게냐! 진정시키고 오너라. 모습을 보아하니 자신이 맡은 자리도 지키지 않고 뜬소문과 욕지거리로 아군이 아군을 미혹케 하고 있는 듯하구나. 그러한 자가 있으면 엄히 처벌하도록 하라."

가쓰이에는 질타에 질타를 가했다.

요시다 야소, 오타 구라노스케, 마쓰무라 도모주로 등이 다시 엄명을 전하러 달려 나갔다. 그 뒤에도 고함을 지르는 가쓰이에의 목소리가 들려왔다. '침착해라, 당황하지 마라' 하고 단속하려는 그의 목소리부터 기쓰네즈카 본진을 소란스럽게 만들었다.

이제 여명도 얼마 남지 않았다. 시즈가타케 방면에서 요고의 서쪽 기슭으로 옮아가고 있는 총성과 함성이 물을 건너와 아주 또렷하게 들렸다.

"저런 기세라면 머지않아 하시바 군이 여기까지 오겠군."

"정오쯤이면."

"아니, 정오까지 기다릴 필요도 없을 거야."

두려움이 두려움을 낳았으며 결국 공포를 불러일으켰다. '적은 일만이나 될 것'이라고 하면, '아니, 이만이다', 또 '무슨 소리냐? 기세가 저처럼 맹렬한 것을 보니 삼만은 될 것'이라며 자신의 공포를 한층 더 부풀려 다른 사람에게 애써 동의를 얻으려 했다.

"마에다 부자도 배신해서 히데요시와 함께 몰려오고 있다."

언제부턴가 이와 같은 헛소문을 사실인 양 퍼뜨리는 사람도 있었다. 이처럼 극단적인 상태가 되자 부장들의 제지도 더는 효과가 없었다. 가쓰이에는 자신의 엄명을 부장들에게만 맡겨서는 도저히 수습이 불가능할 것이라고 판단했다. 그는 결국 말을 타고 절의 문밖으로 나가 기쓰네즈카 부근을 돌아다니며 각 진의 부장들에게 직접 호통을 쳤다.

"까닭 없이 진지에서 벗어나는 자는 가차 없이 목을 쳐라. 비열한 탈주자는 철포로 쏘아라. 근거 없는 뜬소문을 퍼뜨려 아군 안에서 아군의 사기를 떨어뜨리는 짓을 하는 자는 즉시 찔러 죽여 본보기로 삼아라."

가쓰이에의 명령은 엄했으며, 목소리는 준엄하기 짝이 없었다. 하지만 이처럼 추상과 같은 명령이 효과를 발휘하는 것도 다 때가 있기 마련이다.

때는 이미 늦고 말았다. 칠천 가운데 반수 이상이 탈주했으며 남은 사람들도 허둥대고 있었다. 게다가 그들은 벌써부터 자신의 총사에 대한 신뢰를 잃은 상태였다. 일단 아랫사람들이 경외심을 잃으면 아무리 귀신 잡는 시바타의 호령이라 할지라도 결국은 공허한 울림으로 돌아가버리고 마는 것이다.

"아아, 가쓰이에도 끝이로구나."

가쓰이에가 아무리 독촉해도 병사들의 사기는 끌어올릴 수 없었다. 하지만 그의 용맹함은 오히려 그에게 마지막 사생결단을 맹세케 했다. 날이 뿌옇게 밝기 시작하고 진은 허술했으며 인마의 그림자는 얼마 되지 않았다.

기쓰네즈카와 지호지간에서 대치하는 하시바 군의 첫 번째 진지인 히가시노 산에 있는 히데마사의 병사들이 마침내 움직일 기미를 보였다.

가쓰이에의 주력이 이 방면으로 나온 것도 말하자면 우세한 적의 첫 번째 군이 움직이는 것을 견제하려는 데 있었으니 가쓰이에로서는 그 목적을 달성한 셈이라고 할 수 있었다. 하지만 호리 히데마사 정도의 인물이 이와 같은 요지에 대병을 거느리고 있으면서 그곳에 안주해 있었다는 것은 히데요시 측에서 보면 매우 유감스러운 일이었다고 할 수 있을 것이다.

일설에 따르면 이런 말이 전해지기도 한다. 당초 히데마사는 바로 적극적인 공격을 꾀했으나 그 신하인 호리 시치로베堀七郎兵衛가 극력 간해서 말렸다고 한다.

"하책입니다. 지난 한나절 동안 적의 움직임을 살펴보니 가쓰이에가 겐바의 진으로 급사를 몇 번이나 보냈는지 셀 수 없을 정도였습니다. 이는 가쓰이에가 겐바에게 급히 물러나라고 거듭 재촉하고 있는 것이라 여겨집니다. 그 명에 따라 겐바가 물러난다면 그는 원래의 길로 돌아가지 않을 것입니다. 그러니 이 부근에서의 일전은 피할 수 없을 것입니다. 또 만약 겐바가 그곳에 머물며 돌아가려 하지 않는다면 가쓰이에도 참지 못하고 반드시 나와서 이 가도를 중심으로 일전을 펼치려 할 것입니다. 어쨌든 이 양 방면으로는 나설 수 없습니다. 그러니 지금은 병사를 나누지 말고 이곳에서 힘을 하나로 합쳐 적이 두 길 가운데 어디로 오는지를 지켜봐야 할 것입니다."

그 말이 사실인지 아닌지는 알 수 없으나 어쨌든 오가키에서 달려온 히데요시의 직속부대가 시즈가타케 부근을 석권하고 이튿날 아침에 걸쳐서 요고 서쪽 기슭으로 추격하기까지 히가시노 산의 첫 번째 진지에서 눈앞에 적 가쓰이에의 진지를 바라보면서도 아무런 움직임을 보이지 않은 것만은 틀림없는 사실이었다.

호리 시치로베의 간언으로 히데마사가 긍정적으로 생각한 것도 있지만, 더 큰 이유는 21일 새벽까지 시바타 쇼사쿠 가쓰이에의 존재감이 무언의 '권위'로 자리했기 때문이라는 데는 이론의 여지가 없을 것이다. 다시 말해 히데마사는 가쓰이에의 '권위'가 힘을 발휘하고 있다 보니 함부로 움직일 수 없었던 것이다.

여기서 말하는 '권위'란 이른바 위계훈위位階勳位라는 것과는 또 다른 것이다. 세상에서 흔히 '권위가 있다', '권위가 없다'고 말할 때의 그것을 가리킨다. 바둑의 세계에서 흔히 사용되고 있으나 근원은 역시 병법상의 용어였으리라 여겨진다. 성현의 말씀은 이처럼 솔직하지 않다.

군용, 진기陣氣, 정, 동 모두 '권위'의 빛에 의한 것이다. 임기응변도 계략도 밖으로 '권위'가 없다면 행할 수 없다. 외교나 정치에서도 이것이 힘을 발휘하는 범위는 매우 크다. 한 집안에서도 가장이 일단 '권위'를 잃으면 자신의 아내에게까지 잔소리를 듣게 된다. 한 집안에서조차 그러니 '관리'의 시무, 지도자의 지휘, 대신의 위령 등은 말할 것도 없다.

그날 아침, 호리 히데마사가 갑자기 진격을 결심한 것은 적의 본진에서 미심쩍은 분위기를 감지했기 때문일 테지만, 바꿔 말하면 그것은 가쓰이에의 '권위'가 깨졌기 때문이라고도 할 수 있을 것이다.

멘주 이에테루

히데마사의 병사 오천 명 외에도 기슭의 가도에 주둔하고 있던 오가와 사헤이지 스케타다의 일천 명이 하나가 되어 기쓰네즈카의 정면을 공격했다. 조총 부대는 선봉에 선 창 부대 앞에 서서 길을 안내하듯 총을 쏘아가며 조금씩 나아갔다.

적도 탕탕 총을 쏘았다. 하지만 매우 단속적이었다. 탄알도 많지 않았다. 게다가 빗나가는 총알이 많았다.

"창을 든 부대, 달려 나가라!"

오가와 사헤이지는 창을 든 병사들과 함께 총을 든 부대 앞으로 나섰다. 약한 적이라 창이면 충분하다고 판단했기 때문이다.

호리의 본대가 뒤처질 리 없었다. 호리 휘하의 각 부대는 오가와 부대가 이마이치 거리의 불에 타고 남은 곳부터 공격해 들어가는 것을 보고 산을 끼고 돌격해 벌써 기쓰네즈카 바로 앞에서 격전을 치르고 있었다.

호리 겐모쓰堀監物, 호리 한에몬堀半右衛門, 호리 미치토시堀道利 등 각 조의 무사들이 등에 꽂은 깃발을 낮게 숙이고 적 안으로 깊이 들어가는 모습이 여기저기서 보였다. 때는 진시(오전 9시)였으며, 호수 서쪽을 급히 진격해

온 히데요시 군이 시게 산에 자리한 마에다 부자의 진 앞에 다다랐을 무렵이었다.

멀리 서쪽에서도 뭉게뭉게 피어오르는 먼지와 연기 속에서 대함성이 들려왔다. 그에 응답하듯 여기에서도 새로이 함성의 물결이 일었다. 이렇게 해서 시바타 군은 요고 호수를 끼고 동서가 서로 연결될 것 같은 형세를 보이고 있었다. 그에 반해 기쓰네즈카 군은 큰 충격을 받고도 전의가 전혀 되살아나지 않았다. 전초에 있는 산병散兵 진지, 첨각尖角 진지, 제2진지가 거의 대부분 순식간에 무너졌으며 중군이 있는 사원 부근은 장병과 말들의 울부짖음으로 가득 들어차 있었다.

"나리! 우선은…… 우선은 여기서……. 나리답지 않게 어찌 그리 짧은 생각을."

아사미 뉴도도세이, 고쿠후 조에몬이 달려왔다. 그들은 갑옷을 입은 가쓰이에의 커다란 몸을 양쪽 옆구리에서 끌어안은 채 인마의 소용돌이 속에서 끌고 나와 주변을 향해 외쳤다.

"이리로 얼른 말을 끌고 와라! 나리의 말은 어디에 있느냐?"

"물러나지 않을 것이다! 무슨 일이 있어도 이 가쓰이에는 여기서 물러나지 않을 것이다. 너희는 어째서 이 가쓰이에가 나서려는 것을 막는 것이냐. 가쓰이에가 나서기까지 어찌해서 눈앞의 적을 막지 않은 것이냐!"

그사이에도 가쓰이에는 사납게 날뛰며 외치고, 또 자신을 놓지 않는 장수들에게 눈을 부라렸다. 이윽고 병사들이 말을 가져왔다. 금빛 신장대처럼 꾸민 아름다운 깃발을 든 병졸도 옆에 서 있었다.

"어차피 이곳은 지킬 수 없을 듯합니다. 그러니 적과 맞서 싸우다 목숨을 잃는다는 것은 헛된 일……. 우선은 기타노쇼까지 물러나셨다가 거기서 다시 일을 꾀하신다면 더 좋은 방도가 있을 것입니다."

"한심한 소리."

가쓰이에가 소리치며 크게 고개를 흔들었으나, 좌우의 사람들은 그를 밀어 올리듯 해서 말에 태웠다. 그만큼 사태는 다급했던 것이다. 그때 평소에는 스스로 앞장서서 나선 적이 없었던, 시동들의 우두머리인 멘주 쇼스케 이에테루가 불쑥 달려 나와 가쓰이에의 말 앞에 엎드려 말했다.

"이렇게 청하겠습니다, 나리……. 그 금 신장대의 깃발을 제가 들게 해 주십시오."

쇼스케가 깃발을 들고 싶다고 주군에게 청한 것은 자신이 뒤에 남아 대장을 대신하겠다는 뜻이었다. 그 뒤 쇼스케는 말없이 엎드려 있었다. 그의 모습에서는 결사라거나, 필사라거나, 용맹스럽게 보이려는 듯한 모습은 보이지 않았다. 평소 가쓰이에 앞에서 시동들의 우두머리로서 그를 섬길 때의 행동과 조금도 다르지 않았다.

"뭣이, 깃발을 달라고?"

말 위의 가쓰이에가 이해할 수 없다는 듯 땅에 엎드린 쇼스케의 등을 바라보았다. 좌우의 장수들도 같은 얼굴과 눈빛으로 쇼스케의 등을 바라보았다. 모두 뜻밖이라고 생각한 것이었다. 무릇 시바타 가의 수많은 측근 중에서도 멘주 쇼스케 이에테루만큼 평소 주인 가쓰이에로부터 냉대를 받던 신하도 없었기 때문이다.

쇼스케가 언제나 말이 없는 것도 그런 냉대에서 오는 우울함 때문이라는 말이 전해질 정도였다. 까닭도 없이 쇼스케를 미워하는 가쓰이에가 누구보다 더 쇼스케에 대해 잘 알고 있었으리라. 그런데 그 쇼스케가 지금 스스로 나서서 '제가 대신' 하며 깃발을 청하고 있지 않은가?

일단 진 안에 패색이 드리워지자 오늘 새벽부터 허둥대던 아군의 모습은 차마 눈뜨고 볼 수 없을 정도였다. 일찌감치 무기를 버리고 몸 하나 건지기 위해 달아난 사람도 적지 않았다. 그중에는 가쓰이에가 평소 아끼며 은혜를 베푼 사람들도 섞여 있었다. 가쓰이에는 이런저런 생각이 떠오르자 순간적으로 눈시울을 붉히고 말았다. 하지만 무슨 생각을 한 것인지 등자의 뒤꿈치로 말의 배를 차더니 눈가에 복받쳐오는 나약한 눈물을 자신의 사자후로 떨쳐내려는 듯 외쳤다.

"무슨 소리를 하는 게냐, 쇼스케. 죽을 때는 함께 죽는 게다. 거기서 비켜라, 비켜."

흥분한 말 아래서 쇼스케는 몸을 피했으나 그의 손은 말의 부리망을 쥐고 있었다.

"그렇다면 저기까지 안내하겠습니다."

쇼스케는 가쓰이에의 뜻과는 반대로 전장을 뒤로하고 야나가세 촌 쪽으로 달리기 시작했다.

깃발을 지키는 사람과 하타모토 모두 가쓰이에의 말을 둘러싸고 한 무리가 되어 서둘러 달렸다. 하지만 그때 호리 히데마사, 오가와 사헤이지 등의 선봉은 기쓰네즈카를 돌파하였고, 그들을 막기 위해 나선 시바타 군의 장병들에게는 눈길도 주지 않은 채 멀리 달려가는 금빛 신장대의 깃발 하나만을 바라보며 창을 들고 뒤따라갔다.

"쇼사쿠는 저기에 있다. 놓쳐서는 안 된다."

가쓰이에를 지키며 함께 달렸던 부장들은 작별 인사를 건넨 뒤 되돌아가서 추격해오는 적의 맹렬한 창 사이로 용감히 뛰어들었다.

"여기서 그만 작별 인사를 올리겠습니다."

멘주 쇼스케는 몸을 돌려 뒤쫓아오는 적에 맞섰다. 그러다 다시 주인의 말을 따라가더니 가쓰이에의 뒤에서 이렇게 외쳤다.

"깃발을 내리십시오. 쇼스케에게 내리십시오."

야나가세의 끝자락이었다. 가쓰이에가 잠시 말을 멈춰 곁에 있던 사람의 손에서 평생의 수많은 추억이 담긴─귀신 잡는 시바타라는 이름과 함께 오늘까지 진영에 걸어두었던─금빛 신장대의 깃발을 뒤쪽으로 던졌다.

"여기 있다, 쇼스케. 부하에게……."

쇼스케는 몸을 앞으로 숙여 멋지게 깃발을 잡았다. 그는 기쁜 마음으로 깃발을 흔들며 주인 가쓰이에의 뒷모습에 대고 마지막 인사를 올렸다.

"그럼, 안녕히 가십시오, 나리."

가쓰이에도 돌아보았다. 하지만 말은 야나가세의 산 쪽으로 달려가고 있었다. 그때 가쓰이에 주변에는 겨우 십여 기밖에 남아 있지 않았다.

깃발은 쇼스케가 원한 대로 쇼스케의 손에 건네졌으나 그때 가쓰이에는 '부하에게……'라고 말했다. 그 말속에는 부하에게 건네주라는 뜻과 쇼스케와 함께 목숨을 바칠 사람들을 생각하는 마음이 담겨 있었다.

깃발 밑으로 곧 삼십여 명의 사람들이 모여들었다. 그들은 진심으로 이름을 아껴 주인을 위해 목숨을 바칠 사람들이었다.

'아아, 시바타 가에도 사람이 없는 건 아니로구나.'

쇼스케가 듬직한 얼굴들을 둘러보았다.

"그럼, 흔쾌히 마지막을 장식하자."

쇼스케는 무사 한 명에게 깃발을 들게 하고 가장 앞에 서서 야나가세 촌에서 서쪽으로 몇 정 떨어져 있는 도치노키橡の木 산의 북쪽 능선으로 달려 올라갔다. 그곳은 도쿠야마 고헤, 가나모리 고로하치 등이 먼저 진을 치고 있던 곳이었다.

사십 명이 넘지 않는 적은 인원이었으나 각오를 하나로 뭉쳤으니 수천의 병사가 있었던 기쓰네즈카의 오늘 아침보다도 훨씬 더 씩씩한 기상을 보였으며 적을 흘겨보는 듯한 무시무시한 기운마저 느껴졌다.

"가쓰이에는 산으로 올랐다."

"마침내 마지막 각오를 하고 죽을 곳을 찾아간 모양이군."

추격해오던 호리 휘하와 오가와 휘하의 무사들도 일단은 경계를 했다. 그 무렵 단기 산 요새에 있던 기노시타 한에몬의 수하 오백 명도 추격에 가담해 '가쓰이에의 목은 내 손으로'라고 외치며 앞다투어 도치노키 산으로 올라왔다.

산 위에서 빛나는 금빛 표식과 삼십여 명의 결사대는 숨을 죽인 채 서 있었으나, 기슭에서부터 그들을 향해 경쟁하듯 길로, 또는 길 아닌 곳으로 오르는 강인한 장병들의 숫자는 시시각각으로 불어나고 있었다.

"아직…… 물을 나누어 마실 정도의 시간은 있다."

멘주 쇼스케를 비롯한 삼십여 명은 산 위에서 얼마 되지 않는 짧은 동안 방울방울 솟아올라 바위틈에 고여 있던 샘물을 떠서 나누어 마시고 시원하게 마지막 준비를 하고 있었다. 그때 쇼스케가 형 모자에몬茂左衛門과 동생 쇼베勝兵衛를 보며 말했다.

"형님은 여기서 벗어나 고향으로 돌아가시기 바랍니다. 삼 형제가 모두 목숨을 잃으면 집안의 대가 끊길 뿐 아니라 집에 계신 어머니의 노후를 돌봐드릴 사람도 없습니다. 형님은 대를 이어야 할 분이기도 하니, 부디 여기서 벗어나시기 바랍니다."

그러자 모자에몬이 대답했다.

"동생 둘을 적에게 죽게 내버려두고 형이 '다녀왔습니다' 하며 어머니의 얼굴을 볼 수 있을 것 같으냐? 나는 남기로 하겠다. 쇼베 네가 가도록 해라. 너는 떠나거라."

"싫습니다."

"왜 싫다는 게냐!"

"이런 때 살아 돌아왔다고 해서 그것을 기뻐하실 어머니가 아닙니다. 돌아가신 아버지도 오늘은 풀잎 뒤에서 저희 형제를 지켜보고 계실 것입니다. 저는 오늘 에치젠으로 돌아갈 다리를 가지고 있지 않습니다."

멘주 쇼스케 이에테루.

원래 오와리 국 가스가이春日井 군 사람이다. 열두 살부터 가쓰이에를
섬겼으며 나중에 시동들의 우두머리가 되었다. 믿음이 두터웠으며, 학
문을 닦았고, 고풍古風을 즐겼으며, 어머니에 대한 효심이 컸다. (후략)

《오우미 국 지지략近江國地志略》의 도치橡 계곡 조에서, 저자인 사무카와
다쓰키요寒川辰淸는 쇼스케의 젊은 영혼을 애도하며 그의 생애를 그렇게 기
록했다. 굳이 기록이 아니더라도 아버지를 일찍 여의고 어머니의 손에서
자란 멘주 형제의 효심은 그곳 사람들 모두 아는 일이었다.

삼 형제가 모두 주인의 깃발 아래 모여 가쓰이에를 구하기 위해 무문
의 이름으로 목숨을 바친 것만 봐도 평소 집안의 가풍과 어머니의 교육이
어떠했는지 알 수 있다. 어쨌든 쇼스케 이에테루가 남은 이상 형 모자에몬
도, 동생 쇼베도 금빛 찬란한 깃발 아래를 떠날 기색을 보이지 않았다.

"그렇다면 모두 함께."

쇼스케는 형에게도 동생에게도 더는 고향으로 돌아가라고 권하지 않
았다. 삼 형제는 바위틈의 샘물을 나누어 마신 뒤 청량한 기운이 가슴을
훑고 지날 때 마음속으로 생각했다.

'여생, 쓸쓸하실 테지만 세상에 부끄러운 죽음은 하지 않겠습니다. 부
족하나마 그것으로 위안을 삼으시기 바랍니다.'

사방의 적은 이미 목소리가 들리는 곳까지 가까이 왔다.

"쇼베, 깃발을 지켜라."

쇼스케가 동생에게 말하며 얼굴에 '가림막'을 썼다. 자신이 가쓰이에
가 아니라는 사실을 적에게 바로 들키지 않기 위해서였다.

총탄이 귀를 스치고 지나갔다. 그것을 신호로 삼십여 명이 일제히 몸
을 숙였다가 일어섰다. 그 순간 그들은 신의 가호를 빌며 적에 맞섰다.

"신이시여, 굽어 살피소서."

대략 열두어 명이 한 조가 되어, 세 갈래로 적을 내려다보며 맞섰다. 숨을 헐떡이며 올라온 적은 도저히 쇼스케를 비롯한 결사들 앞에 설 수가 없었다. 정면에서 칼을 맞고, 가슴을 창에 찔려 곳곳에서 참담한 희생자가 나오기 시작했다.

"모두 죽음을 서둘러서는 안 된다."

쇼스케는 일단 목책 뒤로 물러났다. 그가 있는 곳에 금빛 깃발이 있었으며, 깃발이 가는 곳으로 아군들이 모였다.

"다섯 손가락으로 튕기는 것보다 한 주먹으로 내리치는 것이 낫다. 게다가 인원도 얼마 되지 않으니 흩어져서는 안 된다. 나아갈 때나 물러설 때나 깃발에서 벗어나서는 안 된다."

쇼스케는 그렇게 훈계한 뒤 다시 뛰쳐나갔다. 베고 또 베었으며, 찌르고 또 찌르다 바람처럼 보루 뒤로 물러났다.

그렇게 싸우기를 예닐곱 번. 공격 부대는 벌써 이백 명 이상의 전사자를 냈다. 해가 중천에서 뜨겁게 이글거려 정오 무렵이라는 것을 알게 했으며, 갑옷의 선혈도 바로 말라붙어 옻칠을 한 것처럼 검게 빛나고 있었다.

이제 깃발 아래 열 명 정도밖에 남지 않았다. 형형한 눈들은 서로를 보고 있으나 서로의 모습이 보이지 않는 듯한 눈빛이었다. 팔뚝, 난발, 무릎, 사지가 멀쩡한 사람은 아무도 없었다.

"앗……."

바로 그 순간 화살 하나가 쇼스케의 어깨를 꿰뚫었다. 나무 뒤에서 쇼스케에게 활을 쏜 사람은 오가와 사헤이지의 가신인 오쓰카 히코베^{大塚彦兵衛}였다.

"쳇."

쇼스케는 팔뚝으로 흐르는 선혈을 바라보며 어깨에 꽂힌 화살을 뽑았다. 그리고 화살이 날아온 쪽을 노려보았다. 그 순간 맞은편의 조릿대 숲을 멧돼지 여러 마리가 달려오듯 투구의 끝부분만이 조릿대의 물결 속에서 다가오고 있었다.

"아아, 여기까지인 듯하구나."

쇼스케는 아직 남아 있는 몇몇 전우에게 마지막 인사를 할 만큼의 여유는 가지고 있었다.

"싸움이 끝나면 다시 싸움이 오는 법. 여한은 없다. 모두 좋은 적을 골라 이름을 화려하게 남기고 마감하기 바란다. 우선 쇼스케부터 주인을 대신하여 목숨을 바치겠다. 비겁하게 깃발을 숨기지 말고 높이 치켜들어 하나가 되어 뒤를 따르라."

결사의 각오로 한 무리가 된 피투성이 무사들이 깃발을 세우고 물결치는 조릿대 속의 적을 향해 달려갔다. 그곳으로 다가오는 적은 적 가운데서도 특히 용맹스러운 사람들뿐인 듯했다. 그들은 꿈쩍도 하지 않았으며 창에 맹세를 하며 다가오고 있었다. 쇼스케가 그들을 향해 예기를 꺾는 듯한 목소리로 말했다.

"어서 오너라, 이 잡병들아. 시바타 슈리노스케 가쓰이에의 몸에 너희의 창끝이 닿기나 하겠느냐. 귀신 잡는 시바타라는 이름을 허투루 얻은 것이 아니다. 나와 맞설 만한 자는 오가와 도사小川土佐(사헤이지 스케타다)나 기노시타 미마사카木下美作, 아니면 호리 히데마사다. 그러니 그들 보고 직접 오라고 하라."

쇼스케의 모습은 아수라처럼 보였다. 그 앞에 설 사람은 없었으며 실제로 눈앞에는 여러 사람이 찔려 쓰러져 있었다. 쇼스케가 용맹스럽게 맞서고, 깃발을 사수하려는 사람들이 고군분투했지만 자부심으로 다가온 공격 부대는 과연 포위를 뚫고 두 정쯤 되는 거리를 달려 올라가 마침내 길을 열었다.

"가쓰이에가 직접 나서겠다. 지쿠슈가 있다면 한달음에 이곳으로 나오기 바란다. 원숭이 놈, 나와라!"

쇼스케는 언덕길로 나섰다. 그곳에서도 그는 갑옷을 입은 무사 하나를 찔러 쓰러뜨렸다. 하지만 형 모자에몬은 그사이에 이미 목숨을 잃었으며, 동생 쇼베도 검을 든 적과 서로를 찌르다 근처 바위 밑에 쓰러져 있었다. 그 옆에 금빛 신장대의 깃발도 새빨갛게 물든 채 버려져 있었다.

언덕 위아래서 쇼스케를 향해 번뜩이며 다가온 수많은 창은 가쓰이에라 믿는 쇼스케의 목을 서로 내기라도 하듯 앞다투어 취하려 했다.

"내 것이다."

어지럽게 창이 날아드는 가운데 멘주 쇼스케는 목숨을 잃었다.

'과연 귀신 잡는 시바타로구나.'

이름 있는 적의 무사들조차 소름이 돋을 정도로 쇼스케의 마지막 모습은 용맹무쌍했다.

평소 말이 없고 조용했으며, 누구보다 학문을 즐기고 온아한 탓에 가쓰이에나 모리마사가 그다지 좋아하지 않았던 하얀 얼굴의 스물다섯 살 무사가 얼굴 가리개로 순수한 얼굴을 가리고 있을 줄이야 아무도 몰랐다.

"시바타 가쓰이에를 베었다."

"금빛 신장대의 깃발, 내 손으로 빼앗았다."

저마다 외치는 소리와 개가를 부르는 소리가 산 전체를 뒤흔들며 한동안 그칠 줄 몰랐다.

하시바 쪽에서는 아직 그 수급이 시바타 가쓰이에가 아니라, 그를 대신한 멘주 쇼스케라는 사실을 모르고 있었다.

"가쓰이에를 베었다!"

"기타노쇼의 수급을 거두었다!"

그와 동시에 적의 깃발, 금빛 깃대도 서로 자신이 빼앗았다고 다투듯 함성을 올렸다.

멘주 쇼스케의 목을 거둔 사람과 깃발을 취한 사람이 누구인지가 문제였다. 책들마다 이견이 분분해서 누구인지 알 수 없지만 이곳의 주력이었던 호리 히데마사 휘하의 공을 적은 기록에는 다음과 같이 나와 있다.

히데마사의 무사인 호리 한에몬이 가쓰이에의 깃발을 취하고 목 두 개를 얻었다. 히데마사가 이를 히데요시에게 바치고 한에몬에게 황금 한 덩이, 칼 하나를 내렸다. 그리고 목 두 개에 대한 상으로 금전 세 개를 내렸다. 한에몬은 두 개를 받았는데 하나를 조정에 바쳤다.

《근대 제사전략近代諸士伝略》

또 다른 책인《간에이후寬永譜》에는 다음과 같이 기록되어 있다.

호리 겐모쓰 나오마사堀監物直政가 시바타와 싸울 때 십자형 창으로 시바타의 금빛 신장대의 깃발을 앗았다. 이때 고즈카 도에몬 등이 나오마사 주위로 달려왔다. 나오마사가 깃발을 버리고 도에몬을 쓰러뜨려 목을 취했다.

이렇듯 기록이 서로 일치하지 않는다. 하지만 호리 겐모쓰는 당시 '신하 가운데 이름이 높은 것은 교부刑部, 겐모쓰, 마쓰이 사도'라고 세상에 알려졌을 정도로 강한 사람이었음은 틀림없는 사실이고, 또 시바타 측의 사납고 날랜 장수인 고즈카 도에몬을 베었다는 내용은 다른 책에서도 볼 수 있으니 그것 하나만은 거의 확실하다고 봐도 좋을 듯하다. 하지만 멘주 쇼스케의 목을 쳤다고 나선 사람은 아주 많다.《요고 전투 각서余吾合戰覺え書》에는 이렇게 기록되어 있다.

기노시타, 외치고 외쳤다. 쇼스케의 목을 취해 지쿠젠노카미에게 보였다. 모두 더할 나위 없는 공이라고 말했다.

하지만 다른 책에는 오가와 사헤이지 스케타다의 부하가 취했다고 기록되어 있기도 하다. 마찬가지로 깃발도 누가 취했는지 일치하지 않는데 가모 히다노카미蒲生飛驒의 병사인 나가하라 마고에몬長原孫右衛門이 취했다는 설도 있으며, 이나바 하치베稻葉八兵衛, 이자와 요시스케伊澤吉介, 후루타 하치자에몬古田八左衛門, 후루타 가스케古田加助 네 사람이 함께 간신히 취한 것이라고 전해지기도 해서 어느 것을 취하고 어느 것을 버려야 할지 전혀 알 수가 없다.

결국 그 자리에서 싸웠던 사람들조차 알 수 없었다는 것이 참된 진상일 것이다. 그 정도로 멘주 이에테루가 가쓰이에를 칭하며 깃발 아래서 행한 마지막 혈전은 치열했다. 살점과 내장이 튀고 붉은 피가 풀을 물들였다. 그야말로 처참하기 짝이 없는 난투였다.

그 무렵 히데요시는 이미 기쓰네즈카 부근까지 들어가 있었다. 그 전에 마에다 부자의 진은 시게 산에서 깃발을 되돌려 멀리 북쪽으로 돌아갔으며, 남아 있던 사쿠마의 병사들도 일단 자리를 지키며 항전하기는 했으나 버티지 못하고 결국 패하고 말았다.

그렇게 해서 하시바의 주력은 이제 적다운 적과 부딪치는 일도 없이 히데요시를 둘러싼 한 무리의 말에 탄 장수와 전후로 늘어선 수많은 병사가 깃발과 기치에 뜨거운 햇살을 받아가며 줄줄이 북진했다. 시게 산에서 후무로 촌을 거쳐 구니야스國安, 덴진 앞을 지나 이마이치의 북쪽, 기쓰네즈카와 도치노키 산 사이 가도로 속속 접어들었다.

시게 야마에서 이 부근까지는 이십 리 정도의 거리였다. 그날 날씨에 대해서는 《시즈가타케 전투기賤嶽合戰記》에 이렇게 기록되어 있다.

4월 21일, 진정시辰正時에 이르자 하늘에 구름 한 점 없었으며 해가 뜨겁게 내리쬐었다. 상처에도 해가 내리쬐자 매우 고통스러워했다.

초여름이지만 폭풍우 뒤 날씨가 급변해서 비노에는 갑자기 찌는 듯한 더위가 찾아온 상태였다. 그러다 보니 오가키를 출발한 이후 줄곧 달리고 전투를 치르느라 한 잠도 자지 못한 장병들의 피로는 여간하지 않았다.

한껏 달구어진 갑주의 무게도 무게지만 거기에 둘러싸여 있는 몸의 땀구멍에서 흐르는 것은 도저히 땀이라고 할 수 없었다. 모든 사람의 얼굴이 벌겋게 타오르고 있었다. 이렇게 되면 온몸의 핏자국도, 흙탕물 자국도 그 사람들의 의식과는 아무런 상관도 없는 것이 되어버리고 만다. 단지 무척 배가 고팠으며, 얼른 물 한잔 마시고 흙 위든 풀 속이든 누워 한잠 자고 싶을 뿐이었다.

먼 길을 왔으니 당연한 일이었다. 사실은 히데요시도 무리를 하고 있다는 것을 잘 알고 있었다. 단지 적에게 커다란 '허'가 있었기에 굳이 취한 강행 전법이었다. 만약 가쓰이에가, 혹은 마에다 부자가 하나로 결속해서 먼 길을 한달음에 달려온 병사들을 급히 쳤다면 아무리 파죽지세로 달려온 하시바의 정예라 할지라도 기력이 다해 단번에 승패가 뒤바뀌어 참담한 패배를 맛보아야 했을지도 모른다.

하지만 마에다 부자 쪽은 이미 문제될 게 없었으며, 가쓰이에의 기쓰네즈카 본진도 아무리 겐바노조의 큰 실수가 있었다 할지라도 예상외로 너무 빨리 무너지고 말았다. 어젯밤부터 오늘 아침까지 총사 가쓰이에에게 아무런 대책도 없었으니 시바타는 그날로 이미 망할 운명이었다고 말할 수밖에 없으리라.

이번 싸움으로 시즈가타케, 요고, 기쓰네즈카 부근의 세 전장에서 목숨을 잃은 시바타 군의 전사자는 오천여 명이나 되었다. 물론 이 수많은 희생은 결코 한쪽에서만 나온 것이 아니었다. 히데요시 쪽에서도 무수한 사상자가 나왔다. 하지만 하시바 군 사상자의 정확한 숫자는 기록에 남아 있지 않다. 단지 부상자에 대한 일화 하나가 전해진다. 히데요시는 시게 산에서 방향을 틀어 기쓰네즈카 쪽으로 진군할 때, 난투 끝에 쓰러진 수많은 부상자가 뙤약볕이 쏟아지는 땅바닥에서 신음하는 모습을 보았다.

"가엾구나, 고통스럽겠어."

히데요시는 급히 서두르던 발걸음을 멈추고 부근의 산을 둘러보았다. 산 높은 곳 여기저기에 사람들이 전쟁을 피해 구름처럼 모여 있었다. 히데요시가 구로쿠와黑鍬(공병) 부대의 부장을 불러 명령했다.

"저기에 삿갓을 쓰고 도롱이를 가진 마을 사람들이 보이지? 훗날 상을 내릴 테니 삿갓과 도롱이를 달라고 해서 모두 가져오도록 하라."

잠시 뒤, 병사들이 삿갓과 도롱이를 모아 가져와 부상을 당한 병사들에게 덮어주는 것을 보고 난 뒤에야 히데요시는 비로소 마음이 풀린 듯한 얼굴을 하고 진군을 계속했다고 한다. 사람들은 이 일화를 예로 들며 휘하의 장수들이 지치고 배고픔을 느끼기 시작했을 때, 그는 민심을 돌보는 것을 잊지 않았으며 전쟁 뒤에도 사려 깊게 행동했다고 이야기하는데 사실은 과연 어떠했을지 모른다.

히데요시는 아무리 급한 때라도 길가에 쓰러져 고통스러워하는 부상자를 보고 그냥 지나치지 못했다. 그러니 그저 평소에도 그랬듯 자신의 성격대로 정을 베풀었다고 볼 수 있다.

어쨌든 호수의 서쪽으로 진격한 히데요시의 주력군과 호수의 동쪽을 지키던 호리 히데마사의 군은 야나가세 산지로 들어서는 북국 가도의 길 위에서 하나로 합쳐졌다.

"가쓰이에는 이미 숨통이 끊겼다. 가쓰이에의 부장들도 대부분 목숨을 잃었다."

소식을 들은 병사들은 천둥 같은 환호성을 올렸다. 하지만 얼마 지나지 않아 가쓰이에의 전사는 오보였다는 게 밝혀졌다.

가쓰이에 휘하의 이름 높은 장수 중 고쿠후 조에몬, 요시다 야소, 오타 구라노스케, 고바야시 즈쇼, 마쓰무라 도모주로, 아사미 쓰시마노카미 뉴도도세이, 진보 와카사神保若狭, 진보 하치로우에몬神保八郎右衛門 등이 기쓰네즈카에서 야나세의 쓰키치突地에 걸쳐 차례로 쓰러졌으며, 그 수급을 호리 부대, 오가와 부대, 구로다 부대, 도도 부대 등 하시바 군의 용사들이 손에 넣은 것만은 틀림없는 사실이었다.

호리 규타로 히데마사가 직접 히데요시에게 오보에 대한 해명을 했다.

"대장 가쓰이에라 여겨졌던 자는 가짜로, 기타노쇼 시동들의 우두머리인 멘주 쇼스케가 가쓰이에를 대신한 것이었습니다."

히데요시가 수급을 보았다. 얼굴 가리개는 걷혀져 있었다. 가쓰이에와는 조금도 닮지 않은 아름다운 젊은이의 수급이었다.

"주인의 깃발을 청해 가쓰이에 대신 죽은 것이로군. 만족스러운 얼굴로 죽었구나."

히데요시는 넋을 잃고 수급을 바라보았다. 수급은 자줏빛 입술에 하얀 이를 살짝 드러내고 있었는데, '주군이 주군답지 않아도 신하는 신하다워야 한다'는 의를 지킨 자신에게 미소 짓고 있는 듯했다.

멘주 쇼스케 이에테루는 히데요시에게 큰 감명을 주었다. 이후 히데요시는 에치젠으로 들어가 평정을 되찾은 뒤 쇼스케의 어머니와 멘주 가의 친척을 찾아가게 해서 정중히 위문하고 부양을 약속했다고 한다.

그의 전시하의 행정은, 아니 자연스럽게 하는 행동 모두 언제나 정의情義를 본위로 한 정도政道였다. 물론 정책의 궤도는 이념을 기조로 하고 있었지만 자연스레 그의 성격이 더해져 정념을 주조로 하고, 또 물질에 도의를 더하고, 도의를 법치 상벌의 거울로 삼아 전시하의 행정을 펼쳐나갔다. 며

칠 뒤, 사쿠마 겐바노조가 생포 당했을 때도 그러한 시정의 한 예를 보여주었다.

22일 밤, 겐바노조가 자신의 영지였던 에치젠의 산속에서 농민들의 손에 붙들려 히데요시의 진소로 끌려왔는데, 그때 히데요시는 자신의 부하를 통해 이렇게 이야기하도록 했다.

"겐바노조를 생포하는 데 협력한 자들에게는 상을 내리겠다. 남녀노소를 불문하고 호소할 것이 있는 자들은 내일 함께 오도록 하라."

이튿날, 여러 사람이 한 무리가 되어 찾아왔다. 그리고 모두 한몫했다며 자신의 공을 이야기했다. 그러자 히데요시가 백성들에게 말했다.

"패했다고는 하나 어제까지 영주라 우러르던 자를 포박해 침공해온 적군에게 건네주었을 뿐만 아니라, 농부로서의 업을 게을리하여 이利를 얻기 위해 여기까지 와서 공을 경쟁하듯 떠들어대다니, 농촌의 사려 깊지 못한 자들이라고는 하나 그 마음을 어여삐 여길 수가 없다. 이미 백성의 본성을 잃은 놈들이니 모두 목을 베도록 하라."

농민들은 통곡했으나 히데요시는 그들을 질타하고 노려보았을 뿐 끝내 용서하지 않았다고 한다.

백성들 사이에 도의를 세우려면 정의情義의 정치를 펼쳐 보여야 한다. 정의를 '법' 속에 세우기 위해 온정을 베풀고 상을 내리는 것만이 결코 상책은 아니다. 때로는 준엄하고 무정한 듯한 엄벌의 단도 역시 휘두르지 않으면 안 될 것이다.

길 위에서의 작별

가쓰이에는 간신히 달아났으나, 가쓰이에의 날개였던 전군은 완전히 꺾여 안개처럼 흩어져버리고 말았다.

야나가세 부근에는 오늘 아침까지 걸려 있던 금 신장대의 깃발 대신 히데요시의 표주박 깃발이 내걸렸다. 이색적인 깃발이 뜨거운 햇살에 반짝여 어딘가 사람의 힘과 지혜를 초월한 것의 표식처럼 사람들의 눈을 찔렀다. 그리고 그 주위에서부터 일대의 가도, 평야, 부락에 걸쳐 휘하 각 제후들의 깃발과 각 부대의 깃발이 새카맣게 운집해서 마치 승전식이 벌어진 것처럼 장관을 이루었다.

하시바 고이치로 히데나가의 병단이 가장 컸으며, 니와, 하치스카, 하치야, 호리오 등의 부대, 호리 규타로, 다카야마 우콘, 구와야마 슈리, 구로다 간베 부자, 기무라 하야토노스케, 도도 요에몬, 오가와 사헤이지, 가토 미쓰야스 등의 부대 등 한눈에 다 둘러볼 수 없을 정도의 군마였다.

"이겼다, 우리가 이겼다."

그곳에 모인 사람들의 물결에서 승리를 느낄 수 있었다. 병사들의 모습에서 환희의 물결을 볼 수 있었다. 말의 땀에서 반짝이는 것도 그러한 빛이었다.

사실 그날 이미 모든 것이 결정되었다고 해도 좋을 것이다.

히데요시와 가쓰이에가 서로의 전력을 동원해 천하의 귀추를 걸고 벌인 일전은 여기서 승패가 갈려 형세가 다시 뒤집어질 여지도, 기적도 더는 있을 수가 없었다. 험한 산, 호수, 성시城市, 보루와 요새, 평야 등 그토록 광범위한 천지에 웅대한 구상을 펼친 포진의 대치가 한동안 계속되었던 대전도, 그 세심한 태세에 비하면 마지막 귀결에 들어선 혈풍투지血風鬪地의 목숨을 건 전투는 참으로 짧은 것이었다. 일방적인 돌진과 맹공에 허무할 정도로 빨리 결정이 나고 말았다.

훗날 역사로 보면 결과는 당연한 일이었다. 일본과 중국의 역사 모두 수많은 국토와 피로써 명백하게 보여준 흥망의 공식에 지나지 않았다. 그를 통해 알 수 있는 일이었다. 하지만 가쓰이에의 마음으로 보면 그렇게 간단히 받아들일 수 없었으리라. 일정한 법칙을 역행하고 있었다는 사실은 패한 뒤에도 수긍하지 않았을 것이다. 또 히데요시조차 그렇게 단번에 승리하리라고는 생각하지 못했을 것이다.

오가키를 출발할 때 '우리는 이미 이겼다'고 말하고 준마에 채찍을 가했던 것은 그저 이길 수 있다는 편안한 마음이 아니었다. 이미 가쓰이에와의 먹느냐 먹히느냐 하는 싸움을 예기하고 나섰던 것이었다. '죽음 속에 삶이 있고, 삶 속에는 삶이 없다'는 커다란 호령을 단지 영뿐만 아니라 자신의 모습으로 전군에 펼쳐 보인 것이었다.

히데요시가 이 싸움에서 이미 '이기지 못한다면 죽음뿐'이라고 결심했다는 것은 시체로 산을 쌓고 피로 강을 이룬 시즈가타케의 난투 중에 시종 진두에 서서 이십 대, 삼십 대의 젊은이에게도 뒤지지 않고 '이마로 적의 등을 밀어라'라며 소리 높였던 기운만 봐도 충분히 짐작할 수 있다.

이번 싸움에서 이기면 그는 그다음 날부터 천하인이라고 일컬어질 수 있었지만 털끝만큼이라도 내일 이후의 세상이나 일신의 영광을 생각하지 않았다. 만약 그런 생각이 있었다면 결코 그처럼 단번에 승부를 볼 수 없었을 것이다. 여담은 여기까지만 하겠다.

그런 히데요시의 정력과 적을 추격하는 마음은 이런 곳에 머물며 개가에 취해 있을 만한 것이 아니었다.

때는 21일 정오. 일단 전군은 밥을 먹었다. 돌아보면 시즈가타케에서 서전에 들어간 것이 오늘 새벽 4시였으니, 그로부터 약 여덟 시간 동안 쉴 새 없이 전쟁을 치렀다. 하지만 밥을 먹고 나자 전군은 다시 바로 북진하라는 명령을 받았다.

시즈가타케, 쓰바키 고개, 오쿠로大黑 계곡으로 길게 늘어선 병마는 촉蜀으로 들어서는 위魏나라의 군대를 떠오르게 했다. 국경인 도치노키 고개로 접어들자 서쪽으로 쓰루가의 동해가 보였으며, 북쪽 에치젠의 산야가 말발굽 아래 펼쳐져 있었다.

해는 이미 기울어 봄기운 가득한 천지는 저물녘의 무지갯빛으로 불타오르고 있었다. 히데요시의 얼굴도 붉은빛에 물들어 있었다. 오가키를 떠난 이후 한잠도 자지 않은 얼굴이라고는 여겨지지 않았다. 아마도 그는 인간에게 자는 시간이 있다는 사실을 잊고 있었던 것이리라. 나아가도, 나아가도 멈추라고는 말하지 않았다. 밤은 가장 짧고 낮은 가장 긴 때였다.

해가 떨어졌을 무렵에야 에치젠의 이마조에서 숙영을 했다. 하지만 선두 부대는 계속 행군해서 밤이 새기 전에 이십여 리 앞에 있는 와키모토脇本까지 진출하라는 명을 받았으며, 후방 부대도 중군에서 이십 리 정도 떨어져 있는 이타도리板取에 멈췄으니 사오십 리에 걸친 야영진을 자연스럽게 펼친 것이었다.

두견이가 우는 줄도 모르고 히데요시는 깊은 잠에 빠졌다.

'내일은 후추 성 밑을 지날 텐데, 마에다는 어떤 식으로 인사를 해올

까? 어떻게 받아야 할까?'

잠들기 전, 히데요시의 머릿속에는 당연히 숙제가 떠올랐을 것이다. 하지만 도시이에는 시게 산에서 물러날 때의 태도로 자신의 의중을 어느 정도 내비친 것이라 할 수 있었으며, 또 그것을 장애물이라 생각하여 앞일을 미리부터 걱정하고 있을 히데요시도 아니었다.

그렇다면 그 무렵 마에다 도시이에는 어떤 행보를 보이고 있었을까? 도시이에는 같은 날 정오 무렵 이미 이 부근을 지나서 해가 아직 높이 떠 있을 때 아들 도시나가의 성인 후추 성안으로 전군을 물린 상태였다.

"무사히 다녀오셨습니까?"

부인이 그를 맞아주었다.

"잘 다녀왔소."

도시이에는 그렇게만 말했을 뿐 속내는 조금도 털어놓지 않았다.

"부상자도 있으니 성안으로 받아들여 그들을 정성껏 돌봐주시오. 나는 그 뒤에 돌아봐도 되니."

도시이에는 현관으로 들어서려고도 하지 않았다. 짚신도 벗지 않고 무장도 풀지 않은 채 현관 앞에 서 있었다. 시동들도 정숙하게 늘어서서 무엇인가를 엄숙하게 기다리는 듯했다.

잠시 뒤, 정문에서 몇 무리의 무사들이 조용히 들어왔다. 방패 위에 눕힌 전사자를 옮겨온 것이었다. 갑주를 입은 시체 위에는 그 무사의 명예로운 깃발이 놓여 있었다. 십여 개의 방패와 깃발이 성의 불당 안으로 옮겨졌다. 다음으로 부상자가 업히거나 다른 이의 어깨에 기대어 성의 한쪽으로 들어왔다.

그 정경으로 봐서 시게 산에서 물러날 때 마에다 군의 희생자는 전사자 십여 명, 부상자 서른예닐곱 명인 듯했다. 시바타와 사쿠마 군에 비할 수는 없었지만 도시이에 부부는 얼마 되지 않는 희생자에게 예로써 매우 정중하게 대했다. 종전과는 달리 예를 넘어 마치 사과라도 하는 듯했다.

불당에 종이 울리고 해도 기울어갈 무렵, 성안에 밥 짓는 연기가 피어오르기 시작했다. 식사를 하라는 명령이 떨어진 것이었다. 하지만 군대는 여전히 해산하지 않았다. 장병들은 전장에 있을 때와 같은 편제 속에서 곳곳에 배치되어 성벽을 굳게 지키고 있었다.

"기타노쇼 나리가 지금 막 성문에 도착하셨습니다."

정문을 지키던 병사가 안을 향해 큰 소리로 고했다. 가쓰이에가 온 모양이었다.

"뭣이, 쇼사쿠 나리(가쓰이에)가 성문까지 오셨다고?"

마침 망루에 있던 도시이에가 정문에서 들려오는 소리를 듣고 망연히 중얼거렸다. 뜻밖이라는 표정이기도 했으나, 한편으로는 도망자가 된 그를 눈앞에 그려보니 차마 만나기 어렵다는 듯한 표정이기도 했다.

"마중하기로 하자."

도시이에는 깊은 생각에 잠겼다가 아들 도시나가와 그 자리에 있던 장수 네다섯 명을 데리고 발걸음을 옮겼다.

"아버지."

망루 아래로 내려가는 입구에서 도시나가가 말했다.

"저 혼자 마중을 나가서 현관까지 안내하도록 하겠습니다. 아버지께서는 거기서 기다리고 계심이……."

"그래…… 그렇게 하겠느냐?"

"그렇게 하겠습니다."

망루의 계단은 급하고 발밑도 어두웠으며 삼 층이나 되었다. 도시나가가 후다닥 앞서 달려 내려갔다. 뒤따라 내려가는 도시이에는 한 걸음, 한 걸음 깊이 생각하며 발걸음을 옮기는 듯했다. 마지막 계단을 내려가서 굵직한 기둥이 몇 개나 있는 무사들의 방 앞쪽 복도로 들어선 순간이었다.

뒤따르던 사람 중 무라이 마타베 나가요리村井又兵衛長賴가 도시이에 바로 뒤까지 불쑥 다가와 소매 끝을 붙잡듯 속삭였다.

"나리……."

도시이에는 눈빛만으로 무슨 일이냐고 물으며 나가요리의 얼굴을 바라보았다. 나가요리가 주인의 귓가로 턱을 더욱 가까이 가져가 영리한 척 계책 하나를 들려주었다.

"때가 때이니…… 기타노쇼 나리께서 여기에 들르신 것은 더할 나위 없는 기회입니다. 숨통을 끊어 그 수급을 지쿠젠 나리에게 보낸다면 별 어려움 없이 두 집안의 화해를 꾀할 수 있을 것입니다."

그러자 도시이에가 갑자기 마타베 나가요리의 가슴을 힘껏 밀치며 무시무시한 목소리로 꾸짖었다.

"닥쳐라."

나가요리는 뒤쪽 벽까지 비틀비틀 뒷걸음쳐 간신히 엉덩방아를 찧지 않았다. 그는 새파랗게 질려서 몸을 일으키는 것도, 그 자리에 앉는 것도 잊고 있었다. 도시이에가 그를 노려보며 아직도 분이 풀리지 않은 듯한 목소리로 말했다.

"불의하고 비열해서 입에 담기조차 부끄러운 간사한 모략을 주인의 귀에 속삭이다니 당치도 않은 놈! 무사로서 무사도를 모르는 놈이로구나! 궁지에 빠져 문을 두드린 장수의 목을 팔아 집안의 경영에 취하려는 자가 어디에 있단 말이냐. 하물며 누가 뭐래도 가쓰이에와 도시이에는 오래도록 같은 진에 있던 사람들이다. 한심한 소리도 사정을 살펴가면서 해야지, 닥치고 있어라."

도시이에는 부들부들 떨고 있는 그림자를 뒤에 남겨둔 채 그대로 가쓰이에를 맞이하기 위해 현관으로 나갔다. 그곳에 오래 서 있을 필요도 없이 이윽고 가쓰이에가 말을 탄 채 들어왔다. 부러진 창의 손잡이를 한손에 든 채, 부상을 입은 것 같지는 않았으나 만면, 아니 온몸이 처참한 꼴이었다. 마중을 나갔던 아들 도시나가가 말의 부리망을 잡고 친절하게 안내를 했다. 함께 온 부하 여덟 명은 중문 밖에 남겨두고 온 듯 가쓰이에 한 사람뿐이었다.

"아드님, 고맙소……."

가쓰이에는 상냥하게 인사하고 말에서 내리더니 도시이에의 얼굴을 보자마자 자조하는 듯 큰 소리로 이렇게 말했다.

"졌소, 지고 말았소. 안타깝게도 이처럼……."

뜻밖에도 기력을 잃지 않은 모습이었다. 아니, 가쓰이에가 그렇게 보이려 했기 때문일지는 모르겠으나 어쨌든 도시이에가 상상했던 것보다는 훨씬 쾌활한 모습이었다.

"자, 우선은. 아니…… 그대로 안으로 드십시오."

도시이에는 패장을 맞이하는 데 평소보다 더 정중한 태도를 취했다. 아들 도시나가도 아버지에 지지 않을 만큼 성의를 보였는데, 피로 물든 도망자의 짚신 한쪽을 풀어주기도 했다.

"아아…… 집에 돌아온 듯한 기분이 드는구나."

그러한 때에 보이는 사람의 온정은 패망의 늪에 빠진 사람에게 진실한 감동을 주어 다른 원한이나 의심을 버리게 하고, 또 세상의 빛을 떠오르게 하는 유일한 구원이 된다는 사실은 말할 필요도 없을 것이다. 가쓰이에는 한없이 기뻤는지 혼마루로 들어가서 부자의 무사함을 축복한 뒤 솔직히 잘못을 인정했다.

"이번의 패전은 모두 나의 불찰에 의한 것이오. 그대에게도 거듭 번거로움을 끼쳤으니 용서해주시기 바라오. 어쨌든 기타노쇼까지 돌아가 여한이 없도록 일을 처리하고 깨끗이 마음을 정리할 생각이오. 이러한 때 예의가 아닌 줄은 아나…… 더운 물에 만 밥을 한 그릇 내주실 수 있겠소?"

귀신 잡는 시바타가 부처가 된 듯한 말투였다. 도시이에도 눈물을 흘리지 않을 수 없었다.

"더운 물에 만 밥을 바로 가져오도록 해라. 물론 이렇다 할 안주는 없지만 술도 더해서."

도시이에는 아들에게 얼른 음식을 준비하게 했다. 그리고 뭐라 위로해야 할지 몰랐으나 가쓰이에에게 이렇게 말했다.

"이기고 지는 것은 병가에 늘 있는 일이라고들 하지 않습니까? 오늘의 안타까움을 모르는 바는 아닙니다만, 우주의 윤회라는 커다란 입장에서 보면 비록 이겼다 할지라도 교만하면 망할 날로 가는 첫걸음, 패했다 할지라도 마음에 새기면 승리할 날로 가는 첫걸음일 듯싶습니다. 흥망의 윤회는 하루아침의 희비에 있지 않습니다."

가쓰이에는 벌써부터 도시이에가 하려는 말을 깨달은 듯 대답했다.

"그렇기에 안타까운 것은 썩지도 않고 변하지도 않는 이름뿐이오만…… 하지만 걱정할 것 없소. 이미 결심했으니."

평소 가쓰이에와는 달리 초조함에 망설이는 듯한 느낌이 전혀 없었다.

술이 오자 가쓰이에는 시원하게 한 잔 마시고 나서 마지막 작별이라고 생각한 듯 도시이에 부자에게도 따라주었다. 그러고는 도시이에의 시중을 받으며 더운 물에 만 밥을 한 그릇 후르르 먹었다.

"내 생애 최고의 진미였소. 오늘처럼 맛있는 밥은 처음이었소. 참으로 실례가 많았소. 결코 잊지 못할 것이오."

가쓰이에는 창황히 인사를 한 뒤 아까 들어왔던 현관으로 걸어갔다. 밖까지 배웅을 나간 도시이에는 가쓰이에의 말이 매우 지친 것을 보고 시동에게 명령해서 자신의 애마를 가져오게 했다.

"마구간에서 내 말을 끌고 오너라."

도시이에는 가쓰이에에게 권한 뒤, 도시나가에게 부리망을 잡게 하며 명을 내렸다.

"행여 무슨 일이라도 있어서는 안 되니 성 아래 마을의 동구 밖까지 모셔다드리도록 해라."

도시이에는 그렇게 말한 뒤 말 위에 오른 가쓰이에에게도 말했다.

"기타노쇼에 들어가시기까지 이곳의 방비는 염려하실 것 없습니다."

가쓰이에는 일단 말을 몰기 시작했으나 무슨 생각을 한 것인지 갑자기 말을 돌려 도시이에 옆으로 다가왔다. 그런 다음 도시이에에게 말했다.

"마타자 나리, 그대와 지쿠슈는 젊었을 때부터 둘도 없는 친구였소. 싸움이 이리 된 이상 이 쇼사쿠에 대한 의리는 더 이상 지킬 필요 없소. 잘 판단해서 처신하시오."

가쓰이에의 말은 도시이에에 대한 마지막 인사로 가장 커다란 호의와 오늘까지의 감사를 나타낸 것이었다. 말 위에 앉은 가쓰이에의 얼굴은 거짓 없이 그것을 표정에 드러내고 있었다.

"고맙습니다."

도시이에는 가쓰이에의 마음을 향해 진심으로 감사의 뜻을 전했다.

저녁 해의 붉은빛이 성문을 나서는 가쓰이에의 그림자를 더욱 도드라져 보이게 했다. 말에 탄 수행원 여덟 명과 보병 십여 명이라는 미미한 잔존 병사는 그렇게 기타노쇼로 발걸음을 옮겼다.

"이젠 됐다. 그만 돌아가도록 해라."

도시나가가 말의 부리망을 쥐고 가는 동안 가쓰이에가 몇 번이고 가엾이 여기며 그렇게 말했으나 도시나가는 아버지의 명령이기도 하고 무슨 일이 있을지 몰랐기에 후추의 마을 밖까지 가쓰이에를 배웅했다.

"여기도 너의 치정으로 몰라볼 정도로 번창하게 되었구나. 전쟁도 어렵지만 영지를 다스리는 일은 특히 어려우니 아버지께 잘 배우도록 해라. 이 가쓰이에에게 배워서는 안 된다."

길을 가는 동안 가쓰이에는 성 아래 마을의 새로운 저택 등을 보며 말 위에서 이런저런 이야기를 들려주기도 하고 때로는 농담으로 도시나가를 웃게 만들기도 했다. 성 아래 마을 밖까지 왔을 때 도시나가가 부리망을 수행원에게 건네주며 작별을 고했다.

"건강하십시오. 저는 여기서 그만……."

도시이에는 가쓰이에가 떠난 뒤 혼마루의 한 방에 홀로 조용히 앉아 있었다.

"무사히 모셔다드리고 돌아왔습니다."

"그래."

도시이에는 그저 그렇게만 대답했다. 감회에 잠겨 무슨 생각을 하는 것인지 여전히 말이 없었다.

21일 후추 성은 그렇게 저물어가고 있었다. 그때 히데요시의 하시바 군이 벌써 도치노키 고개의 국경을 속속 넘어 후추와 같은 길로 연결된 이타도리, 마고타니孫谷, 오치아이落合 등으로 빠르게 다가오고 있었다는 사실을 이곳에서는 아직 모르고 있었다.

"아버지, 초를 가져오겠습니다."

"아니, 여기에는 필요 없다. 오늘 밤에는 망루에 있어야 할 듯하다. 너도 정문을 지키되 한 치의 소홀함이 있어서는 안 된다. 특히 장병들 모두 지쳐 있으니 너의 느슨함이 곧 모두의 느슨함이 될 것이다."

"네, 그럼……."

"나도 망루로 가야겠다."

도시이에 부자는 함께 그곳에서 나왔다. 그때였다.

"한심한 놈! 한심한 놈!"

망루 아래 어두운 복도에 갑자기 우물가 아래서 들려오는 듯한 목소리가 울려 퍼졌다.

"안 돼, 안 돼. 놓지 않겠다. 아니, 놓을 수 없어. 이런 곳에서 헛되이 죽으려는 한심한 놈은 다시 한 번 혼쭐이 나야 해. 자…… 숙부님 앞으로 가자."

필사적으로 목소리를 짜내는 듯했으며, 또 어딘가 소탈한 목소리처럼 들리기도 했다.

"누가 저렇게 소란을 피우는 것이냐?"

도시이에가 귀를 기울이자 도시나가가 바로 대답했다.

"게이지로慶次郎입니다. 틀림없이 게이지로의 목소리입니다."

도시이에는 시끄러운 소리가 들려오는 곳으로 발걸음을 돌렸다. 망루 밑의 무사들이 쉬는 방으로 통하는 복도는 새카만 어둠에 잠겨 있었다. 가만히 바라보니 조카인 게이지로가 한 무사를 끌어당기고 있었다.

"자, 이리 와라. 이리 오라니까!"

게이지로는 상대의 팔을 있는 힘껏 끌어당기고 있는 듯했다.

무사가 진심으로 맞선다면 아직 열네 살로 몸집이 작은 게이지로의 손을 뿌리치는 정도는 식은 죽 먹기였을 것이다. 하지만 주인의 조카였기에 머리를 숙이고 몸을 낮춰 그가 하는 대로 내버려둔 채 그저 고집스러운 뜻만을 거부하는 듯했다.

"게이지로 아니냐. 왜 소란을 피우고 있는 게냐?"

"아, 숙부님. 마침 잘 오셨습니다."

"누구냐, 네가 붙들고 있는 자는?"

"마타베입니다."

"뭐, 나가요리라고?"

"네, 조금 전에 숙부님께서 망루의 사다리 아래서 크게 야단을 치셨던 마타베 나가요리입니다. 숙부님, 다시 한 번 야단을 쳐주십시오. 마타베는 한심하기 짝이 없는 놈이니."

"너야말로 나이 어린놈이 무슨 소리를 하는 게냐. 나가요리가 그 뒤로 무슨 짓이라도 했단 말이냐?"

"저기서 할복하려 했습니다."

"흠, 그래서……."

"말렸습니다. 제가."

"왜 말렸느냐?"

"하지만……."

게이지로는 영리해 보이는 콧구멍을 위로 치켜 올렸다. 그리고 숙부의 뜻을 이해할 수 없다는 듯한 얼굴로 항변했다.

"무사씩이나 돼서 헛되이 죽으려 하다니, 불경하지 않습니까? 할복에도 다 때가 있는 법입니다. 주군에게 야단을 맞아 체면이 서지 않는다고 배를 가른다면 이 게이지로는 매일 배를 갈라야 할 것입니다."

"하하하, 게이지로가 참으로 우스운 말을 합니다."

뒤에 있던 도시나가는 이를 계기로 아버지가 나가요리를 용서하면 좋겠다고 생각했기에 일부러 앞으로 나서서 아버지의 말을 가로막았다.

"게이지로야, 넌 무슨 일로 여기에 있었던 거냐?"

"아까부터 숨어서……."

"숨어서?"

"마타베가 숙부님께 야단맞을 때, 이건 틀림없이 할복할 것이라고 생각했기에 저 기둥 뒤로 가서 혼자 가만히 지켜보고 있었습니다."

"하하하. 장난도 잘 치지만, 영리하기도 하구나. 아버지, 게이지로까지 이렇게 걱정하고 있습니다. 조금 전에 했던 나가요리의 실언을 용서해주시기 바랍니다."

게이지로도 함께 나가요리를 위해 용서를 빌었다.

"숙부님께 데려가 다시 한 번 야단을 맞게 할 생각이었습니다. 마타베를 용서해주시기 바랍니다."

도시이에는 용서한다고도, 용서하지 않는다고도 말하지 않은 채 가만히 서 있었다. 그러다 마침내 마타베 나가요리에게 말했다.

"나가요리, 나를 원망하지 마라."

뜻밖의 말에 마타베가 이마를 바닥에 대고 오열하는 듯한 목소리로 외쳤다.

"무, 무슨 말씀이십니까. 부끄럽기 짝이 없습니다. 그저 죽음을 내려주십시오."

"주인을 생각해서 한 말인데 어찌 나쁘게 듣겠느냐. 하나 선의를 갖고 한 말도 때로는 주인을 위험에 빠지게 하는 경우가 있는 법이다. 다른 사람에게 보이기 위해서 야단을 친 것이기도 하다. 언제까지 마음에 담아두지 않아도 된다. 그만 잊어라."

무라이 나가요리는 감격의 눈물을 흘리며 언제까지고 얼굴을 들지 못했다.

게이지로는 나가요리가 용서를 받자마자 곧 어딘가로 달려가버렸다. 한시도 헛되이 하지 않고 놀기에 여념이 없는 소년이었다.

벌써 열네 살이니 전장에 데리고 나가도 좋을 나이였으나 도시이에는 형의 아들에게 무슨 일이 있어서는 안 된다고 생각한 것인지, 혹은 남달리 뛰어난 재능을 가지고 있는 조카의 소질을 보고 때를 가늠하고 있는 것인지, 잔소리도 하지 않고 거의 놓아기르는 새처럼 그의 천성에 맡겨두고 있었다.

"아아, 보인다, 보여."

게이지로는 곧 망루 위로 달려 올라간 것인지 큰 소리를 지르다 다시 달려 내려와 도시이에 부자를 부지런히 찾아댔다. 도시이에는 도시나가와 나가요리를 데리고 정원의 막사를 향해 걸어가고 있었다.

"숙부님, 적이 보입니다, 적이."

게이지로가 달려와 소년답게 흥분한 모습을 보였다. 망루에 올라 동쪽을 보니 호쿠리쿠 가도 옆에 있는 와키모토 부근에서 하시바의 부대 하나가 기치를 내보이며 오고 있다는 것이었다.

도시이에도 지금 막 망루에 있던 병사에게 보고를 받았기에 이미 그 사실을 알고 있었다. 하지만 히데요시가 앞장서서 달려온 것인지, 다른 부장의 선봉대인지는 아직 자세히 듣지 못했다.

"게이지로, 시끄럽구나."

말없이 걸어가는 아버지를 대신해서 도시나가가 노려보는 듯한 눈빛을 보냈다. 하지만 사촌 형인 도시나가가 그래 봤자 이 소년에게는 아무런 효과도 없을 뿐 아니라 오히려 게이지로의 좋은 상대가 될 뿐이었다.

"마고시로孫四郞(도시나가) 님. 전투는 오늘 밤에 시작될 것 같습니까? 숙부님께서는 언제까지고, 언제까지고 저를 데려가주지 않으시지만, 여기서 싸움이 시작된다면 허락이 없다 할지라도 게이지로는 싸움에 나갈 것입니다. 저는 마고시로 님께도 지지 않을 겁니다."

"시끄럽다고 하지 않았느냐. 너는 어머니가 계신 곳으로 가 있어라."

"여자들이 있는 곳은 싫습니다. 곧 전투가 시작될 텐데."

"어서 가지 못할까?"

도시이에가 돌아보고 말했다.

"마고시로야, 그냥 내버려두어라."

게이지로가 손뼉을 치며 쓴웃음을 짓고 있는 사촌 형을 놀렸다. 그러는가 싶더니 정원 끝으로 달려가 거기서 와키모토 쪽을 향해 적의 횃불이 빨갛게 물들여놓은 밤하늘을 동그란 눈으로 가만히 바라보았다.

그때 정문 쪽으로 말 두어 마리가 달려왔다. 정찰을 나갔던 병사들인 듯, 곧 성문 안으로 들어오더니 도시이에가 있는 막사 안으로 모습을 감추었다. 상세한 내용은 부장들의 입을 통해 곧 성안의 모든 사람들에게 전해졌다.

"오늘 밤 와키모토에 진을 친 적은 호리 히데마사의 선봉이고, 히데요시는 후방의 이마조에 진을 친 듯하다. 워낙 먼 길을 단숨에 달려온 병사들이니 우리 성을 바로 공격할 염려는 거의 없으나 무슨 짓을 할지 모르는 하시바 군이니 새벽에는 경계를 요한다."

후추 성의 장병들은 조금 전 무라이 마타베 나가요리가 크게 야단을 맞았다는 소문을 듣고, 그것으로 도시이에의 마음을 알게 되었다. 도시이에가 히데요시를 이곳으로 끌어들여 흥망을 걸고 승패를 내려 하는 것이라 생각했기에 모두 마음속으로 피할 수 없는 농성전을 각오하고 있었다.

훌륭한 집안, 훌륭한 아내

하룻밤 동안, 아니 그저 밤의 절반 동안만 이마조에서 기분 좋게 잠을 잔 히데요시는 이튿날인 22일에 이마조를 출발해 와키모토까지 말을 몰아 나갔다.

호리 히데마사가 마중을 나갔다. 깃발도 바로 받아서 꽂았다. 총사가 있음을 보여, 이 선봉 부대의 위치가 곧 중군임을 나타낸 것이었다.

"어젯밤, 후추 성의 움직임은 어땠는가?"

히데요시의 질문에 히데마사가 대답했다.

"특별한 것은 없었습니다."

그리도 다시 덧붙였다.

"하지만 꽤나 단단히 각오를 하고 있는 모양이었습니다."

"흠, 단단히 각오를 하고 있단 말인가? 지쿠젠과의 일전을 피할 수 없다고."

히데요시는 자문자답하며 그곳의 언덕에서 후추 성 쪽을 바라보다 갑자기 명령을 내렸다.

"규타로, 준비하게."

"직접 나서실 생각입니까?"

"물론이지."

히데요시는 탄탄대로를 바라보는 듯 고개를 끄덕였다.

히데마사는 곧 각 부장에게 히데요시의 뜻을 전달하고 자신의 선봉대에도 나팔로 알렸다. 잠시 뒤, 어제와 같은 서열로 행군이 시작되었다.

후추까지는 일 각도 걸리지 않았다. 히데요시는 규타로 히데마사를 앞세우고 선봉 가운데 자리를 잡았다. 벌써 성벽이 보이기 시작했다. 성안의 긴박함은 말할 필요도 없었다. 위치를 바꿔 성 위에서 바라보면, 빠르게 달려오는 병마의 거센 흐름과 표주박 깃발이 더욱 선명하게 보일 터였다.

멈추라는 명령이 떨어지지 않았다. 히데요시의 모습은 여전히 말 위에 있었다. 선봉대의 장병들은 '그렇다면 이대로 성을 포위할 모양이군'이라고 생각했다.

후추 성의 정문을 향해 성난 파도처럼 달려가던 히데요시 군이 학익진을 펼쳤다. 그리고 오직 표주박 깃발만이 한동안 움직이지 않았다. 그때 성의 방어군이 일제히 초연을 피워 올렸다. 그 순간 쏟아지는 듯한 총성이 들렸다.

"규타로, 조금 더 뒤로 물러나게, 뒤로."

히데요시가 히데마사에게 병사를 후퇴시키라고 명령했다. 그리고 다시 진형을 바꾸게 했다. 아니, 진형을 취하지 못하게 했다.

"병사들을 펼치지 말게. 진형을 취하지 말고 한곳에 둥그렇게 머물러 아무런 태세도 취하지 말게."

앞에 선 병사가 사정거리 밖으로 물러나자 자연히 성안의 철포도 그쳤다. 하지만 서로의 기세는 그야말로 일촉즉발 직전에 있는 것처럼 보였다.

"누군가 깃발을 들고 지쿠젠보다 열 간 정도 앞장서서 똑바로 먼저 달려가도록 하게. 말을 끄는 자는 필요 없네. 지금부터 히데요시 혼자 성안으로 들어갈 테니."

히데요시는 사전에 누군가에게 자신의 의중을 밝히지 않았다. 그저 말 위에서 갑자기 그렇게 외쳤다. 그러더니 놀라 술렁이는 장수들을 내버려 둔 채 곧 따각따각 말을 몰아 성의 정문 쪽으로 향했다.

"잠시만! 앞장설 테니 잠시만 기다리십시오."

앞으로 고꾸라지듯 히데요시를 따라잡은 무사가 마침내 열 간 정도 앞서서 명을 받은 대로 깃발을 흔들며 달려 나가자 그 금 표주박을 향해 총알이 몇 발 날아왔다.

"쏘지 마라, 쏘지 마라."

말 위에서 큰 소리로 외치며 총알이 오는 쪽으로 과감히 달려가는 사람은 쏜살과도 같은 모습이었다.

"지쿠젠을 모르는가?"

히데요시는 성문 가까이까지 다가가더니 허리춤의 금빛 부채를 뽑아 성안의 병사를 향해 흔들어 보였다.

"나는 지쿠젠일세. 나를 아는 자도 있을 터, 철포를 쏘지 말게나."

정문 옆 망루에 있던 다카바타케 이와미高畠石見와 오쿠무라 스케에몬奧村助右衛門 두 사람이 '앗' 하고 놀란 모습으로 망루에서 뛰어 내려왔다. 그리고 안에서 문을 열며 말했다.

"하시바 나리셨습니까?"

참으로 뜻밖이라는 듯 어쩔 줄 몰라 하는 얼굴이었다. 두 사람은 낯이 익은 사람들이었다. 얼른 말에서 내린 히데요시가 먼저 다가가 안부를 물었다.

"마타자는 돌아왔는가? 마타자에몬 부자 모두 별일은 없는가? 무사히 성으로 돌아왔는가?"

오쿠무라 스케에몬이 대답했다.

"그렇습니다. 두 분 모두 무사히 성으로 돌아오셨습니다."

"그런가? 다행이로군. 그 말을 들으니 안심이 돼. 스케에몬, 이와미, 나의 말을 끌고 오게."

히데요시는 말의 부리망을 두 사람에게 건네주더니 마치 자신의 부하를 데리고 자신의 집으로 들어가듯 부지런히 성문 안으로 들어갔다. 성을 지키던 갑주의 무리들은 히데요시의 행동에 망연히 넋을 잃고 말았다. 그 무렵 도시이에 부자가 저쪽에서 달려왔다. 그리고 히데요시와 도시이에는 서로 만나자마자 이렇게 말했다.

"오오, 어서 오게."

"아아, 마타자."

그들은 꾸밈도 없었고 억지스러운 표정도 짓지 않았다.

"어떻게 지냈는가?"

히데요시가 묻자 마타자에몬 도시이에가 웃으며 대답했다.

"그럭저럭 지냈다네. 우선 안으로 들게."

그리고 아들 도시나가와 함께 앞장서서 혼마루 안으로 맞아들였다. 일부러 딱딱한 현관은 피하고 다실로 들어가는 문을 열어 정원을 따라 걸었다. 그리고 보랏빛 제비붓꽃과 하얀 철쭉이 피어 있는 사이를 지나 안쪽의 서원으로 안내했다. 이에 도시이에 부자는 히데요시를 집안의 손님으로 맞아들인 것이라 해도 좋을 것이다. 예전에 담 하나를 사이에 두고 살았을 때도 이런 식으로 오갔었다. 히데요시 역시 이 허물없는 친근한 대접에 옛날을 떠올리듯 기뻐했다.

"자, 이리로 들게."

도시이에가 서원 위로 청했으나 히데요시는 짚신도 벗지 않고 서서 주위를 둘러보았다.

"저쪽 담 안으로 보이는 건물이 부엌인 듯한데."

도시이에가 그렇다고 대답하자 히데요시가 큰 소리로 도시이에의 부인을 부르며 부엌 쪽으로 성큼성큼 걸어갔다.

"그렇다면 부인께 먼저 인사를 드리도록 하지. 부인 계십니까?"

도시이에는 깜짝 놀랐다. 아내를 만나고 싶다면 이리로 부르겠다고 말할 틈도 없었으며, 부엌 같은 데 가서는 안 된다고 말하지도 못했다. 그랬기에 아들 도시나가에게 다급히 말해 히데요시의 뒤를 쫓아가게 했다.

"마고시로, 안내를 해드려라. 어서 가거라."

도시이에는 그렇게 말하고 아내에게 알리기 위해 서원에서 복도로 나와 안으로 급히 들어갔다.

히데요시로 인해 더욱 놀란 사람들은 혼마루의 부엌에서 일하고 있던 하인과 하녀였다. 감색 겉옷을 입은, 무사치고는 몸집이 작은 한 장수가 '안녕들 하신가?' 하며 갑자기 불쑥 토방 안으로 들어오는가 싶더니 거기에 있는 여러 사람을 돌아보며 친한 사이처럼 큰 소리로 묻지 않겠는가?

"마타자의 안주인은 안 계시는가? 내실은 어디에 있는가?"

그곳에는 히데요시를 아는 사람이 아무도 없었다. 하지만 허리에 차고 있는 부채와 칼은 누가 보더라도 평범한 부장의 물건이 아니었다. 아무리 봐도 대장의 물건이었다. 하지만 아군 쪽에서는 본 적이 없는 대장이었다.

"……?"

처음에는 모두 이상하다는 표정을 지었으나 금빛 부채와 화려한 장식의 검을 보고는 놀라 일제히 뒤로 물러났다.

"제수씨, 제수씨……. 지쿠젠입니다. 어디에 계십니까?"

히데요시는 부엌 안쪽의 방을 향해 여전히 그렇게 부르고 있었다.

마침 조리실을 정리하기 위해 하인들과 함께 일하고 있던 도시이에의 부인이 문득 그 소리를 듣고 '누굴까?' 궁금히 여기며 작업복을 입은 채 나왔다. 그리고 히데요시의 모습을 본 순간 놀란 그녀의 모습은 말로 형용하기 어려운 것이었다.

"어머……."

도시이에의 부인은 한동안 눈을 동그랗게 뜬 채 가만히 서 있다 이렇게 말했다.

"지금 이게 꿈은 아니겠지요?"

"제수씨, 오랜만입니다. 여전히 건강하신 듯해서 다행입니다."

히데요시가 다가가자 그녀도 그제야 정신이 든 듯 마룻바닥 아래로 내려왔다. 그리고 우선 안으로 들라고 몸을 낮추어 청했으나 히데요시는 봉당의 마룻귀틀에 아무렇게나 앉았다.

"제수씨의 얼굴을 보니 무엇보다 먼저 들려주고 싶은 말은 하리마에 있는 따님(도시이에의 딸을 히데요시의 양녀로 삼았음)도 히메지의 아낙들과 잘 어울리며 매우 건강히 자라고 있다는 사실입니다. 걱정하실 것 없습니다. 그리고 이번에는 남편께서도 뜻과는 달리 출진할 수밖에 없었던 모양이나 진퇴에 망설임이 없었고, 물러날 때도 신속해서 마에다 군만은 전쟁에서도 패하지 않았다고 해도 좋을 것입니다. 이것도 축하할 일입니다. 남편의 무운은 잘 풀리고 있으니 제수씨도 기뻐하시기 바랍니다."

"네……. 고맙습니다."

도시이에의 부인이 엎드린 얼굴 밑으로 손을 모았다. 그때 부인을 안채에서 찾고 있던 도시이에가 모습을 드러냈고, 부부가 손을 잡아끌 듯하며 히데요시를 안으로 안내하려 했다.

"여기는 툇마루의 끝 중에서도 가장 끝으로 너무나도 누추하니 우선은 짚신을 벗고 이곳을 통해서라도 안으로……."

하지만 히데요시는 여전히 '잠시 들른 손님'처럼 가벼운 마음으로 말했다.

"기타노쇼로 서둘러 가는 길이기에 오래 머물 수는 없어. 하지만 성의

도 있고 하니 식은 밥이라도 먹고 갈까?"

"그야 어려울 것 없지만 우선은 서원이나 다실에라도 잠깐 오르는 게……."

온 가족이 히데요시에게 잠깐 쉬어 갈 것을 권했다.

"훗날도 있을 테니, 오늘은 빠를수록 좋겠네. 제수씨, 그저 식은 밥이면 되니 가볍게 차려주셨으면 합니다."

히데요시는 그렇게만 말할 뿐 짚신을 벗고 안으로 들어가 편히 쉬려하지 않았다. 도시이에 부부는 히데요시의 성격에 대해 좋은 점, 나쁜 점을 모두 잘 알고 있었다. 애초부터 의무나 겉치레가 필요할 만큼 서먹서먹한 사이도 아니었다.

"네……. 그럼 얼른 차리도록 하겠습니다."

도시이에의 부인은 다시 어깨에 끈을 두르고 직접 조리실로 들어가 물병과 도마 앞에 섰다. 한 성의 커다란 부엌이었다. 요리하는 사람과 하녀도 여럿 있었다. 부엌에서 일하는 병사들까지 있었다. 하지만 밥을 짓고 요리를 할 줄 모르는 안주인이 아니었다. 어제와 오늘도 부상당한 장병을 손수 치료했으며, 음식도 손수 조리했다. 평소에도 남편의 입맛에 맞추기 위해 직접 요리를 하고, 식칼을 쥐는 것도 결코 드문 일이 아니었다.

가난한 시절일수록 사람을 성숙하게 한다. 특히 여자의 교양은 가난하고 궁핍한 겨울을 견뎌온 풍설의 훈향이 아니면 참으로 뿌리 없는 화병 속의 꽃에 지나지 않는다.

히데요시는 도시이에의 부인이 옛날과 다름없이 어깨에 끈을 두르고 일하는 모습을 흐뭇한 기분으로 바라보았다. 지금은 이 집안도 노토 나나오에 성 하나, 후추에 성 하나, 부자를 합쳐 이십이만 석의 널따란 영지를 소유하고 있었다. 하지만 기요스 시절의 가난은 이웃에 살던 도키치로의 집에도 뒤지지 않을 정도라 쌀 한 되 꾸는 것은 고사하고 소금 한 줌, 하룻밤 등잔불을 켤 기름조차 떨어지는 날도 있다 보니, '응? 오늘 밤에는 불을 밝혔는데' 하며 이웃집의 살림을 바로 알게 되는 때도 있었다.

하지만 그 시절의 어려움은 오늘 이 부인의 모습에 든든한 향기가 되어 피어났으며, 굳건히 뿌리내린 교양미가 되어 나타났다. 히데요시는 당시 자신들 부부의 생활도 떠올랐기에 '우리 네네에게도 뒤지지 않는 아내'라며 진심으로 감탄했다.

"자, 이리로."

하지만 그것도 한순간, 도시이에의 부인은 두어 개의 반찬을 얼른 만들더니 밥상을 직접 들고 부엌 밖으로 나갔다. 먹을 것이 가는 곳에 히데요시도 따라가지 않을 수 없었다. 부인은 아궁이 옆을 지나 그을린 빛깔의 벽 바깥으로 나왔다. 서쪽으로 이어진 정원의 인공산 부근, 적송이 드문드문 자란 숲 아래의 한 정자였다. 뒤따라온 하녀들이 부근의 풀밭 위에 양탄자를 깔았으며 또 다른 두 개의 밥상과 술병을 날라 왔다.

"아무리 바쁘시다 할지라도 나리께만 상을 올릴 수는 없습니다."

"아아, 남편과 아드님도 함께 드시겠소? 그렇다면 더욱 고맙지."

"들판에서 휴대용 식량을 드시는 듯한 기분으로……. 자 어서 드십시오."

도시이에는 히데요시와 마주 앉았다. 도시나가가 술을 올렸다. 정자는 있었으나 쓰지 않았으며, 솔바람은 불었으나 귀에 들려오지 않았다. 술은 한 잔을 넘지 않았으며 히데요시는 도시이에의 아내가 정성껏 준비한 반찬과 식은 밥을 두 그릇 정도 급히 먹고 나서 다시 청했다.

"잘 먹었다. 미안하지만 여기에 차 한 잔 마셨으면 합니다."

정자에 이미 준비되어 있었다. 부인은 곧 그곳으로 가서 차를 따라 올렸다.

"그런데 제수씨."

히데요시가 차를 마시며 무엇인가를 부탁하는 듯한 얼굴로 말했다.

"여러 가지로 실례가 많았습니다만, 이왕 청하는 김에 지금부터 남편이신 마타자 나리를 빌려주셨으면 합니다. 어떻겠습니까?"

참으로 담백한 얘기였다. 하지만 만약 이것을 하시바 쪽에서 마에다가에 정식으로 요청한 것이었다면 문제는 참으로 중대해진다.

당연히 무문으로서의 체면 문제도 있을 것이고 내부적으로는 의견의 분열이 일어날지도 모를 일이었다. 자칫하면 의견 대립이 일어 위험한 상황에까지 이를지도 모를 문제였다. 더군다나 지금 성벽을 사이에 두고 양쪽 군대가 만반의 태세를 갖춘 채 언제라도 전투를 개시할 수 있도록 대치하고 있었다. 그리고 무엇보다 그렇게 되면 많은 '시간'이 필요했다.

"호, 호, 호, 호."

도시이에의 부인이 밝게 웃으며 말했다.

"남편을 빌려달라는, 입버릇과도 같았던 말을 오랜만에 들었습니다. 남편을 빌려달라는 말은 옛날부터 나리께서 곧잘 쓰시던 수법 아니었습니까?"

"하하하하."

히데요시도 웃고 도시이에도 웃었다.

"이보게 마타자, 여자는 묵은 원한도 쉽게 잊지 못하는 모양일세. 자네를 빌려서 술을 마시러 갔던 일을 아직도 지금처럼 말씀하시니……. 하하하, 제수씨. 차의 온도는 적당하고 좋았습니다만 조금 쌉쌀한 맛이 납니다."

히데요시가 찻잔을 돌려주며 다시 말을 이었다.

"하지만 오늘 이야기는 예전과는 좀 다릅니다. 제수씨께 이견이 없으시다면 남편께서도 싫다고는 하지 않을 겝니다. 기타노쇼까지 꼭 동행하게 해주셨으면 합니다. 아드님이신 마고시로는 어머님의 말벗으로 여기에 남겨두고 가겠습니다."

담소를 나누는 동안 일은 이미 결정된 것이나 다를 바 없다고 보았는지 히데요시는 혼자 모든 것을 결정해 나갔다.

"아드님은 남겨두겠지만 남편은 꼭 먼저 달려가주면 좋겠습니다. 마타자는 비교할 자가 없을 정도로 싸움에 능합니다. 그리고 영광스럽게 돌아오는 날에는 여기에 다시 들러 제수씨가 싫다고 하셔도 제멋대로 며칠을 묵을 생각입니다. 지금부터 미리 진수성찬을 청하겠습니다. 그럼……내일 아침에 출발하려면 시간이 없으니 오늘은 이만."

히데요시는 벌써 자리에서 일어나 인사를 했다. 집안사람 모두 부엌문까지 배웅을 나갔다. 그 사이에 부인이 말했다.

"제 말벗으로 마고시로를 두고 가신다고 하셨지만 저는 아직 그런 나이도, 또 그렇게 외로움을 잘 타는 사람도 아닙니다. 성을 맡기기에 부족함이 없는 무사들도 여럿 있으니 부디 남편과 함께 데려가주시기 바랍니다."

도시이에도 부인의 생각에 동의했다.

히데요시와 가족들이 부지런히 발걸음을 옮기는 사이에 내일 아침 떠날 시각과 절차까지 모두 결정되었다.

"다음에 오실 날을 학수고대하고 있겠습니다."

부인은 부엌문에서 발걸음을 멈췄으며, 부자는 성의 정문까지 배웅을 나갔다.

우씨虞氏와 초왕楚王

히데요시가 마에다 가에서 나와 성 밖에 있는 자신의 진으로 돌아간 날 밤이었다. 그곳으로 시바타 쪽의 거물이 두 사람이나 포로가 되어 끌려왔다.

한 사람은 사쿠마 겐바노조 모리마사였고, 또 다른 사람은 가쓰이에의 양자인 시바타 가쓰토시였다. 두 사람 모두 산의 능선을 따라 기타노쇼로 달아나려다 도중에 붙잡힌 것이라고 했다.

겐바노조는 부상을 입었다. 상처를 그냥 놔두면 여름에는 파상풍 때문에 바로 곪아버릴 수도 있다. 그래서 싸움에 패해 달아나는 무사들이 흔히 쓰는 비상수단 중 하나가 뜸을 뜨는 것이었다. 겐바노조도 산속의 농가로 들어가 '쑥을 좀 주지 않겠는가?'라고 청해 상처 주위에 뜸을 떴다. 원시적인 치료법처럼 보이지만 구더기가 생길 정도의 커다란 상처도 그렇게 하면 세포와 피부까지 눈에 띌 정도로 회복된다고 한다. 그리고 당시의 무사들은 가죽 버선에 무사용 짚신을 신은 채 호수와 연못을 그대로 건너다 보니 무좀 때문에 고생을 많이 했는데 그때도 주로 뜸을 떴다고 한다. 상처를 치료할 때처럼 무좀의 진지를 뜸으로 포위한 뒤 병의 뿌리를 화공으로 섬멸하는 것이다.

겐바노조가 뜸뜨기에 여념이 없을 때 그곳의 농민들은 '잡아다 상을 받기로 하자'며 은밀히 상의를 했다. 그날 밤 농민들은 두 장수를 집에서 묵게 해주고 그들이 잠든 사이 포위해 멧돼지처럼 묶어 끌고 온 것이었다. 하지만 그 말을 들은 히데요시는 별로 기뻐하는 기색을 보이지 않았다.

"잘했다고 말하고 싶지만, 농민들치고는 너무나도 잘했군."

오히려 농민들의 기대와는 전혀 반대가 되는 엄벌로 보답했다는 사실은 앞서도 이야기했다.

23일, 히데요시는 마침내 가쓰이에의 본거지인 기타노쇼로 말을 몰았다. 마에다 부자도 참가했다. 이날도 선봉은 호리 규타로 히데마사였다.

후추에서 기타노쇼까지는 겨우 오십 리밖에 되지 않았다. 당일 오후에는 에치젠 최고의 도시 기타노쇼 성 아래의 구즈류九頭龍 강변도, 아스와足羽 산의 요지도 히데요시의 병마로 넘쳐나고 있었다. 도중에 도쿠야마 노리히데의 일족과 후와 미쓰하루不破光治(가쓰미쓰의 아버지)처럼 그의 진문에 항복한 사람들도 적지 않았다.

히데요시는 아스와 산에 진을 치고 기타노쇼 성을 물샐 틈도 없이 포위하도록 했다. 그리고 포위가 끝나자마자 히데마사의 부대에게는 외곽의 한쪽 부분을 치게 했다. 그리고 어젯밤 생포한 겐바노조 모리마사와 가쓰토시를 성벽 가까이까지 끌고 가 공격의 북을 울리며 성안에 있는 가쓰이에의 귀를 공격했다.

"쇼사쿠 나리, 여기를 보시오. 아드님이신 곤로쿠 가쓰토시와 조카인 겐바노조 모리마사도 이미 이처럼 되었소. 마지막으로 하실 말씀이 있으시면 그곳에서 나와 말씀하시오."

두세 번 불렀으나 성안은 조용할 뿐 아무런 대답도 없었다. 가쓰이에는 차마 얼굴을 마주할 수 없었는지 모습을 드러내지 않았다. 물론 이는 싸우지 않고 성안 병사들의 사기를 떨어뜨리려는 히데요시의 계책이었다.

전날 가쓰이에는 도시이에와 헤어져 기타노쇼로 돌아왔다. 밤새 병사들이 하나둘 돌아왔고, 성을 지키던 무리와 전투에 참가하지 않은 사람까지 모두 합쳐도 성안의 인원은 삼천 명이 되지 않았다. 게다가 지금 젠바노조와 가쓰토시도 적의 손에 사로잡혔다는 사실을 알았으니 제아무리 가쓰이에라 할지라도 '모든 것이 끝났구나'라며 포기할 수밖에 없었다.

히데요시 군의 진격의 북소리는 그칠 줄 몰랐다. 저녁에는 외곽의 방어선도 모두 무너져 성벽을 사이에 두고 겨우 열다섯 간이나 스무 간 정도 앞까지 하시바 군의 갑주로 가득 채워져 있었다. 그럼에도 불구하고 성안은 여전히 조용했다. 그사이 공격 부대의 북소리도 멈췄으며, 밤이 들자 성 안팎을 사자인 듯한 부장이 오갔기에 '저건 가쓰이에의 목숨을 살리기 위한 운동이거나 항복을 위한 사자일 거야'라는 소문이 떠돌기 시작했다. 하지만 성안의 분위기는 그런 것 같지만도 않았다.

저녁이 지나자 그때까지 새카만 어둠에 잠겨 있던 혼마루에 등불이 환하게 밝혀졌다. 북쪽 성곽에도, 서쪽에도 불이 밝혀졌다. 아니 필사의 각오로 무사들이 방어를 위해 늦은 밤까지 이야기를 나누고 있는 망루에도, 총안에도 불이 밝혀졌다.

"무슨 일이지?"

공격 부대는 이상히 여겼다. 하지만 머지않아 그 의문이 풀렸다. 북소리가 들려왔기 때문이다. 또 피리 소리가 흘러나왔기 때문이다. 거기에 북국의 사투리가 섞인 노래까지 들려왔기에 성 밖의 공격 부대조차 그날 밤에는 감회에 잠기지 않을 수 없었다.

"그래, 알았다. 성안에서는 오늘 밤을 마지막으로 알고 가엾게도 작별의 잔치를 즐기고 있는 거로군."

추억처럼 떠오르는 에이로쿠 시절, 당시 오다의 막장 중 한 명이었던 시바타 곤로쿠 가쓰이에가 고슈江州의 장광사長光寺(조코지) 성안에서 사사키 조테이佐々木乘禎의 강적 팔천에 포위당해 맹공을 받았을 때, 마침내 마실 물이 떨어졌는데도 여전히 '물은 정원에 버릴 정도로 통에 가득 있다'는 태도를 보이며 항복을 권하러 온 사자의 간담을 서늘하게 했다. 그런데 그 젊은 곤로쿠 가쓰이에의 기개는 지금 어디로 갔는지?

장광사 성안의 물이 더욱 궁해져 병마 모두 목이 말라 죽을 지경에 이르자 가쓰이에는 저장해두었던 세 개의 커다란 물통을 목이 말라 생기를 잃은 성안의 병사들 가운데 놓게 했다. 그러고는 '경들이 갈망하는 물, 실컷 마시도록. 이것이 마지막 물이다'라고 말했다. 병사들의 입에서 물방울이 흐르는 것을 본 다음 칼 끝을 아직 물이 남아 있는 통으로 향하며 '통이여 들으라. 물이 궁하다 한들 우리 무문이 어찌 목이 말라 죽겠는가. 목이 마르면 적병의 피를 마시리라!' 하고 호언했다. 그리고 그 통을 있는 힘껏 내리쳐 부수고는 '모두 나서라'라고 외치며 성문을 열었다. 필사의 각오를 다진 일천 명의 병사는 적 속으로 달려 나가 팔천의 대군을 달아나게 했다. 그렇게 죽음을 각오하고 나선 길을 결국 개선가가 울려 퍼지는 길로 만들며 의기양양하게 본국으로 돌아왔다. 그런데 지금 그러한 맹장 시바타의 이름은 어디로 사라졌단 말인가?

성안의 부대도, 성 밖의 부대도 원래는 같은 오다 휘하의 장병들이었다. 그러다 보니 예전의 가쓰이에를 모르는 사람은 아무도 없었다. 바로 그랬기에 더욱 감회가 깊었다.

그날 밤, 기타노쇼 성안에서는 마지막 향연이 펼쳐졌다. 혼마루의 천수각 안에 가쓰이에의 부인과 그 딸들을 중심으로 일족과 고굉지신을 합쳐 팔십여 명에 이르는 사람들이 지척에 적군을 둔 채 촛불을 밝혀놓고 나란히 앉았다.

"이렇게 한자리에 모두 모인 것은 새해 첫날에도 없는 일이지?"

나카무라 분카사이中村文荷齋의 말에 역시 일족인 시바타 야에몬柴田弥右衛門이 웃으며 말했다.

"날이 바뀌면 죽음의 첫날일세. 오늘 밤은 이승에서의 섣달그믐……."

촛불의 숫자도 사람들의 웃음소리도 평소의 잔치와 다를 게 없었다. 단지 갑옷을 입은 사람들이 늘어앉아 있었기에 소슬한 기운이 감도는 듯했다. 그러한 가운데 부인 오이치와 열일곱 살 먹은 큰딸을 비롯해 세 딸들의 치장이 있어서는 안 될 곳에 있는 듯 눈에 띄고 처연해 보였다. 특히 열한 살 된 막내가 상 위의 진수성찬과 많은 사람이 모인 것을 보고 즐거워서 음식을 흘리기도 하고 언니에게 장난을 치기도 하는 모습을 보면서 주연에 참석한 무장들도 눈시울을 붉히지 않을 수 없었다.

그 자리에는 가쓰이에도 있었다. 그는 주위 사람들에게 술을 따라주며 몇 번이고 외로움을 호소했다.

"겐바도 있었으면."

좌중에서 겐바노조의 실패를 원망하는 사람의 목소리가 들려오면 가쓰이에는 오히려 이렇게 말했다.

"겐바를 탓하지 말게나. 이 모든 것이 이 가쓰이에의 불찰일세. 그런 소리를 들으면 이 가쓰이에를 탓하는 듯해서 견딜 수가 없다네."

그리고 좌우에게 자꾸만 술을 권했으며, 각 망루에 있는 무사들에게도 창고 안에 있는 명주를 넉넉히 꺼내 보냈다.

"여한 없이 작별을 하도록 하게. 큰 소리로 시를 읊어도 상관없다네."

각 망루에서 노래가 들려왔으며 웃음소리가 흘러나왔다. 가쓰이에 앞에서도 북이 울렸으며 춤을 출 때 쓰는 은색 부채가 우아한 선을 그렸다.

"예전에 우후(노부나가) 님께서는 기회가 있을 때마다 바로 일어나셔서 춤을 추시고 쇼사쿠도 춰보게 하며 곧잘 강요하셨는데 춤에 서툰 것이 부끄러워 늘 사양했으나 이제 와서 생각해보니 잘못했다는 생각이 드는

구나. 오늘을 위해서라도 하다못해 한 사위 정도는 배워둘 걸 그랬어."

가쓰이에는 그런 이야기도 늘어놓았다. 그의 가슴에는 지금 옛 주인을 그리워하는 마음이 있었던 것이다. 그리고 그 옛날 일개 병사에 불과했던 원숭이 놈 때문에 이처럼 절망 외에는 아무것도 없는 궁지에 몰리기는 했으나 하다못해 세상에 부끄럽지 않도록 사후의 명예만이라도 지킬 수 있기를 남몰래 빌었을 것이다.

가쓰이에는 아직 쉰네 살이었다. 무장으로서는 지금부터가 시작이라고도 할 수 있었을 테지만 그에게는 왕년의 기개를 찾아볼 수 없었다. 오로지 사후의 명예만을 생각해 '이 세상에 여한이 없도록'이라고 말하며 죽음의 향연을 즐기는 것은 대체 무엇 때문인지? 그 자리에는 일족과 고굉지신 팔십여 명이 있으며, 각 망루에는 여전히 죽음을 두려워하지 않는 철갑 병사가 이천 명 이상이나 있는데 시즈가타케에서 단 한 번 패배한 뒤로 '졌다'고 포기하는 것이야말로 겐바노조의 혈기 이상으로 기타노쇼 멸망의 원인이 아닐까 싶다.

왕년의 그를 아는 사람 중 누가 늙은 시바타의 모습을 보고 한탄하지 않을 수 있겠는가? 장광사 성 한쪽에 있던 큰 통도 이제는 빛이 바래버리고 말았다. 그 역시 세상의 흙 속에서 과거, 현재, 미래를 보내는 무수한 똥 장군과 다를 바 없는 하나의 범용한 항아리로 변해버리고 만 것일까?

술잔이 돌고, 또 돌다 보니 통 안의 술도 밤과 함께 말라갔다. 노래와 북소리가 있었으며, 춤과 은 부채가 있었고, 사람들의 환성과 웃음소리도 있었으나 슬픔의 기운은 도저히 떨쳐낼 수가 없었다.

때로 얼음과도 같은 침묵과 밤기운에 어둠을 내뱉는 촛불이 팔십여 명의 취한 얼굴을 술기운이 가신 듯 하얗게 비추고 있었다.

"아직은 밤도 깊고 날이 밝으려면 멀었소. 성 밖의 적도 쥐 죽은 듯 고요하니 마음껏 즐기도록 하시오. 여한이 없도록."

고지마 와카사노카미小島若狹守는 주연 중에도 끊임없이 복도로 나가 밖을 둘러보며 적의 움직임을 감시했다. 그리고 여한 없이 즐기라며 정황을 들려주곤 했다.

그때 방 밖에서 와카사노카미의 목소리가 들려왔다.

"거기 오는 것이 누구냐?"

"신로고입니다."

다시 와카사노카미의 목소리가 들려왔다.

"오오, 그래……. 왔느냐……."

와카사노카미는 격렬하게 솟아오르는 감동을 억누르지 못했다. 그러한 분위기가 방 안에 있는 사람들에게까지 전해졌다.

"아버지, 왔습니다."

다음 말이 들려오자 사람들은 모두 술잔을 아래로 내려놓았다.

'누구지?'

사람들은 서로의 눈을 바라보았다. 가쓰이에도 귀를 기울이고 있는 듯했다.

잠시 뒤 한 사람이 조용한 발걸음으로 방 바로 앞까지 다가왔다. 그리고 이내 고지마 와카사노카미가 한 젊은이를 데리고 방으로 들어왔다. 그 젊은이의 가녀린 모습을 본 순간 가쓰이에를 비롯한 모든 사람들이 눈을 둥그렇게 떴다. 와카사노카미 뒤에 서 있는 사람은 오랫동안 병으로 집에서 요양만 하고 있어서 사람들의 기억에서 잊힌 와카사노카미의 장남이자 당년 열여덟 살의 고지마 신고로였기 때문이다.

"한 가지 청이 있습니다."

와카사노카미가 가쓰이에 앞에 엎드려 말했다.

"돈아豚兒 신고로, 오래도록 녹을 먹었으면서도 몸이 약해 야나가세에도 참전하지 못했으니 이대로 집에 머무는 것은 분한 일이라며 탕약도 버리고 이렇게 달려왔습니다. 모쪼록 아들놈에게도 내일의 최후를 함께할 수 있도록 허락해주시기 바랍니다."

가쓰이에는 크게 감격하며 신로고를 불렀다.

"주종의 인연은 2세에 이른다."

그리고 그 자리에서 술잔을 내렸다.

이 젊은 무사는 이튿날 진지의 문에 '고지마 와카사노카미의 아들 신고로, 십팔 세. 야나가세에 참전하지 못했으나 오늘 충의를 다하리라'라고 크게 써 붙이고 맹렬한 불길과 어지러운 싸움 속에서 분전했다. 그는 그렇게 평생 병든 몸이었지만 마지막에 의와 효를 지켜 훈훈한 생을 마감했다.

얼마 전에는 멘주 이에테루가 있었고, 지금은 고지마 신고로가 있다. 멸망해가는 집안에도 무사 정신을 잃지 않은 사람이 적지 않았다. 그처럼 무사 정신을 잃지 않은 사람을 여럿 데리고 있었으면서도 끝내 무너져가는 대세를 좌시할 수밖에 없었던 가쓰이에는 가장으로서 얼마나 자책했을까?

때는 삼경이었다. 잔치는 아직 끝나지 않았고, 어린 딸들은 어머니의 무릎에 기대어 졸기 시작했다. 딸들에게는 이 잔치도 마침내 따분한 것이 되어버린 모양이었다. 막내딸은 언제부턴가 어머니의 무릎을 베고 곤히 잠을 자고 있었다. 오이치는 그 딸의 머리를 쓰다듬며 시종 눈물을 참느라 애를 썼다. 둘째딸도 마침내 졸기 시작했다. 큰딸 차차만이 이 밤의 잔치가 어떠한 자리인지를 알았기에 사랑스러울 정도로 밝은 얼굴로 어머니의 마음을 살폈다. 딸들 모두 어머니를 닮아 미모가 뛰어났으나 특히 큰딸인 차차는 타고난 아름다움 속에 오다 가의 핏속에 흐르는 고귀한 향기까지 더해 보는 사람의 눈을 더욱 아프게 했다.

"참으로 천진하구나."

가쓰이에가 잠든 막내딸의 얼굴을 보며 오이치에게 말했다.

"자네는 노부나가 공의 누이동생이오. 이 가쓰이에의 집으로 온 지 아직 일 년도 되지 않았소. 날이 밝기 전에 아이들을 데리고 성을 나서도록 하시오……. 도미나가 신로쿠富永新六를 붙여 히데요시의 진소까지 데려다 주도록 하겠소."

오이치가 눈물을 흘리며 대답했다.

"싫습니다……."

오이치는 눈물로 대답했다. '무문으로 시집온 이상 이와 같은 일은 이미 각오를 하고 있었습니다. 이 모든 것이 숙명의 업. 이제 와서 놀랄 것도 없습니다. 이러한 때에 성 밖으로 나가라니 오히려 말도 안 되는 소리입니다. 지쿠젠의 진문에 의지해 목숨을 부지해야겠다고는 생각하지도 못한 일'이라고 말하기라도 하듯 소매에 묻은 얼굴을 흔들어 보였다. 하지만 가쓰이에는 거듭 재촉했다.

"물론 연이 깊지도 않은 이 가쓰이에를 위해 정조를 지킨다는 건 기쁜 일이지만, 세 딸들은 원래 아사이 나리(나가마사)의 핏줄이 아니오. 또 히데요시에게도 주인의 누이동생이니 자네들 모자를 모질게 대하지는 않을 것이오. 그렇게 하도록 하시오. 어서 채비를 하도록."

"신로쿠, 이리 오너라."

가쓰이에는 자리에 있던 무사를 불러 뜻을 전했다. 그리고 다시 오이치에게 권했으나 오이치는 싫다며 고개만 흔들 뿐 자리를 떠나려 하지 않았다.

"그렇게까지 마음을 정하셨다면 억지로 권하는 것도 오히려 좋지 않을 듯합니다. 하다못해 아무것도 모르는 따님들만이라도 나리의 뜻에 따라 성 밖으로 내보내심이……."

여러 신하들이 한목소리로 말했다. 그러자 오이치는 그 뜻에는 동의를 하는 듯 무릎에서 자고 있는 막내까지 흔들어 깨웠다. 그러고는 무사를 붙여 성 밖으로 내보내기로 했다.

"싫습니다. 싫습니다. 어머니와 함께……."

차차는 떼어낼 수 없을 정도로 오이치에게 매달리며 몸부림을 쳤다. 하지만 가쓰이에가 달래고 오이치가 타이르고 무사인 신로쿠가 떼어내 억지로 차차를 밖으로 데리고 나갔다. 세 딸이 멀어질 때까지 울음소리가 들려왔다. 밤은 이미 사경에 가까웠다. 흥겹지 않은 잔치의 흥도 다해 무사들은 이미 갑옷의 끈을 조였으며, 무기를 들고 마지막 전투를 위해 각자의 자리로 흩어져 갔다.

가쓰이에 부부와 일문의 몇몇 사람들은 서로를 의지하며 혼마루의 안채로 들어갔다. 오이치는 작은 책상에 앉아 세상을 하직하는 글을 남기기 위해 먹을 갈았다. 가쓰이에도 시 한 수를 남겼다.

장막 안 희미해진 촛불은 우씨와 초왕의 원한을 떠오르게 했다. 새소리가 새벽이 가까워졌음을 알리고 있었다.

귀공녀

같은 밤이지만 사람마다 맞이하는 밤이 다르다. 그리고 패자와 승자가 맞이하는 아침도 다르다.

히데요시는 저녁에 아스와 산의 본진을 더욱 앞으로 당긴 뒤 날이 밝는 대로 총공세를 펼치기 위해 만반의 준비를 갖춰놓았다. 그리고 그는 시가지의 한쪽 끝인 구즈류 강을 등에 지고 걸상을 놓게 한 뒤 조용히 날이 밝기를 기다렸다.

시가지도 비교적 평온했다. 두어 군데서 불이 나기는 했으나 병사들에 의한 것이 아니라 당황한 시민들이 실수로 불을 낸 것이라는 사실이 밝혀졌으며, 오히려 그것을 커다란 횃불로 삼아 성안 병사들의 기습을 감시하려고 밤새 그대로 불타게 내버려두었다.

"각 진에 게시하도록 하게."

저녁에 히데요시가 호리 히데마사에게 건넨 군령은 오류십 통으로 복사되어 각 부장들에게 교부되었다. 그 내용은 다음과 같은 것이었다.

규율

- 진퇴 및 모든 일은 전령이 전하는 법에 의할 것.
- 난폭하게 굴지 말 것. 특히 술집에 들어가지 말 것.
- 단독으로 함부로 행동하지 말 것.
- 승리에 교만하지 말 것.
- 전투에 대한 마음의 준비를 하고 야습에 대비할 것.

저녁부터 밤늦게까지 각 진에 소문이 돌았던 것처럼 히데요시의 영 안으로 여러 사람들이 드나들었던 것은 틀림없는 사실이었다. 그 때문에 가쓰이에의 목숨을 구하기 위한 운동이 행해지고 있다는 둥, 바로 성문을 열것이라는 둥 여러 말들이 오갔으나 자정이 지나서도 당초의 작전방침에는 아무런 변화가 없었다. 그리고 일찍부터 각 진에 새벽이 가까웠음을 알리는 움직임이 있었다. 그러는 사이 나팔이 울렸으며, 안개를 뚫고 북소리가 둥둥 전 진지를 흔들었다.

동쪽 하늘은 이미 밝아오기 시작했다. 예정대로 인시(오전 4시)에 한치의 오차도 없이 총공격이 시작된 것이었다. 성벽에 가까운 선봉 부대의 총성을 시작으로 싸움이 시작되었다.

탕탕. 안개 속에 섬뜩한 소리가 울려 퍼졌으나 어떻게 된 일인지 잠시 뒤 총성도 선두에 선 사람들의 함성도 뚝 끊겨버리고 말았다.

"무슨 일이지?"

전군 모두 적잖이 움직임을 망설였다. 그때 전령 하나가 안개를 뚫고 히데요시의 걸상과 호리 히데마사의 진지 사이를 오가며 말에 채찍을 가했다.

잠시 뒤, 버드나무가 있는 마장馬場에서 적의 무사 한 명이 여자아이들을 데리고 히데마사의 부하와 전령의 안내를 받으며 시가지를 향해 걸어오는 모습이 보였다.

"철포를 멈춰라. 쏘지 마라."

말을 탄 전령이 앞을 향해 외치며 지나갔다.

"오오, 성안에서 나온 투항자인가?"

병사들 모두 그들을 유심히 살펴보았다. 그들이 노부나가의 세 조카딸이라는 사실은 알 수 없었으나 안개에 젖은 여섯 개의 사랑스러운 소맷자락을 지켜보고 있었다.

언니는 동생의 손을 잡고 있었으며 그 동생은 막내를 위로하며 돌멩이가 깔린 길을 까치발로 걷고 있었다. 신을 신지 않는 것이 항복한 사람의 예의였기에 아이들도 비단 버선만 신은 채 흙을 밟고 있었다.

"아야, 아파……."

막내는 걸으려 하지 않았다. 성으로 돌아가고 싶다고 말했다. 그러자 성안에서 함께 나온 도미나가 신로쿠가 거짓말로 속여 등에 업었다.

"신로쿠, 어디 가는 거야?"

신로쿠 등에 업힌 아이는 떨고 있었다. 마치 아름다운 시체를 업고 있는 것 같은 차가운 느낌에 신로쿠마저 살아 있는 듯한 기분이 들지 않았다. 신로쿠는 눈물로 대답했다.

"좋은 아저씨들이 계신 곳에……."

"싫어. 싫어……."

막내가 울기 시작했다. 열셋, 열일곱 살의 두 언니가 열심히 달랬다.

"어머니도 곧 오실 거야. 그렇지? 신로쿠……."

"네, 오시고말고요."

마침내 그들은 히데요시의 진소가 있는 솔숲 부근까지 왔다. 히데요시는 막사에서 나와 소나무 아래에 서 있었다. 그들이 다가오고 있는 모습을 지켜보고 있었던 모양이었다.

"모시고 왔습니다."

그들을 데리고 온 히데마사의 가신이 그동안의 경위를 대충 보고했다. 히데요시는 알았다고 대답한 뒤 곧 아이들 옆으로 걸어갔다.

"많이 닮았구나……."

히데요시가 가슴속으로 그리고 있던 사람이 노부나가인지, 오이치인지는 모르겠으나 어쨌든 그렇게 중얼거렸다.

"착한 아이들이로구나."

그리고 가만히 바라보았다.

차차는 담홍색 매화가 그려진 옷자락에 우아하게 띠를 매고 있었다. 가운데 아이는 자수로 새긴 커다란 무늬에 붉은 허리띠를 매고 있었다. 막내도 뒤지지 않을 만큼 치장했으며, 각자 조그만 금방울과 침향 냄새가 나는 주머니를 들고 있었다.

"몇 살이냐?"

히데요시가 물었으나 셋 모두 대답하지 않았다. 오히려 창백해진 입술로 건드리면 이슬 같은 눈물을 흘릴 것만 같았다.

"하하하."

히데요시가 의미도 없이 웃어 보인 뒤 자신의 코를 가리키며 말했다.

"얘들아 무서워할 것 없다. 지금부터는 이 지쿠젠과 놀기로 하자."

처음으로 가운데 아이가 살짝 웃었다. 어쩌면 원숭이를 떠올렸는지도 모른다. 그런데 바로 그때 아침 하늘이 드리우기 시작한 기타노쇼 성 주변으로 전보다 더 큰 총성과 함성이 들려왔다. 성벽에서 연기가 피어오르자 아이들이 울기 시작했다.

"어머니, 어머니."

"아이들이 겁을 먹지 않을 만한 곳으로 데려가라."

히데요시는 아이들을 가신에게 맡긴 뒤 말을 가져오라고 큰 소리로 외쳤다. 이윽고 그는 말을 타고 성 쪽으로 달려갔다.

훗날 첫째인 차차는 히데요시의 측실로 들어가 요도기미淀君가 되었으며, 둘째는 교고쿠 다카쓰구京極高次의 정실이 되었고, 막내는 도쿠가와 히데타다德川秀忠의 아내가 되어 이에미쓰家光를 낳았다. 그러한 전국 시대의 기구한 운명은 역사적 기록에 의해 사람들에게 전해졌다.

구즈류 강의 물을 끌어다 만든 외곽의 이중 해자는 적의 접근을 쉽게 허락하지 않았다. 하지만 바깥쪽 해자가 무너지자 성안의 병사들은 정문 쪽 다리를 자신들의 손으로 불태워버렸다. 불길이 근처 망루에 옮겨 붙어 부근의 막사에도 불똥이 튀었다.

성안 병사들의 항전은 예상외로 거셌다. 전날 밤부터 공격 부대에서 이미 이긴 것이나 다름없다는 분위기가 있었던 것도 한몫했다.

"두려운 것은 적이 아니다. 바로 그 교만함이다."

히데요시는 각 진에 방을 내건 것처럼 그 점을 적잖이 신경 쓰고 있었다. 그래서 그는 오늘 아침부터 선봉에 서서 직접 지휘를 했다.

정오에 바깥쪽 성이 함락되었다. 공격 부대는 각 문을 통해서 혼마루로 물밀듯이 쏟아져 들어갔다. 하지만 가쓰이에를 비롯한 기타노쇼의 주요한 인물들은 천수각에 의지해 온갖 방어전을 펼쳤다. 이 천수각은 구 층이었는데 철문, 돌기둥으로 지어져 무척이나 견고했다.

공격 부대는 그곳에 들어가기 전보다 들어와서 공격한 일 각 동안 오히려 몇 배나 더 많은 희생을 치렀다. 게다가 성의 정원과 건물이 모두 불바다로 변한 상태였다. 히데요시도 그곳으로 들어갔다.

"일단 모두 물러나라."

히데요시는 결판이 나지 않을 거라고 생각했는지 공격에 지친 각 부대의 병사들을 물러나게 했다.

"우선은 잠시 쉬도록 하라."

그사이에 그는 직속의 정예부대와 각 부대의 용맹한 무사들을 수백 명 골라 창과 칼만 들게 해서 일제히 달려가게 했다.

"이 히데요시가 여기서 지켜보겠다. 천수각 안으로 들어가라."

특히 가려서 뽑은 병사들은 곧 벌 떼처럼 각을 둘러싸더니 안으로 들어갔다. 건물의 삼 층, 사 층, 오 층에서도 시키면 연기가 뿜어져 나왔다.

"됐다!"

히데요시가 큰 소리로 외쳤을 때 천수각의 지붕은 거대한 불의 우산이 되어 있었다. 그것은 가쓰이에의 최후를 알리는 섬광이기도 했다.

가쓰이에는 권속 팔십여 명과 함께 건물의 삼사 층 부근에서 공격 부대의 용맹한 병사들을 베고 찌르며 최후의 순간까지 핏물에 발이 미끄러질 정도로 분전을 펼쳤다. 하지만 결국 무너져내리자, 일족인 시바타 야에몬, 나카무라 분카사이, 고지마 와카사노카미 등이 그를 재촉했다.

"어서, 어서, 준비를……."

그 말에 가쓰이에는 오 층으로 달려 올라가 우선 오이치의 죽음을 지켜본 뒤 분카사이의 도움을 받아 할복했다. 때는 신시(오후 4시)였다.

건물은 밤새 활활 타올랐다. 노부나가가 에치젠 경영을 시작한 이후 세운 구즈류 강변의 화려한 건물과 수많은 꿈과 영혼을 애도하듯 모두 불에 타 재로 변한 자리에서 가쓰이에로 여기지는 것은 아무것도 발견되지 않았다고 한다. 사후의 모습을 보이지 않기 위해 주도면밀하게 준비를 한 뒤 건초를 건물 위에 쌓아 스스로를 불태웠기 때문이라고 전해진다.

가쓰이에의 죽음을 수급으로 확인할 수 없었기에 혹시 달아난 것이 아닐까 하는 억측도 나돌았으나 히데요시는 신경도 쓰지 않고 이튿날인 25일에 벌써 가가로 향하고 있었다.

아수라의 아들

가가의 오야마 성(가나자와金澤)은 어제까지 사쿠마 겐바노조의 영지였다. 기타노쇼 성이 떨어졌다는 소식이 전해지자 이 지방도 히데요시 군에게 항복했다. 히데요시는 싸우지 않고 오야마 성을 손에 넣었다. 하지만 이기면 이길수록, 전진하면 전진할수록 그는 '때로는 마속馬謖을 베는 것도 마다하지 않겠다'며 군기가 헤이해지는 것을 경계했다. 거기에는 가쓰이에를 정벌하기는 했으나 여전히 가쓰이에를 따르는 적들에게 무언의 압력을 가하려는 뜻도 있었다.

도야마富山 성에 있는 삿사 나리마사가 그런 사람 중 하나였다. 그야말로 누구보다 시바타를 따랐으며 누구보다 히데요시를 싫어했고, 또 히데요시를 멸시한 사람이었다. 원래 삿사는 오와리 가스가이 군 히라이平井 성의 성주로, 가문만 봐도 히데요시와 비교할 수 있는 사람이 아니었다. 예전 노부나가 시절에 호쿠리쿠로 출정했을 때에는 시바타의 부장 역할을 맡았으며, 가쓰이에가 야나가세로 출진했을 때에는 에치고의 우에스기 가게카쓰를 견제하고 내부를 빈틈없이 단속하라는 부탁을 받고 '여기에 나리마사가 있다'며 호쿠리쿠에서 자리를 굳건히 지켰다.

비록 가쓰이에는 세상을 떠났고 기타노쇼도 함락되었다고는 하나 타고난 용맹과 히데요시를 싫어하는 마음이 있는 나리마사는 '설령 가쓰이에의 전철을 밟는다 할지라도 아직 타격을 입지 않은 병력과 시바타를 따르는 잔여 세력을 규합해서 장기전을 펼치면 그 사이에 주위의 사정도 변하리라' 다짐하며 오기로라도 사력을 다해 맞설 가능성이 매우 높았다.

히데요시는 구태여 그러한 오기를 건드리지 않았다. 굳이 공격하지 않고 위용을 내보이며 그가 다가오기를 기다리기로 했다. 말하자면 나리마사에 대해 '다시 생각해보게' 하고 생각할 여지를 준 것이라고 할 수 있다.

그 사이 히데요시는 에치고의 우에스기 가게카쓰에게 적극적으로 맹약을 재촉했다. 앞서 다키가와 정벌 이전 우에스기에게 밀사를 보내 취할 수 있는 수단은 이미 취했으나 그 뒤 추이를 다시 알리고 '그쪽의 근황은 어떤지?'라고 물으며 구체적인 의사표시를 요구한 것이었다.

호쿠에쓰에서는 그곳을 진압하고 자리한 겐신謙信 이후부터 우에스기 가가 높은 곳에 서서 독자적으로 그곳을 경략하여 이 커다란 풍운의 시절을 건너려 하는 기운이 있었다.

가게카쓰는 가신인 이시카와 하리마노카미石川播磨守를 보내 전승을 축하하고, 히데요시의 회맹의 뜻에는 '호쿠리쿠의 산하, 작금 다망하니 훗날 직접 뵐 날이 있을 것입니다'라고 정중히 답했다.

히데요시와 우에스기 가 사이에 우호 관계가 유지되는 한 도야마의 삿사 나리마사가 항전을 꾀할 여지는 없었다. 그러다 보니 나리마사는 뜻을 꺾고 마침내 히데요시에게 항복했다. 그리고 자신의 둘째딸을 도시이에의 차남인 도시마사에게 시집보내겠다고 약속함으로써 영지를 무사히 지킬 수 있게 되었다. 이로써 히데요시는 기타노쇼 이북 지방은 거의 싸우지 않고 승리의 여세로 평정했다.

4월 25일, 히데요시는 도야마 성안에서 위로의 잔치를 베풀었다. 마침내 군을 되돌리기 위해서였다. 그 자리에는 에치고의 사자인 이시카와 하리마노카미도 있었다. 이시카와 하리마노카미는 사자의 공무를 마친 뒤 에치고로 돌아갈 예정이었으나 히데요시가 만류했기에 귀국을 하루 미루고 잔치에 참석한 것이었다.

"귀공의 얼굴은 전장에서 본 기억이 있는데, 혹시 나를 잊으셨소?"

술자리가 한창 무르익어 좌중이 어지러워질 무렵, 마타자에몬 도시이에가 하리마노카미 앞으로 다가가 잔을 청했다. 하리마노카미가 술을 따르면서 웃으며 말했다.

"무슨 말씀이시오. 덴쇼 9년(1581년) 10월, 성원사의 격전에서 투구와 갑옷을 붉게 물들인 채 고전하는 아군을 독려하던 애꾸눈 대장의 모습, 지금도 눈에 선한데 어찌 잊었을 리가 있겠소."

도시이에가 무릎을 치며 말했다.

"그렇소. 그때 언제나 장기 알 모양의 깃발을 내걸고 능란하게 창을 휘두르며 우에스기 군의 선두에 서서 아군을 괴롭히는 장수야말로 에치고의 이시카와 하리마라고 들었기에 잘 기억해두었다가 창을 겨루어보려 했는데 끝내 맞설 기회도 없이 오늘 여기서 무릎을 마주하게 될 줄이야……."

"마타자 나리께 그건 행운이었다고 할 수 있을 게요."

"하하하, 무슨 말씀이시오. 하리마 나리야말로 목숨을 건지신 게요. 이후의 목숨은 공짜로 얻은 것이라 생각하시고 오늘은 마음껏 드시도록 하시오."

도시이에는 그 자리에서 가장 큰 잔을 가져오게 해서 하리마노카미의 손에 건네주었다.

"이거 정말 마음에 드는군."

에치고의 무사 중에 다섯 홉이나 한 되쯤 되는 술에 겁을 먹는 사람은 아무도 없었다. 하리마노카미는 술을 한 방울도 남기지 않고 마셨다. 여기 저기에 제각각 모여 이야기를 나누던 사람들도 그가 술을 마시는 모습을 보고 자신도 모르게 감탄했다.

"아, 잘도 마시는군."

히데요시도 그 모습을 보고 옆에 있던 장식이 있는 잔을 쥐었다.

"하리마 한 잔 더 받게."

그 잔은 술꾼도 고개를 살짝 갸웃거릴 만한 물건으로 전 성주였던 겐바노조가 가쓰이에에게서 받은 커다란 잔이었다.

"고맙습니다."

하리마노카미는 그것을 올려다보며 절했다. 하지만 시중을 드는 사람이 히데요시의 손에서 잔을 받아 건네주려 하자 잠시 만류하며 정중하게 말했다.

"잠시만 기다려주십시오. 그 잔은 다른 자에게 내리셨으면 합니다……. 그래주시면 더욱 고맙겠습니다."

히데요시가 궁금하다는 듯 둘러보았다.

"누구인가? 이 잔을 하리마가 특히 받게 하고 싶다는 자는?"

"그게, 여기에는 없는 자입니다."

"없는가?"

"제가 함께 데려온 자로……. 만일 허락하신다면 이곳으로 부르도록 하겠습니다."

"그래, 바로 부르도록 하게."

히데요시가 가벼운 마음으로 다시 하리마노카미에게 물었다.

"그런데 그자는 자네의 가신인가, 가게카쓰 나리의 무사인가?"

"그게, 아수라의 아들입니다."

"그래, 아수라의 아들이라고?"

"그렇습니다."

"아수라의……?"

히데요시가 묘한 표정을 지었다. 하리마노카미가 취흥에 농담을 하는 것이라고 의심했기 때문이다. 그런데 잠시 뒤 하리마노카미가 불러온 사람을 보니 그는 아직 열두어 살에 불과한 사랑스러운 소년이었다.

"하리마, 이처럼 어린아이에게 이 커다란 잔을 내리라니 어찌 된 일인가? 설마 주태백의 아들도 아닐 텐데."

히데요시도 농담을 건넸다. 그 소년에게 시선을 모으고 있던 사람들도 모두 웃었다. 하지만 이시카와 하리마노카미 한 사람만은 눈에 눈물까지 글썽이며 그 소년을 옆으로 불러 히데요시에게 예를 갖추게 한 뒤 이렇게 말했다.

"지난 덴쇼 7년에서 9년(1579~1581년)까지의 호쿠에쓰 전투에 참가했던 자들은 아직 잊지 않았을 테지만, 이 아이는 당시 저희 우에스기 가의 장수로 우오쓰魚津 성에서 오다 나리의 원정군인 시바타 일족, 삿사, 마에다 등의 대군에 홀로 맞서 수년 동안이나 공격 부대를 괴롭혔기에 그 귀신 잡는 시바타조차 지치게 만들었던 에치고의 무사 다케마타 미카와노카미 히데시게竹股三河守秀重의 큰아들입니다."

하리마노카미의 진지한 말에 사람들 모두 잡담을 그치고 귀를 기울였다. 특히 우오쓰 성의 다케마타 미카와노카미의 아들이라는 말을 들은 사람들은 한층 더 소년에게 마음이 끌렸다.

하리마노카미는 계속해서 다음과 같이 당시의 추억을 회상했다.

　고립된 채 견고하게 지키던 우오쓰 성도 결국 떨어질 날이 오고 말았다. 그때 성을 지키던 장수인 미카와노카미는 성 전체가 불바다가 된 것을 보고 적에게 이 성을 내주게 된 이상 적장 가쓰이에의 목을 얻어야겠다고 생각하고 불길 속에서 뛰쳐나가 난투를 벌이는 양군 가운데 엎드려 가쓰이에를 노리고 있었다. 가쓰이에는 그것도 모른 채 성은 이미 떨어졌다고 생각하며 말을 몰아 성안으로 들어가려 했다. 그 순간 겹겹이 쌓여 있던 시체 중에 전신을 선혈로 물들인 무사가 벌떡 일어나 맹렬하게 창으로 바람을 일으키며 표범처럼 달려들었다.

"나를 모르겠느냐, 가쓰이에. 다케마타 미카와노카미가 여기서 너를 기다린 지 오래다. 그 목을 내놓아라."

하지만 적은 많았고 미카와노카미는 단신이었다. 결국 오는 적의 철통같은 방어에 쓰러지고 말았다. 미카와노카미는 피를 흘리며 이제 마지막이라고 생각했는지 노여운 눈으로 하늘을 올려다보며 '아수라 왕에게 내 어찌 뒤지겠는가. 곧 다시 태어나 취하겠다. 가쓰이에의 목'이라고 마지막 노래를 두 번이고 세 번이고 목이 터져라 읊었다.

"잘도 읊었구나."

미카와노카미는 스스로 칭찬한 뒤 껄껄 웃는가 싶더니 눈앞에 있는 적의 손을 기다릴 것도 없이 스스로 목을 찔렀다.

우오쓰는 결국 떨어졌으나 우에스기 가의 무사들은 집안에 다케마타 미카와노카미가 있었다는 사실을 매우 자랑스럽게 여겼다고 한다. 이에 이시카와 하리마노카미는 이번에 사절로 오기에 앞서 그의 아들을 찾아 에치고로 데려왔다고 덧붙였다.

그 자리에 있던 무장들 모두 잔을 내려놓고 귀를 기울였다. 히데요시도 고개를 끄덕이며 그의 말을 들었다. 그리고 하리마노카미가 청한 대로 커다란 잔을 들어 아이를 불렀다.

"아수라의 아들, 좀 더 가까이 오너라."

다케마타 히데시게의 아들 산노스케三之助가 히데요시의 손에서 잔을 받아들였다. 히데요시는 산노스케가 소년이다 보니 술을 내리는 대신 잔을 내렸다.

"이 잔은 미카와노카미의 단심丹心을 공양하기 위해 너희 집안에 내리는 것이다. 아버지를 거울삼아 아버지에게도 뒤지지 않는 훌륭한 무사가 되어라."

감수성이 풍부한 소년의 얼굴이 살짝 붉게 불타올랐다.

하리마노카미는 산노스케와 함께 정중하게 예를 갖춘 뒤 그날 저녁에 치고로 돌아갔다.

히데요시는 이튿날 군을 돌려 기타노쇼로 들어갔으며 5월 1일에는 호쿠리쿠의 각 장수들에게 새로 얻은 영지를 나누어주었다. 오야마 성(가나자와)은 마에다 도시이에에게 맡겼다. 히데요시는 도시이에의 우의에 보답하기 위해 가가의 이시카와와 가호쿠 두 개 군을 주었을 뿐 아니라 아들 도시나가에게도 맛토 사만 석을 주고 대신 후추 성을 거두어들였다. 가가의 에누마江沼를 미조구치 히데카쓰溝口秀勝에게, 노미能美 군을 예전처럼 무라카미 요시아키村上義明에게, 그리고 토착 호족들에게는 그대로 옛 영지를 소유하게 한 채 모두 니와 나가히데에 속하게 했다.

그중 히데요시가 특히 신경을 쓴 것은 니와 나가히데의 공이었다. 《니와 가 가보丹羽家家譜》의 기록에 따르면, 기타노쇼에 머물던 날, 히데요시는 고로자에몬 나가히데의 손을 잡고 눈물을 흘리며 이렇게 말했다고 한다.

"자네의 두터운 마음이 없었다면 어찌 오늘이 있었겠는가? 지금 그 공을 이야기하고 노고에 감사를 하려 해도 감정이 북받쳐 무슨 말을 해야 할지 모르겠네."

히데요시가 정말 그렇게까지 말했는지는 알 수 없으나 어쨌든 나가히데가 가장 커다란 후의를 보인 것만은 틀림없는 사실이다.

"앞으로는 호쿠리쿠 단다이探題[1]로 이 지쿠젠을 도와주기 바라네."

히데요시는 와카사, 오우미의 옛 영지에 새로이 에치젠의 모든 주와 가가의 두 개 주를 더해 많은 상을 내렸을 뿐 아니라 아들인 나베마루에게까지 시바타 가의 가보인 명검을 내렸다. 그 외 직속 부하들에게도 대대적인 논공행상을 행했다.

히데요시 군이 호쿠리쿠에서의 일을 모두 처리하고 나가하마로 돌아온 날은 단오인 5월 5일이었다. 히데요시는 단오절도 쇠게 할 겸 장병들을 성에서 이틀 동안 머물게 했다. 그는 그사이에 기후 방면의 상황을 전해 들었다.

히데요시가 오가키에서 군대를 돌려 떠난 뒤 이나바 잇테쓰 등의 부대는 기후 성을 계속 공격했다. 하지만 시바타의 대패가 전해진 뒤에는 간베 노부타카를 비롯한 성안 병사들의 사기가 완전히 떨어졌으며, 성안에 잇테쓰의 조카인 사이토 도시타카齋藤利堯와 이나바 교부稻葉刑部 등의 미노 동족이 여럿 있었기에 그들 모두 성을 나와 하시바 군에 속해버리고 말았다.

결국 남은 사람이 스물일곱 명뿐이라 산시치 노부타카도 마침내 성에서 빠져나와 나가라長良 강에서 배를 타고 기소木曾 강을 내려와 오와리의 지타知多로 달아났다.

《호칸豊鑑》이나《무가사기武家事紀》등의 기록에 따르면 노부타카의 형제인 오다 노부오가 노부타카를 교묘하게 유인하여 마지막 조치를 취했다고 한다. 물론 지휘를 한 사람은 히데요시였다. 주인의 아들인 노부타카를 자신의 군대로 직접 처리하는 것은 바람직하지 않았기에 노부오의 손을 빌려 처리한 것이었다.

역사적으로 히데요시의 불충에 대해 지적한 평가도 적지 않다. 하지

---

1) 지방의 요지에 둔 지방 장관.

만 야마가 소코山鹿素行의 《무가사기》를 보면 히데요시는 모리와 화의를 맺고 야마자키에서 미쓰히데를 친 뒤 기요스 회의에 임할 때까지 천하를 넘볼 뜻이 전혀 없었다. 단지 신의 때문에 어쩔 수 없는 길을 갈 수밖에 없었다. 천하의 대사가 일단락 지어진 뒤 신의에 어긋나고 지모가 부족한 노부오, 노부타카와 같은 노부나가의 아들들과 가쓰이에, 가즈마스와 같은 중신들이 오히려 히데요시에게 천하를 삼킬 여지를 준 것이다. 그리고 소코의 같은 책에서는 그 문제에 대해 다음과 같이 결론을 내리고 있다.

히데요시는 이를 빼앗은 것이 아니다. 노부오, 노부타카가 그것을 준 것이다.

대부분의 중평도 그러한 결론에 대해서만은 이론이 없는 듯하다. 하지만 주고쿠부터 야마자키 전투에 이르는 동안 천하를 엿보지 않았다는 평가가 과연 사실에 부합할지 의문이 든다. 어쨌든 노부오와 노부타카 형제가 범용한 인물이라는 사실만큼은 누구도 부인할 수 없는 듯하다. 만약 형제가 마음을 합쳤거나, 혹은 어느 한 사람이라도 무용이 뛰어나고 시조를 읽는 눈을 가졌다면 결코 이와 같은 파국은 맞이하지 않았을 것이다.

노부오가 사람이 좋은 데 반해 용렬하다면 노부타카는 그나마 기개가 조금은 있는 사람이었다. 콧대가 높고 재략이 부족하기는 했으나 오와리의 노마野間까지 달아나, 그곳의 한 절에서 할복한 마지막 모습을 봐도 결코 나약한 모습은 아니었다.

예전에 노마의 안양원安養院(안요인)에 수묵으로 매화를 그린 고화가 한 폭 있었는데 오다 노부타카는 할복할 때 그것을 방의 벽에 걸게 했다고 한다. 그림에 피가 튀어 있다 보니 보는 사람으로 하여금 당시의 애달픈 상황을 떠오르게 했다고 한다. 그래서 훗날 가노 노에이狩野祇永가 그 그림에 시 한 수를 더했다고 한다.

> 밤의 창, 꿈결처럼 서쪽 호수에 이르렀네
> 달 아래 꽃을 보고 옛날 쫓기던 자를 떠올리네
> 홀연 종소리 들려 잠을 깨우니
> 머리 들어 한 폭 매화를 바라보네

노부타카는 당시 스물여섯 살이었으며, 자결한 날은 5월 7일이라고 알려져 있다.

그날 7일, 히데요시는 아즈치를 떠났고, 11일에는 사카모토에 머물렀다. 이세의 다키가와 가즈마스도 마침내 그에게 항복했다. 히데요시는 찻값이라며 오우미의 땅에서 녹봉 오천 석을 떼어주고 지난날의 죄는 깊이 따지지 않았다.

하쓰하나 初花

겨우 일 년밖에 지나지 않았다. 덴쇼 10년(1582년)이었던 작년 초여름
부터 덴쇼 11년인 올해 초여름까지 히데요시의 위치는 히데요시조차 내
심 놀랄 정도로 달라졌다. 그동안 히데요시는 아케치를 치고 시바타를 쓰
러뜨렸다. 다키가와瀧川, 삿사佐々도 무릎을 꿇었다.

니와 나가히데는 오로지 믿음으로 협력했으며 마에다 도시이에는 의
로써 옛 우의에 변함이 없다는 뜻을 내보였다.

무릇 노부나가의 영지였던 곳은 지금 한 곳도 남김없이 히데요시 밑에
있었다. 노부나가 생전에는 적국이었던 여러 주까지 지난 일 년 동안 관계
가 완전히 바뀌고 말았다.

노부나가의 패도에 대해 오래도록 집요하게 대항했던 모리도 지금은
인질을 보내 동맹국이 되었으며, 규슈의 오토모 요시무네大友義統[2]도 축하

---

[2] 1558~1610년. 분고豊後 오토모 씨의 이십일 대 종가. 1576년, 아버지 요시시게義鎭로부터 가장
의 자리를 물려받았으나 국내에 모반자가 끊이지 않았으며 1587년 히데요시에 의해 마침내 분고
1국의 소유를 인정받았다. 하지만 1593년 조선의 평양에서 오토모 군은 명군이 내습하기 전에
퇴각했기에 히데요시에게 영지를 빼앗겼다. 세키가하라關ヶ原 전투에서는 서군에 가담했다.

글을 보내며 관계를 맺으려고 했다. 또 사누키讚岐의 소고 나가야스十河存保3)
도 화의를 청해왔다. 게다가 에치고越後의 우에스기 가게카쓰上杉景勝도 정중
히 축하 사절을 보내 맹약을 맺었다. 마치 전국이 히데요시에게 굴복하여
히데요시의 품 안으로 귀속하는 것을 기뻐하는 듯한 상황이었다.

하지만 단 한 사람, 숙제와도 같은 인물이 남아 있었다. 도카이東海의 도
쿠가와 이에야스德川家康였다. 이에야스는 떠오르는 태양과도 같은 히데요
시의 대두에 대해 과연 어떻게 생각하는지 참으로 속내를 알 수 없는 존
재였다.

"그의 속내는?"

히데요시 쪽도 이에야스의 속마음이 궁금했다.

"과연 지쿠젠筑前이라는 자는?"

이에야스도 눈을 커다랗게 뜨고 히데요시를 지켜봤다.

두 사람은 서로 연락이 단절되어 있었다. 양쪽 모두 섣불리 손을 쓰느
니 건드리지 않는 편이 낫다며 무외교의 공간에서 추이를 지켜보고 있었
다. 하지만 이는 아무런 대책도 없이 손을 놓고 있는 것과는 경우가 달랐
다. 기성적 사실로 '권위에 의한 압박'을 내보이고 있는 히데요시와 말없
이 자신의 진영을 굳건히 하며 추이를 관망하고 있는 도쿠가와 이에야스
가 절묘하게 힘의 균형을 유지하고 있는 것이었다.

하지만 그동안 지속된 무표정을 깨고 마침내 이에야스가 먼저 외교 형
식을 취해 움직이기 시작했다. 히데요시가 교토京都로 귀환한 지 얼마 지나
지 않은 5월 21일이었다. 도쿠가와 이에야스의 으뜸가는 숙장인 이시카

---

3) 1554~1586년. 미요시 요시카타三好義賢(짓큐實休)의 아들로 숙부인 사누키 소고 성의 성주 가즈
마사一存('가즈나가'라고도 한다)의 양자. 조소카베 모토치카長曾我部元親에게 쫓겨 오사카로 달아
났다가 히데요시의 시코쿠四國 원정군을 따라나섰으며 이후 소고 삼만 석을 받았다. 1586년, 히
데요시의 규슈 원정군의 선봉에 가담하여 시마쓰 이에히사島津家久와 싸우다 12월 13일에 전사
했다.

와 호키노카미 가즈마사^{石川伯耆守數正4)}가 이에야스의 명령으로 야마자키^{山崎} 다가라데라^{宝寺} 성으로 히데요시를 찾아와 '하쓰하나^{初花5)}'라는 명문이 새 겨진 찻그릇을 정중하게 바쳤다.

"이번 야나가세^{柳ヶ瀬}에서의 대승으로 천하의 통치가 정해졌다며 주인 이에야스 님께서 경하하는 마음을 참지 못하고 축하를 위해 저처럼 부족 한 신하를 보내셨습니다."

하쓰하나의 다기는 오래전부터 천하에 널리 알려진 명품이었다. 그것 이 히가시야마 요시마사^{東山義政}의 손에 들어갔을 때, 요시마사가 기뻐하며 '붉은 하쓰하나 물들인 빛깔 깊이 생각하여 마음은 나를 잊었다'는 시 한 수를 읊어 '하쓰하나'라는 이름이 붙었다.

최근 들어 갑자기 다도에 열을 올리기 시작한 히데요시는 다기 선물을 받고 무척이나 기뻐했다. 하지만 그는 그보다 이에야스가 먼저 예를 보였 다는 사실에 더 만족하고 있었다.

가즈마사가 곧바로 하마마쓰^{浜松}로 돌아가려고 하자 히데요시가 극력 만류했다.

"그렇게 서두를 것 없지 않나? 이삼 일 쉬었다 가게. 미카와^{三河} 나리(이 에야스)께는 이 지쿠젠이 잘 말씀드리도록 하겠네. 특히 내일은 집안의 작 은 축하연도 있으니."

작년 이후부터 히데요시가 나라 안팎으로 전공을 세우다 보니 조정에

---

4) ?~1592년. 1549년, 오카자키^{岡崎}에서 슨푸^{駿府} 이마가와^{今川} 씨에게 인질로 보내졌던 도쿠가와 이에야스를 수행한 이후, 사카이 다다쓰구^{酒井忠次}와 어깨를 나란히 하는 이에야스의 노신이 되었 다. 고마키^{小牧}, 나가쿠테^{長久手} 전투 이후 이에야스의 사절로 히데요시와 회견했으나 1585년 11 월 갑자기 오카자키에서 빠져나와 히데요시에게 투항했다. 히데요시가 가즈마사를 흠모해 '가즈 마사는 히데요시와 내통하고 있다'는 소문을 퍼뜨려 이에야스 아래에 머물 수 없는 상태로 만들 었다는 설, 이에야스가 임무를 주어 히데요시에게 보냈다는 등의 설도 있으나 어쨌든 히데요시로 부터 좋은 대우를 받았다.

5) 봄에 처음 피는 꽃, 혹은 그 나무에 처음 피는 꽃을 뜻한다.

서는 그를 종사위하從四位下 참의參議에 명했다. 그 일을 축하하기 위해 내일 집안에서 잔치가 열릴 예정이었다.

히데요시는 이 영예를 가신들에게도 나누어주기 위해 일곱 자루 창의 젊은이 이하 공이 있는 장수 서른여섯 명과 그 외의 사람들에 대해 광범위한 논공행상을 행했다. 그리고 새로이 이십 개 분국分國을 정해 신진 성주를 임명했으며, 교토 주변 오 개국을 직할 영지로 삼았고, 그해 5월부터 오사카에 대규모 축성을 계획하여 연내에 그곳으로 옮길 예정이라는 사실도 발표했다.

"이런저런 기쁜 일이 있다네. 쉬었다 가게. 천천히 쉬었다 가."

히데요시가 그렇게 말하자 가즈마사는 물러날 만한 구실을 찾는 게 쉽지 않았다. 경축의 뜻을 표하기 위해 온 사절이 경축의 자리를 거절하고 떠난다는 것이야말로 우스운 일이라고 판단한 것이다.

잔치는 삼 일에 걸쳐서 행해졌다. 은상을 받은 장병들과 하객들의 발걸음이 끝없이 이어지다 보니 성시城市도 좁고 문도 작은 다카라데라宝寺 성은 수레와 가마와 인마로 넘쳐났다. 하지만 가즈마사는 그곳에서 상서로운 기운을 느꼈다.

'시대는 마침내 이 사람의 양어깨에……'

가즈마사는 오늘날까지 자신의 주군을 굳게 믿어 의심치 않았으나 여기서 히데요시와 기거하는 동안 그의 심경에는 적잖은 변화가 일어났다. 그는 모든 면에서 자신의 나라와 이곳을 비교했다. 도쿠가와 휘하와 하시바 휘하를 비교하고 반성했다.

'누가 뭐래도 하마마쓰, 오카자키는 아직 지방……'

가즈마사는 속으로 그렇게 결론을 내리고 탄식하지 않을 수 없었으며, 히데요시와 이에야스의 인물을 비교해보았다.

'아무리 우리 주군이 대단할지라도 지쿠젠노카미의 타고난 도량과 천의무봉天衣無縫하고 커다란 인품 속에 있는 인망에는 도저히 미치지 못할 것이다. 세상은 이 사람을 따를 것이고, 대세는 이 사람에게 다음 세대를 구축하게 할 것이다.'

히데요시를 맹주로 일어서는 세력은 하나같이 일본 전국에서 새벽 구름과도 같은 움직임을 보이며 그 중심의 힘을 실증하는 데 비해 하마마쓰의 이에야스는 아직도 여전히 도카이의 한정된 구역에 갇힌 지방 세력에 지나지 않는다는 것은 그 누구도 부인할 수 없는 사실이었다.

"너무나도 과분한 대접에 며칠을 매우 흥겹게 보내고 말았습니다. 내일은 돌아가도록 하겠습니다."

"돌아가려는가? 그럼 내일 교토까지 함께 가기로 하세. 나도 교토까지 가야 하니."

가즈마사의 인사에 히데요시는 그렇게 말하고 그날 밤을 그와 함께 보냈다.

이튿날, 히데요시는 귀국하는 이시카와 가즈마사와 함께 교토까지 동행했다.

"호키(가즈마사), 호키."

히데요시가 말 위에서 뒤를 돌아보며 가즈마사를 불렀다. 가즈마사는 도쿠가와 가의 사절로 성안에서는 빈객의 예우를 받았으나 길 위의 행렬 속에서는 배신陪臣이기에 당연히 히데요시의 뒤를 따랐다.

"무슨 일이십니까?"

히데요시가 자꾸만 부르자 가즈마사는 수행원들을 뒤에 남기고 혼자 말을 몰아 히데요시 곁으로 갔다.

"호키, 동행하기로 약속하지 않았는가? 따로 떨어져 걸어서는 동행이라고 할 수 없네. 교토까지 가는 길은 특히 따분하니 이야기를 나누며 가기로 하세."

히데요시가 여유로운 마음으로 가볍게 말했다.

"그렇다면 말씀대로 그리하겠습니다."

가즈마사는 황공해하며 말 머리를 나란히 한 상태로 히데요시와 이야기를 나누며 갔다.

연도에 있는 사람들의 눈에는 히데요시가 가즈마사를 교토까지 배웅하는 모습으로 보였을 것이다. 하지만 히데요시는 전혀 신경 쓰지 않는다는 듯한 태도로 오사카 축성에 대한 포부 등을 이야기했다.

"여기서 교토에 드나들기는 참으로 불편하다네. 오가는 동안 길에서 버리는 시간도 아깝고…… 그래서 올해 안에 오사카로 거처를 옮긴 뒤 나니와浪華와 교토를 하나의 부府로 묶어 모든 일을 그곳에서 처리할 생각이라네."

"오사카라니, 좋은 땅을 택하셨습니다. 노부나가 공께서도 생전에 오래도록 오사카를 원하셨다고 들었습니다만."

"당시에는 본원사本願寺(혼간지)의 법성法城이 견고해서 어쩔 수 없이 아즈치를 선택했지만 사실은 오사카에 마음이 있었는지도 모르겠네."

"오늘에 이르러 그곳에 공사를 일으켰다는 소리를 듣고는 모든 주에서 돌을 나르고 재료를 보내 밤낮으로 공사에 힘쓴다고 하니…… 이 모두가 위덕威德이라 할 수 있을 것입니다."

"글쎄, 이 모두가 기운機運이라고 할 수 있을 듯하네. 나니와 땅이 그렇게 될 때가 오늘에 와서야 비로소 무르익기 시작한 것에 지나지 않아."

두 사람은 어느 틈엔가 교토의 번화가로 들어섰다. 가즈마사가 작별 인사를 하자 히데요시가 다시 만류하며 말했다.

"이 더위에 육로로 가는 것은 현명하지 않다네. 오쓰大津에서 배로 호수를 비스듬히 건너서 가도록 하게. 배를 준비하는 동안 겐이의 집에서 도시락이라도 먹기로 하세. 자, 이리 오게."

젠이는 얼마 전부터 교토 쇼시다이所司代[6]로 취임한 한무사이半夢齋 마에다 겐이前田玄以를 말하는 것이었다. 히데요시는 가즈마사를 억지로 데리고 젠이의 공관으로 갔다.

문은 청소가 되어 있었다. 미리 기별이 있었던 듯 가즈마사를 맞이하는 젠이의 태도는 무척이나 정중했다.

"너무 그렇게 형식을 차릴 것 없네."

히데요시는 오히려 편안한 모습을 보였다. 그는 다실에서 식사를 하고 차를 마시는 동안에도, 정오의 향연이 끝난 뒤에도 오사카 경영에 대한 이야기를 그치지 않았다.

"젠이, 도면을 가져오게, 도면을."

"공사 도면 말씀입니까?"

"그렇다네. 여기에도 사본이 하나 있지 않은가?"

"있습니다."

젠이가 곧 커다란 도면을 가져와 펼쳤다. 다른 나라의 외신에게 아무렇지도 않게 도면을 펼쳐 보이는 히데요시의 의중에 지도를 펼쳐 보이는 사람도, 또 그것을 보는 사람도 하나같이 두려운 표정을 지었다.

히데요시는 개방주의자였다. 이처럼 흉금을 털어놓고 이야기하기 전에는 가즈마사가 도쿠가와 가의 신하라거나 도쿠가와 가가 어떤 존재인지 거의 잊고 있는 듯했다.

"이걸 좀 보게."

히데요시는 다시 말을 이었다.

"자네는 성을 쌓는 데도 지식이 풍부하다고 들었네. 뭔가 하고 싶은 말이 있으면 어려워 말고 얘기해주기 바라네."

---

6) 교토의 정무와 경비를 맡은 사람.

히데요시는 가즈마사에게 성의 설계에 대한 평을 듣고 싶어 했다.

도면은 다실 안에 가득 들어찰 정도의 크기였다. 히데요시의 말대로 가즈마사는 축성에 조예가 있었으며 흥미도 있었다. 그러다 보니 일반적으로 비밀 중의 비밀로 다른 나라의 사신에게 절대로 보이지 않는 것을 히데요시가 어떠한 의도로 보여주는 것일까 하는 의심은 접어놓은 채 도면 위로 몸을 수그려 가만히 살펴보았다.

"그럼 잠시 보도록 하겠습니다."

가즈마사는 히데요시가 벌인 일이니 작은 규모는 아닐 거라고 예상했지만 자세히 살펴보고 구상의 크기와 치밀한 준비에 매우 놀라고 말았다.

"오호."

가즈마사는 몇 번이나 감탄하며 도면 속의 꿈에 점점 사로잡혀 갔다. 그의 기억에 따르면 본원사의 근거였던 시절에는 사방 여덟 정町의 성곽이었으나, 지금 설계도를 살펴보니 사방 여덟 정은 겨우 혼마루本丸의 한 기초가 되어 있을 뿐이었다. 그리고 주변에 있는 네 강과 산과 바다를 모두 받아들여 경승을 고려하고, 공수의 난이와 경영의 이해를 생각하고, 병마의 출입과 수레와 배의 편리에 따라 혼마루, 야마자토마루山里丸 니노마루二の丸, 산노마루三の丸 등을 두었다. 그리고 따로 우마다시馬出し와 소구루와 總曲輪를 두었다. 이들을 둘러싼 외곽의 둘레는 육십여 리에 이르고 있었다. 성의 중심을 이루는 천수각은 가장 높은 위치에 수십 간間의 누대를 쌓고 크고 높은 오 층으로 설계되어 있었고, 두껍게 흙을 발라 화재에 견딜 수 있도록 했으며 기와는 금박을 입히게 되어 있었다.

"음, 과연."

가즈마사는 다시 한 번 깊이 감탄했다. 설계 도면을 보며 놀라지 않을 수 없었던 것이다. 하지만 그가 본 것은 성의 일부에 지나지 않았다. 그곳을 둘러싼 오기칠도五畿七道의 시가 교통을 보았다면 더욱 놀랐을 것이다.

황성인 교토에서 가깝고 후시미^{伏見}, 도바^{鳥羽}의 주요 항구를 끌어안고 있으며, 요도^淀 강의 흐름을 끌어와 성의 해자를 두르는 물로 삼았다. 그리고 사카이^堺의 번화가는 눈 아래 있을 정도로 가까우며, 중국과 조선 및 남방의 섬으로 통하는 무수한 교역선과 연결되며, 나라^{奈良} 가도는 멀리 야마토^{大和}와 가와치^{河内}의 산맥을 장벽으로 삼아 천연의 방어벽을 이루고, 산인^{山陰}과 산요^{山陽} 두 도로는 시코쿠^{四國}와 규슈^{九州}의 해로와 육로와 연결되어 사통팔달의 관문을 이루고 있다. 그야말로 천하제일의 성으로서, 천하를 호령할 곳으로서 노부나가의 아즈치보다 몇 배나 뛰어나며 무엇 하나 부족한 게 없는 곳이었다.

"어떤가, 자네의 생각은?"

히데요시가 말했다.

"흠잡을 데가 없습니다."

가즈마사가 대답했다. 솔직히 그것밖에는 달리 할 말이 없었다. 그때 겐이의 가신이 자리를 옮기자고 말했다. 가즈마사도 너무 열심히 도면을 들여다본 탓에 어깨가 조금 굳은 모양이었다.

"그러세."

히데요시가 바로 분위기를 바꾸어 앞장섰다. 널따란 방인 쇼인테이^{松韻亭}에는 발을 쳐놓았고 물을 뿌려놓았다.

"그저 놀라울 뿐입니다."

가즈마사가 다시 한 번 말했다.

"무엇이 말인가?"

히데요시는 벌써 잊은 듯한 표정이었다.

"오사카 경영을 위한 원대한 계획 말입니다."

"아, 오사카 성 말인가? 부족한 점은 없는가?"

"만약 그것이 완성된다면 고금 미증유의 대성시가 지상에 실현될 것입니다."

"그렇게 할 생각일세."

"언제까지로 예정하고 계십니까?"

"올해 안으로 옮기고 싶네."

"네, 올해 안으로?"

"대충 그렇게 생각하고 있다네."

"대대적인 토목공사인 만큼 적어도 십 년은 걸릴 텐데."

"하하하, 십 년이나 걸려서야 세상이 변해버리고 말 걸세. 히데요시도 늙어버리고……. 성안의 세부와 세간, 장식도 삼 년 안에 마무리 지으라고 명령해두었다네."

"공장工匠을 독려하는 일도 쉽지 않으리라 여겨집니다. 석재와 목재 등의 수량도 굉장할 듯하고요."

"이십팔 개국에서 목재를 베어 육로와 해로로 옮기고 있다네."

"필요한 인부의 숫자는?"

"그건 잘 모르겠네. 몇만, 몇십만은 필요하겠지. 담당자들은 안쪽 해자, 바깥쪽 해자를 파는 데만도 매일 육만 명씩 투입해 대충 삼 개월은 걸릴 거라고 말하고 있다네."

"네."

가즈마사는 입을 다물어버리고 말았다. 어처구니없다는 듯한 표정이었다. 자신의 나라인 오카자키 성, 그리고 하마마쓰 성과 비교했을 때 너무나 격차가 크다 보니 기분이 가라앉은 듯했다.

석재가 없는 오사카로 과연 그처럼 커다란 돌을 옮겨올 수 있을지, 분주한 전국 시대에 그처럼 방대한 비용을 어떻게 만들어낼 생각인지, 의심을 품기 시작하면 한두 가지가 아니었기에 히데요시의 대범함이 어쩌면 허풍과도 같은 것이 아닐까 여겨지기도 했으나 당사자인 히데요시는 그런 가즈마사를 앞에 두고 갑자기 급한 용무라도 떠올랐는지 서기인 오무라 유코를 불러 서면의 내용을 구술하기 시작했다.

"하나하나 부를 테니 거기에 적도록."

히데요시는 오사카 축성 따위는 마치 잠시 틈이 날 때 하는 한가로운 일에 지나지 않으며, 지금 서기에게 적게 하고 있는 일이야말로 자신의 본령으로 소홀히 할 수 없는 문제라는 듯 가즈마사의 존재조차 잊은 채 문장을 생각하고 또 고개를 갸웃거리며 이야기했다.

"……."

듣지 않으려 해도 눈앞에서 히데요시가 내용을 말했기에 자연히 귀에 들어왔다. 게다가 그것은 모리 일족인 고바야카와 다카카게小早川隆景에게 답하는 중요한 외교문서인 듯했다. 그러다 보니 가즈마사는 어찌할 바를 몰라 하며 당황스러워했다.

"공무로 바쁘신 듯하니 잠시 물러나 있겠습니다."

"아닐세, 그럴 필요 없네. 바로 끝날 걸세."

히데요시는 전혀 개의치 않았다. 그리고 다시 구술을 계속했다.

답장은 고바야카와 다카카게가 대승을 축하하기 위해 보낸 글에 대해 히데요시가 야나가세의 전황을 보고하며 모리 가의 거취를 분명히 하라는 뜻을 단호한 어조로 재촉하는, 사적인 형식이라고는 하나 중요한 서면이었다.

히데요시가 불러주면 그 옆에서 서기가 글을 썼다. 그리고 서기가 쓴 글을 히데요시가 보고 다시 내용을 불러주었다. 이시카와 가즈마사는 그 옆에서 말없이 정원의 대숲을 바라보고 있었다.

"시바타를 살려두면 번거로워질 것이며 '일본을 다스리는 일, 이때에 있다'라고 여기고 병사들이 희생되어도 지쿠젠노카미의 불찰은 아니라 생각했기에 24일 인시에 과감히 본성을 공격했으며 정오쯤 안으로 들어가 전부 목을 쳤소.”

히데요시는 기타노쇼北ノ庄를 함락한 상황을 이야기했다. ‘일본을 다스리는 일, 이때에 있다’는 말을 했을 때, 히데요시의 두 눈동자는 마치 그 당시처럼 형형하게 빛났다.

답장의 내용은 모리 가의 심중에 관한 것으로 바뀌어 있었다.

“총병력을 헛되이 배치하는 것도 쓸데없는 일, 귀국의 일각까지 가서 국경을 정하고 서로의 흉중을 내보였으면 하오. 잘 판단해서 히데요시가 화나지 않도록 깊이 각오하셨으면 하오.”

“…….”

가즈마사는 자신도 모르게 히데요시의 얼굴을 훔쳐보았다. 히데요시의 모습은 혀를 내두를 정도로 대담했다. 하지만 히데요시는 노골적인 내용들을 당사자인 다카카게와 마주 앉아 담소라도 나누듯 무척이나 가벼운 마음으로 이야기했다. 방약무인하다고 해야 할지, 천진난만하다고 해야 할지, 가즈마사는 감을 잡을 수가 없었다.

“동쪽 나라 호조 우지마사北條氏政, 북쪽 나라 우에스기 가게카쓰 둘 모두 그들의 각오에 맡긴 형국이오. 모리 우마노카미毛利右馬頭 나리도 히데요시의 생각에 따라 각오하신다면 일본의 정치, 요리토모頼朝 이후 어찌 이보다 더 편한 날이 있었겠소? 잘 살펴서 행하도록 하시오. 여기에 다른 생각이 있으시다면 7월 이전까지 기탄없이 말씀해주시기 바라오.”

“…….”

가즈마사의 눈은 대숲에서 노니는 바람을 가만히 바라보았으나, 귀는 히데요시의 나지막한 목소리에 이끌린 상태였다. 그리고 마음 깊은 곳이 바람에 흔들리는 대나무 잎처럼 부르르 떨려왔다.

생각건대 히데요시에게는 오사카 축성도 그리 대수롭지 않은 일인 듯했다. 모리에 대해서조차 이견이 있으면 7월 이전에 말하라고 단언했다.

가즈마사는 놀랍다 못해 가벼운 피로가 느껴질 정도였다.

"배가 준비되었습니다."

마침 쇼시다이의 무사가 와서 고했다. 히데요시도 답장을 마무리한 상태였다.

히데요시가 허리에 차고 있던 검 한 자루를 가즈마사에게 건네주며 말했다.

"오래되기는 했으나 사람들은 좋은 검이라고들 하오. 작은 정성이오."

가즈마사가 그것을 받아 밖으로 나갔다. 그곳에는 히데요시의 경호 부대가 가즈마사를 오쓰의 선착장까지 배웅하기 위해 말을 늘어놓은 채 기다리고 있었다.

예양의 수레

교토로 가면 교토에도 그의 결재를 기다리는 문제들이 산더미처럼 쌓여 있었다. 히데요시는 한시도 쉬지 않고 일을 결정해 나갔다.

야나가세 이후 대세는 이미 기울어 전쟁은 끝난 듯이 보였으나, 이세 방면에는 다키가와 가즈마스가 항복한 이후에도 여전히 고집스럽게 굴복하지 않는 등 지방적 국면이 곳곳에서 연기를 피워 올리고 있었다. 나가시마長島, 고베神戸 등에 자리하고 있는 이세의 잔군들이었다. 그 방면은 오로지 오다 노부오織田信雄가 담당했는데, 소탕도 거의 끝나가고 있었다.

히데요시가 에치젠에서 돌아왔다는 소식을 듣고 노부오가 전장에서 교토로 찾아왔다.

"나가시마가 떨어지거든 그곳 성으로 들어가십시오. 미노, 이세에는 연고가 깊은 집안과 무사도 많으니 귀공을 흠모하고 있을 것입니다."

노부오는 히데요시의 말을 흔쾌히 받아들이고 나가시마로 돌아갔다. 용렬한 청년은 히데요시에게 약속받은 미미한 전승의 할당을 마치 커다란 선물이라도 되는 양 득의양양해서 돌아갔다.

"대덕사大德寺(다지토쿠지)에서 온 승려가 잠시 뵙고 싶다며 아침부터 기다리고 있었습니다만."

노부오가 돌아간 뒤 맞이한 손님은 오사카에서 온 이케다 데루마사池田
輝政였다. 데루마사는 오래도록 앉아 때때로 히데요시와 함께 웃음소리를
냈다. 그 모습을 본 근신이 히데요시에게 고했다.

"아아."

히데요시가 생각났다는 듯 말했다.

"2일의 법요에 대해 상의하기로 했지. 내가 먼저 오늘 아침에 오라고
해놓고 깜빡 잊고 있었군. 히코에몬彦右衛門에게 말하도록 하게."

"하치스카蜂須賀 나리는 어젯밤에 마키시마槇島로 가셨습니다."

"그래, 맞아. 히코에몬은 없지. 그렇다면 법요에 대해 잘 알고 있는 자,
누구 없겠는가?"

그러자 곁에 있던 데루마사가 스스로 임무를 청했다.

"6월 2일은 돌아가신 우후右府 님의 일주기. 그것을 위해 대덕사의 승
려들과 논의하는 일을 말씀하시는 것입니까? 그 일이라면 제가 모든 것을
맡아 이야기하도록 하겠습니다."

"흠, 고신古新(데루마사)은 작년의 대법요 때도 일을 맡아주었지? 그럼
올해 일주기 때도 일을 부탁하기로 할까?"

"그렇게 하겠습니다."

데루마사는 별실로 들어가 대덕사에서 온 센가쿠仙岳 화상을 비롯해 네
다섯 명의 승려들과 함께 저녁까지 노부나가의 일주기 법요에 대한 이야
기를 나누었다.

등불을 밝힐 무렵, 손님 중 하나인 조정의 신하가 소달구지를 타고 이
곳의 문을 나서자 한동안 손님도 끊겼다. 히데요시는 목욕을 마치고 나와
단바에서 온 양자 히데카쓰, 마에다 겐이 등과 함께 저녁을 먹었다.

그때 어딘가에서 돌아온 사람이 하인에게 대문 앞 버드나무에 말을 묶

게 했다. 이윽고 근신이 히데요시가 있는 곳으로 고하러 왔다.

"지금 막 하치스카 나리께서 마키시마에서 돌아오셨습니다."

히데요시는 내심 기다리고 있던 사자였는지 곧장 밥상을 치우게 했다.

"돌아왔는가? 이리로 들라 하게."

처마의 발 사이로 바람이 불어왔고, 어딘가에서 여자아이들의 웃음소리가 흘러나왔다.

히코에몬 마사카쓰彦右衛門正勝는 바로 안으로 들어가지 않고 욕실 옆 세면장에서 입을 헹구고 머리카락을 매만졌다. 우지宇治 마키시마까지 말을 타고 다녀오느라 먼지를 흠뻑 뒤집어썼기 때문이다. 그는 마키시마의 유배지에 있는 사쿠마 겐바노조를 만나 히데요시의 뜻을 전달하고 돌아왔다. 어찌 보면 쉬운 일 같았으나 꽤나 어려운 일이었다. 히데요시도 그것을 잘 알기에 어젯밤 마사카쓰에게 '자네가 아니면……' 하고 특명을 내려 우지로 보낸 것이었다.

에치젠의 아스와足羽 산속에서 붙잡힌 겐바노조를 바로 베지 않고 우지의 마키시마로 보낼 때부터 히데요시에게는 오늘의 속내가 있었던 듯했다. 히데요시는 겐바노조를 마키시마로 보낼 때도 호송하는 무사들에게 직접 세세한 주의를 주었다.

"너무 무정하게 죄인 다루듯 하지는 말게. 어쩔 수 없이 포박은 해야겠지만 에치젠의 포로라며 길가 사람들의 눈에 띄어 수치심을 느끼지 않도록 하게. 포박도 느슨하게 하고 탈것에 태워 마키시마까지 가도록 하게."

마키시마의 감옥에서는 용감무쌍한 겐바노조를 들판에 풀어놓으면 곧 맹호로 돌변할지 모른다는 사실을 잘 알고 있었기에 엄중하게 감시를 했으나 식사와 같은 생활에서는 히데요시의 뜻도 있었기에 매우 우대를 했다. 포로로 잡힌 적장이라고는 하나 히데요시는 마음속으로 겐바노조 모리마사를 아끼고 있었다. 히데요시 역시 가쓰이에처럼 그의 타고난 재질을 아끼다 보니 죽이지 않고 숙제로 남겨두었던 것이다.

히데요시는 교토로 돌아오자마자 사람을 보내 솔직하게 의중을 전하고 젠바노조를 회유하려고 노력했다.

"가쓰이에는 이미 세상을 떠났다. 그러니 나를 가쓰이에라 여기게. 곧 귀국도 할 수 있을 테니 자네를 위해 큰 나라 하나를 주도록 하겠네. 모쪼록 잘 생각하도록 하게."

히데요시의 제안에 젠바노조는 웃음을 보이며 단호하게 말했다.

"가쓰이에는 가쓰이에다. 가쓰이에를 대신해서 맹세할 사람이 있으리라고는 여겨지지 않는다. 가쓰이에가 이미 자결한 이상 젠바 혼자 세상에 남아 있을 마음이 없다. 설령 천하를 준다 할지라도 지쿠젠을 섬긴다는 것은 생각할 수도 없는 일이다."

그렇게 히데요시가 보낸 사자가 헛걸음을 하고 돌아왔고, 며칠이 지난 어젯밤 하치스카 히코에몬이 두 번째 사자로 간 것이었다. 상황이 그러다 보니 히코에몬도 젠바노조를 설득하는 게 쉽지 않을 것이라고 예상했다. 히코에몬은 노숙한 말들로 젠바노조를 밤새 끈질기게 설득했지만 젠바노조의 뜻을 꺾을 수 없었다.

"히코에몬인가. 어땠는가?"

히데요시가 히코에몬을 보자마자 물었다. 은으로 된 모기잡이 향로에서 피어오르는 연기가 그의 모습을 감싸고 있었다.

"실패했습니다."

히코에몬이 답하자 대충은 짐작했다는 듯 히데요시가 말했다.

"실패했는가."

"젠바는 오로지 목을 치라고만 할 뿐, 아무리 달래도 마음을 굳게 정한 듯 전혀 움직이지 않았습니다."

"자네가 말했는데도 그랬다면 더 이상 강요하는 것도 인정은 아니지."

히데요시가 문득 포기한 듯 얼굴의 긴장을 풀었다.

"나리의 뜻대로 일을 잘 처리하지 못해서……."

히코에몬이 사명을 완수하지 못한 것은 자신의 불찰이라며 사과했다.

"자네가 사과할 필요는 없네."

히데요시는 오히려 히코에몬을 위로했다.

"붙들린 몸이 되어서도 이利에 움직이지 않고 지쿠젠에 굴복하지 않으니 겐바의 절개가 훌륭한 거지. 그러한 기개와 불굴의 기백을 이 히데요시가 아끼는 것인데……. 이젠 어쩔 수 없구나. 만약 그가 자네의 설득에 넘어가 지쿠젠 앞에서 절개를 굽혔다면 그 모습을 본 순간 히데요시의 아끼는 마음도 사라졌을지 몰라."

"아마도 그랬을 것입니다."

"하하하. 자네도 마음속으로 그렇게 생각하니 겐바를 설득하지 못한 것도 당연한 일이지."

"용서해주십시오."

"아닐세, 고생 많았네. 그런데 겐바가 다른 말은 하지 않던가?"

"일이 그렇게 되자 더는 강요하지 않겠다고 약속하고 이런저런 이야기를 나누던 끝에 제가 겐바에게 '어째서 그대 정도의 무사가 전장에서 죽지도 않고 산속으로 달아나 농민들의 손에 붙들린 게요? 또 포로로 보내면서 자결도 하지 않고 참수당할 날만을 기다리고 있는 게요?'라고 물었습니다."

"흠, 뭐라고 하던가?"

"겐바노조가 답하기를 '아니오, 히코에몬 나리. 나는 할복만이 용사의 가장 커다란 용기라고 생각하지 않소. 그것도 무문의 명예이기는 하나 나는 그렇게 생각하지 않소. 끝까지, 끝까지 살아남는 것에 있다고 생각하오'라고 했습니다."

"흠…… 그래서?"

"야나가세, 시게산의 난투 중에 달아난 것도 아직 가쓰이에의 생사를 확인하지 못했기에 기타노쇼까지 가서 함께 재기를 꾀하려고 한 것이었는데 도중에 상처의 고통을 참지 못해 농가로 들어가 뜸뜰 쑥을 얻은 것이 무운의 끝인 듯하다며 한동안 고개를 숙이고 있었습니다."

"원통해서 그랬겠지."

"그리고 수레에 실려 마키시마로 가는 동안 생포당한 장수의 수치를 참은 것은 지키는 자들에게 빈틈이 있으면 탈출하여 진秦나라의 예양豫讓은 아니나 언젠가 지쿠젠에게 접근하여 목숨을 빼앗아 돌아가신 가쓰이에의 원한을 풀고, 시즈가타케 기습에서 저지른 불찰을 사죄할 생각이었다고 떳떳하게 말했습니다."

"아아, 아깝구나, 아까워."

히데요시는 탄성을 내뱉는 동시에 눈가에 눈물까지 보이며 겐바노조의 마음을 동정했다.

"그 정도의 사내를……. 잘못 써서 죽음에 이르게 만들었으니 역시 가쓰이에의 불찰이로다. 그래, 그의 뜻에 따라 깨끗이 죽을 수 있게 해주지. 히코에몬, 일을 처리해주게."

"알겠습니다. 그렇다면 내일이라도."

"흠, 빠른 게 좋겠지."

"목을 칠 곳은?"

"마키시마의 벌판."

"저잣거리를 끌고 돌아다니게 할까요?"

히데요시는 잠시 생각을 하다 명했다.

"그렇게 하는 것이 오히려 겐바가 바라는 거겠지. 교토 안을 끌고 돌아다닌 뒤 그날 밤으로 마키시마의 들판에서 목을 치도록 하게."

이튿날 히코에몬이 마키시마로 떠나려고 할 때 히데요시는 겐바노조에게 입힐 옷을 건넸다.

"죄수복도 틀림없이 더러워졌겠지. 수의로 이것을 주도록 하게."

히코에몬은 히데요시의 명을 받고 그날 다시 마키시마의 유배지로 갔다. 그리고 유배 중이던 겐바노조를 만나 말했다.

"소망대로 곧 교토 안을 끌고 다닌 뒤 마키시마의 벌판에서 참수하라는 명이 떨어졌소."

겐바노조는 주눅 든 모습도 없이 예를 표했다.

"고맙소."

히코에몬은 히데요시의 호의를 들려주며 커다란 쟁반에 옷을 담아 보여주었다.

"지쿠젠노카미 님께서 특별히 옷을 내리셨소. 받으시오."

겐바노조가 그것을 잠시 바라보다 말했다.

"뜻은 고맙소. 하지만 이 옷의 문양이나 옷 지은 법이 겐바노조 모리마사가 수의로 입기에는 마음에 들지 않소. 돌려드리겠소."

"오호, 마음에 들지 않다니."

"총을 쏘는 병사가 입는 것 같은 옷을 입고 교토 사람들 눈에 '저것이 시바타의 조카'라 보이는 것은 돌아가신 가쓰이에의 체면을 구기는 일이 되는 것이오. 누더기라고는 하나 지금 입은 때가 묻은 옷을 입고 도는 것이 나을 듯하오. 하지만 지쿠젠 나리께 새로 옷 한 벌을 줄 마음이 있다면 좀 더 겐바의 마음에 맞는 것을 주셨으면 하오."

"말씀 전하도록 하겠소. 원하는 바는……?"

"커다란 무늬가 들어간 붉은 옷. 뒤에는 붉은 매화에 은색 줄무늬가 있는 옷을 주셨으면 하오."

겐바노조는 자신의 생각을 솔직하게 말했다. 그리고 이어 말했다.

"엣추越中의 산속에서 농민에게 사로잡혀 오랏줄에 묶인 채 마키시마로 보내졌다는 것은 세상에 이미 알려진 사실이오. 그사이에 살아남았다는 수치도 참고 기회만 있으면 지쿠젠 나리의 목을 얻으려 했으나 그 뜻도 이루지 못하고 참수가 될 것이라는 사실이 알려지면 교토 사람들도 틀림없이 술렁이리라 생각하오. 초라한 옷을 얻어 입는다면 분할 것이니 이왕 입을 바에는 전장에서 거물이라 알리는 깃발과도 같은 화려한 옷을 입고 싶소. 그리고 오랏줄을 두려워하지 않았다는 증거로 수레에 오를 때 사람들 앞에서 오랏줄을 묶어주시오."

이렇듯 겐바노조에게는 참으로 사랑스러운 면이 있었다. 히코에몬이 곧 겐바노조의 뜻을 히데요시에게 전했다.

"마지막까지 무사다운 마음가짐, 참으로 갸륵하구나."

히데요시는 바로 겐바노조가 원한 옷을 보내주었다.

형을 집행하는 날이 찾아왔다. 사쿠마 겐바노조는 그날 아침 목욕을 하고 푸른 수염 자국이 시원하게 보이게 면도를 했으며, 머리까지 새로 묶고 붉은 옷에 커다란 무늬가 들어간 겉옷을 입었다. 그리고 스스로 오랏줄을 청해 수레에 올랐다.

"몸을 묶으시오."

당년 서른 살의 미장부, 모든 사람들이 그의 죽음을 안타까워했다.

수레는 교토의 시치조七條, 로쿠조六條에서부터 돌기 시작해 밤에 들어서야 마키시마로 돌아갔다.

"배를 가르시오."

겐바노조에게 인정을 베풀기 위해 칼과 부채를 내주었으나 겐바노조는 웃으며 대답했다.

"나를 생각해줄 필요는 없소."

겐바노조는 오랏줄도 풀지 않은 채 목을 베게 했다.

오사카 축성

히데요시는 전쟁 전보다 더욱 다단多端했다. 오사카 축성과 그에 따른 오기五畿[7] 경영만 해도 쉬운 일이 아니었다. 종전과 같은 축성 토목 정도라면 천하의 지혜와 일을 맡은 사람들의 진행만으로도 충분히 가능할 테지만, 히데요시의 구상은 이전까지 있었던 일본인의 창의보다 훨씬 웅대해서 도시계획만 놓고 보더라도 규모가 너무 컸기에 다른 사람의 머리로는 도저히 감당할 수가 없었다. 설계자가 과감한 기획이라고 생각해 작성한 원안도 히데요시에게는 늘 부족했다.

"작아, 너무 작아. 이보다 열 배로. 여기는 이곳의 백 배로 하고."

너무 크니 작게 하라거나 축소하라고 말한 적은 거의 없었다. 예를 들어, 대천수각과 소천수각의 층루도 노부나가의 아즈치 성을 훨씬 뛰어넘는 것이었다. 또 건물의 규모도 당초 설계자의 원안은 천팔백여 평에 크고 작은 방 이백여 개를 구상한 커다란 규모였다.

"이렇게 하시면 천하에 비할 데가 없을 것입니다."

---

7) 교토 부근의 다섯 개 지역.

하지만 히데요시는 힐끗 보고는 이렇게 말했다.

"살기에 좀 좁은 듯하군."

그러더니 대지를 사천육백여 평으로 확대하고 총 육백이 개의 방으로 늘려 어마어마한 규모가 되도록 수정했다. 대체로 히데요시의 안목과 담당자가 생각하는 규모 사이에 큰 격차가 있다는 것을 토목공사를 통해 분명히 알 수 있었다. 하지만 일의 관리를 맡은 사람이나 축성 담당자들의 생각은 당시 일반 상식으로 봤을 때 가장 높은 창의였다. 그러니 말할 필요도 없이 히데요시의 기획과 구상이 너무나도 컸던 것이다.

그렇게 차이가 나는 원인이 무엇인지 생각해보면, 양자의 관념에 근본적으로 차이가 있다 보니 '착안점'이 전혀 달랐던 것이다. 일본의 일반 인사들은 당연히 창의와 구상을 할 때도 일본이라는 한계를 넘어서지 못한다. 하지만 히데요시는 그 대상을 일본에만 한정시키지 않고 해외까지도 고려해 생각했다. 적어도 그는 전 아시아를 조감하고 있었다. 사카이 항구의 물결은 멀리 유럽의 17세기 문화와 연결되어 있었으며, 오기의 경영은 서구의 사신과 선교사들이 본국으로 보내는 보고에 의해 일본의 국위와 크게 연관된다고 믿고 있었다.

따라서 사람들 모두 놀랄 만큼 큰 규모의 기획도 그에게는 아직 마음에 그리고 있는 것을 전부 펼쳐 보인 것이 아니었다. 게다가 그의 이와 같은 이상의 구현은 어제오늘 갑자기 떠올린 것이 아니었다.

히데요시의 커다란 도량은 원래부터 그의 본질 가운데 있었던 것일 테지만, 당시 마침내 일어서려는 기운이 도는 일본의 문화적 사명과 해외에서 전해지는 서점西漸의 풍조 등에 대해 시대적 안목을 부여해준 은인은 다름 아닌 히데요시의 주군이자 스승인 고 노부나가였다.

청출어람靑出於藍. 노부나가의 뜻은 바로 히데요시에 의해 계승되었다고 해도 좋을 것이다. 히데요시는 옛 주군의 장점을 취하고 단점을 버렸으며,

거기에 독자적인 방식과 타고난 대범함을 더했다. 일찍부터 해외로 눈을 돌려 언제부턴가 세계적 지성을 갖게 된 것도 틀림없이 노부나가의 은혜였다. 아즈치의 높은 누각의 한 방에 있던 세계지도 병풍은 히데요시의 뇌리에 그대로 옮겨졌다. 그리고 사카이나 하카타^{博多}의 상인들에게서 얻은 지식도 적지 않았다. 철포나 화약 등의 거래로 그들과 늘 접촉했으며, 사적으로는 다도의 벗으로 만나기도 했다.

히데요시는 비천한 집에서 태어나 역경 속에서 자라다 보니 특히 학문을 닦거나 교양을 기를 시간이 없었다. 그래서 그는 늘 만나는 사람에게서 무엇인가를 반드시 배우겠다는 자세로 살아왔다. 그동안 그에게 가르침을 준 사람은 오직 노부나가 한 사람만이 아니었다. 평범하거나 그보다 못한 사람, 아니 하찮은 사람에게서조차 자신보다 뛰어난 점을 찾아내어 그것을 자신의 것으로 삼았다.

'나 이외의 사람은 모두 나의 스승이다.'

히데요시는 마음속으로 늘 그렇게 생각했다. 그의 몸은 하나였으나 그의 지혜는 천하의 지혜를 모아놓은 것이나 다름없었다. 그는 여러 사람의 지혜를 흡수하여 자신의 본질 속에서 여과했다. 때로는 여과하지 않은 대중의 어리석은 행동을 보여 개성을 그대로 그려내기도 했다. 그는 자신을 비범하다고 생각하면서도 현자라고는 생각하지 않았다.

어찌 되었든 그에게 있어서 잊을 수 없는 사람은 누가 뭐래도 고 노부나가였다.

"원숭아, 대담한 자여, 이쪽을 보아라, 저쪽을 돌아보아라."

히데요시는 다시 한 번 그런 말들을 듣고 싶었다. 그랬기에 이처럼 바쁜 중에도 6월 2일의 기일을 잊지 않았던 것이며, 대덕사에서 일주기의 법사를 행한 것도 결코 정략적인 것만은 아니었다. 어쩌면 사람들 눈에는 그렇게 보였을지 모르겠으나, 그는 원래 번뇌가 많은 사람이었다. 그는 어리석은 추억이나 추모와는 상극인 노부타카信孝의 처리와 노부오에 대한 생각들을 선군의 위패에 부지불식간에 고하기도 하고 사죄하기도 했는데, 그러면 마치 노부나가가 살아서 말하는 것처럼 느껴져 후련한 기분이 들었다.

그 법사도 끝났다. 6월 말이었다.

"공사도 꽤나 진척되었을 테니 한번 보기로 하지."

히데요시는 오사카로 갔다. 성의 공사를 담당한 사람은 이시다 미쓰나리石田三成, 마스다 나가모리增田長盛, 아사노 나가마사淺野長政 세 사람이었다. 시구 건설을 맡은 사람은 호리 규타로堀久太郎, 가타기리 가쓰모토片桐且元, 나쓰카 마사이에長束正家 등이었다. 그들은 히데요시를 맞아 이시石 산의 높다란 곳에 서서 이런저런 설명을 하느라 애를 썼다.

그 옛날 나니와難波의 갈대밭도 지금은 메워지고 개간되어 벌써 수로도 종횡으로 달리고 있었으며, 거리의 구획이 끝난 곳에는 상인들의 임시 가옥이 처마를 나란히 하고 있었다. 사카이의 항구와 아지安治 강 하구 등의 해면을 바라보면 돌을 실은 수백 척의 배가 돛을 활짝 편 채 들어오고 있었다. 그리고 히데요시가 서 있는 혼마루 예정지에서 시야에 들어오는 땅들을 둘러보면 밤낮으로 교대해가며 한시도 공사를 쉬지 않는 수만의 인부와 여러 장인들이 개미처럼 일하는 모습이 보였다.

축성을 위한 목수로는 당시의 대표적인 사람들만 뽑았다. 곤고金剛, 나카무라中村, 다몬多門, 다케쓰지武辻 네 사람이었다. 인부의 공출은 모두 각 지방에 맡겼다. 소홀히 하는 사람이 있으면 제후라 할지라도 엄벌에 처했다.

각각의 직 아래에는 하청을 받은 사람들이 있었으며, 그 아래 중간 우두머리가 있었고, 다시 현장의 우두머리들이 있어서 통솔했는데, 말하자면 그들 각 조의 이름은 책임 범위의 명칭이었다. 그리고 책임자가 있는 곳에는 반드시 명백한 책임이 따랐다. 만약 그것을 지키지 못한 경우에는 목을 쳤다. 감독자인 각 지방의 무사들은 처벌을 기다리지 않고 할복했다.

일반 토목공사처럼 보였으나 목숨을 걸 만큼 진지했다. 다시 말해 전장과 다를 게 없었다. 그리고 공사는 모두 청부 제도, 즉 할당제로 이루어졌다. '할당제' 하면 기요스 성과 도키치로가 출세하게 된 일로 유명했지만 그렇다고 도키치로가 '할당제'를 처음으로 고안해낸 것은 아니었다.

전국 시대 토목 중에서 다급하지 않은 공사는 거의 없었다. 특히 성채의 공사는 대부분이 적 앞에서 강행하는 공사였다. 얼마나 신속하게, 견고하게, 그리고 적에게 빈틈을 노릴 여지를 주지 않고 완성하는 게 관건이었다. 그런 상황에서 할당제는 자연스럽게 생겨난 일종의 약속이었다.

이러한 제약 속에서 진척시키는 일 가운데 가장 경계해야 할 것은 흔히들 말하는 '빠르면 허술하다'는 식의 졸속 건설이 일상화되는 것이다. 반대로 할당제의 가장 큰 특징은 일하는 사람 각자가 '나만의 영역, 나만의 시간'을 갖게 되기 때문에 일용제에서는 보기 어려운 '자신에 대한 도전' 정신을 갖게 된다는 점이다. 우선 '내가 전심전력으로 임하면 어느 정도의 일을 해낼 수 있을까?' 하며 시험해본 뒤, '열심히 하면 이 정도로 할 수 있다'는 자신감을 갖게 되고, '그저 빠르기만 한 게 아니라고. 내가 한 일에 대해 흠잡을 데가 있으면 흠잡아보라고' 하는 식의 자부심이 생긴다. 그러다 보면 일에 열중하고 몰두하기 때문에 자연스레 혼을 담게 되고 재미도 느끼게 되면서 장인적 도의도 높아지게 되는 것이다.

원래부터 청부제는 평범한 인간이라면 모두 가지고 있는 이기심을 활용한 것으로 결국은 소아小我에서 시작해 무아無我로 들어가고, 이利에서 시작해 이를 돌아보지 않는 경지로 사람을 움직인다. 만약 이 수단이 좋지 않은 것이라고 한다면 사람이 도를 찾아 성현의 말씀을 구하는 것도 하나의 이기이며, 불심을 일으켜 보시를 구하는 것도 좋지 않은 일이 되고 만다. 나아가서는 사회의 모든 일, 인간의 모든 활동에 불순함이 있다고 할 수밖에 없을 것이다.

하지만 지금 오사카 성의 공사장에서는 그런 이념을 따질 겨를이 없었다. 밤낮으로 일을 해야만 했다. 그리고 할당제 아래서 반석도 거목도 뜻대로 움직이고 있었다.

위에서 말한 것처럼 대공사도 아직 절반, 아니 착수한 지 얼마 지나지 않아 절반에도 이르지 못했는데, 히데요시는 공사 현장을 둘러본 다음 며칠 뒤 갑자기 이렇게 말했다.

"오사카 성에서 첫 번째 다도회를 열어야겠군."

그러더니 사카이의 센노소에키千ノ宗易와 쓰다 소큐津田宗及에게 사람을 보냈다.

"바로 오도록 하게."

그곳으로 온 두 사람은 놀란 표정을 감추지 못했다. 광대한 지역이 마치 토목의 전장 같았기 때문이다. 본원사 시절의 오래된 건물도 모두 헐린 상태였다. 대체 어디서 다도회를 열 것인지조차 의심스러웠다.

"이러한 곳에서의 모임도 재미있지 않겠는가?"

히데요시는 그렇게 말하고는 자신이 머무르기 위해 급히 만든 네 평짜리 임시 가옥에서 7월 7일부터 13일까지 칠 일 동안 다도회를 열 테니 준비를 하라고 명했다.

"갑작스러운 뜻, 한층 더 흥겨울 듯합니다."

소에키와 소큐는 황공해하며 격일로 자리를 담당했다. 7월 7일에는 칠석을 맞아 옥간玉㵎의 저녁 종이라는 그림을 걸었으며 조오紹鷗의 솥을 화로 위에 걸고 다기로는 하쓰하나를 썼다. 손님은 축성 공사를 담당하고 있는 제후들로 하룻밤에 네다섯 명씩 차례대로 불렀다. 벽에 거는 그림과 꽃병은 날마다 바뀌었으나 하쓰하나의 다기만은 늘 사용했다.

"이것은 얼마 전 야나가세 전투에서의 승리를 축하하기 위해 미카와 나리(이에야스)께서 일부러 사자를 보내 선물하신 것으로……."

그 자리의 정주^{亭主}인 히데요시는 히가시야마에게서 전래된 이야기보다 오로지 이에야스가 자신에게 예를 취했다는 이야기를, 명기를 자랑하는 척하며 은근슬쩍 들려주었다. 사람들은 그것이 세상에 널리 알려진 명기라는 것을 잘 알고 있었기에 히데요시에 대한 이에야스의 예가 보통이 아니라는 사실에 고개를 끄덕였다.

"미카와 나리께서도 이러한 물건을 참으로 흔쾌히……."

칠 일 동안 열린 다도회에서 제후들 대부분이 이 하쓰하나를 보았다. 아니, 정주의 선전을 들었다. 정주는 전쟁에 임할 때와 같은 뜨거운 마음을 보이며 칠 일 동안 쉬지 않고 다도회를 열었다.

"펄펄 끓는 다도를 하세."

히데요시는 입버릇처럼 그렇게 말했다. 그는 무슨 일에서나 미지근한 것을 싫어했다. 그렇게 각 장수들을 기쁘게 해서 공사도 격려했으며, 또 다른 목적도 달성했다. 지금 그의 마음속에 무엇이 가장 크게 자리하고 있는가 하면, 그것은 바로 이에야스였다.

지금까지 히데요시가 일생 중에 고인이 된 옛 주인 노부나가를 제외하고 참된 인물 중의 인물이며 두려워해야 할 인물이라고 생각하는 사람은 오직 한 사람 도쿠가와 이에야스밖에 없었다. 자신의 위치가 이렇게까지 눈에 띄게 오른 지금, 다음으로는 당연히 이에야스와의 대립을 피할 수 없을 것이라 예상하고 있었다.

우란분^{盂蘭盆}이 찾아왔다. 히데요시는 대덕사의 총견원으로 참배를 갔다. 히메지에 있는 어머니와 아내에게 오랜만에 소식을 전했다. 내용은 다음과 같았다.

지금 나니와에 새로운 주거를 만들게 하고 있습니다. 그곳의 조망,

아늑함은 히메지에 비할 바가 아닙니다. 내년의 일을 이야기하면 도깨비가 웃는다고들 하지만 다음 정월은 네네寧子와 함께 그곳에서 봄을 맞이하게 될 듯합니다. 물론 저도 그때까지는 오사카로 옮기기 위해 모든 일을 서둘러 진행하고 있습니다.

히데요시는 어머니와 아내가 편지지에 얼굴을 묻고 읽는 모습을 눈에 그려가며 편지를 썼다.

8월, 시원한 가을이었다. 히데요시는 부하 쓰다 사마노스케 노부카쓰津田左馬允信勝에게 특사를 명했다.

"하마마쓰로 가서 도쿠가와 가에 답례를 하고 오게."

그러고는 후도 구니유키不動國行의 명검을 건네주며 말했다.

"일전에 가신 이시카와 가즈마사를 통해 둘도 없는 명기를 보내셔서 이 지쿠젠이 한없이 기뻐하고 있다고 전하게."

히데요시는 다기를 받은 답례로 이에야스에게 후도 구니유키의 명검을 건넸다.

"그리고 가즈마사를 만나 그때는 고생이 많았다고 전하게."

히데요시는 가즈마사에게 보내는 선물도 잊지 않았다.

사마노스케는 8월 초순에 하마마쓰로 출발해서 10일쯤 돌아왔다. 그는 히데요시에게 도쿠가와 이에야스가 황공할 만큼 극진하게 환대했다고 보고했다.

"미카와 나리도 건강하신 듯하더냐?"

"무척이나 건강해 보였습니다."

"집안 분위기는 어떻더냐?"

"다른 집안에서는 볼 수 없는 게 느껴졌습니다. 소박한 가운데서도 모두들 어딘가 불굴의 정신을 갖추고 있는 듯한."

"신참도 많다고 들었는데."

"대부분 다케다武田 무사인 듯했습니다."

"그렇군……."

히데요시는 고개를 끄덕이며 대답했다. 그리고 문득 마음속으로 자신의 나이와 이에야스의 나이를 비교했다. 히데요시는 이에야스보다 나이가 많았다. 이에야스는 마흔둘, 히데요시는 마흔여덟 살이었다. 여섯 살차이가 났다. 그러다 보니 나이가 훨씬 많은 시바타 가쓰이에보다 나이 어린 이에야스가 더 신경 쓰였다. 하지만 그 모든 게 가슴속에만 있을 뿐 표면으로는 드러나지 않았다. 히데요시가 전쟁 직후 다시 그런 대전을 예기할 거라고는 추호도 생각하지 못했다. 아니, 두 사람의 관계는 참으로 원만한 듯 보였다.

10월, 히데요시는 이에야스의 공을 조정에 고해 정사위하正四位下 사콘에곤노추조左近衞權中將로의 승진을 주청했으며, 얼마 지나지 않아 다시 종삼위從三位 참의參議에 임명하라고 청했다. 히데요시는 그때 종사위하從四位下의 참의였다. 그는 나이 어린 이에야스에게 자신보다 높은 지위를 주선한 뒤에도 한동안 이에야스의 환심을 사는 것을 최선의 방책으로 여겼다. 그리고 그는 그해 12월에 예정대로 다카라데라 성에서 나와 셋쓰攝津 오사카의 새로운 성으로 거처를 옮겼다.

중용

사콘에곤노추조 미카와노카미 이에야스는 덴쇼 10년(1582년)인 작년 하반기부터 올해 11년 상반기까지 일 년 동안 얻은 수확물을 뱃속 가득 삼키고는 지난 반년 동안 그저 유유히 소화만 시키고 있었다.

이에야스는 풍모만 보면 매우 느긋한 사람처럼 보였다. 목이 굵고 짧았으며 살이 쪘고 턱이 두툼하고 귀가 컸다. 당시의 책에는 다음과 같이 기록되어 있었다.

도쿠가와 이에야스만큼 우스운 사람도 없었다. 아랫배가 튀어나와 스스로 속옷의 끈도 매지 못해 시녀들에게 매게 했다. 한마디로 그는 너무나도 느긋한 다이묘大名였다.

이에야스는 조금도 예리하지 않고 영리하지 않았다. 둔중하고 촌스럽게 보이기까지 했다. 아니, 마치 그렇게 보이게 하려는 것이 그의 참모습인 듯했다.

노부나가가 세상을 떠난 뒤, 이에야스는 곧 고신甲信 지방으로 군대를

112

보내 오랜 소망이었던 영토 확장을 이루었다. 둘째 딸인 도쿠히메德姬를 호조 우지나오北條氏直에게 시집보내 오다와라小田原를 향한 창을 거두었다.

"조슈上州에는 손을 대지 않겠다. 두 집안이 다투는 것은 오로지 에치고의 우에스기를 기쁘게 할 뿐이다."

이에야스는 그렇게 점령 범위를 기성사실로 인정하게 해서 이득을 취한 뒤 마치 두꺼비가 파리를 잡아먹고 시치미를 떼고 있는 것처럼 태연히 점잔을 뺐다. 게다가 가쓰이에가 기타노쇼에서 그의 진중으로 사자와 선물을 보냈지만 답례도 하지 않고 서신도 보내지 않아놓고는 야나가세 전투의 귀추가 분명해지자 연락도 주고받지 않던 히데요시에게 자신이 먼저 하쓰하나의 다기를 보내 환심을 사려고 했다. 그런 점만 봐도 그는 쉽게 판단하면 안 될 '배불뚝이'라는 사실을 알 수 있었다.

히데요시 쪽에서 후도 구니유키의 명검을 보내고 뒤이어 정사위하 곤노추조에 오르게 하는 등 좋은 일을 계속 주선해주었지만 이에야스는 그다지 기뻐하는 모습을 보이지 않았다.

"지쿠젠도 요즘에는 매우 신경을 쓰는 듯하구나."

이에야스는 그렇게 말하며 빈정거리는 듯한 웃음을 보일 뿐이었다.

그 무렵 이에야스 곁에서 흔히 볼 수 있는 가신은 이에야스에게 다시 돌아온 혼다 야하치로 마사노부本多弥八郎正信였다. 그동안 쫓겨났다가 용서를 받고 다시 돌아온 가신이 없지는 않았으나 마사노부처럼 오랜 시간이 걸린 경우는 극히 드문 일이었다.

마사노부는 이에야스가 어린 시절 인질이 되어 이마가와今川 가에서 지낼 때부터 이에야스를 섬겼던 오래된 미카와 무사였으나 나가시마에서의 봉기 때 버림을 받은 뒤 십팔 년 동안 각 주를 떠돌아다녔다. 그리고 작년 본능사本能寺(혼노지)의 변 직후 이에야스가 사카이 여행 중에 황급히 하마마쓰로 돌아갈 때 위험한 길을 헤치고 이에야스를 지켰기에 십구 년 만에 돌아올 수 있었던 것이다.

"하시바 나리가 신경 쓰는 것을 느끼셨다니, 나리께서도 조금은 신경이 쓰이는 모양입니다."

마사노부도 이에야스처럼 특별한 특징을 보이지 않는 평범한 무사였다. 나이는 이에야스보다 네 살 많았다. 그리고 오래도록 세상을 돌아다니며 이에야스와는 또 다른 고난을 맛보았기에 자연스럽게 오래된 덴묘天妙의 솥과도 같은 인간미를 갖추고 있었다.

마사노부가 돌아온 뒤, 이에야스는 그와 단둘이서만 진솔하게 이야기를 나누는 것을 즐겼다. 어렸을 때부터 주종 관계였던 두 사람이 미워하는 마음도 없고 원망하는 마음도 없이 십팔 년 동안이나 헤어졌다가 다시 만나 물과 물고기 같은 군신 관계가 되었으니 예전의 추억만으로도 할 얘기는 끝이 없었다.

하지만 이에야스는 그렇게 정회情懷에만 사로잡혀 있을 사람이 아니었다. 그가 늘 혼다 마사노부를 곁에 둔 것은 마사노부가 유랑 중에 파악한 각 주의 실상과 세상의 고통을 맛본 경험에 대한 이야기에서 얻는 게 많았기 때문이다. 그뿐만 아니라 최근 하마마쓰에는 판도가 확대되면서 이마가와 가를 섬겼던 스루가駿河의 무사나 다케다 가 출신의 고슈甲州 무사들이 휘하에 가담했으며, 거기에 마쓰다이라松平 촌에서 일어난 일족과 다를 바 없는 가신들까지 더해 쟁쟁한 인재들이 몰려들었으나 마사노부만 한 인물이 흔치 않다는 것을 잘 알고 있기 때문이다. 예전에 마사노부가 유랑하던 시절, 마쓰나가 히사히데松永久秀는 그를 이렇게 평했다.

"미카와 무사는 모두 어려움을 잘 견디고 소박하나 천박하지 않으며 기골이 늠름해서 매와 같은 기개가 느껴진다. 마사노부는 소박하고 말투가 온화하고 사람을 대할 때면 모난 부분이 없으면서도 포부가 느껴진다. 미카와 무사 가운데 조금 이색적인 면을 가진 자다."

하지만 그러한 말도 이에야스가 보기에는 결코 마사노부의 전모를 이야기한 게 아니었다.

이에야스가 마사노부에게 은밀히 기대하고 있던 것은 '이 사람은 무슨 일에 있어서나 판단을 내리기 전에 일단 상의해볼 만한 좋은 상대다'라고 생각했다는 점에 있다. 지혜라는 면에 있어서 이에야스는 결코 자신한 사람의 지혜만으로 부족하다고 생각하지 않았다. 그는 그 커다란 머리 안에 지혜를 풍부히 가지고 있었을 뿐만 아니라, 또 하나 매우 커다란 특질을 가지고 있었다. 그는 놀라울 정도로 조심스러웠던 것이다.

'지자智者는 지혜에 빠진다.'

이에야스는 언제나 그것을 경계했다. 그는 느긋해 보이는 풍모만으로는 예지의 송곳을 숨기기에 부족하다고 생각하는 듯했다.

"가즈마사의 말에 따르면 지쿠젠이 짓고 있는 오사카 성은 고금에 없었던 것이라고 하네. 하늘을 찌를 듯한 기세란 요즘의 지쿠젠을 두고 하는 말인 듯해. 그러니 이 이에야스도 조금은 신경을 써야 하지 않겠는가?"

"조금 가지고는 부족합니다."

마사노부가 웃지도 않고 대답했다.

"입술이 없으면 이가 시리다는 말도 있습니다. 차츰 바람이 불어올 것입니다."

"언제쯤 오겠는가?"

"틀림없이 생각보다 빠를 것입니다. 소문대로 하시바 나리가 올해 안에 오사카 성으로 옮긴다면 이미 때가 온 것이라 생각해도 될 것입니다."

"그렇다면 무엇을 명분으로……."

"말씀드리기 좀 어려운 일입니다. 잘 헤아리시기 바랍니다."

"흠……."

이에야스는 노부오를 생각하고 있었다.

그 뒤에도 마사노부는 오래도록 이에야스 앞에 바싹 다가앉아 이야기를 나누었다. 주종이 히데요시에 대한 대책을 부지런히 세우고 있었던 것에는 의심의 여지가 없었다. 하지만 표면적으로는 어디까지나 서로 상대의 환심을 사려 했고, 두 사람 모두 겸손의 예를 취하며 교만한 태도를 조금도 내보이지 않았다.

마치 커다란 기회를 엿보고 있는 명인과 명인이 대국의 서전을 치르는 듯한 느낌이었다. 한 수 두고는 상대방의 속내를 살펴보고, 한 수 맞서고는 상대방의 의중을 피해 시치미를 떼어 간신히 균형을 유지했다. 덴쇼 11년(1583년)부터 12년에 들어서는 기간 동안 오사카와 도카이 방면 사이에 그런 상태가 이어졌다. 그리고 그러한 기류에 의한 두 사람의 두 천지는 현저하게 대조적인 모습을 보이고 있었다.

새로이 일어선 오사카는 하루하루 날이 밝을 때마다 높이 솟아오르는 기세를 통해 인심과 물자를 끌어 모으는 데 반해, 도카이의 마쓰하마를 중심으로 한 슨엔駿遠 고신에 걸친 뇌운雷雲은 짙은 어둠에 둘러싸인 채 여전히 지방적 잠재 세력에 머물러 있었다. 하지만 집안의 일반적인 사기는 달랐다. 미카와 무사의 통념에는 '히데요시 따위가 무엇이란 말이냐'는 식의 생각이 잠재되어 있었다. 그리고 집안 대부분의 사람들에게는 '그는 필부에서 일어난 오다 가의 일개 가신이지만 우리 나리는 노부나가 공과도 자리를 함께했던 분, 동등한 위치에 있는 동맹국의 대장, 그쪽에서 와서 예를 취한다면 모를까, 우리 쪽에서 사절을 보내 예를 취할 이유는 없다'는 식의 고집이 있었다.

그러한 때에 이시카와 가즈마사가 돌아와서 히데요시의 커다란 도량과 오사카 축성의 방대함을 자꾸만 칭찬했기에 집안사람들의 반감은 오히려 더욱 거세졌다.

"마음속 기세는 이미 천하를 강탈할 생각인 모양이로군. 오다의 숙로

들과 싸워 시바타를 쓰러뜨리고 다키가와를 무너뜨린 정도는 그나마 봐줄 만하지만, 오다 일문인 노부오 공으로 노부타카 공을 자멸케 하고 거처를 오사카로 옮겨 벌써부터 천하인인 양 허세를 가장하다니 말도 안 되는 일이다. 도쿠가와 가에서 그것을 그냥 내버려두어서는 안 된다.”

그렇게 생각하는 사람이 많았다. 심지어 얼마 전에 히데요시에게 사자로 다녀온 이시카와 가즈마사까지도 이상한 시선으로 바라보았다.

“가즈마사 나리는 지쿠젠에게 상당한 대접을 받고 돌아왔다고 하더군.”

그러한 말들이 나돌고 있을 때 히데요시의 가신인 쓰다 사마노스케가 다른 중신은 찾아가지 않고 오직 이시카와 가즈마사만 찾아가 선물을 전달했기에 가즈마사는 더욱더 의심을 받게 되었다.

이런저런 일들이 이에야스의 귀에도 알게 모르게 전해졌으나 이에야스는 타고난 궁상을 고집스럽게 지키는 인색한처럼 혼다 마사노부와 소곤소곤 이야기를 나누지 않을 때면 홀로 거실에서 책을 읽는 경우가 많았다. 그의 거실에는 노부나가와 히데요시의 거실과는 달리 책의 기운이 감돌고 있었다. 그곳에는 《논어》, 《중용》, 《사기》, 《정관정요》, 《육도》 등의 한서漢書와 《엔기시키延喜式》, 《아즈마카가미吾妻鏡》 등의 일본 책이 있었다. 그중에서 그가 애독한 책은 《논어》와 《중용》이었으며, 일본 책 중에서는 《아즈마카가미》를 즐겨 읽었다.

향귤

"독서 중이십니까?"

"다테와키帶刀인가? 무슨 일인가?"

"방해되지 않는다면 비 내리는 밤의 무료함을 달래기 위해 세상 얘기라도 했으면 합니다만."

"들어오게."

이에야스가 책을 내려놓았다.

보통 주종 관계에서 매우 친밀한 사이가 아니라면 부르지도 않았는데 가신이 주군의 방을 찾아오는 것은 쉽지 않은 일이었다. 하지만 하마마쓰 성이라는 집안에서는 주종 사이의 관계가 그 어느 곳보다 친밀했다. 이곳의 가신들은 예전에 가이도에서 가장 가난한 소국을 지키며 지금의 주군인 이에야스를 갓난아이 때부터 길러낸 사람들이었기 때문이다.

주군이 가신들을 기른 것이 아니라 가신들이 주군을 길러왔다는 변칙이 오히려 가족적 단결을 만들고, 다른 집안에서는 찾아볼 수 없는 '도쿠가와 가'만의 독특한 분위기를 조성했다. 어쨌든 이 모든 게 이 나라가 예전에 가이도에서 가장 빈국이었다는 데서 비롯되었다. 그렇게 무문 가운

118

데 가장 고생한 사람들이 모인 집안이었기에 견실할 수밖에 없었다.

"그럼 들어가겠습니다."

다테와키가 무릎걸음으로 들어와 뒤쪽의 장지문을 닫았다. 겨울비가 커다란 차양을 차갑게 때리는 밤이었다.

안도 다테와키 나오쓰구安藤帶刀直次는 주군 앞에 오도카니 무릎을 꿇고 앉았다. 특별히 용무가 있는 것은 아닌 듯했다.

이에야스는 이상하게 여기며 말없이 그를 바라보았다. 그렇다고 갑갑하거나 어색하게 느끼지는 않았다. 그는 빗소리를 들으며 다테와키의 돌아가신 아버지를 생각했다. 어렸을 때부터 '할아범, 할아범' 하며 애만 먹였던 안도 이에시게安藤家重라는 노신의 얼굴을 떠올린 것이었다.

'지금 살아 있었다면.'

이에야스의 머릿속에 떠오르는 공신은 이에시게뿐 아니라 열손가락이 모자랄 정도로 많았다. 모두 오늘의 성운盛運도 이에야스가 어른이 된 모습도 보지 못한 채 이 나라의 역경 속에서 덧없이 세상을 떠난 노신들이었다. 다테와키도 그런 공신 중 한 사람의 아들이었다. 하지만 나이는 이에야스보다 훨씬 많았다. 다테와키는 벌써 머리에 초로의 서리가 내려앉아 있었다.

"다테와키…… 무엇을 보고 있는 겐가?"

다테와키가 그제야 빙그레 웃으며 말했다.

"네. 늘 같은 책만 보시기에 이상히 여겨 바라보고 있었습니다."

이에야스가 책상 위로 시선을 떨어뜨리며 말했다.

"이 책 말인가……. 책은 같아도 마음은 때에 따라 다르다네. 읽을 때마다 얻는 것도 같지 않아. 예를 들어 중용이나 논어도 이십 대에 읽는 것과 삼십 대에 읽는 것과 사십 대에 읽는 것에는 큰 차이가 있어. 그처럼 책은 평생 읽을 수 있는 것이 아니면 참된 책이라고 말할 수 없을 게야."

"하하하. 그렇습니까?"

대체 무료함을 달래주러 온 것인지 무료함을 돋우러 온 것인지 다테와키의 속내를 알 수 없었다.

"……."

다테와키는 다시 입을 다물었다. 이에야스도 말이 없었다. 싸늘한 방 안에서는 마치 촛대의 기름이 얼어붙은 듯 불빛이 더욱 가늘어졌고 바깥에서는 빗소리만 소슬하게 들릴 뿐이었다. 불기운을 느낄 수 있는 것은 이에야스 옆에 놓인 손화로가 전부였다.

"세상 얘기를 하러 왔다더니 무슨 특별한 일이라도 있었는가?"

마침내 이에야스가 재촉했다.

"네, 그렇습니다."

마침내 다테와키가 입을 열었다. 더듬더듬 말하는 모습으로 봐서 평소에도 말주변이 없을 것처럼 보였다. 그 사실을 알고 있는 이에야스가 쓴웃음을 지으며 말했다.

"다테와키, 아무래도 젊은이들에게 등 떠밀려서 온 모양이군. 최근 교토 부근에서 위세를 떨치고 있는 자에 대해 한가로이 좌시하는 듯한 이에야스의 태도에 불만을 품은 젊은이들이 이에야스 앞으로 가서 간언해보라고 부추겨서 온 것 아닌가? 어떤가?"

"그게……."

"아닌가?"

"아, 아니. 틀리지 않았습니다."

"하하하."

기골이 장대한 다테와키가 처녀처럼 얼굴을 붉히며 우물쭈물하는 모습을 보고 이에야스는 더 크게 웃었다.

"그 일이어도 상관없네. 어디 한번 말해보게, 다테와키."

"실은…… 오늘 성에 들어오기 전에 사쿠자作左 나리를 만났습니다."

"사쿠자……. 그래 부교奉行 영감을 만났단 말인가?"

"네, 부교인 혼다 사쿠자에몬本多作左衛門 나리입니다. 사쿠자 나리께서 긴히 할 말이 있다고 하시기에 들어보니, '요즘 교토 쪽에서 노부오 경이 살해당했다는 소리가 들려온다네. 히데요시의 위세가 날이 갈수록 더해가니 있을 법한 얘기라네. 참으로 불안한 일이야'라고 말씀하셨습니다."

"……."

"그러고는 얼굴을 찌푸리며 근심하는 말투로 '그러한 상황에서 우리 나리께서는 교토 쪽 정세를 어떻게 생각하고 계시는지, 히데요시와 사자를 주고받으시는 것으로 봐서 마음을 허락하신 듯한데……. 조만간 고신의 경계 쪽으로 국경 순시를 가시겠다는 명령을 받았는데, 이러한 때에 그처럼 중요하지도 않은 변경 지방을 둘러보실 때가 아닐 텐데……. 이거 참 어떻게 해야 할지'라고 말씀하셨습니다."

"다테와키."

"네."

"집안의 젊은이들이 자네를 부추긴 줄 알았더니 자네의 등을 떠민 것은 그 영감이었나?"

"아니, 사쿠자 나리뿐 아니라 집안의 많은 사람이 한탄하고 있습니다."

"그야말로 곤란한 일이로군. 나이 지긋한 그 영감까지 그처럼 귀가 얇아서야."

"무슨 말씀이신지?"

"산스케三助(노부오) 님께서 살해당했다는 소문은 말하자면 유언모설流言謀說, 그러한 항간의 소문이야말로 부교가 단속해야 할 것이거늘 앞장서서 믿어서는 곤란하지……. 다테와키, 내일은 자네도 따라오도록 하게. 겨울비와는 상관없이 나는 가이甲斐, 시나노信濃 지방으로 출발할 테니."

12월 초순, 칙사가 찾아왔다. 지난달부터 이에야스는 고신의 국경으로 나가 하마마쓰에는 없었으나 급보를 받고 곧바로 돌아왔다. 벼슬이 올랐다는 사실은 이미 비공식적으로 알고 있었으나 칙사는 공식적으로 벼슬이 올랐다는 사실을 전달하기 위해 찾아온 것이었다.

이에야스는 칙명을 받든 뒤 이틀 동안 칙사의 향응을 위해 성대한 잔치를 열었다. 평소 검소한 하마마쓰 성안에서도 북소리와 피리 소리가 들려왔고 성 아래의 서민들도 떡을 찧는 등 함께 국주의 영예를 축하했다.

교토로 돌아가는 공경의 행렬을 배웅하고 얼마 지나지 않아 하마마쓰에는 연말이 찾아왔다. 연말의 시장은 해를 거듭할수록 더욱 번성했다.

"내가 어렸을 때는 떡은커녕 피죽조차 구경할 수 없었던 설이 몇 년이고 계속됐는데……."

시장 안에서도 나라가 부강해지는 것을 느낄 수 있었다. 옛날을 아는 시장의 늙은이들은 격세지감을 느끼며 화려하게 변해가는 거리의 풍경을 바라보았다.

하지만 성시의 한가운데에 위치한 장엄한 관청에는 울던 아이도 울음을 그치게 한다는 무시무시한 부교가 있었다. 부교인 혼다 사쿠자에몬 시게쓰구는 밖으로는 다른 나라의 첩보 책동에, 안으로는 시민의 도의와 기거에 신경을 써야 했다. 그러니 법과 오랏줄을 장식으로 남겨둘 수는 없는 법이다. 옳고 그름을 밝히 가려 죄가 있으면 엄벌에 처했으며 집안의 무사라 할지라도 용서하지 않았다.

부처님 같은 고리키高力
악귀 같은 사쿠자
어느 쪽도 아닌
아마노 사부로베에天野三郎兵衛

그 무렵 사쿠자의 이름은 오카자키, 하마마쓰 부근에서 동요로도 불릴 만큼 사민 중에 '무서운 영감'을 대표하고 있었다. 그와 함께 고리키 사콘 高力左近과 아마노 야스카게天野康景 세 사람은 에이로쿠永禄 시절 이후 도쿠가와 가의 세 부교라고 일컬어지고 있었다. 사쿠자는 준엄하기로 유명했으며, 고리키는 인자仁者한 성품으로 사랑을 받았고, 아마노는 중화中和를 지키는 사람이라는 평을 받았다.

그 사쿠자가 한때 눈에 쌍심지를 세우고 있던 교토 방면에서 흘러나온 유언도 연말에는 어느 틈엔가 수그러들었다. 노부오 경이 살해당했다는 뜬소문은 이에야스가 일소에 부친 것처럼 명백한 뜬소문에 지나지 않았다는 사실이 마침내 자연스럽게 밝혀졌다.

정월을 앞두고 교토에서 하마마쓰 성으로 남양南洋의 향귤을 헌상했다.

"이건 중국이나 우리나라에서 말하는 향귤하고는 조금 다르군. 남만 밀감이라고도 하는 나무의 열매겠지."

이에야스는 진귀하고 맛이 좋은 향귤을 백 개 정도 나누어 얼마 전에 호조 가로 시집간 둘째 딸에게 보냈다. 그런데 호조 가의 관리는 그것을 등자라고만 생각했다.

"하마마쓰에는 등자가 귀한 모양이로군. 오다와라에는 얼마든지 있다는 사실을 알려주도록 하지."

얼마 뒤 그는 인부 여덟 명이 짊어져야 할 정도로 많은 양의 등자를 하마마쓰로 보냈다. 하지만 이에야스는 그러한 우스운 일을 겪고도 오히려 가신들의 입을 굳게 단속했다.

"오다와라의 사람들은 남이 보낸 선물을 눈으로만 보고 맛도 보지 않은 채 이처럼 얕잡아보는구나. 그곳의 정사도 이러한 행동과 다르지 않을 것 같구나. 그래, 그래……. 아무 말도 하지 말게."

동병상련

아즈치의 산포시三法師도 해가 바뀌어 다섯 살이 되었다. 산포시가 건강하게 자라는 모습을 축하하기 위해 인사를 하러 오는 다이묘들도 적지 않았다.

"쇼뉴勝入 나리 아니십니까?"

"오오, 주자부로忠三郎 나리. 마침 잘됐소."

두 사람은 혼마루의 커다란 서원 앞에서 만나자마자 초봄에 어울리는 목소리로 인사를 건넸다.

히데요시가 오사카로 옮긴 뒤 오사카에서 오가키大垣로 옮긴 이케다 쇼뉴사이 노부테루池田勝入齋信輝와 가모 주자부로 우지사토蒲生忠三郎氏郷였다.

"더욱 건강하신 듯하여 무엇보다 다행입니다."

"몸은 더욱 건강해진 듯하지만 워낙 바빠서……. 이번에 옮긴 오가키에서도 아직 몇 밤 묵지 못했소."

"그렇지. 쇼뉴 나리께서는 오사카의 공사도 함께 맡으셨지요?"

"마스다나 이시다에게는 그런 일이 어울릴 테지만 우리 같은 무사에게는 어울리지 않소. 변변치 못한 일만 많아서."

"아니, 적임자가 아닌 사람을 단 하루라도 적합하지 않은 자리에 앉혀 둘 지쿠젠 님이 아니십니다. 공사 중에 나리를 필요로 하는 일이 있기 때문이겠지요."

"하하하, 전쟁 이외에 그와 같은 재주가 있는 것처럼 보이는 것도 피곤한 일이오, 쇼뉴. 그건 그렇고 어린 주군에게 인사는?"

"지금 인사를 드리고 나온 참입니다."

"나도 돌아가려던 길이오. 어쨌거나 마침 잘됐소. 잠시 긴히 상의할 일이 있소만."

"사실은 저도 얼굴을 뵙는 순간 꼭 여쭙고 싶은 일이 떠올랐습니다."

"그렇다면 서로 마음이 통한 모양이오. 어디서 얘기를 하지……."

"작은 서원에라도."

사람이 없는 한 방에 두 사람이 앉았다. 화로는 없었지만 장지문 너머로 비치는 봄 햇살이 따뜻하게 느껴졌다.

"얼마 전 항간을 떠들썩하게 했던 소문을 들으셨소?"

"들었습니다. 산스케 님께서 살해당하셨다고 사실인 양 떠들어대던 것을 말씀하시는 것 아닙니까?"

"그렇소만……."

쇼뉴가 크게 한숨을 내쉬고 심히 걱정스럽다는 듯 눈썹을 찌푸리며 말했다.

"올해도 벌써부터 동란의 조짐이 보이고 있소. 상대에 따라서 그것도 대수롭지 않을 수 있으나 근원지가 근원지인 만큼 조짐이 영 좋지 않소. 주자부로 나리, 그대는 젊지만 분별력은 이 쇼뉴보다 뛰어난 듯하오. 어떻게 미리 손쓸 좋은 방도는 없겠소?"

우지사토가 되물었다.

"그와 같은 헛소문은 대체 어디서 나온 것일까요?"

"그것은 말하기 어렵소만……. 단지 이 말만은 할 수 있을 듯하오. 아니 땐 굴뚝에서 연기 나지 않는 법."

"그렇다면 그런 소문이 떠돌 만한 어떤 일이 있기는 있었다는 말씀이십니까?"

"아니, 없었소. 사실과는 정반대요. 실은 산스케 노부오 경이 작년 11월에 야마자키의 다카라데라 성으로 지쿠젠 님을 뵈러 간 일이 있었소. 그때 이세를 평정한 노고를 치하하기 위해 지쿠젠 님께서 직접 접대하시며 성안에서 나흘이나 묵게 하셨다고 들었소."

"그렇습니까?"

"산스케 님의 가신들은 이튿날 성에서 나올 줄 알았는데 이틀째에도 명령이 내려오지 않고, 사흘째에도, 나흘째에도 노부오 경이 나오지 않으셨기에 혹시나 하고 좋지 않은 쪽으로 추측하여 성 밖의 하인들까지 있지도 않은 억측을 입에 담은 모양이오."

"하하하하, 그렇게 된 일이었습니까? 세상의 소문이란 근원을 캐보면 대부분은 하찮은 일인 듯합니다."

우지사토가 알아들었다는 눈빛을 보이자 이케다 쇼뉴가 아직 다 얘기하지 않았다는 듯 서둘러 덧붙였다.

"그런데 말이오……. 그 후에 또다시 물의가 빚어져 여러 가지 뜬소문이 이세 나가시마와 교토, 오사카 사이에 허허실실 전해졌소. 우선 다카라데라 성안에서 노부오 경이 살해당했다는 뜬소문이 돌았던 것은 결코 노부오 경의 수행원들 사이에서 나온 것이 아니다, 하시바 가 하인들의 입에서 나온 말이 소란을 일으킨 근원이라고 주장했소. 거기에 대해 아니다, 노부오 경 가신들의 의심에서 생겨난 소문이라고 반박하는 다카라데라 성 사람들의 주장이 서로 목소리를 높여 대립하는 동안, 그 경위와 상관없이 세상에는 노부오 경이 모살되었다는 말만 바람처럼 전해졌던 게요."

"세상에서는 역시 그와 같은 일을 '있을 수 없는 일이 아니라 있을 법한 일'이라 여기고 있다는 말씀이십니까?"

"일반 민심은 헤아릴 수 없으나 기타바타케 나리와 연고가 있는 자들이나 가신 중에는 시바타의 멸망에 이어 간베 나리의 마지막을 지켜보았기에 그다음은 누구일까 자문자답하여 악몽을 그리는 자가 적지 않은 것만은 틀림없는 사실일 것이오."

우지사토가 처음으로 속내를 털어놓으려는 듯 무릎을 바싹 당겨 말하기 시작했다.

"바로 그 점입니다만, 어떤 소문이 나돌더라도 하시바와 기타바타케 양 집안이 견고한 이해관계를 맺고 있기만 하면……. 그런데 지쿠젠 님과 노부오 경의 마음은 조금 어긋나 있는 듯합니다."

쇼뉴가 크게 고개를 끄덕이자 우지사토가 눈을 반짝였다.

"이것도 세상의 뜬소문일 테지만 요즘에는 이런 말도 들었습니다. 고우후 님의 타계로 일어났던 전쟁과 여러 사정도 일단은 가라앉아 어쨌든 평정을 되찾았으니 지쿠젠 나리도 이제는 모든 권력을 옛 주인의 유족에게 돌려주고 보좌하는 데만 충실할 것이다. 그런데 아무리 정당한 계승자라 할지라도 산포시 님은 너무 어리니 천하의 후계자로는 아무래도 노부오 님을 세우게 될 것이다. 그렇게 하지 않고는 지쿠젠노카미로서도 의를 세울 수 없을 것이다. 오다 가의 은혜에 보답할 길도 없을 것이다."

"참으로 난처하군. 마치 마른 잎에 불을 지피는 것과 같은 말이야. 그분의 저의가 그대로 들여다보여. 오히려 그 반대의 경우가 올 것이라는 사실을 모르는 듯하군."

"하지만 그분이 정말 그처럼 섣부른 생각을 하고 계신 걸까요?"

"그럴지도 모르오. 세상 물정 모르는 귀공자의 심산으로는."

"오사카에서도 틀림없이 들었을 텐데, 이래서는 서로의 뜻이 더욱 어굿날 뿐입니다."

"그러니 참으로 난처하게 됐소."

쇼뉴가 다시 탄식했다.

이케다 쇼뉴와 가모 우지사토는 히데요시의 장수로 히데요시와 깊은 주종 관계를 맺고 있을 거라고 여겨져 왔으나 그러한 대승적 관점을 떠나 쇼뉴 개인, 혹은 우지사토 개인의 입장으로 보면 그렇게 간단히 여길 수만은 없는 사정과 관계가 있었다. 무엇보다 우지사토는 노부나가의 총애를 받았던 시절 노부나가의 막내딸을 아내로 맞아들였다. 그리고 쇼뉴 이케다 노부테루는 노부나가의 유모의 아들로 노부나가와는 한젖을 빨고 자란 형제와 다를 바 없는 매우 깊은 관계였다.

두 사람은 기요스 회의 자리에도 단순한 신하의 자격이 아니라 오다 가의 외척으로 참석했기에 당시의 서약에도 연대 책임이 있었다. 따라서 오다 가의 장래에 대한 문제에 냉담할 수 없었으며, 나이 어린 산포시를 제외하고 지금 유일하게 홀로 남은, 노부나가의 피를 직접 물려받은 기타바타케 노부오와도 끊으려야 끊을 수 없는 친족 관계였다.

노부오가 조금만 더 괜찮은 인물이었다면 두 사람도 그리 크게 고민하지 않았을 텐데, 노부오는 그저 범용한 인물이었다. 기요스 회의 전후부터 이미 열이면 열 모든 사람들이 노부오에게 노부나가의 뒤를 이을 소질이 없다고 판단했다. 하지만 명문가 자제의 불행은 노부오 앞에서 그런 사실을 말하는 사람이 한 명도 없었다는 점에 있었다. 세상 물정 모르는 명문가의 자제는 어떤 명령을 내려도 여전히 엎드려 받드는 중신과 교언영색巧言令色의 방문자와 그를 이용하기 위해 조종하는 사람들의 힘에 움직여 커다란 변동기를 자각하지도 못한 채 보내고 있었다.

쇼뉴와 우지사토처럼 시대의 물결을 몸으로도 느끼고 눈으로도 보는 사람들은 노부오의 행동과 안일한 생각을 마주할 때마다 위험하다는 탄식이 절로 나올 정도로 불안해했다. 예를 들어 작년과 같은 복잡한 정세 속에서 은밀히 미카와까지 가서 이에야스와 밀담을 나누기도 하고, 아무리 히데요시가 종용했다고는 하지만 야나가세 전투 뒤에 형제인 간베 노부타카를 자결케 하기도 하고, 최근에는 전승의 공에 대한 상으로 이세, 이가伊賀, 오와리尾張 전 주州의 백칠십만 석을 받아 우쭐하는가 싶더니 히데요시가 곧 중앙의 권력까지 자신에게 이양할 것이라는 소문을 내는 등 어설픈 책략으로 히데요시의 속내를 떠보기도 했다. 이렇듯 하나하나 헤아리자면 끝도 없었다.

"그렇다고 지금의 상황을 그저 지켜볼 수도 없는 일 아니겠습니까? 쇼뉴 나리께서 따로 생각하고 있는 방도는 없으신지요?"

"아니, 그러한 지혜는 그대가 가지고 있을 것이라 생각했소만. 주사부로 나리, 생각을 좀 빌려줬으면 하오."

"이 우지사토의 생각으로는 노부오 경께서 나가시마에서 한번 나오셔서 지쿠젠 님과 만나 서로의 마음을 터놓고 허심탄회하게 이야기하는 것이 가장 좋은 방법일 듯합니다만."

"좋은 방법이기는 하나……. 그분이 요즘처럼 권위의식에 젖어 있어서야, 일이 어떻게 될지."

"그럼 제가 그분을 잘 설득해보도록 하겠습니다."

명문가의 화禍

어제는 좋았지만 오늘은 좋지 않은 것처럼 노부오의 마음은 늘 평안하지 못했다. 그렇다고 왜 그런지 반성해볼 만한 사람도 아니었다.

작년 가을에 이세 나가시마 성으로 옮겨 이가, 이세, 오와리 세 주에 백칠십만 석의 봉지를 가지고 있으며 위관은 종사위하 우곤에노추조右近衛中將였다. 밖으로 나가면 여러 신하가 몸을 숙이고, 물러나면 관현管絃으로 맞아들이며, 원하면 못할 것이 없는 데다 나이는 겨우 스물일곱 살이었다. 명문가 자제의 불행은 명문가 자제가 좋아할 만한 이 모든 조건 속에 있었다. 노부오는 자신의 상황에서 마음에 들지 않는 부분이 많았다.

"이세는 시골이 아닌가."

그리고 작년부터 마음에 들지 않는 일이 한 가지 더 늘었다.

"지쿠젠은 무슨 생각으로 오사카에 그처럼 커다란 성을 쌓는 걸까? 자신이 살기 위해서인가, 아니면 천하를 이을 사람을 맞아들이기 위해서인가?"

노부오의 말투를 통해 그의 머릿속에 아직도 망부 노부나가가 크게 자리하고 있다는 사실을 알 수 있었다. 한마디로 정신은 없고 형식만 있는 것처럼 그는 아버지의 뜻은 물려받지 않고 위세만 물려받을 생각인 듯했다. 그러한 눈으로 오사카를 보고, 히데요시를 바라보고, 또 자신의 신변을 생각했다.

"지쿠슈야말로 불손한 자다. 어느 틈엔가 아버지의 신하라는 신분을 잊고 아버지의 유신에게 부과하여 미증유의 축성을 서두르고 있을 뿐만 아니라 나를 장애물로 여겨 어떤 일도 의논하지 않는다."

서로 왕래가 끊긴 건 작년 11월 무렵부터였다. 그 무렵 히데요시가 노부오를 제거할 계획을 세우고 있다는 둥, 노부오는 이미 살해당했다는 둥, 그의 의심을 사기에 충분한 소문이 끊임없이 나돌았다. 더군다나 노부오는 자신이 신하들 사이에서 부주의하게 내뱉은 말이 세상에 전해져 자신의 저의가 히데요시를 얼마간 자극했으리라 생각했다. 그러다 보니 결국 정월이 되었지만 아직 서로 신춘 인사조차 나누지 못했다.

정월의 첫 번째 자일子日이었다.

"히노日野의 작은 나리께서 오셨습니다."

노부오가 성안의 후원에서 부녀자와 시동들을 상대로 축국을 즐기고 있는데, 바깥의 무사가 가까이 와서는 고했다.

오우미 가모 군의 작은 나리는 다름 아닌 우지사토를 가리키는 말이었다. 나이는 노부오보다 두 살 많았으나 인척 관계로 따지자면 여동생의 남편이었다. 노부오가 보기 좋게 공을 차며 고하러 온 무사에게 말했다.

"히다飛驛가 왔는가? 마침 좋은 상대가 왔군. 잘됐어. 바로 정원으로 데려오도록 하게. 그와 함께 공을 차야겠으니."

무사가 달려갔다 잠시 뒤 다시 돌아와서 고했다.

"급한 일이라면서 벌써 서원으로 들어가 기다리고 계십니다."

"축국은?"

"그와 같은 재주는 갖고 있지 않다고 하셨습니다."

"촌놈이로군."

노부오가 번쩍번쩍 검게 물든 이를 드러내며 웃었다. 그러고는 옷을 갈아입고 서원으로 올라갔다. 잠시 뒤 다른 방으로 점심 식사가 옮겨졌고, 두 사람은 친밀하게 인사를 나누었다.

노부오와 우지사토는 나이도 비슷하고 서로 비교했을 때 흥미로운 점이 많았다. 한 사람은 노부나가라는 명문가의 자제였고, 다른 한 사람은 그 노부나가에게 정벌을 당해 항복한 가모 가타히데蒲生賢秀라는 사람의 아들이었다.

노부나가는 우지사토가 열세 살쯤 되었을 때부터 우지사토를 품속에서 기르기 시작했다. 그러다 보니 노부나가 휘하의 장수들이 병사를 논하는 자리에도 우지사토는 늘 함께 머물렀다. 우지사토는 아무리 깊은 밤까지 회의가 이어져도 따분한 모습을 보인 적이 단 한 번도 없었으며 일심불란으로 이야기하는 사람을 바라보았다. 그 모습을 본 이나바 사다미치稻葉貞通는 이렇게 말했다.

"가모의 아들은 예사스럽지가 않다. 이 아이가 뛰어난 무장이 되지 못한다면 그렇게 될 자는 아무도 없다."

또 노부나가는 이렇게 말했다.

"가모의 아들을 보고 있자면 눈동자가 참으로 아름답다. 훌륭한 청년이 될 것이다."

당시 노부나가는 단조노추彈正忠라는 이름을 쓰고 있었는데, 우지사토에게 그 '추忠' 자를 따서 주자부로라는 이름을 주고 심지어는 자신의 딸까지 시집보냈다.

우지사토가 처음 전쟁에 참가한 것은 열네 살 때였다. 노부나가가 가와치 성을 공격할 때였는데, 우지사토가 적의 목을 취해오자 노부나가가 직접 마른 전복을 집어 건네주며 말했다.

"이것 보게, 평범한 아이가 아닐세."

한번은 이런 일도 있었다. 오다 긴자에몬織田金左衞門이 명마를 가지고 있다 보니 명마를 달라며 간곡히 청하는 사람이 끊이지 않았다. 이에 긴자에몬은 마구간 앞에 푯말을 세웠다.

이는 전쟁이 일어났을 때 적 앞으로 가장 먼저 달려가기 위해 기르는 명마다. 주인의 마음에도 뒤지지 않고 명마에도 부끄럽지 않을 만한 자가 있다면 천지신명께 맹세컨대 이 말을 내어주겠다.

그 뒤로 말을 원하는 사람들의 발길이 끊겼다. 그런데 당년 열여섯 살인 가모의 아들이 어느 틈엔가 찾아가 이 명마를 얻었다. 마침 다케다 하루노부武田晴信의 군대가 미노의 동쪽을 침범해 불을 질러 교란작전을 펼치고 있었는데, 주자부로 우지사토가 그 말을 타고 적 속으로 뛰어들어 적의 우두머리와 맞서 싸웠고, 결국 적장의 목을 안장에 걸고 돌아왔다.

그렇게 해서 우지사토는 노부나가의 사랑과 집안사람들의 신망을 두텁게 받았다. 그리고 그는 열일곱 살 무렵 노부나가에게 이렇게 청했다.

"나리 곁을 떠난다고 하면 배신背臣이 되는 셈입니다만 저를 시바타 나리 밑으로 가게 해주십시오. 하급 무사들과 섞여 무사의 자세를 배우고 싶습니다."

물론 노부나가는 허락했다. 그렇게 해서 우지사토는 어린 시절에 시바타 가쓰이에 휘하에 배속되어 병사들과 마분 속에서 병영 생활을 한 적도 있었다.

스물아홉 살이 된 지금, 그가 큰 인물이 될 소질을 갖추고 있다는 사실을 히데요시를 비롯해 세상 모든 사람이 인정하고 있었다.

야나가세 전투 이후 히데요시는 전공에 대한 상으로 우지사토에게 가메야마龜山를 건넸지만 그는 받지 않았다.

"가메야마는 세키 가즈마사關一政의 조상이 대대로 소유해온 땅입니다. 모쪼록 제게 내리셨다 생각하시고 가즈마사에게 돌려준다면 그도 저도 얼마나 기쁠지 모르겠습니다."

세키 씨와 가모 가는 먼 친척에 해당하지만 아무리 그렇다 해도 쉽게 할 수 있는 일이 아니었다. 노부나가에게 큰 사랑을 받고 있었던 우지사토는 히데요시의 마음까지도 완전히 사로잡았다. 하지만 노부나가가 아무리 그를 사랑했다 할지라도 친아들인 노부타카, 노부오에 대한 사랑과는 비교할 수 없을 것이다. 어쩌면 노부타카를 그처럼 이른 나이에 세상을 떠나게 하고, 노부오를 오늘과 같은 인물로 만든 것 역시 그 맹목적인 사랑이었다고 할 수 있을 것이다. 그러고 보면 명문가의 아버지라는 자리는 결코 쉬운 일이 아니다.

우지사토가 방문한 뒤 며칠이 지나서, 우지사토와 이케다 쇼뉴의 이름으로 서장이 왔다. 노부오는 지난 며칠 동안 기분이 매우 좋아 들떠 있는 상태였다.

"오늘 오쓰로 갈 것이네. 원성사圓城寺(온조지)에서 지쿠젠이 기다린다고 하네. 히데요시 쪽에서 먼저 만나고 싶다고 하더군."

노부오는 갑자기 네 명의 노신을 불러 수행을 명했다. 노신 중에는 괜찮겠느냐고 묻는 듯한 기색을 보이는 사람도 있었다. 그에 답하듯 노부오가 까맣게 물든 이를 드러내고 웃으며 말했다.

"난처한 모양이더군, 지쿠슈도. 누가 뭐래도 나와 사이가 좋지 않은 것처럼 보여서는 세상에 대해 모양새가 좋지 않을 테니. 그럴 만도 하지. 주인 집안에 명분이 서지 않을 테니."

"그런데 원성사에서의 외견은 어떤 경로를 통해서……."

네 노신 중 한 명이 물었다. 그러자 노부오는 매우 자랑스럽다는 듯 대답했다. 그는 조금도 불안을 느끼지 못하는 듯했다.

"이렇게 된 걸세. 얼마 전에 히다노카미飛騨守가 와서, '나와 지쿠젠과의 사이가 좋지 않은 것처럼 세상에서 말하는데 지쿠젠의 마음은 결코 그처럼 매정한 것이 아니다. 뭔가 다른 목적이 있는 자들의 책모라는 사실은 잘 알고 있으나 그렇다고 해서 지쿠젠이 여기로 오는 것도 이상한 일이니 신춘의 대면을 겸해 오쓰의 원성사까지 와주셨으면 한다. 지쿠젠도 틀림없이 오사카에서 나와 그곳까지 갈 것이다' 이렇게 말했다네. 그 말을 듣고 보니 나 역시 지쿠슈에게 원한을 품고 있는 것은 아니니 그 말대로 가겠다고 약속했다네. 두 사람의 편지에도 결코 신변에 이상이 없도록 하겠다고 적혀 있었다네."

편지든 사람의 말이든 있는 그대로 받아들여 믿는 것은 무난한 환경에서 자란 사람의 좋은 점이라고도 할 수 있을 테지만, 노신들은 자신들의 임무 때문에라도 그만큼 더 세심하게 신경을 써야 했으며 무슨 일이 있을 때마다 걱정이 떠나질 않았다. 그랬기에 서로 머리를 맞대고 우지사토의 편지를 살펴보았다.

"그렇군……."

"틀림없이 직접 쓴 글인 듯하군."

그런 뒤에야 마침내 동의를 표했다.

"다른 사람도 아니고 쇼뉴 님과 우지사토 님이 주선하셔서 이렇게까지 중재를 하셨으니 틀림없을 듯합니다. 그래도 조심하시는 것이 좋을 듯합니다."

네 노신은 그렇게 말하고는 삼엄한 경계를 위해 다 함께 노부오를 수행하기로 했다. 그들은 오카다 나가토노카미岡田長門守, 아사이 다미야마루淺井田宮丸, 쓰가와 겐바津川玄蕃, 다키가와 사부로베瀧川三郎兵衛였다.

이튿날 기타바타케 노부오는 네 노신과 함께 오쓰까지 갔다. 약속 장소인 원성사라는 곳은 삼정사三井寺(미이데라)를 말하는 것이었다. 그는 북원 총문의 안쪽에서 두 정 정도 서쪽에 위치한 렌게蓮華 계곡의 법명원法明院(호묘인)을 숙소로 삼았다. 곧바로 우지사토가 왔으며 뒤이어 이케다 쇼뉴도 왔다. 그리고 이렇게 말했다.

"지쿠젠 님은 어제부터 와서 기다리고 계셨습니다."

회견 장소는 히데요시의 숙소인 중원中院의 금당에 준비해놓았는데, 두 사람이 노부오에게 언제 만나는 게 좋겠느냐고 묻자 노부오는 조금 방자한 마음이 들었는지 이렇게 대답했다.

"먼 길을 오느라 피곤하기도 하니 내일 하루는 쉬고 싶구나."

"그럼 모레로 정하면 되겠습니까?"

두 사람은 노부오의 뜻을 히데요시에게 전하기 위해 돌아갔다.

그 시절에는 하루라도 헛되이 보내면 안 될 만큼 한가한 사람이 없었다. 하지만 이튿날, 노부오가 하루 쉬고 싶다고 희망하는 바람에 원성사에서 묵는 사람들 모두 아무런 득도 없는 무료한 시간을 보내야 했다.

원성사에서는 누가 뭐래도 중원의 금당이 건축의 주된 각閣이었다. 그곳에는 히데요시 주종이 묵고 노부오는 렌게 계곡의 법명원에서 묵었다. 그러다 보니 그곳에 도착한 순간 노부오는 기분이 유쾌하지 않았다. 그런 마음 때문에 회견 날짜를 정할 때 고집을 부리긴 했으나 이튿날 노부오는 종일 무료해서 견딜 수 없었던 듯 이렇게 푸념을 늘어놓았다.

"가신들도 얼굴을 보이지 않는구나."

노부오는 절의 보물인 가집歌集을 구경하기도 하고 노승의 길고 따분한 이야기를 듣기도 하며 간신히 하루를 보냈다. 황혼 무렵 네 노신이 함께 노부오의 방으로 찾아왔다.

"오늘은 번거로운 일 없이 천천히 휴식을 취하셨습니까?"

노부오는 무슨 소리냐며 버럭 화를 내고, 할 일 없이 심심해서 견딜 수 없었다고 소리를 지르고 싶었다. 하지만 아무리 주군이라 할지라도 그들의 선의에 넘친 생각까지 일일이 탓할 수는 없었다.

"음, 편안히 잘 보냈네. 자네들도 숙소에서 잘 쉬었는가?"

"쉴 틈도 없었습니다."

"어째서?"

"각 집안에서 인사를 온 자들이 끊이지 않았기에."

"방문객이 그렇게 많았단 말인가? 어째서 내게 고하지 않았던 겐가?"

"모처럼 쉬시는 하루를 객들에게 방해받아서는 안 되겠기에……."

노부오는 손가락으로 고리를 만들어 무릎을 튕기며 감흥이 없는 얼굴로 품위 있게 가만히 고개를 들고 있었다.

"어쨌든 알겠네. 저녁은 자네들도 여기서 들도록 하게. 한잔하세."

노신들은 서로의 얼굴을 마주 보았다. 조금 난처한 기색이었다. 노부오는 그러한 심리를 민감하게 간파했다.

"무슨 다른 일이라고 있는 겐가?"

"그렇습니다만……."

네 사람 중 오카다 나카토가 사과하는 듯한 투로 말했다.

"실은 조금 전에 지쿠젠노카미 님께서 사람을 보내 오늘 밤 네 사람 모두 숙소로 오라고 초대하셨기에 우선은 허락을 받은 뒤 가겠다고 답하고 이렇게 여쭈러 온 것입니다."

"뭐? 지쿠젠이 자네들더러 오라고 했다고. 또 차를 마실 생각인가?"

노부오는 마음에 들지 않는지 싫은 표정을 지어 보였다.

"아니, 그러한 일은 아닌 듯합니다. 나리도 초대하지 않고, 또 함께 데려온 제후들도 있을 텐데 나리의 신하인 저희를 차 모임에 초대할 리는 없다고 생각합니다. 뭔가 저희 네 사람에게 긴히 상의할 일이 있다고도 했으니."

"흠, 무슨 일로……."

노부오가 고개를 갸웃거리며 말을 이었다.

"그렇다면 이 노부오에게 오다 가의 모든 것을 물려받게 하기 위해 자네들을 불러 상의하려는 것일까? 그럴지도 모르겠군. 나를 무시하고 히데요시가 천하인의 자리에 앉는다는 것도 우스운 일이지. 무엇보다 세상이 용납하지 않을 게야."

고마키小牧 전투의 서막

중원 금당에 있는 한 방에서는 사람도 없이 촛불만이 밤을 기다리고 있었다. 마침내 손님이 안내되었다. 쓰가와 겐바, 다키가와 사부로베, 아사이 다미야마루, 오카다 나가토노카미 네 사람이었다. 이윽고 다과가 나왔다.

정월의 중순이라 추위가 혹독했다. 잠시 뒤 기침 소리가 가까워졌다. 수행원들의 발소리도 함께 들려왔기에 히데요시임을 바로 알 수 있었다. 큰 목소리로 명령을 내리며 오고 있는 듯했다. 감기에 든 목소리라 여겨졌다. 잠시 뒤 방으로 들어왔다.

"그래. 기다리게 해서 미안하네."

히데요시가 말했다. 그리고 주먹으로 입을 막으며 기침을 했다. 네 사람이 히데요시를 올려다봤지만 그는 혼자였다. 뒤에 시동들도 없었다. 네 사람은 쉽사리 마음을 놓을 수 없었다. 차례로 인사를 하는 동안 히데요시는 자꾸만 코를 풀었다.

"감기에 걸리셨나 봅니다."

마침내 사부로베가 편안하게 얘기를 꺼냈다. 히데요시도 편안하게 대답했다.

"이번 감기는 잘 떨어지지가 않아."

대접다운 대접도 없는 초대였다. 술과 안주도 보이지 않았다. 잡담도 거의 없었다. 마침내 히데요시가 이야기를 꺼냈다.

"산스케(노부오) 님의 요즘과 같은 행동, 참으로 난처하지 않은가?"

네 사람은 움찔했다. 그에 대한 질책인가 하고 가슴이 뜨끔했다. 모두 노신으로서의 책임감을 느꼈다.

"자네들도 고생이 많겠지."

다음 말을 듣고 네 노신의 얼굴에 생기가 돌았다.

"……"

"하나같이 뛰어난 자들만 모였어. 하지만 산스케 님 밑에서는 어쩔 수가 없겠지. 짐작이 가네. 이 지쿠젠 역시 나리를 위해 마음을 쓰고 있으나 오히려 반대로, 반대로만 가는 듯해서 유감스럽다네."

히데요시의 말끝이 조금 격해지자 네 사람은 몸이 오그라드는 듯했다. 히데요시는 계속해서 충정衷情을 이야기했다. 구체적으로 예를 들어 노부오에 대한 불만의 뜻을 분명히 하고 마지막으로 이렇게 말했다.

"이제는 단념했다네. 성의를 다해 여러 해 동안 몸을 바쳐온 자네들에게는 참으로 딱한 일이네만 어쩔 수가 없네. 단, 히데요시와 뜻을 하나로 해서 노신인 자네들이 합심하여 산스케 님께 할복이나 출가를 권한다면 일은 조용히 끝날 걸세. 군대를 움직이지 않고도 일을 마무리 지을 수 있을 게야. 그리고 일이 잘 마무리 지어진다면 자네들에게는 이세와 이가 지방 안의 요충지를 나누어주도록 하겠네. 자네들을 부른 것은 이를 은밀히 상의하기 위해서야. 잘 판단해서 답하도록 하게."

"……"

네 사람은 온몸이 오싹해졌는데 추위 때문만은 아니었다. 네 면의 벽이 소리 없는 창검으로 느껴졌다. 히데요시의 눈이 빛나는 구멍처럼 그들을 바라보았다. 얼른 대답을 하라는 듯한 눈빛이었다.

이처럼 큰일을 밝힌 이상 자리를 뜨지도 못하게 할 것이며, 시간도 많이 주지 않을 것이었다. 절체절명의 위기에 놓인 셈이었다. 네 사람은 탄식 속에서 고개를 떨어뜨렸다. 하지만 마침내 승낙하고 말았다. 그리고 바로 서약서를 써서 건네주었다.

"가신들이 버드나무 방에서 술을 마시고 있다네. 자네들도 가서 함께 즐기도록 하게. 지쿠젠도 함께 즐기고 싶지만 감기 때문에 일찍 자야겠네."

히데요시는 서약서를 챙기더니 곧 안으로 들어가버리고 말았다.

그날 밤, 노부오는 마음이 차분해지지 않는 모양이었다. 근신, 이야기꾼, 승려, 히요시日吉 신사의 무녀까지 불러 저녁 자리를 떠들썩하게 즐기는 듯한 소리가 들려왔으나, 자리가 파하고 혼자 남자 몇 번이고 시동을 시켜 노신들을 찾았다.

"지금 시각은 어떻게 되었느냐?"

"노신들은 아직 금당에서 돌아오지 않았느냐?"

그러는 사이에 네 사람 중 다키가와 사부로베 다케토시瀧川三郎兵衛雄利가 돌아왔다.

"혼자 왔는가?"

노부오가 이상하다는 듯 눈앞의 사부로베를 바라보았다.

"네, 혼자서 돌아왔습니다."

그렇게 말하는 사부로베의 얼굴빛이 심상치 않았다. 노부오의 가슴까지 뛰기 시작했다. 사부로베는 두 손을 바닥에 댄 채 얼굴을 들지 않았다. 우는 소리가 들려왔다.

"어, 어찌 된 겐가, 사부로베? 지쿠슈가 무슨 말을 하던가?"

"참으로 괴로운 자리였습니다."

"뭣이, 자네들을 불러 꾸짖기라도 했단 말인가?"

"그러한 일이었다면 괴로운 자리였다고 말씀드리지 않았을 것입니다. 참으로 뜻밖의 일이었습니다. 칼을 앞에 놓고 마음에도 없는 서약서를 쓰게 했습니다. 나리께서도 각오하셔야 할 듯합니다."

사부로베는 히데요시가 자신들에게 꾀한 계획을 숨김없이 노부오에게 들려주었다.

"싫다고 하면 그 자리에서 살해당할 것이 뻔했기에 네 사람 모두 어쩔 수 없이 서약서에 이름을 써넣은 뒤 가신들과 함께한 술자리에서 혼자 은밀히 빠져나온 것입니다. 나중에 사부로베 한 사람만이 보이지 않는다는 사실을 알게 되면 그때는 이곳조차 안전하지 못할 것입니다. 얼른 떠날 채비를 하십시오."

노부오는 입술 색깔까지 변해버리고 말았다. 사부로베의 말 절반도 귀에 들어오지 않는 듯 눈동자가 불안하게 움직였다. 종을 마구 울려대는 듯 두근거리는 가슴 때문에 입을 가만히 다물고 있을 수 없는 모양이었다.

"그, 그렇다면…… 나가토와 겐바 등은 어떻게 되었는가? 자네 이외의 사람들은?"

"저는 제 생각에 따라 이렇게 빠져나왔지만 다른 사람들의 마음은 알 수 없습니다."

"그들도 서약서에 서명했겠지?"

"나가토 나리 이하 모두가."

"그리고 지쿠젠의 가신들과 술을 마시고 있단 말이지? 내가 잘못 보았군. 그들은 개만도 못한 짐승들이야."

노부오는 욕을 퍼부어대며 갑자기 자리에서 벌떡 일어나 뒤에 있던 시동의 손에서 자신의 칼을 낚아챘다. 그리고 황망히 법명원의 바깥쪽 마루

로 나섰다. 사부로베가 황급히 따라가며 '나리, 나리. 어디로 가십니까?'
라고 묻자 노부오가 뒤를 돌아보며 낮은 목소리로 말을 가져오라고 재촉
했다.

"잠시만 기다리십시오."

사부로베가 노부오의 마음을 읽고 마구간으로 달려갔다. 노부오의 말
은 '가나즈치金槌'라는 이름을 가진 유명한 적갈색 명마였다.

"뒷일은 자네에게 맡기겠네."

노부오는 말에 올라 사부로베에게 그렇게 말하고 법명원의 뒷문 쪽으
로 달려 나갔다. 마구간의 무사 하나가 바람처럼 달려가 부리망을 쥐었는
데 이세에 들어가기까지 함께한 사람은 결국 이 무사 한 사람뿐이었다.

밤사이에 그림자를 감춘 가나즈치는 그처럼 신속했기에 이튿날까지
아무도 아는 사람이 없었다. 히데요시와의 회견은 노부오가 병에 걸렸다
는 이유로 당연히 무산되었다. 히데요시는 미리 예견하고 있었다는 듯 태
연히 오사카로 돌아갔다.

나가시마로 돌아온 노부오는 성안 깊숙이 숨어 칭병하고 가신들에게
조차 얼굴을 보이지 않았다. 하지만 그렇게 숨어 지내는 게 결코 꾀병만은
아닌 듯했다. 그에게는 병에 걸릴 만한 충분한 이유가 있었다. 그가 있는
곳에는 전의典醫만 출입했으며 성 뒤편의 매화는 날이 갈수록 만개하여 색
을 더해갔으나 그 뒤로 관악 소리가 끊기자 봄의 정원은 쥐 죽은 듯 고요
했다.

그에 반해 성 아래 마을, 아니 이세와 이가 일원에서는 날이 갈수록 여
러 가지 어지러운 소문이 퍼졌다. 앞서 원성사에 남겨졌다가 노부오의 뒤
를 따라 어슬렁어슬렁 돌아온 무사들의 행렬도 사람들의 궁금증을 자극
하기에 충분했다.

"무슨 일이 있었던 걸까?"

그 당시 수행했던 노신들이 각자 자신들의 고향으로 돌아가 나가시마로 전혀 나오지 않는다는 사실도 '보통 일이 아닌 듯하다'는 항간의 설을 뒷받침하여 자연스레 불안을 가중시켰다. 사람들은 진상은 알 수 없으나 노부오와 히데요시 사이의 불화가 다시 농밀하고 복잡하게 연기를 피워 올리고 있는 것만은 분명하다고 판단했다. 그것도 이번에는 작년의 정세 이상으로 매우 험악한 기운을 품고 있으며, 사태는 이미 급박한 상황에까지 이르렀다고 보고 있었다.

노부오는 당연히 태풍의 중심에 있었다. 하지만 그에게는 크게 믿는 구석이 있는 모양이었다. 원래부터 보수적인 그가 늘 비책이라고 믿는 것은 양다리를 걸치는 작전이었다. 이쪽이 틀렸다 싶으면 저쪽에 의지하고, 또 일치를 보았다 할지라도 수가 틀리면 자신에게는 따로 기댈 데가 있다며 허세를 내보였다. 이는 늘 그렇게 만일의 사태에 대비한 흑막을 품고 있지 않으면 안심하지 못하는 성격 탓이었다.

지금 노부오의 머릿속에는 그러한 흑막 속의 인물로 도카이 하마마쓰의 와룡, 종삼위 참의 도쿠가와 이에야스가 있었다. 올해 2월, 이에야스는 곤노추조에서 다시 직급이 올랐다. 예전에도 그랬지만, 근래 들어 이에야스는 오사카의 히데요시와 대척을 이룰 만큼 무게를 더해가고 있었다. 노부오가 히데요시와 협동하면서도 한편으로는 이에야스와 밀교를 유지한 것은 보잘것없는 책략이라고는 하나, 이 명문가의 자제가 완전히 무시할 수만은 없는 장난을 치는 사람이라는 사실을 말해주는 것이었다.

하지만 사람을 우롱하는 책략도 상대를 봐가면서 써야 하는 법이다. 노부오가 이에야스로 히데요시를 견제하고, 만일의 사태가 벌어질 때 이에야스를 대항마로 사용할 생각이었다면 이는 상대를 몰라도 너무 모른다고 할 수밖에 없다. 하지만 눈이 먼 사람의 강점은 바로 상대를 모른다는 데 있다. 사슴을 쫓는 사냥꾼이 산을 보지 못하는 것과 다르지 않았다.

바로 노부오가 딱 그러한 사람이었다. 이렇게 된 이상 그로서는 당연히 이에야스를 앞세워 히데요시의 대두를 막아야겠다고 생각했을 것이다.

2월 어느 날 밤, 노부오의 밀사가 나가시마를 은밀히 빠져나가 오카자키로 서둘러 갔다. 그리고 이에야스의 심복인 사카이 요시로 시게타다酒井与四郎重忠가 이세 지방을 여행한다는 명목으로 나가시마를 찾아가 노부오와 비밀스러운 논의를 했다. 극비리에 진행되었으나 시기로 봐서 노부오의 밀사가 오카자키로 간 직후의 일이었으니 그것으로 이에야스의 '대답'을 쉽게 짐작할 수 있었다.

동시에 노부오와 이에야스 사이에 군사동맹이 맺어지고 때를 봐서 히데요시를 치자는 합의가 이루어졌으리라는 점도 짐작할 수 있었다. 아울러 제반 사항에 대한 대책을 협의한 뒤 사카이 요시로가 돌아갔으리라는 점도 쉽게 상상해볼 수 있었다.

그 뒤로 노부오는 병실에서 나와 가신들과도 만나고 고굉지신들과도 밤 깊도록 은밀한 이야기를 나누었으며 먼 나라로 사신을 보내기도 했다.

그러던 3월 6일, 원성사를 다녀온 뒤 한동안 모습을 드러내지 않았던 세 노신인 세이슈勢州 마쓰가시마松ヶ島 성의 쓰가와 겐바, 비슈尾州 호시자키星崎 성의 성주인 오카다 나가토노카미, 비슈 가리야스가苅安賀 성의 성주인 아사이 다미야마루가 나가시마에 얼굴을 드러냈다.

노부오가 향응이라는 명목으로 특별히 부른 것이었다. 하지만 원성사를 다녀온 뒤, 노부오는 마음속으로 세 사람에 대해 히데요시와 내통해 나를 폐하려는 역신들이라고 생각하고 있었기에 그들의 얼굴을 보자 증오심이 들끓었다. 애초부터 오늘의 향응이라는 것도 결코 평범한 향응은 아닐 터였다. 하지만 노부오는 평소와 다름없이 세 노인을 대접한 뒤 문득 떠올랐다는 듯 나가토만을 별실로 데려갔다.

"그렇지. 사카이의 대장간에서 새로 만든 철포가 왔다네. 나가토 좀 봐주게나."

이윽고 오카다 나가토가 철포를 보고 있을 때 히지카타 간베土方勘兵衛라는 가신이 갑자기 소리를 지르며 뒤에서 끌어안았다.

"주군의 명령이시다!"

"용서하지 않겠다."

나가토는 단도를 일고여덟 치쯤 뽑았으나 힘이 센 간베에게 짓눌려 고작 몸부림칠 뿐이었다.

"간베, 그를 놓아라."

노부오가 자리에서 일어나 그렇게 외치며 벽 주위를 맴돌았다. 치열한 격투가 한동안 계속되었다. 노부오는 손에 칼을 든 채 여전히 소리를 지르고 있었다.

"놓지 않으면 그 녀석을 칠 수가 없다. 간베, 놓아라."

간베는 나가토의 목을 엄지손가락으로 누른 채 기회를 엿보고 있다가 손가락을 떼었다. 떼었다 싶은 순간 노부오의 칼을 기다릴 것도 없이 간베의 단도가 나가토의 옆구리를 관통했다.

노부오는 방 안 가득 퍼진 선혈을 보고도 의외로 태연했다. 마음이 약했지만 한편으로는 잔인하고 매정한 면도 있는 모양이었다. 그때 다른 가신들이 방 밖에 무릎을 꿇고 고했다.

"지금 막 이이다 한베飯田半兵衛가 저쪽에서 겐바를 찔러 죽였습니다."

"모리 겐자부로森源三郎가 다미야마루를 주살했습니다."

노부오는 얼굴도 보이지 않고 '그런가?' 하며 가볍게 고개를 끄덕였다. 하지만 그 역시 훅 하고 커다란 숨을 어깨로 쉬고 있었다. 아무리 그렇다 해도 오랜 세월 곁에서 보좌해온 노신 세 명을 한꺼번에 주살한 것은 누가 뭐래도 끔찍한 일이었다. 게다가 그 방법 자체가 잔혹하기 짝이 없었다.

이처럼 흉포한 면은 노부나가의 피를 물려받은 것이라 할 수 있었다.

하지만 노부나가는 천하의 무사들이 수긍할 만큼 큰 뜻과 정열을 가지고 있었으며, 그에 따른 희생도 나중에는 크게 살릴 수 있다는 이상에서 벗어나지 않았다. 그러다 보니 노부나가가 때에 따라 보인 흉포한 모습은 영단이라 불렸으나, 노부오의 경우는 작은 계책이자 감정에 의한 폭단暴斷에 지나지 않았다.

커다란 기로에 섰을 때 한 손가락으로 세상을 가리키는 사람의 '단斷'을 대사大事라 일컫는다. 하지만 안식을 갖지 못한 사람의 '단'만큼 무서운 것도 없는 법이다. 손가락으로 잘못 가리키면 마침내 일을 그르치고 만다.

"이거 대란이 일어날지도 모르겠군."

나가시마 성안에서 일어난 한바탕의 참극은 곧 그날 밤부터라도 사면의 국경이 모두 전란에 휩싸일지 모른다는 광란의 심리를 불러일으켰다. 세 노신의 살해는 비밀리에 행해졌으나 그날로 즉시 나가시마의 병사들이 노신들의 성을 공격하기 위해 이세의 마쓰가시마, 비슈의 가리야스가와 호시자키로 급파되었으니, 그 순간 사람들이 대전이 일어날지 모른다고 예상한 것은 당연한 일이었다.

"그렇다면 히데요시와의 관계도 끊을 각오인 모양이군."

작년부터 세상의 밑바닥에서 자꾸만 연기를 피워 올리던 것이 마침내 불을 뿜어 만천하를 불태울 전화가 될 수 있다는 사실이 지금은 항간의 목소리가 아니라, 억측이 아니라 이미 눈앞에 그려지는 듯했다.

그 당시 네 노신 중 한 사람인 다키가와 사부로베 다케토시는 이가의 우에노上野에 있었다. 그는 처음부터 다른 세 노신과 달리 독자적으로 노부오에게 히데요시와의 회합 내용을 알려 의심을 받지 않았다. 따라서 세 노신이 나가시마에 초대받았을 때도 그의 이름은 빠져 있었던 것이다. 이윽고 이가의 우에노에도 세 노신이 살해당했으며 각 성은 노부오가 보낸 병사들에게 빼앗겼다는 소식이 질풍처럼 전해졌다.

"이러고 있을 때가 아니다."

사부로베는 곧 길을 떠날 채비를 해서 오사카로 갔다. 이는 언뜻 보면 기이한 행동처럼 보이나 주인 노부오와 히데요시의 싸움이 목전에 다다른 것을 안 순간 그가 당혹스러워할 수밖에 없었던 것은 하시바 가에 노모가 인질로 잡혀 있었기 때문이다. 하지만 다행스럽게도 노모는 히데요시의 가신으로 최근 세상에서 좋은 평판을 얻고 있는 시즈가타케 일곱 자루 창의 용사 중 한 명인 와키자카 진나이 야스하루脇坂甚內安治의 집에 있다는 소식을 들었다.

"전쟁이 일어나기 전에 어떻게든 어머니를 이쪽으로……."

사부로베는 그렇게 생각하며 급히 길을 떠났다. 그는 오사카의 번화한 모습을 보며 놀라고 말았다. 신도시에서 일어난 일 개월 보름 동안의 변화는 다른 지방의 십 년, 이십 년보다 더 큰 발전을 보였다. 그곳을 돌아다니는 동안 '파괴도 하룻밤 사이에 행해지지만, 건설도 하려고 들면 하루 만에 할 수 있는 법이로구나' 하는 경탄을 품지 않을 수 없었다.

시의 어느 곳에서나 금빛 기와, 하얀 벽의 누대, 오사카 성의 천수각이 보였다. 사부로베는 시골뜨기처럼 크고 작은 길을 헤매다 마침내 와키자카 진나이의 집을 찾아냈다.

울보 진나이

담장의 흙이 새하얗고 나무향이 물씬 풍기는 새로 지은 저택이었다. 게다가 주인은 아직 서른 살 정도밖에 되지 않았다. 그것만 봐도 신흥 도시 오사카와 히데요시 세력이 어느 세대에 있는지 알 수 있었다.

"제가 와키자카입니다만."

"진나이 나리십니까? 저는 기타바타케 가의 노신인 다키가와 사부로베입니다."

"존함은 전부터 들었습니다. 노부오 경의 노신께서 불현듯 찾아오시다니 무슨 일이십니까?"

"무인의 번뇌, 말씀드리기도 부끄럽습니다만."

"번뇌라면?"

"부끄러움을 참고 말씀드리겠습니다. 실은 저희 어머니의 일입니다만……"

"아아, 어머님 말씀이십니까? 그 일이라면 조금도 걱정하실 것 없습니다. 주인 지쿠젠 님의 명령을 받아 인질로 오신 나리의 어머님을 저희 집에서 맡고 있습니다만, 부족하나마 잘 돌봐드리고 있습니다. 게다가 몸도

매우 건강하십니다. 얼마 전에는 벽안의 외과의에게 명해서 틀니를 만들
어드렸습니다."

"후의에 감사드립니다."

사부로베는 감격해서 고개를 숙였다. 그리고 다짐한 듯 다시 말했다.

"그렇게까지 정성스럽게 돌봐주시는데 다시 청을 드리기는 좀 어렵습
니다⋯⋯. 실은 노모가 어렸을 때부터 아끼던 막내 여동생이 얼마 전에
병에 걸려 어머니만을 찾는데 헛소리할 때도 '어머니, 어머니' 하며 그리
워하고, 깨어나서도 '뵙고 싶다, 잠깐이라도 뵙고 싶다'며 눈물로 그리워
하고 있습니다."

"오호, 그것 참 딱한 일입니다."

"어린아이도 아니고 나이도 벌써 열여덟 살이나 먹은 처녀가 당치도
않은 떼를 쓴다며 야단을 치기는 했으나 어젯밤에도 어머니 꿈을 꿨다며
얼마 남지 않은 목숨이라는 사실을 알고 호소하는 것을 들으면, 인간 누구
에게나 있는 모자의 정⋯⋯. 참으로 딱하다는 생각이 듭니다."

"지당하신 말씀이십니다."

"참으로 곤란한 일입니다. 서로 전장에서라면 골육의 시체라도 밟겠
습니다만⋯⋯."

"흠, 흠."

진나이는 사부로베가 눈물을 짓자 흔들리는 마음을 억눌러야 했다. 정
에 약한 천성을 생각해 경계를 하고 있는 것이었다. 하지만 딸의 목숨은
이미 얼마 남지 않았다고 하고, 인질로 온 노모의 고독한 심정도 잘 알고
있기에 그는 울지 않으려 했지만 줄줄 눈물을 흘리지 않을 수 없었다.

"그렇다면 병에 걸린 딸에게 어머님을 한번 뵙게 하기 위해 일부러 여
기까지 오신 것입니까?"

결국 진나이는 상대방이 차마 하지 못하고 있던 말을 자신이 먼저 해

버리고 말았다. 사부로베가 몸을 떨며 대답했다.

"말씀하신 대로입니다. 다키가와 사부로베의 평생소원입니다. 들어주실 수 없겠습니까?"

사부로베는 몇 번이고 머리를 숙이며 온갖 말로 애원했다.

"알겠습니다. 모시고 가십시오. 주군께 여쭙지 않으면 안 될 일입니다만, 여쭈면 당연히 허락하지 않으실 것입니다. 제 독단으로 칠 일 동안 은밀히 노모를 빌려드리겠습니다. 반드시 다시 모시고 오셔야 합니다."

사부로베는 미친 듯이 기뻐하며 노모를 데리고 돌아갔다. 물론 극비리에 행해졌다. 하지만 이튿날 날이 밝자 진나이는 곧 크게 후회하고 말았다.

'어제는 좋은 일을 했다.'

홀로 상쾌한 기분에 잠겨 있었지만, 이튿날 아침 진나이는 큰 충격을 받고 말았다. 나가시마에서 있었던 세 노신 사살 사건과 세이슈와 비슈에 걸친 세 성에서의 전란이 그날 아침 비로소 오사카에도 알려졌기 때문이다. 그리고 거센 파도가 몰아친 뒤 바로 '나가시마에서는 대대적인 전쟁 준비에 들어갔다. 배후에는 미카와 나리(이에야스)가 있다'는 말도 믿을 만한 사람의 입을 통해 분명히 전해졌다. 진나이는 깜짝 놀라 귀를 의심했다.

"정말일까?"

진나이는 그날 아침 성으로 들어가는 길에 이케다 쇼뉴의 가신인 다케무라 고헤이타竹村小平太로부터 소식을 전해 들었다. 진나이가 틀림없는 일이냐고 묻자 고헤이타가 대답했다.

"어제 깊은 밤에 이세 사람 둘이 주인께 달려가 이러이러하다며 일의 전말을 고했습니다. 쓰가와 겐바의 가신이라고 들었습니다. 어쨌든 노부오 경과 미카와 나리 사이에서 뭔가 의심스러운 일을 벌이고 있다는 사실만은 아무도 의심하는 사람이 없습니다."

오사카 성은 지금도 여전히 활발하게 공사가 진행 중이었다. 성의 해자, 외곽, 제후의 저택 등에서 수만 명에 이르는 인부와 장인 들이 밤낮없이 일하고 있었다.

진나이는 혼마루에서 멀리 떨어진 문 쪽에 말을 버리고 이마에 땀을 흘려가며 거석과 목재 사이를 달려갔다.

"진나이, 왜 그리 서두르는 겐가?"

동료인 가타기리 스케사쿠片桐助作가 진나이를 보고 말을 걸었다. 진나이는 그저 돌아보기만 했을 뿐 대답도 하지 않았다. 그러다 다시 달려 돌아와서는 스케사쿠를 불렀다.

"스케사쿠, 스케사쿠."

"무슨 일인가?"

"나가시마 부근에서 뭔가 심상치 않은 변이 있었다는 말, 사실인가?"

스케사쿠가 웃으며 대답했다.

"맞아, 일곱 자루 창이 나설 다른 장소는 어디가 될지. 이세지伊勢路가 될지, 미카와가 될지. 곧 알게 되겠지."

얼마 뒤 진나이는 히데요시 앞에 있었다. 히데요시 아래 엎드린 채 머리도 들지 않았다. 히데요시의 명에 따라 자신의 집에서 맡고 있던 기타바타케 가의 인질을 허락도 없이 인질의 아들인 다키가와 사부로베에게 넘겨준 사실을 고하고 참회하며 사죄했다.

"그놈의 거짓 눈물에 이끌려 저의 독단으로 사부로베 놈에게 넘겨주었습니다. 그런데 오늘 아침 기타바타케 나리께서 우리 집안과 이제 연을 끊으실 각오라는 말을 듣고 크게 후회했으나 더는 어쩔 수 없는 일이 되어버리고 말았습니다. 저는 참으로 한심한 사람입니다."

진나이는 히데요시가 격노하며 야단칠 줄 알았다. 하지만 히데요시는 웃음을 터뜨렸다.

"한심한 사람이라, 말 한번 잘했네. 자네는 어렸을 때부터 울기도 잘 우는 울보였으니……. 그래서 어떻게 할 생각인가?"

"얼마 전에 받은 일곱 자루 창이라는 칭호와 영지를 전부 거두시기 바랍니다."

"그 정도로는 안 될 텐데."

"참으로 죄송합니다. 하지만 그러한 불찰 때문에 배를 가르고 싶지는 않습니다. 성패가 달린 일이라면 목을 내놓겠습니다만."

"그렇게 서두를 건 없네."

"저의 독단으로 저지른 실수, 제가 알아서 처리할 수 있도록 허락해주신다면 그 후에는 어떠한 벌을 내리신다 할지라도 결코 원망하지 않겠습니다."

"성가시구나……. 어쨌든 뜻대로 일을 처리하고 오너라."

히데요시는 오무라 유코를 보며 다른 일에 대해 이야기하기 시작했다. 히데요시 앞에서 물러난 진나이는 나는 듯이 집으로 돌아갔다. 어머니의 방에 귀가를 알리고 앉았을 때 마음은 이미 진정되어 있었다.

"진나이야, 오늘은 일찍 돌아왔구나."

"네."

진나이는 잠시 뜸을 들이다 말을 이었다.

"갑자기 다른 곳으로 출진하게 되었기에."

"오오, 그러냐? 지금부터라도 준비하는 데 지장은 없을 게다. 마음 놓고 다녀오도록 해라."

"네……."

그리고 다시 뜸을 들이며 말했다.

"그런데 이번 전쟁은 평소처럼 휘하를 따라가는 것이 아니라 와키자카 진나이 일가의 병사들만 데리고 가서 싸워야 합니다."

"그야 어찌 됐든 싸움은 싸움, 무문의 이름을 걸고 마음껏 싸우도록 해라."

"물론입니다. 하지만 이번 일전 후에 저희 와키자카 집안은 틀림없이 이겨도 망할 것이고 진다면 말할 필요도 없이 망할 것이라고 각오하셨으면 합니다."

"어쩔 수 없는 일 아니냐."

"어제 다키가와 사부로베 놈에게 주인의 허락도 없이 인질을 몰래 건네주었다는 사실, 이미 들으셨습니까?"

"들었다. 네게도 이렇게 나이 든 어미가 있지 않느냐……. 다키가와 사부로베가 너를 속인 것은 증오해야 할 일일 테지만 그것도 노모를 극진히 생각했기 때문일 터……. 네가 정에 이끌려 의로써 행한 일이니, 큰 허물이기는 하나 이 어미는 조금도 억울하다는 생각이 들지 않는다."

"사려 깊지 못한 아들, 조상 대대로 내려온 집안을 오늘 마침내 망하게 하고 말았습니다. 커다란 불효를 용서해주시기 바랍니다."

"아니다, 무슨 소리냐. 조상님께는 참으로 면목이 없다만 의와 정으로 조금은 용서를 빌 길도 있을 것이다. 의와 정 역시 무사의 아름다움 아니겠느냐. 불의와 무도함으로 집안을 망하게 한 것과는 경우가 다르다."

"그 말씀을 들으니 이 진나이도 흔쾌히 죽을 수 있을 듯합니다. 그리고 가신들은 전부 데려갈 테지만 가엾은 아녀자들과 나이 든 하인들은 지금 곧 고향으로 돌려보내도록 하겠습니다."

"그래야겠지. 이 어미의 일은 걱정할 것 없다."

"어머니 곁에는 아내를 남겨두고 가겠습니다. 곧 전장에서 진나이가 목숨을 잃었다는 소식이 들려오면 지쿠젠 님께 여쭈어 여생을 준비하시든, 벌을 기다리시든 주군의 뜻대로 해주셨으면 합니다."

"오오, 그래. 네 말대로 하겠다. 그럼 자꾸 지체하지 말고 하인들을 고향으로 돌려보내도록 해라."

노모는 조금도 동요하는 기색을 보이지 않았다.

진나이는 곧 집안의 하인들을 하나도 남김없이 정원으로 불러 모았다. 얼마 전까지만 해도 이백오십 석을 받는 보잘것없는 시동이었으나 시즈가타케 전투 이후 일곱 자루 창에 더해 공에 따라 삼천 석의 녹봉과 저택의 주인이 되었다. 하지만 아직 집안의 하인은 많지 않았으며 말도 그리 많지 않았다.

그곳에 모인 하인들은 와키자카 진나이가 얼마 되지 않는 녹봉을 받았던 시절부터 물을 긷고 장작을 패며 가난 속에서 섬겨온 사람들이었다. 그들은 오늘 아침부터 이미 주인이 처한 역경을 알고 모두 자신의 일처럼 걱정했고, 마른침을 삼키며 주인의 얼굴을 지켜보았다. 진나이가 입을 열었다.

"참으로 부족한 나를 여러 해 동안 주인이라 여기며 충실하게 섬겨준 너희와 갑자기 헤어진다는 것은 견디기 어려운 일이나, 사정이 생겨서 오늘을 마지막으로 각자 집으로 돌려보내기로 했다. 모두 고향으로 돌아가 여생을 행복하게 보내기 바란다. 그리고 우리 집 물건은 무엇이든 상관없으니 필요하다면 사이좋게 나누어 가지기 바란다."

"……."

곧 훌쩍이는 소리가 들려왔다. 통곡하는 하인도 있었다. 그때 나이 든 하인이 무리 속에서 큰 소리로 외쳤다.

"나리, 어찌 그리 매정한 말씀을 하십니까. 깊은 속내까지는 모르겠으나 나리께서 죽음을 각오하셨다는 사실은 보잘것없는 저희라 할지라도 부엌의 여자들까지 모두 알고 있습니다. 어째서 함께 각오를 해달라고 말씀하시지 않는 것입니까?"

"고맙구나, 고마워."

진나이는 몇 번이고 고개를 끄덕이며 눈물을 줄줄 흘렸다.

"그렇다면 말하기로 하겠다. 이처럼 어리석은 이 주인은 주군이신 지쿠젠 님께 배를 갈라도 갚을 수 없는 큰 죄를 저지르고 말았다. 이에 죽기에 앞서 목숨이 붙어 있는 동안 사죄의 징표라도 세워 조금이나마 오명을 씻지 않으면 편히 눈을 감을 수 없으리라 생각했다."

"나리의 마음은 이미 알고 있습니다."

진나이는 오열하는 사람들을 달랜 뒤 계속 말을 이었다.

"조금만 더 듣기 바란다. 따라서 지금부터 다키가와 사부로베의 성인이가 우에노를 공격할 생각이다. 하지만 무사와는 달라서 너희 나이 든 자들이나 평소 우리 어머니를 돌봐주고 밥을 짓는 여자들, 그리고 아이들은 데리고 갈 수도 없으며 또 집에 남겨두어도 와키자카 집안은 오늘로 끊기고 말 것이다. 아니 내 스스로가 끊고 마지막으로 집의 문을 나서는 것이다. 이해해주기 바란다. 모두 울지 말고 떠나주기 바란다."

"어, 어째서입니까? 어째서 집안을 버리시는 겁니까?"

눈물을 흘리며 말한 사람은 진나이를 어렸을 때부터 길러온 할멈이었다. 그녀는 마치 와키자카 가의 조상을 대신해 야단이라도 치듯 소맷자락을 씹으며 계속 한탄했다.

"조, 조상님께 그, 그와 같은 커다란 불효가 어디 있겠습니까?"

사람들의 눈물을 바라보며 진나이도 한없이 눈물을 흘렸다. 단지 소리만 내지 않았을 뿐이었다.

"할멈, 참으로 나 같은 불효자도 없을 게야. 하지만 이미 실수를 범해버리고 말았다네. 지난 일을 탓하지 말게. 그리고 지금부터 이 진나이가 펼치려는 싸움도 주인의 명령 없이 멋대로 행동하는 것일세. 가엾은 이 불효자는 이겨도 망하고 싸움에서 지면 당연히 망하고, 어쨌든 집안은 도저히 유지할 수 없게 되었다네. 따라서 아무런 허물도 없으니 각자 고향으로 돌아가 목숨을 지키라고 하는 것일세. 알겠는가, 나의 마음을……."

"모르겠습니다."

젊은 하녀가 말했다.

"그렇게 말씀하실수록 더욱 나리만 보내드릴 수 없습니다. 어린아이나 나이 든 사람들은 남겨둔다 할지라도 저희는 데려가주시기 바랍니다."

"아니, 어머니와 처자 모두 남기고 갈 것이다. 무사들 외에는 누구도 데려갈 수 없다. 너희가 그렇게까지 말한다면 저기에 있는 진나이의 외아들, 저 아이의 후사만은 너희에게 부탁하기로 하지."

진나이의 아내가 올해 두 살 된 젖먹이를 안고 사람들의 눈에 띄지 않는 툇마루 끝에 고개를 숙인 채 서 있었다.

진나이는 태어난 지 얼마 되지 않은 아들과 아내, 그리고 어머니를 오래도록 진나이를 섬겨온 하인들에게 맡기고 집을 나섰다. 늘 마구간에 두는 말도 아직 두어 필밖에 가지고 있지 않은 신분이었다. 집안의 사내라는 사내는 한 사람도 남김없이 무기를 들고 문 앞에 모였으나 총인원은 겨우 삼십여 명이었다. 이것이 집안 가신의 전부였다.

'우리 주인은 얼마 되지 않는 인원을 데리고 지금부터 어디로 가서 무슨 일을 하시려는 걸까?'

모두 그런 궁금증을 품고 있었을 것이다.

'싸움을 하러 가시는 것입니까? 상대는 이 정도의 병력으로 깰 수 있을 만큼의 세력입니까?'

이처럼 주인에게 이치를 앞세워 묻는 사람은 없었다. 단지 주인이 달려가는 곳을 향해 그 뒤를 따라가서 주인이 싸우라고 명하는 사람과 전력을 다해 싸우겠다는 생각 외에는 아무것도 가지고 있지 않았다.

서로의 목숨이 하나라는 생각은 결코 그 자리에서 바로 품을 수 있는 것이 아니다. 당시에는 무사로서 주인에게 몸을 바치는 관습이 있었다. 무가에서 살며 무사로 밥을 먹기 시작한 뒤 수년, 혹은 몇십 년에 걸친 가르침에 의해 생겨나는 것이었다. 마구간에서 일하는 하찮은 사람부터 짚신을 드는 말단에 이르기까지 '드디어 몸을 바칠 때가 왔구나'라고 생각할 뿐이었다.

이러한 주종 관계는 무가 사회의 일반적 법칙으로, 어느 집안에는 있고 어느 집안에는 없는 그런 것이 아니었다. 물론 평소 주인이 사람을 어떻게 부리느냐에 따라 달라지기도 했지만, 무사에 뜻을 두고 무가를 주인으로 모신 이상, 그와 동시에 무언의 봉공奉公 증서를 주인에게 건넨 것이라는 마음가짐은 말단의 병사들도 가지고 있는 것이었다.

지금은 오사카 성이라는 커다란 집의 주인이 되었으나, 히데요시는 겨우 열여덟 살인 데다 이름도 아직 히요시日吉라 불렸던 무렵, 수년 동안의 방랑 생활 끝에 고향의 쇼나이庄內 강가에서 당시 젊은 성주였던 오다 사부로 노부나가織田三郎信長의 말 앞으로 불쑥 달려가 이렇게 애원했다.

"무사가 되고 싶습니다. 저를 받아주십시오."

"너는 무슨 재주가 있느냐?"

당시 노부나가가 히요시에게 묻자 히요시는 이렇게 대답했다.

"아무런 재주도 없습니다. 위급이 닥쳤을 때, 죽을 각오 외에 다른 특출한 재주가 없습니다."

노부나가는 단지 그 한마디만 듣고 히요시를 그 자리에서 무리에 가담시켜 기요스의 말단으로 썼다. 그것만 봐도 무사 봉공의 안목은 쓰는 주인이나 쓰이는 신하나 단지 하루아침에, '만약의 사태가 벌어진 날'에 생긴다는 사실을 충분히 엿볼 수 있다.

여담은 이쯤 하기로 하고 와키자카 진나이 야스하루는 집을 떠나 우에노로 향했으나 결코 자포자기의 심정이나 아무런 대책도 없이 궁지에 몰려 나선 게 아니었다.

'소수이기는 하나 나와 함께하기로 한 삼십여 명이 있으니.'

진나이는 그렇게 생각하며 굳게 결심했다. 무엇을 결심했는지는 말할 필요도 없다. 속일 것이 따로 있지 눈물로 사내의 정을 자극하고 의를 가장해 무사의 마음을 속인 다키가와 사부로베의 목을 치는 일이었다.

"아무리 어머니를 구하기 위해 아들이 정에 이끌려 한 일이라고는 하지만 그 간교한 술책, 그 비열함은 무슨 일이 있어도 용서할 수 없다."

진나이는 그렇게 맹세했다.

한낮에 갑주를 두른 기마 두엇, 병사 삼십여 명이 오사카의 신시가지를 동쪽으로 똑바로 달려가자 시민들은 모두 눈을 둥그렇게 뜨고 바라보았다. 하지만 너무나도 적은 병력이었다. 누구도 그들이 죽음을 각오하고 전쟁터로 급히 달려가는 사람들이라고는 보지 않았다.

진나이가 이끄는 소수의 병력은 히라노平野 가도에서 다쓰타龍田로 나가 그날 밤은 고오리야마郡山에서 야영을 했다. 그곳으로 고오리야마의 국주인 쓰쓰이 준케이筒井順慶의 가신이 찾아와 야단을 쳤다.

"떠돌이 무사들 같지는 않은데 이렇게 중무장을 하고 어디로 가는 게요? 다른 나라로 와서 무단으로 야영하는 것은 어느 나라에서나 불법이라는 사실 정도는 알고 있을 거 아니오."

진나이가 나서서 인사를 했다.

"당연한 질타시오. 하지만 그럴 만한 여유가 없는 비상사태이니 너무 탓하지 마시고, 좀 봐주시오."

"비상사태라니?"

"비상이라고 했으니 당연히 전쟁이오. 전장으로 가는 길이오."

"대체 어디로?"

"히데요시 공의 명령을 받아 이가 우에노 성을 짓밟으러 가는 길이오."

"척후병이오?"

"아니, 여기가 본진이오. 이것이 병력의 전부요. 주인이신 쓰쓰이 나리께는 그렇게 고하면 될 게요. 나는 오사카 성의 시동인 와키자카 진나이요."

"오, 일곱 자루 창!"

그 말을 듣더니 쓰쓰이의 가신은 창황히 돌아갔다.

진나이 주종은 식사를 한 끼 하고 잠시 잠을 잔 뒤 아직 밤이 어두웠으나 진을 풀고 다시 급히 길을 가기 시작했다. 그날은 나라, 야규柳生, 사가라相樂를 지났다.

야규, 사가라 부근에 이르렀을 때 진나이가 큰 소리로 외쳤다.

"나는 하시바 나리의 가신인 와키자카 진나이 야스하루다. 히데요시 공의 명을 받아 이가의 다키가와 사부로베를 처단하러 가는 길이다. 우에노 성을 빼앗고 사부로베의 목을 얻은 후에는 어떤 자라도 그 공을 고해 큰 상을 받게 할 것이다. 때를 얻지 못해 벽촌에 묻혀 있는 용사는 모두 나오너라. 나야말로 초야에 묻힌 용맹스러운 자라 생각하는 자는 무기를 들고 나오너라. 이 기회를 놓치면 다시 세상에 나올 기회는 없을 것이다."

마을을 지날 때는 초가집 한 채만 봐도 그렇게 소리를 질러 외쳤다. 그 소리를 듣고 진나이의 부대에 합류한 사람이 순식간에 늘어났다.

"제가 길을 안내하겠습니다."

"저도 가겠습니다."

하지만 그 누구도 그들을 보며 우에노 공략의 전군이라고는 생각하지 않았다. 선봉의 극히 일부라 생각하고 가담했던 것이다.

다키가와 사부로베 다케토시는 녹봉 수만 석을 받는 노부오의 노신으로 이가 우에노 성에 적어도 이천 이상이 되는 병력을 가지고 있었다. 맨손에 가까운 진나이의 가신 삼십여 명으로는 그들을 도저히 이길 수 없으며, 또 이것이 총병력이라 해도 누구도 그 말을 믿지는 않았을 것이다. 하지만 진나이는 삼십여 명의 부하들과 길을 가며 얻은 이백여 명의 떠돌이 무사와 농병과 함께 우에노 성의 해자에 도착했다. 그리고 사부로베의 불의와 비열한 행위를 당당하고 통렬하게 비난했다.

"다키가와 사부로베는 이리 나와라. 부끄러움을 안다면 망루로 나와 나의 말을 들어라."

사부로베가 웃으며 답했다.

"진나이 나리시오? 참으로 잘 오셨소. 무사의 예에 따라 우선은 화살로 인사를 올리겠소."

그 순간 화살이 후두둑 날아왔다. 소수의 병력이었으나 진나이는 성벽에 들러붙어 저녁까지 분전을 벌였다.

밤이 되었다. 아무래도 저항이 약하다 싶어 이상히 여기고 있자니 곧 성주 다키가와 사부로베 이하 성안의 병사들이 뒷문으로 달아났다는 보고가 들어왔다. 진나이는 어처구니가 없었다. 진상을 파악하기 위해 성문 가까이로 가보았다. 총성도 울리지 않았으며 날아오는 화살도 없었다.

"아무래도 허언은 아닌 듯하구나."

진나이는 성문을 넘었다. 그리고 바깥쪽 성벽을 지나 혼마루로 들어가보았다.

"마치 텅 빈 성 같은데."

"장수인 다키가와 사부로베는 물론 성의 병사 하나 찾아볼 수 없어."

"이게 대체 어찌 된 일이지?"

진나이의 뒤를 따라 들어온 결사의 가신들도 뜻밖의 사실에 주위를 둘러보며 의심했다.

이세의 우에노는 쓰쓰이가 성주로 있던 때 이후로 이곳의 지세와 어우러져 난공불락의 성으로 유명했다. 거기에 호용豪勇을 자랑하는 다키가와 사부로베가 삼천에 가까운 병사들을 데리고 성에 의지해 방어한다면 와키자카 진나이가 아무리 죽음을 각오하고 공격한다 한들 기껏해야 가신 삼사십 명과 갑자기 끌어모은 지역의 무사 일이백 명으로는 절대로 짓밟을 수 없을 것이다. 그것을 사부로베가 모를 리 없었을 텐데 어째서 밤을 틈타 성을 버리고 우세한 병력을 거둬 이세로 퇴각해버린 것일까? 그러다 보니 진나이를 비롯해 성에 들어간 사람들 모두 무혈점령의 기쁨을 느낄 새도 없이 오로지 의심 속에 있을 수밖에 없었다.

"이상한데?"

"이해할 수 없는 일이야."

그때 진나이의 가신이 다급히 무엇인가를 고하러 왔다.

"뭐, 천수각의 벽에?"

진나이는 바로 그곳으로 달려 올라갔다.

천수각 삼 층의 하얀 벽에 다키가와 사부로베가 먹으로 시커멓게 써놓은 글이 남겨져 있었다.

　　이 성을 잠시 맡기겠다는 증서를 대신하는 글

　　어머니는 나의 태胎다. 태는 내 신명身命의 근본이다. 이 한 목숨 원래 주군의 집안에 맡겼으나 주군은 아직 병마의 명령을 발하지 않았다. 그 하루의 무사함을 틈타, 곧 인질로 잡힌 어머니를 훔쳐 그대의 의를 속였다. 죄는 크지만 불의를 탓하지 마라. 어머니의 아들이 아닌 자 어디 있겠는가? 그러니 그대의 정에 대해 쏠 화살이 없고, 그대의 은혜를 향해 피를 물힐 칼이 없다. 따라서 그대가 주인의 집안에 대해 얻은 죄와 같이 나도 일단은 불충의 이름을 입어 이 성을 그대에게 맡겨 패자의 치욕을 참고 이세로 물러나겠다.

　　그대, 이를 받으라. 훗날 내가 이를 다시 빼앗으리라. 장래의 풍운을 말하기는 아직 이르다. 단지 지난날 그대의 한 조각 온정에 감사하며 무사로서 더욱 큰 공을 세우기 바란다.

사부로베 다케토시

사부로베의 글을 올려 읽고 내려 읽는 사이 진나이의 눈에서 뜨거운 눈물이 흘러내렸다.

곧바로 진나이는 오사카의 히데요시에게 이를 보고하고 명을 기다렸다. 이윽고 야마오카 다카카게山岡隆景가 오사카에서 사절로 와서 사실을 살펴보고 돌아갔다. 뒤이어 마스다 우에몬노조 나가모리增田右衛門尉長盛가 히데요시의 뜻을 받들고 사자로 왔다.

"히데요시 공께서 '진나이는 무사로서의 명예를 지켰다. 훌륭한 처사였다. 앞서 저지른 과오를 만회하고 부끄러움보다 더한 공을 세웠다'며 이만저만 칭찬하신 것이 아니오. 이대로 이가 성에 남아 견고히 지키라는 명령도 함께 내리셨소."

이로써 진나이는 앞서 저지른 죄도 추궁당하지 않고 크게 체면을 세우게 되었다.

구상

이가 우에노 성의 성주가 바뀐 것은 사사로운 일에서 비롯되었으나 이는 곧 히데요시와 오다, 도쿠가와 연합군과의 공식적 개전을 포고하는 단서가 되었다.

이세로 물러난 다키가와 사부로베는 곧 나가시마로 전령을 보내 글로 자세한 사정을 밝히고 벌이 내려지기를 기다렸다.

치욕을 참고 수장(守將)으로서 해야 할 임무를 외면한 채 성을 적의 손에 맡겼습니다. 어떠한 처벌도 받겠습니다.

노부오의 가슴에도 세 노신을 주살한 것에 대해 약간의 후회가 남아 있던 때였다. 그리고 사부로베 대해서는 원성사에서 히데요시에게 가담하지 않고 자신에게 진실을 고한 공도 있었다. 노부오는 이렇게 답했다.

처벌을 기다릴 필요는 없다. 그대의 군병은 곧 이세 이치시(一市) 군 마쓰가시마 성으로 향하라. 마쓰가시마 성은 역신 쓰가와 겐바의 성이었으나 겐바는 이미 나가시마에서 주살당했다. 그리고 이곳 나가시마에서 고즈쿠리 나가마사木造長政를 보내 토벌하게 했으나 아직 성이 떨어졌다는 보고가 없다. 그러니 그대는 나가마사의 부대와 합류하여 쓰가와의 가신들을 내몰고 그대로 마쓰가시마 성을 지키도록 하라.

노부오의 명령을 받은 다키가와 사부로베는 곧 마쓰가시마로 달려가 고즈쿠리 나가마사와 협력하여 그곳을 쳤다. 그리고 사부로베가 마쓰가시마에 입성할 무렵, 노부오로부터 두 번째 편지가 도착했다.

히데요시가 마침내 평소의 야심을 드러내 내게 공식적으로 전서戰書를 보냈다. 이에 대해 결코 대책이 없는 것은 아니며 이미 도쿠가와 나리의 원군이 속속 증파되고 있고 사이고쿠西國, 시코쿠, 기슈紀州 네고로根來의 세력, 호쿠에쓰北越의 삿사, 간토關東 일원도 우리에게 가담하여 호응할 것이다. 오다 가와 연이 있는 제후인 이케다, 가모 등의 참가도 의심의 여지가 없다. 히데요시는 틀림없이 그 선봉으로 이세에 침공하여 서전을 펼칠 것이라 여겨진다. 주력인 이곳과 멀리 떨어져 있기는 하나 한마음으로 견고한 성에 의지하여 그 지방에서 선방, 분투하길 빌겠다.

노부오는 이 글을 보냄과 동시에 휘하인 사쿠마 진쿠로 마사카쓰佐久間甚九郎正勝에게 병사 오천여 명을 주어 이세의 스즈카구치鈴鹿口로 급히 달려가게 했다.

"미네노峰の 성을 신속히 수축하여 히데요시의 내습에 대비하라."

그리고 이치노미야一宮 성의 성주인 세키 시게마사關成政, 다케하나竹鼻 성의 성주인 후와 히로쓰나不破廣綱, 구로다黑田 성의 성주인 사와이 다케시게澤

井雄重, 이와사키岩崎 성의 성주인 니와 우지쓰구丹羽氏次, 가가노이加賀/井 성의 성주인 가가노이 시게무네加賀野井重宗, 고오리小折 성의 성주인 이코마 이에나가生駒家長 등 각 신하의 인질을 일제히 나가시마로 받아들이고 자신은 기요스로 옮겼다. 그곳에서 비로소 그의 깃발은 공공연히 군사적 움직임을 분명히 하기 시작했다.

나가시마 성에는 이코마 이에나가를 머물게 하고 노부오의 하타모토旗本와 주력은 거의 대부분 기요스로 옮겨갔다. 3월 13일의 일이었다. 물론 노부오 혼자만의 뜻에 따라 이러한 행동을 취한 것은 아니었다. 아마도 13일에 도쿠가와 이에야스와 기요스에서 회견하자는 긴밀한 연락이 있었던 듯 같은 날 도쿠가와 이에야스도 자신의 정예를 이끌고 기요스로 갔다. 두 사람의 간담은 창의 그림자가 엄하게 경비를 서는 곳에서 몇 각에 걸쳐 행해졌다.

다른 빛깔의 꽃 두 송이

　미노의 요로 산과 이부키의 산간에는 예로부터 《만요슈^{万葉集}》와 《고킨와카슈^{古今和歌集}》에서도 쓸쓸하게 노래로 불린 몇 개의 오래된 역참이 있다. 세키가하라와 고난^{湖南} 사이를 오가는 나그네들은 이 협곡 사이로 난 길을 걸을 때면 반드시 먼 시대 사람들의 시정과 길을 가는 마음을 그려봤다.

　도카이도^{東海道}에서 옆으로 꺾어진 곳으로, 그것도 후와^{不破}에서 이십 리, 다루이^{垂井}에서 십여 리밖에 되지 않았다. 이부키 산자락이 남서쪽으로 흘러가는 야트막한 산지에 의지해 살아가는 사람들이 사는 집의 지붕들이 점점이 눈에 들어왔다. 마을의 이름은 이와테^{岩手} 마을이며, 뒤쪽의 산은 보다이^{菩提} 산이다.

　세상에서 그리 멀리 떨어져 있지 않으나 겨울에는 기온이 낮고 토지가 척박하기 때문에 오히려 산수가 맑고 아름다우며 사람들이 소박하고 말과 풍속에도 어딘가 무로마치 시대^{室町}(1338~1573년) 이전의 예스러운 모습이 남아 있었다.

　지금은 3월 초순, 오와리 지방에 비해 보름 이상이나 늦다고 하는 매화꽃이 곳곳에 활짝 피었으며, 하늘과 새소리도 무척이나 맑아 봄이라고

하기에는 아직 쌀쌀한 느낌이 있었다.

"아저씨, 그 그림 주세요."

"아저씨, 우리한테 주세요."

"주세요, 아저씨."

아이들이 유쇼友松의 뒤를 따라왔다. 그림이라는 것을 분명히 알 수 있는 종이 하나를 유쇼가 손에 말아 쥐고 있었기 때문이다. 아이들은 화공 아저씨를 졸라대면 틀림없이 그림을 준다는 사실을 지금까지의 경험으로 알고 있었다.

"이건 줄 수 없다."

유쇼가 발걸음을 멈추고 뒤따라오는 아이들을 내쫓았다.

"다음에 그려주마. 오늘은 안 된다. 이건 너희에게 줄 수 없어."

"왜요? 왜요?"

"아이들에게는 재미없는 그림이니까."

"재미없어도 괜찮아요. 주세요, 아저씨."

"안 된다, 안 돼. 착한 아이는 그만 돌아가도록 해라. 얌전히 돌아가는 애에게는 다음에 좋아하는 것을 그려주도록 하마."

"그럼 그 그림은 누구에게 줄 건데요?"

"저기 있는 분에게."

유쇼는 손에 말아 쥐고 있는 종이로 사립문 쪽을 가리켰다.

"에이, 여승님께 드릴 거였어?"

아이들이 일제히 말했다. 그러고는 놀리는 듯 보조개를 지어 보이며 왔던 길로 흩어져 갔다.

"아저씨는 여승님에게만 그림을 그려준다니까. 쳇, 재미없어."

유쇼는 밝게 웃는 얼굴로 아이들의 뒷모습을 지켜보았다. 그는 친근한 풍모를 가진 탓인지 아이들에게 곧잘 놀림을 당했으며 험악한 세상에 집도 없고 몸을 지킬 그 무엇도 없었으나, 떠돌아 가는 곳에는 반드시 지기가 있다는 마음만은 잃지 않고 살았다.

지기는 저 사립문 안에도 있었다. 그가 이 마을에 들어온 뒤, 우연히 알게 된 젊은 비구니였다.

"계십니까?"

유쇼는 암자의 문을 밀고 들어갔다. 암자를 찾을 때마다 느끼는 것이지만 늘 비질 자국이 나 있는 정원은 평온해 보였고, 대나무 잎 너머로 실내까지 청결한 빛이 반짝였다.

"스님, 안 계십니까?"

대답이 없었다.

상냥한 여승은 암자를 새들에게 맡기고 어디 가까운 곳에라도 간 것일까? 유쇼는 발걸음을 멈추고 입을 다물었다. 그러자 여승이 아닌 다른 사람의 목소리가 어딘가에서 들려왔다. 그것은 이야기 소리가 아닌 책을 읽는 소리였다. 이야기책이라도 줄줄 읽어 내려가는 듯한 억양이었다. 목소리의 주인은 여승보다 젊은 여자인 듯했다.

얇은 종이를 바른 장지의 싸늘한 방 가운데 키가 낮은 작은 책상을 사이에 두고 열예닐곱 살로 보이는 어린 소녀가 여승 쇼킨松琴과 마주 앉아 있었다. 곁에는 《겐지모노가타리源氏物語》가 몇 권이나 쌓여 있었다. 작은 책상 위에 펼쳐놓은 것은 그중 〈허물매미空蟬〉였다.

소녀는 책을 막힘없이 읽어 내려갔다. 《겐지모노가타리》에서 〈허물매미〉나 〈댑싸리〉, 〈박꽃〉은 모든 사람들이 좋아하는 이야기라 외울 정도로 몇십 번이나 읽었다.

"어머…… 놀래라."

소녀가 갑자기 얼굴을 붉히며 책을 덮었다. 은행처럼 동그란 눈을 더욱 크게 뜨더니 한숨까지 내쉬었다. 갑자기 소녀가 열심히 문학을 공부하다 이상한 소리를 내자 《겐지모노가타리》 읽기와 해석을 가르치는 쇼킨이 웃으며 말했다.

"어머, 오쓰於通[8]. 왜 그러니?"

쇼킨은 오쓰의 시선을 따라 툇마루의 명장지를 돌아보았다.

"놀랐어요, 스님……. 저 밖에서 누가 듣고 있잖아요."

"그럴 리 있겠니? 올 사람이 없는데."

"아니에요, 있어요. 아까부터 듣고 있었던 것 같아요."

"누굴까?"

"누군지 모르니까 더……."

"아마 얼마 전에 왔던 새끼 고양이가 또 왔나 보다."

쇼킨은 오쓰를 안심시키기 위해 자리에서 일어나 문을 열었다. 그런데 뜻밖에도 한 사람이 툇마루 끝에 가만히 앉아 있는 것이었다. 안에서 문이 열리자 황홀경에 빠져 있었던 듯한 손님도 놀란 듯 쇼킨을 바라보았다.

"아이고."

"어머, 짓궂으셔라. 유쇼 님 아니세요."

쇼킨이 말하자 안에서 오쓰가 그것 보라는 듯 말했다.

"그것 보세요, 있잖아요, 다른 사람이."

서로 친한 사이인 듯, 쇼킨의 말에 따라 유쇼는 안으로 들어가 자리에 앉자마자 변명을 늘어놓았다.

"이거 정말 죄송합니다. 실례했습니다. 겐지처럼 아녀자들의 은밀한 세계를 엿보려는 건 아니었습니다만, 바깥이 너무 조용해서 계신 건지 안 계신 건지 몰라 정원까지 들어오고 말았습니다. 게다가 오랜만에 〈허물매

---

8) ?~?. 이 책에서는 오노 마사히데의 딸로 등장한다. 아즈치모모야마安土桃山, 에도江戶 시대 초기의 여류 문인. 미노 사람으로 구조 다누미치九條稙通에게 시를 배웠다. 후에 도요토미 히데요시豊臣秀吉의 정실인 고다이인高台院을 섬겼는데 학식과 문재가 뛰어난 여성으로 중용되었다.

미)를 아름다운 목소리로 듣게 되어 그만 넋이 빠져서."

오쓰가 책상과 《겐지모노가타리》를 다급히 방구석으로 치웠다. 그리고 일부러 약간 화난 듯한 표정을 지어 보였다. 오쓰의 성격을 잘 알고 있는 쇼킨이 재미있다는 듯 깔깔 웃으며 말했다.

"아니, 그렇게 신경 쓰지 않으셔도 돼요. 이 아이는 원래 좀 특이한 편이니까."

그러자 오쓰가 더욱 새침하게 뾰로통해서 말했다.

"맞아요, 스님. 전 어차피 괴짜니까요."

하지만 진짜로 화난 모습처럼 보이지는 않았다. 오쓰의 모습에는 오히려 애교가 섞여 있는 듯했다. 손님에게 공부를 방해받은 것에 대한 불평을 친절하고 순수한 마음으로 재치 있게 표현했다.

"하하하, 어쨌든 제가 잘못했습니다. 오쓰 님, 마음을 푸세요."

"아니, 싫어요."

"뭐, 싫다고요? 이를 어쩐다지. 죄송합니다."

"그렇게 사과를 하시니 봐드리기로 하죠. 앞으로는 여자들이 사는 곳에서 그런 실례를 범하시면 안 돼요. 만약 남자들만 있는 자리였다면 무례함에 처단을 당해도 할 말이 없었을 거예요."

"간담이 서늘해지는군. 정말 특이한 아가씨이기는 하네요. 흠……."

유쇼는 그렇게 말하며 오쓰의 모습을 가만히 바라보았다. 처음부터 이 부근 산골에 있는 집안의 아가씨라고는 생각하지 않았다. 그런데 지금은 더욱 맑고 고운 모습으로 보였다. 겐지를 둘러싼 수많은 여성 중에서도 예를 찾아볼 수 없는 신선한 감각과 지성을 지닌 모습에 유쇼는 마음속으로 놀라지 않을 수 없었다.

'이건 참으로 잘 만들어진 꽃이야. 순수할 뿐 아니라 예지의 결정이라고도 할 수 있는 꽃…….'

지금까지 오십여 년을 사는 동안 젊어서는 여러 여자를 만나보았고, 험한 세상을 멸망한 무인에서 가난하게 떠도는 일개 화공으로 살았다. 그렇게 여러 사람과 세상의 경험을 거치며 자연스럽게 세상을 보는 눈, 바로 화가의 눈으로 그는 솔직하게 놀란 것이었다.

"스님, 제가 할게요."

쇼킨이 일어서려 하자 오쓰가 대신 서둘러 안쪽으로 들어갔다. 손님에게 차를 내기 위해서였다. 유쇼가 오쓰의 뒷모습을 바라보며 말했다.

"스님, 저 아이는 스님의 동생이나 친척의 딸이라도 됩니까?"

"그렇게 묻는 분이 많은데 동생도 조카도 아니에요. 저희 아버지 때부터, 그리고 돌아가신 오빠도 친하게 지내던 집안의 딸이기는 합니다만."

"그렇습니까? 저 나이 때 아가씨치고는 머리가 상당히 좋은 듯합니다. 《겐지모노가타리》를 읽는 것만 봐도 끊어서 읽어야 할 부분이나 대화체와 지문을 구별해서 읽는 방법 등을 알고 있다니 정말 놀랐습니다. 어쨌든 듣는 사람에게 《겐지모노가타리》의 향기와 정경을 그렇게까지 느끼게 할 수 있으려면, 읽는 사람이 그 내용을 충분히 이해하고 있어야만 합니다. 역시 유서 있는 집안에서 태어나 좋은 환경에서 자란 덕분이겠지요?"

"아니, 아닙니다."

쇼킨이 미소를 지으며 유쇼가 지레짐작으로 한 이야기를 바로잡아주었다.

"시골 아이에요. 이곳 미노 지방 가운데 여기서 동쪽으로 팔십 리쯤 떨어진 곳에 기타카타고北方鄕 오노小野 마을이라는 곳이 있는데, 그곳에 사는 오노 마사히데小野政秀라는 사람이 오쓰의 아버지였어요. 그런데 마사히데 나리는 저 아이가 어렸을 때 전장에서 목숨을 잃었어요. 그 뒤로 가족과 가신들이 흩어져 저희 오빠가 잠시 맡아 기르다 열세 살 때부터는 연줄이 닿아 아즈치에서 일을 했어요. 보신 것처럼 저렇게 영리한 아이라서 오쓰

보네^{お局} 님께도 사랑을 받았고 노부나가 공께서도 매우 아끼셨어요. 하지만 덴쇼 10년(1582년)에 노부나가 공이 본능사에서 최후를 맞이하시고 아즈치도 그렇게 된 뒤로 가엾게도 당시 열다섯 살 나이로 온갖 고생을 겪으며 마침내 이곳 미노로 돌아왔습니다. 전쟁이라고 하면 진 쪽의 사람들만 가엾다고 여겨지지만, 사실은 모두 피해를 입게 되잖아요. 어째서 저렇게 아무것도 모르는 여자아이까지 끔찍하고 괴로운 경험을 해야 하는 건지……. 하지만 저 아이는 자신의 뛰어난 소질로 한창 자랄 나이에 겪은 어려움까지도 값진 시련으로 되살리는 듯하니, 그것만 봐도 요즘 아가씨들과는 조금 다른 아이라는 생각이 들어요. 그래서인지 저렇게 천진난만한 모습도 있지만 때로는 남자도 미치지 못할 만큼 강인한 면도 보이기에 저도 가끔 깜짝 놀랄 때가 있어요."

쇼킨이 말을 멈춘 것은 그때 당사자인 오쓰가 찻잔을 받침에 받쳐 청초하게 유쇼 앞에 올리러 왔기 때문이었다. 유쇼가 예를 갖춘 뒤 마시고 난 빈 잔을 돌려주자 오쓰는 쇼킨을 위해 차를 타려고 다시 모습을 감추었다.

"그렇습니까? 역시 그랬군요. 저러한 교양도 아즈치에서 몸에 익힌 것이겠지요. 그리고 지금은 스님 밑에서 훌륭한 여승이 되기 위해 수련하고 있는 것입니까?"

"아니에요. 저 아이는 시골을 싫어해요. 아즈치 성 아래 마을과 성안으로 쏟아져 들어온 이국 문화와 화려한 생활에 익숙해져 있으니 암자에서 살겠다는 생각은 조금도 없을 거예요."

"그렇습니까? 그도 당연한 일일 듯합니다."

"요즘은 여승이 아주 많지만 자신이 좋아서 여승이 된 사람은 아마 없을 거예요. 저희는 모두 난국의 폭풍에 떨어져버린 가지 없는 꽃이에요. 하물며 누구보다 뛰어난 소질을 가진 아이이니 기회만 있으면 제 곁을 떠나 도회로 가고 싶어 할 거예요. 저도 그것을 나쁘다고 말하고 싶지는 않지만, 아직은 평화로운 세상이라고 할 수 없으니 때를 기다리는 게 좋겠다며 마음을 달래기는 하나 저렇게 영리한 아이이니 언제까지 이 한가로운 산골에서 저와 함께 진일을 하고 책을 읽고 새소리만 들으며 있을지……."

쇼킨은 그 나이 무렵의 자신을 떠올리는 듯한 눈빛으로 자신이 없다는 듯 말을 끝맺었다. 그런 쇼킨도 나이는 아직 서른일고여덟 살밖에 되지 않아 보였다. 아직은 애처로울 정도로 젊다고 할 수 있을 만한 나이였다. 특히 정진을 하고 있는 탓인지 피부로 밀려드는 초로의 그림자도 보이지 않았기에 보는 사람으로 하여금 묘령의 나이 때는 참으로 아름다웠을 것이라는 생각이 들게 했다.

"아참, 내 정신 좀 봐. 유쇼 님, 얼마 전에는 호의에 기대어 큰 실례를 했습니다. 참으로 번거로우셨지요?"

쇼킨은 오쓰가 쇼킨 앞에 차를 내려놓자 그것을 기회로 자연스럽게 말을 바꾸었다. 그러자 유쇼가 뒤쪽에 놓은 종이 두루마리로 손을 가져가며 말했다.

"참, 그렇지. 이렇게 찾아온 것도 그 일 때문입니다. 그 뒤로 바로 작업을 시작해서 몇 번인가 고쳐 그린 끝에 마침내 밑그림이 완성되었기에 가져왔습니다. 우선 보시기 바랍니다. 그리고 마음에 들지 않는 점은 기탄없이 말씀해주시기 바랍니다. 그것을 참고로 밑그림을 다시 그려볼 테니."

유쇼는 그렇게 말하며 쇼킨을 향해 가지고 온 밑그림을 펼쳐보였다. 그리고 의뢰인이 감상을 마칠 때까지 조용히 기다렸다.

그것은 젊은 무사의 초상화였다. 물론 자세한 모습이나 색은 칠하지 않은 상태였다. 하지만 그렸다가 고치고, 다시 그렸다가 고쳐 몇 겹으로 된 선만 봐도 얼마나 고심하며 그렸는지 알 수 있었다. 미완성이라고는 하지만 전체적인 구성도 좋고 선 하나, 획 하나에서도 힘과 정신이 느껴져 이미 그대로 감상하기에 부족함이 없었다.

"어떻습니까?"

세 사람은 각자 침묵에 잠겨 그림을 바라보았다.

"아아…… 정말 닮았어요."

쇼킨의 눈에서 눈물이 솟았다. 그녀는 그림을 보고 있으나 그림을 보고 있지 않았다. 그림에서 세상을 떠난 오빠의 모습을 보고 있었다.

"정말, 그분 같아요."

오쓰도 역시 감탄한 듯했다.

"저, 이분이 누구인지 바로 알아봤어요. 틀림없이 제 가슴에 떠오른 분일 거예요."

쇼킨이 눈물을 감추려는 듯 화제를 돌렸다.

"오쓰는 이 그림 속 사람이 누구라고 생각하니?"

"스님의 오라버님 되는 분이시잖아요."

"어머, 잘도 아는구나……"

쇼킨이 그리움을 얼굴 가득 드러내며 말했다.

"그렇단다. 그런데 네가 그걸 어떻게 알았지?"

"무인의 초상화는 어떤 것을 봐도 강해 보이거나 권위를 과시하는 듯한데, 이 그림 속 사람은 갑주도 입지 않았고 걸상에 앉아 부채를 들고 있는 모습도 아니고, 그렇다고 사모관대를 입은 모습도 아니에요. 어느 산골에나 있을 것 같은 평범한 무사가 평상복을 입은 채 양반다리를 하고 오도카니 앉아 있을 뿐이에요. 하지만 서책을 옆에 높다랗게 쌓아놓고 무릎 위에 펼쳐놓은 책 한 권에 깊이 빠져 있는 모습은 평범한 시골 무사와는 다른 점이에요."

"단지 그것만 가지고 우리 오빠라고 생각한 거니?"

"아니요, 더욱 분명한 것은 무인이면서 무인답지 않은 인상을 주는 얼굴이에요. 선천적으로 나약한 것이 아니라 병에 걸리신 거겠죠. 학문이 깊으시고 예지가 넘치지만 젊은 나이에 돌아가신 분의 용모가 이 그림에서 생생하게 느껴지거든요."

"그래……. 정말 그렇구나. 나도 마치 살아 계신 오빠를 보는 듯한 마음이 들어서."

"그리고 옷에 새겨진 문양을 보세요. 동그라미 속에 덩굴의 잎이 그려져 있잖아요. 동그라미 속에 덩굴 잎이 그려진 문양은 이 암자 뒤로 오를 수 있는 보다이菩提 산성의 낡은 기와에서도 볼 수 있는 거예요. 더 생각할 것도 없이 그 옛날 보다이 산의 성주였다가 훗날 구리하라栗原 산으로 몸을 숨기셨으나 하시바 히데요시 님이 수차례에 걸쳐 간곡히 청하자 어쩔 수 없이 히데요시 님의 휘하로 들어가 주고쿠를 공략할 때 히라이平井 산의 장기전에서 병이 중해져 결국에는 세상을 떠나셨다고 들은…… 그 다케나카 한베 시게하루竹中半兵衛重治 님이야말로 이 초상화 속 인물임에 틀림없어요. 그렇죠, 스님? 제 말이 맞죠?"

"……."

쇼킨은 추억에 잠겨 눈을 감고 옆을 향해 고개를 숙인 채 아무런 대답도 하지 않았다. 다케나카 한베의 여동생이라고 하면, 이 여승 쇼킨이야말로 병든 오빠의 수발을 위해 구리하라 산의 산속에 함께 있었던 산나리와도 같은 가련한 여인 오유おゆう임은 말할 것도 없다.

산에서 내려와 시대의 호수와 권력의 중심에서 살면, 대쪽같이 절조가 높았던 오빠도 결국은 히데요시의 군사가 되어 주인을 섬기는 삶을 피할 수 없었다. 그러니 아녀자인 오유가 히데요시의 눈에 띄어 정염의 유혹을 끝내 이기지 못하고 측실이 되었던 것은 어쩔 수 없는 일이었다. 하지만 오빠 한베에게 그 사실은 평생 남모를 불쾌감과 고통이었다. 오유도 애초

부터 그런 오빠의 마음을 깨닫고 있었기에 언젠가는 히데요시의 총애에
서 벗어날 날을 기다리고 있었다. 그러는 사이 그녀는 히라이 산의 전투에
서 오빠가 세상을 떠났다는 소식을 듣게 되었다.

　오유는 그것을 계기로 히데요시에게 떠나게 해달라고 청했고, 히데요
시는 한베의 죽음으로 비탄에 잠겨 있을 때라 망설임 없이 그녀의 청을
들어주었다. 그리고 그녀는 오빠의 유골을 안은 채 미노로 돌아와 머리를
깎고 이름을 쇼킨이라고 바꾼 뒤 암자에서 정갈한 마음으로 생활해왔다.

조용한 밤의 시끄러운 손님

"고맙습니다."

쇼킨은 유쇼에게 기쁨을 드러내며 진심으로 감사의 인사를 전했다.

"마치 살아 계신 분을 그린 것 같습니다. 이와 같은 그림을 그려주신다면 아마 묘심사妙心寺(묘신지)에 봉납하기 아까워 언제까지고 저와 함께 이초암에 둘지도 모르겠습니다."

한베 시게하루의 죽음은 덴쇼 7년(1579년) 7월의 일이었으니, 아마도 쇼킨은 올해로 꼭 칠 년째 기일을 맞아 그림을 표구하여 묘심사에 공양할 생각이었던 듯하다. 그래서 때마침 이 지방으로 흘러 들어온 가이호 유쇼海北友松에게 오랜 소망을 말해 휘호를 부탁한 듯했다.

"그야, 사원에 봉납하는 것보다 스님 곁에 두고 조석으로 추모하는 편이 고인께서도 기뻐하시겠지요. 화공인 제게도 그러는 편이 더 감사할 것입니다."

유쇼가 말을 이었다.

"밑그림입니다. 얼마든지 수정할 수 있습니다. 달리 원하시는 것이나 만족스럽지 않은 부분이 있으면 어려워 말고 말씀해주시기 바랍니다."

유쇼는 그 말을 몇 번이고 되풀이했다. 쇼킨이 아무 말 없자 그는 그 그림을 기본으로 완성하겠다고 말하며 자리에서 일어났다.

"벌써 저물녘인데요."

쇼킨과 오쓰가 그를 만류했다.

"아무것도 없지만……."

그렇게 말하며 한 사람은 서둘러 부엌으로 갔고 다른 한 사람은 등불을 켰다. 그리고 유쇼가 돌아갈 틈도 주지 않고 곧 저녁상을 차려 왔다.

"얻은 것으로 직접 빚은 것입니다. 맛난 음식은 없지만……."

쇼킨은 유쇼에게 술을 권하고 마음을 가득 담아 음식을 대접했다. 하지만 그녀는 유쇼가 그림을 성심껏 그려준 것에 비하면 이 정도의 정성은 오히려 부족한 편이라고 여기는 듯했다.

유쇼는 술을 좋아했고, 숙소로 삼고 있는 농부의 집으로 돌아가도 말벗이 없었기에 자리를 잡고 앉았다.

"여승방에서 술을 마시면 사람들의 입에 오르내릴 테지만 이렇게 신경을 써주시니 말씀에 따르겠습니다."

매화향 풍기는 좋은 계절의 저녁, 유쇼는 오랜만에 알큰하게 좋은 기분을 맛보았다.

"마을 사람들의 말 같은 건 신경 쓰지 않으셔도 돼요."

쇼킨이 술을 권하며 말했다.

"저희 승방에 있는 자들은 세상 사람들의 말에는 조금도 신경 쓰지 않으니까요. 나리도 권세에 굴하지 않고 흰 구름을 벗 삼는 세계의 화공이면서 어찌 그런 말씀을 하십니까?"

"하하하, 아픈 곳을 찌르십니다, 스님. 저야 어찌 되든 상관없지만 스님께 폐가 될까 하여."

"아니, 아닙니다. 조금도 폐가 될 건 없습니다."

"하지만 이 유쇼는 지명수배자입니다. 알고 계셨습니까?"

"지명수배자라니요?"

"재작년 야마자키 전투 이후 교토 산조三條의 강변에서 두 차례에 걸쳐 수급을 훔친 자가 나타났습니다. 일패도지一敗塗地한 아케치 쪽 사람들의 목이 차례차례 교토의 강변에서 사라진 일이 있지 않았습니까?"

"피비린내 나는 세상일은 잊은 지 오래입니다. 풍문으로 듣기는 했습니다만."

"오구르스小栗栖의 마을에서 농민들에 의해 목숨을 잃은 미쓰히데光秀 나리의 수급이 어느 날 밤 누군가에 의해 도둑을 맞았습니다. 그로부터 며칠 뒤 아케치 가의 노장인 사이토 구라노스케 도시미쓰齋藤內藏助利三 나리의 수급 역시 사라졌습니다. 교토에서 일어난 소동은 이만저만한 것이 아니었습니다. 하하하하."

"그 하수인이 유쇼 님이셨습니까?"

"당시의 소문은 그랬습니다만."

유쇼는 부정도 긍정도 하지 않고 그저 웃기만 했다. 무장의 생활을 포기하고 주인 없는 산수에 몸을 맡겨 생활한 지도 이미 오래되었지만 호연하게 웃을 때면 그 웃음 어딘가에 스산한 전장에서의 목소리가 남아 있는 듯했다.

유쇼 역시 다케나카 한베나 오쓰의 아버지인 오노 마사히데와 마찬가지로 이른바 미노의 무사라 일컬어졌던 이나바稻葉 산의 사이토 요시타쓰齋藤義龍의 가신이었다. 주인 사이토가 노부나가에게 멸망당한 에이로쿠 6년(1563년)을 전기로 다케나카 일족과 오쓰의 아버지와 가이호 유쇼는 각자 서로 다른 운명으로 갈라서게 된 것이었다.

오늘 밤 등불 아래 모인 세 사람은 동향 사람으로 한 나무에서 자란 싹이 세월을 거쳐 모이게 된 것이라 해도 좋을 것이다. 아니, 서로 말하지 않았으나 각자의 가슴속에는 그런 기분이 들었을 것이라 여겨진다.

다케나카 한베가 죽은 지 칠 년이 되는 해에 우연히 그 혈연으로부터 그림을 부탁받은 유쇼는 그러한 인연을 떠올리며 그림에 한층 더 정성을 쏟았을 것이다. 한베가 구리하라 산으로 숨어들고, 히데요시의 부름을 받은 뒤 끝내 만날 기회를 얻지 못했으나 약관의 시절에는 한베를 몇 번이나 직접 봤다. 뜻밖에도 그 기억이 도움이 되어 그림의 선 하나하나를 채워 나갈 수 있었다.

'어쨌든 참으로 아까운 사람이었어.'

유쇼가 회상에 잠긴 것 이상으로 쇼킨도 오빠를 수발했던 구리하라 산의 봄밤을 떠올리고 있었다. 그래서인지는 모르겠으나 쇼킨이 참으로 드물게도 이렇게 말했다.

"손님께 대접한 음식이 너무나도 초라합니다. 하다못해 이 비구니의 가야금이라도 들려드리고 싶습니다."

"네, 그러세요."

오쓰는 흥에 겨웠는지 한쪽 벽에 있던 가야금을 얼른 끌어안고 왔다. 그러더니 유쇼에게 소개하듯 말했다.

"스님은 가야금을 얼마나 잘 연주하는지 몰라요. 비밀리에 내려오는 곡을 모두 터득하고 계셔서. 하지만 누가 부탁해도 거의 들려준 적이 없었어요. 오늘 밤에는 마음이 크게 동하셨나 봐요."

오쓰는 뜻밖의 행운을 만났다는 듯, 뒤로 물러나 마음을 정갈히 하고 연주되어 나올 곡을 기다렸다. 쇼킨이 가야금을 앞에 두고 줄을 고르면서 말했다.

"저보다 돌아가신 오라버니가 가야금을 더 잘 타셨어요. 구리하라 산의 집에서 제가 가야금을 타고, 또 오라버니가 가야금을 타며 달밤이 깊어가는 것도 잊은 적이 있었어요."

쇼킨은 당시의 오빠 모습을 떠올리는 듯했다. 유쇼는 손에 든 잔을 내려놓는 것도 잊고 크게 고개를 끄덕였다. 현이 울리기 시작했다. 아름다운 음계가 열세 개의 현에서 끝없는 변화를 빚어내다 다시 하나의 향음$響音$으로 통일되고, 갑자기 무너지고 흐트러지고 서로 다가가다 흩어졌다. 듣고 있자니 앉은 채 파도 밑으로 가라앉는 듯한 기분에 휩싸이는가 싶다가도 밝고 반짝이는 천계와 같은 곳으로 마음을 데려가기도 했다.

'길고 끝이 없는 문화의 변이, 그리고 흥망의 수많은 변화, 때로는 번성하고 때로는 가라앉고 비탄하고 환희하고 유희하고 다투는 인간의 운명, 그 모습을 음계로 표현한 듯하구나. 빗소리, 새가 지저귀는 소리, 벌레가 우는 소리 등 자연의 모든 소리가 담긴 듯하구나. 참으로 신비로운…….'

유쇼는 어떤 곡인지 알지 못했다. 그는 음악에 대한 지식이 없었다. 하지만 눈을 감고 있으면 그렇게 느껴지는 만상이 환영처럼 뇌리를 오갔다. 그때 꿈결에 빠진 사람들을 두드려 깨우듯 암자의 사립문 밖에서 사람의 목소리가 들려왔다. 말발굽이 멈춘 듯한 소리도 들려왔다. 그리고 뒤이어 문가에서 무사인 듯한 사람이 부르는 소리가 들렸다.

"실례하겠습니다. 실례하겠습니다. 여기가 쇼킨 스님의 거처입니까?"

"밖에 손님이 오신 듯한데……."

유쇼가 쇼킨의 주의를 환기시키듯 중얼거렸으나 그녀는 조금도 신경 쓰지 않고 여전히 연주를 했다. 마침내 끝까지 연주하고 난 뒤에야 오쓰에게 천천히 말했다.

"이런 밤중에 누가 온 걸까? 나가보아라."

"네."

잠시 뒤 오쓰가 돌아와 고했다.

"손님이 계신 듯해서 이름은 밝힐 수 없지만 스님께서 보시면 아실 것이랍니다. 교토 부근의 무사인 듯한 사람이 아랫사람 셋과 함께 말 두 필을 끌고 와서 서 있습니다."

뜻밖에도 쇼킨이 머리를 세차게 흔들며 말했다.

"이런 밤에 이름도 밝히지 않는 분과는 만날 수 없구나. 이곳은 여승방이니 묵을 곳이 필요하다면 다른 데서 찾으시라고 전해라."

"네."

오쓰가 다시 밖으로 나갔는데 이번에는 꽤나 애를 먹으며 승강이를 벌이는 듯했다. 그러자 유쇼가 자리에서 일어났다.

"저도 모르게 그만 오래 머물고 말았습니다. 교토 방면의 무사라니 일이 귀찮아질지도 모르겠습니다. 이 수배자는 달아나기로 하겠습니다. 아아, 덕분에 참으로 좋은 시간을 보냈습니다."

"어머, 그러실 필요 없으시잖아요."

"아닙니다. 얼큰하게 기분이 좋을 때 밤 매화를 구경하며 돌아가도록 하겠습니다."

"그러시겠습니까?"

쇼킨이 직접 배웅했다.

마흔 살 정도의 위엄 있는 차림을 한 무사는 문을 가로막고 서서 오쓰와 승강이를 벌이다 방 안에서 거나하게 취해 나온 사내를 수상쩍다는 듯 가만히 바라보았다. 그러고는 다시 쇼킨의 얼굴을 보고 이는 당치도 않은 일이라는 듯한 표정을 지으며 밖으로 나가는 유쇼의 뒷모습을 빤히 바라보았다. 그는 유쇼의 모습이 사립문 밖으로 사라지기를 기다렸다가 쇼킨에게 인사를 건넸다.

"잊으셨을지 모르겠으나 하시바 가의 신하인 무토 세이자에몬武藤淸左衛門입니다. 그리고 여기에 있는 자는……."

그는 뒤에 서 있는 승려 하나를 가리키며 말했다.

"묘심사 탑두대심원의 승려이신 젠조스漸藏主입니다."

"그렇습니까? 안으로 드십시오."

쇼킨은 귀한 손님을 맞는 듯한 모습도 아니었으며, 그렇다고 해서 움츠러드는 듯한 기색도 없이 그들을 안으로 안내했다.

가야금과 밥상은 치울 새도 없었기에 방구석으로 밀어놓은 상태였다. 승려인 젠조스는 마치 자신의 치욕이라도 되는 양 얼굴 가득 업신여기는 듯한 표정으로 함께 온 사람에게 눈짓을 했다.

"무슨 일이십니까?"

쇼킨의 말에 무토 세이자에몬은 쇼킨이 먼저 말을 꺼내 다행이라는 듯 지켜야 할 예의도 잊은 채 답하기 시작했다.

"사실을 말씀드리자면 우리는 은밀한 명을 받고 오사카 성에서 기소木曾 강 근처에 있는 구로다黑田 성까지 내려온 자들이오. 그런데 주인 히데요시 님께서 그리 멀리 돌아가는 것도 아니니 보다이 산의 기슭을 찾아가 근황을 물어보라 하셨소. 그랬기에 후와에서 일부러 돌아온 것이오."

"고생이 많으십니다."

쇼킨이 남의 일처럼 말했다.

무토가 말 등에 싣고 온 물건들을 쇼킨 앞에 내보였다. 모두 히데요시가 보내는 물건이었다. 이중으로 된 상자에는 다기가 들어 있는 듯했고, 비단도 몇 필이나 되었고, 그 외에 금은으로 따져도 적지 않은 물건이었다.

쇼킨은 그 물건에서 히데요시의 정을 보았다. 세월이 흘러도 잊지 않았다는 사실은 머리를 깎은 사람에게도 역시 기쁜 일이었다. 남녀의 애욕이 아닌 인간과 인간이 서로 기뻐하는 정애는 더욱 순수한 법이다. 아마도, 아니 분명히 히데요시의 미음도 그러한 것이었으리라.

'지금의 신분으로는 필요 없는 물건이기는 하나 그 마음만은 감사히 받기로 하자.'

그녀는 그렇게 생각하며 깊은 예를 표하고 두 사람에게 말을 전했다.

"오사카에 돌아가시거든 이렇게 아무 일 없이 잘 지내고 있다고 전해주시기 바랍니다."

"그대로 전하겠소."

세이자에몬이 대충 대답했다. 원래 주인이 마음을 주었던 여자라 좀더 정중하게 대해야 했으나 문 앞에서 이상한 사내를 보았고 여승방에서 세상의 이목도 꺼리지 않고 가야금 소리가 들려왔으며 술잔도 보았기에 존경심을 잃어 의식적으로 소홀히 대할 수밖에 없었다.

쇼킨은 평소에도 원하지 않은 손님에게는 좋지 않은 얼굴을 보였기에 세이자에몬이 무례하든 말든 개의치 않았다. 그녀는 오히려 방을 치우고 있는 오쓰에게 우스갯소리를 건넸다. 세이자에몬도 함께 온 젠조스와 사담을 나눴다. 그리고 얼마 뒤 젠조스가 쇼킨에게 말했다.

"중요한 얘기가 있으니 저 소녀를 잠시 물릴 수 없겠소?"

쇼킨은 어렵지 않은 일이라며 오쓰에게 뜻을 전했다. 곧 오쓰가 물러나자 세이자에몬이 태도를 바로 하고 입을 열었다.

세이자에몬이 꺼낸 밀담이란 다음과 같은 것이었다.

마침내 피할 수 없는 것이 시작될 형세가 무르익었다. 지금까지의 싸움은 이번 전쟁에 이르기 위한 전초전에 지나지 않으며 이번에야말로 천하를 다투는 싸움이 되리라. 아니, 그것은 이미 이세와 그 외의 각지에서 시작되었다.

유력한 무문에 대한 기타바타케 노부오의 호소 전략이 갑자기 활발해졌다. 그중에서도 도카이의 도쿠가와 이에야스와는 전폭적인 공수동맹을 맺었으며, 이에야스 또한 움직임을 분명히 했다. 그리고 첩보에 따르면 이번 3월 중순에 노부오가 기요스로 옮겼으며, 이에야스도 오카자키에서 나와 기요스로 갔다. 양자가 회동하여 작전을 짰고 대대적으로 히데요시의 죄를 알려 자신들의 명분을 천하에 전하고 당당하게 연합군을 진격시킬 예정이었다.

그렇다면 이번 대전의 결전장이 되리라 여겨지는 지역은 아무래도 이세, 미노, 미카와를 외곽으로 하고 있으며, 기소 강을 중심으로 하고 있는 비노尾濃의 산야가 될 것임은 말할 필요도 없는 사실이었다.

히데요시 쪽에서도 그러한 일들에 대해 빈틈없이 준비하고 있었다. 오사카 성은 이미 준공된 상태였다. 교토의 치민 조직도 대부분 갖춰졌다. 이 새로운 판도, 새로운 세력의 중심에서 그들의 말과 기치가 오기를 순순히 기다릴 리가 없었다. 단번에 동쪽으로 내려가 도쿠가와 기타바타케 연합군과 맞설 예정이었다.

기소 강 부근의 전략적 요충지이자 오와리로 가는 샛길을 가로막고 있는 구로다 성은 사와이 사에몬 다케시게澤井左衛門雄重라는 사람이 지키고 있었다. 중요한 곳을 맡고 있는 만큼 기타바타케 주조(노부오)는 그를 신뢰했다.

결코 쉬운 일은 아니지만 어떻게든 그를 설득해서 아군으로 만든다면 기소 강을 건너기에 편한 것은 물론이고, 전략지의 칠 부에 가까운 곳을 점할 수 있었다. 게다가 오와리 미카와로 들어가기도 쉬웠고, 연합군의 진출도 막을 수 있었다.

"어떻게 해서든 사와이를 설득해야 하네. 이利를 얻는 데 물건을 아끼지 말게. 그가 원하는 조건은 모두 들어주어 어떻게 해서든 설득하고 오게."

히데요시의 명령이었다. 히데요시는 사자로 무토 세이자에몬만 보내는 게 마음이 놓이지 않아 대심원大心院(다이신인)의 말솜씨가 좋은 승려 젠조스를 붙여 출발하게 했다. 출발하기에 앞서 히데요시가 다시 명을 하나 더 내렸다.

"헤어진 지 칠 년이 지난 한베의 여동생인 오유는 잘 지내고 있는지 도중에 들러 소식을 물어봐주기 바라네."

히데요시는 정이 많았다. 특히 여자에게는 더욱더 친절하고 상냥한 주인이었다. 세이자에몬은 명을 받들어 출발했는데 적지로 반간계를 쓰기 위해 들어가는 목숨을 건 사자로서 그냥 들르는 것은 사치라는 생각이 들었다. 그랬기에 젠조스와 도중에 논의를 했다.

"이는 오히려 뜻밖의 행운일세. 오유 님이 계신 곳에서 목적지인 사와이 사에몬의 성까지는 겨우 백이삼십 리밖에 되지 않아. 갑자기 구로다 성으로 찾아가는 것은 위험할 수 있고 실패할 가능성도 있어. 우선은 보다이 산의 기슭을 기반으로 삼아 계책도 세우고 여장도 바꾸어 만전을 기한 뒤 구로다로 들어가기로 하세. 이보다 더 좋은 계책도 없으며, 그를 위해서는 더할 나위 없이 좋은 기반이 될 것일세."

젠조스도 그것을 명안으로 여겼다. 만약 실패한다면 서로 살아 돌아갈 수 없는 일이었다. 지혜를 짜내지 않으면 안 되었다. 두 사람은 공명에 위험은 늘 따르는 법이지만 목숨을 잃으면 아무런 의미도 없다고 생각했다.

무토 세이자에몬은 이러한 사실을 쇼킨에게 있는 그대로 털어놓지 않았다. 쇼킨에게는 일부만 이야기한 뒤, 자신들의 생각을 히데요시의 명령이라고 말했다.

"폐가 되는 줄은 알지만 당분간은 이곳을 우리의 숙소로 삼아야겠소. 그리고 내일이라도 그대가 구로다 성까지 가서 수고를 좀 해주셨으면 하오."

세이자에몬이 목소리를 낮추기도 하고 높이기도 하며 장황하게 늘어놓는 이야기를 쇼킨은 말없이 들었다. 그러고 나서야 마침내 남의 일이라도 되는 양 무표정한 얼굴로 물었다.

"글쎄요, 제가 어째서 구로다에 가지 않으면 안 되는 건지요?"

세이자에몬이 초조한 마음으로 쇼킨의 냉정한 물음에 답했다.

"주군의 뜻이오. 우선은 그대를 구로다 성으로 은밀히 보내 사와이의 속내를 살펴본 뒤, 그대의 주선으로 만나는 것이 사람들의 눈에도 띄지 않는 좋은 방법이라고."

"거절하겠습니다."

"어째서?"

세이자에몬이 날카롭게 물었다.

"저는 보시는 것처럼 아무런 도움도 되지 않는 사람입니다. 부처님의 제자입니다. 전쟁에 도움이 될 만한 사람이 아닙니다."

"아니, 아니. 비구니이기에 오히려 도움이 되는 게요. 오사카 나리의 명령이니 싫다고는 할 수 없을 게요."

"어떤 분의 명령이든 그와 같은 일에 관여한다면 돌아가신 오라버니께서 슬퍼하실 것입니다. 오라버니는 무문에서 태어나 무문의 숙명을 잘 알고 계셨던 분이었습니다. 그런 오라버니가 끝내 마다하지 못하고 군중으로 들어가신 것은 히데요시 님이 오라버니 이상으로 매우 뛰어난 인물이셨기 때문일 것입니다. 오라버니께서는 구리하라 산에서 내려올 때부터 히라이 산의 진영에서 병으로 돌아가실 때까지 당신 스스로를 비웃으셨습니다. '이렇게 하면 이렇게 될 줄 알고 있었으면서 역시 이렇게 하고 말았다. 어리석은 인간이여. 얘야, 너는 강인하게 살아가도록 해라' 이렇게 말씀하셨기에 머리를 깎고 히데요시 님과 작별한 것입니다. 잘 분별하시기 바랍니다."

"……."

세이자에몬은 할 말을 잃고 말았다. 하지만 변설가인 젠조스가 쇼킨의 말을 비웃으며 말했다.

"스님, 말씀은 그럴듯하오만, 그게 사실이오?"

젠조스가 나무라듯 말했다.

"조금 전에 살금살금 빠져나간 사내는 누구란 말이오? 여승방에서 가야금 소리가 들리는 것이야 그렇다 해도, 사내를 끌어들여 술을 마시는 것은 어떨지? 요즘 혼란스러운 세상을 틈타 승려들의 행실이 문란해져만 가고 있는데 특히 비구니라는 암컷들의 행실이 좋지 않아. 교토에서도 호색한들이 비구니 맛을 모르면 색에 대해 이야기할 자격이 없다고 하는 소리를 하던데 설마 이런 산골에까지 문란한 풍습이 전해졌을 줄은 생각하지 못했어. 아무리 타락했다고는 하지만 예전을 생각하면 참으로 부끄러운 일 아니오? 히데요시 공의 얼굴에 먹칠을 하는 짓이오. 이런 비구니에게 큰일을 부탁할 수는 없습니다. 무토 나리, 더 앉아 있을 필요 없을 듯합니다. 그만 돌아가기로 합시다."

선승들은 대부분 입이 험한 편이었다. 특히 젠조스는 노련한 솜씨로 혀를 놀리며 차마 듣고 있을 수 없을 정도의 말을 퍼부었다.

"돌아가시렵니까? 그럼 어서 가십시오."

하지만 쇼킨은 말리지도 않고 살짝 미소까지 지으며 두 사람을 바라보았다. 세이자에몬이 난감하다는 표정을 지었다. 이곳에서 나서면 갈 데가 없었다. 그는 젠조스의 말이 조금 지나쳤다고 생각했다. 하인들까지 총 다섯 명이었고, 여관도 없는 산촌을 어슬렁어슬렁 돌아다닌다면 사람들의 입에 오르내리게 될 게 뻔한 일이었다. 큰일을 앞두고 작은 일에 발목을 잡히는 꼴이었다. 그렇게 생각했기에 세이자에몬이 급히 사과를 하며 화가 나지도 않은 쇼킨을 자꾸만 달랬다.

"스님, 너무 마음 상해하지 마시오. 젠조스는 유명한 독설가요. 그것도 진심으로 한 말이 아니오."

쇼킨이 우스워서 견딜 수 없다는 듯 웃음을 터뜨렸다.

이윽고 세이자에몬이 하인을 불러 여기서 묵겠다고 하고, 말 묶을 곳을 오쓰에게 물은 뒤 여장을 풀기 시작했다.

"한밤중에 내쫓는 것도 무자비한 일이겠지요. 마음 내키는 대로 쓰시기 바랍니다."

쇼킨은 그렇게 말한 뒤 다리 모양의 가느다란 복도를 넘어 맞은편 조그만 방으로 모습을 감췄다. 무토의 하인들은 오쓰에게 부엌으로 안내를 받아 그곳에서 밥을 짓느라 한바탕 소란을 피웠다. 먹을 것은 말의 등에 싣고 왔으며 지방의 술은 마실 수 없다는 듯 교토의 술까지 가져왔다.

"이거 지고 말았군. 오늘 밤에는 지고 말았어."

젠조스가 새빨갛게 물든 얼굴을 흔들며 말했다. 대단한 애주가로 여행 중에도 술을 마시지 않으면 잠을 자지 못하는 사람 같았다.

"뭐가 졌다는 게요?"

세이자에몬이 궁금히 여기며 물었다.

"그게, 조금 전에 했던 말은 승려들만의 비법으로 기선을 제압하기 위한 것이었는데 저 여승은 꿈쩍도 하지 않았습니다."

"자주 쓰는 수법인가? 나도 배워둘 필요가 있겠군."

"과연 한베 시게하루의 동생답습니다. 대단합니다. 저 사람이라면 구로다 성으로 가서도 일을 잘 처리할 것입니다."

"하지만 가지 않겠다고 하지 않는가?"

"내일 아침에 다시 한 번 청해보겠습니다. 그래도 듣지 않는다면 어쩔 수 없지만."

"오늘 말하는 것으로 봐서는 듣지 않을 듯하오."

"그러게요, 듣지 않을 듯합니다. 참으로 근래 보기 드문 여승을 만났습니다. 뛰어난 여승들 중에는 남자도 당해내지 못할 자들이 있습니다."

"매우 감탄한 모양이군."

"말로만 듣던 여승 에슌慧春과도 같은 자입니다."

"여승 에슌은 어떤 사람인가?"

"가마쿠라鎌倉 시절(1185~1333년)에 사가미相模의 가스야糟谷에서 태어나 꽃과 같은 미인이었으나 나이 서른이 넘자 비구니가 되어 수많은 연인을 깜짝 놀라게 했습니다. 그런데 선문에 든 이후에도 젊은 승과 노승들이 끊이지 않고 따라다녔습니다."

"가마쿠라 시대에도 귀승과 같은 자들이 아주 많았던 모양이로군."

"하하하하하. 그렇습니다. 그런데 그중 아주 열렬한 승 하나가 있어서 목숨을 걸 정도로 여승을 사랑했지요. 어느 날 밤, 완력조차 불사할 것 같은 무시무시한 형상으로 자신의 정욕을 채우게 해서 불꽃과도 같은 고통에서 벗어나게 해달라고 강요했습니다. 그러자 에슌이 이렇게 말했다고 합니다. '어렵지 않은 일입니다. 하지만 그대도 승려, 저도 승려이니 속되지 않은 곳에서 교합하여 서로 즐겼으면 합니다. 그런데 스님께서 그 자리에 가서 싫다고 하시는 건 아니겠지요?'라고 다짐을 했습니다."

"오호, 그래서?"

"불꽃과도 같은 연정을 품은 젊은 승려는 그럴 리 없다고 대답했습니다. 만약 여승이 자신의 소망을 들어준다면 물불을 가리지 않겠다고 약속했습니다. 며칠 뒤, 료안了庵의 불당에 산 전체의 대중이 운집했습니다. 그런데 비구니 한 명이 새하얀 전신에 실오라기 하나 걸치지 않고 알몸의 관세음이 아닐까 여겨지는 모습으로 당당하게 계단 위에 서서 아름답기 짝이 없는 목소리로 대중을 향해 말했습니다. 며칠 전 밤에 여승방으로 숨어들어 오셨던 스님, 약속대로 오늘 여기서 교합하기로 합시다. 얼른 오셔서 그대의 욕정을 마음껏 푸시기 바랍니다."

"깜짝 놀랐겠지, 그 산의 선승들도."

"그 젊은 승은 달아났다고 합니다."

"아아, 가엾기도 하지. 젊은 승려에게 동정이 가는데."

"그럴 가치도 없습니다. 선문에 들지 않는 편이 좋았을 것입니다."

"그럴지도 모르겠군. 그런데 에슌이 그렇게 미인이었단 말인가? 듣기만 해도 아깝다는 생각이 드는군."

"에슌에 대해서는 좀 더 재미있는 이야기도 있습니다만……. 이쯤에서 그만두기로 하겠습니다."

"왜, 왜 그러는가?"

"아무리 저라고 하지만 아름다운 처녀 앞에서 하기는 좀 어려운 얘기라."

그 말을 듣고 세이자에몬은 깨달았다. 언제부턴가 오쓰가 와서 앉아 있었던 것이다. 하얀 얼굴에 깜빡이는 등불의 빛을 받으며 젠조스의 노골적인 이야기에도 무풍 속의 꽃가지처럼 조용히 있었다.

"아, 여기에도 에슌이 한 사람 더 있었군."

세이자에몬이 정말 놀랐다는 듯한 목소리로 말했다.

방랑자

여기서 시야에 들어오는 곳을 모두 조감해보기로 하자.

비노 일원의 평지에는 그물코와도 같은 교통로와 정맥, 동맥과도 같은 크고 작은 하천과 주위의 산악 지방에서 흩어져 갈라져 나와 솟아 있는 것 같은 구릉과 무수한 촌락과 요소요소에 놓인 바둑돌처럼 번화가가 있고, 또 성이 있다.

작은 도회의 성지를 중심으로 세력이 복잡하게 뒤얽혀 있어서 향, 군, 국의 경계를 분명하게 구분하기란 쉬운 일이 아니다. 아침에 변하고 저녁에 바뀌고, 어디는 누구의 영역이라 했다가 또다시 바뀌는 등 영유권이 바뀌는 속도가 사계절의 변화보다 더 빠르기 때문이다. 그곳에 사는 사람들도 그것을 당연한 일처럼 여겼다.

덴쇼 12년(1584년) 3월 초순 무렵, 이 일대는 바로 그러한 변화를 앞두고 있었다. 그것도 이번에는 획기적인 대변화가 예상되었다. 지진의 진원지처럼 심상치 않은 양상에 둘러싸여 있었는데, 그것의 원인은 앞서 이야기한 것처럼 복잡하기 짝이 없는 세력과 세력의 교착에 있었다. 이는 전쟁 때보다 사람의 마음을 더 불안하게 하고 피곤하게 했다.

눈을 들어 바라보면 바로 보일 듯해서, 혹은 강을 사이에 두고 대치하는 듯해서, 또는 언덕과 언덕에서 서로를 노려보고 있는 듯해서, 하나의 군郡을 끼고 있는 성과 성 사이에서는 한시도 안심할 수가 없었다.

이쪽 성은 저쪽 성을, 저쪽 성은 이쪽 성을……. 언제 적이 될지 모른다며 서로 경계했고, 사람과 물자의 출입에도 바로 의심의 눈길을 보냈다. 밤에도 편히 잠을 자지 못하고 '그는 과연 동군에 가담할까, 서군에 가담할까?' 첩보 교전에 의심을 품고 있는 사람마저도 실은 아직 자신의 마음을 정하지 못한 경우가 많았다. 하지만 결국 그들이 선택할 수 있는 것은 서쪽이나 동쪽, 두 가지밖에 없었다.

말하자면 언제부턴가 일본은 두 개의 힘으로 나뉘었으며, 그 두 힘의 대치가 점차 표면화되기 시작했다. 역사를 돌아보면 어떠한 곳에 도달하기 전에는 언제나 두 가지가 대치하는 과도기가 있었다. 과거의 예를 살펴보면 두 개의 상대는 많은 복수보다 오히려 대립이 더 첨예화되어, 어떤 이유에서인지 양자의 우호적 평화에는 안주하지 않는다. 어디까지나 하나가 되어야 한다. 하나가 되지 않으면 안 된다는 본능이 있다.

인간은 그 원인을 생각하기도 하고 이유 없는 추이에 쫓기는 자신들의 어리석음을 모르지도 않지만 지상에 인간 집단의 역사가 그려지기 시작한 이후 두 세력이 두 개의 세력에 안주하여 오래 평화를 누린 예는 거의 찾아볼 수가 없다.

애초부터 인간의 사회집단은 원시부락의 투쟁에서 발족되었으며, 점차 크기를 더해 마을을 이루었고 군을 이루었고 마침내 나라를 형성했다. 그런 다음 다시 나라와 나라가 전투 단위로 묶인 뒤 결국 가장 큰 단위가 두 개가 되고 다시 하나가 되면 비로소 제왕이나 쇼군將軍이 옹립되었고 일정 기간 번성기에 들어갔다.

하지만 그 통일 본능이 실현되어도 하나가 되면 문화의 난숙기에서 퇴

폐기로 접어드는 속도가 매우 빨라 다시 곧 분열을 일으키기 시작했다. 그런데 그 재분열 작용도 역시 본능적인 것이어서 피할 수 없는 법이다. 이는 근동이나 지중해에서 발족한 서양사를 보아도, 동양 대륙의 긴 흥망사를 보아도 거의 예외가 없는 사실이라 해도 좋을 것이다. 간단히 말해 우주의 뜻이 어디에 있는지는 모르겠으나 인류는 몇천 년 동안이나 같은 일을 반복해왔다. 예로부터 많은 철학자가 인간이 얼마나 어리석은지를 말해왔다.

'어리석은 자 인간'이라고는 하나 인간 가운데서도 조금이나마 사려가 있는 사람을 생각하지 않을 수 없다. 하지만 사람이 사는 지상에는 그러한 일부의 사려 분별 따위는 무시한 채 가야 할 방향을 향해 성큼성큼 나아가고 마는 맹렬한 본능이 있는 모양이다. 그것은 반드시 일개 풍운아나 효웅만이 만들어내는 것이 아닌 듯하다.

이러한 어리석음을 가장 광범위하게 연출하고, 또 가장 심각하게 경험하며, 일찍부터 깨달아 누구보다 깊이 생각한 사람들이 바로 오랜 역사를 가진 중국의 선승들이었다. 그 선가禪家가 이에 대해 내린 단안斷案으로 인간에게 있는 세 가지 본능을 들어보겠다.

음식 즉시 도飲食卽是道
음욕즉시도淫慾卽是道
투쟁 즉시 도鬪爭卽是道

즉 인간이 인간으로서 살아가기 위한 요소를 이 세 가지로 대별하고 절대 필요하지만 한편으로는 번거롭기 짝이 없는 몸속의 것을 우선 개인 속에서 해결하려고 한 것이 그들의 면벽이나 공안公案의 목적이었다. 그리고 달마대사 이후 각 계파의 후손 가운데 해명의 열쇠를 쥔 사람도 적지 않았을 테지만 그것은 전부 그들의 산방 안에 머물렀기에 결국 중생에게는 큰 영향을 주지 못했다. 아니, 오히려 선의 생사 초탈에 대한 고민을 수라 속에서 투쟁을 위해 이용하는 사람의 숫자가 늘어나고 말았다.

지금 덴쇼의 세상은 혼란스러웠던 오닌応仁[9] 시절부터 할거하던 수많은 군웅이 서서히 하나의 단위에 가까워지다 그것이 노부나가에 의해 비약적으로 하나가 될 무렵 그가 갑자기 세상을 떠나는 바람에 급속도로 두 세력으로 나뉘어 대립하게 되었다.

그러한 인간의 세상에는 아무런 감흥도 없다는 듯 짚신에 밟히는 풀을 즐기며 홀로 자연의 초목과 이야기를 나누며 가는 나그네가 있었다.

"오…… . 여기는 벌써 매화도 떨어졌군. 이와테보다 봄기운이 훨씬 빨리 찾아왔어. 물의 빛깔도 봄인 듯하고 비가 한 번만 더 오면 벚나무 가지도 꽃을 피우기 시작하겠어."

나그네는 아카사카赤坂의 숙소에서 미나미히라노南平野로 나와 마침내 간베神戸의 번화가 끝자락에 도달한 뒤 아이相 강 제방의 벚나무 가로수에 서서 문득 떠오른《산가집山家集》[10]의 한 수를 작은 목소리로 읊었다.

"봄을 맞은 벚나무 가지에 꽃은 없지만 어딘가 정겹구나. 꽃은 없지만 어딘가 정겹구나."

그때 어딘가에서 '유쇼 님' 하고 부르는 사람이 있었다. 나그네는 제방에서 강의 물가를 둘러보다 헛소리를 들었다 생각하고는 다시 꽃 없는 벚나무 가지를 올려다보았다.

전날 밤, 유쇼는 여승의 암자에서 돌아오자마자 바로 붓을 쥐어 밑그림을 기본으로 은사隱士인 다케나카 한베의 초상을 단숨에 완성시켰다. 그

---

9) 일본의 연호. 1467~1469년.
10) 승려 사이교(1118~1190년)의 영가를 실은 헤이안 말기의 사가집.

리고 무슨 생각을 한 것인지 이른 새벽에 그것을 여승 쇼킨에게 전하고 그 걸음으로 한 달여를 묵고 있던 보다이 산의 기슭을 떠나 언제나 그랬던 것처럼 정처 없이 길을 떠났다.

"무슨 일로 그리 급히……."

쇼킨도 궁금히 여겨 물었으나 그는 웃기만 할 뿐 대답하지 않았다. 그러더니 안녕히 계시라는 한마디만을 남긴 채 안개 속으로 사라져갔다. 여승과 오쓰는 그 모습을 그저 바라볼 수밖에 없었다. 그리고 전날 밤, 유쇼가 농담처럼 했던 말을 떠올렸다.

"수배자입니다, 저는. 아케치의 수급을 훔쳐 어딘가에 은밀히 묻었다 여겨지는…… 하수인입니다."

유쇼의 입으로 그렇게 말하기는 했으나 듣는 사람으로 하여금 거짓인지 진실인지 헷갈리게 하는 말투였다. 하지만 히데요시의 가신 무토 세이자에몬 일행이 암자에 도착한 순간 그는 바람처럼 돌아갔으며, 또 이튿날 새벽에 바로 이와테를 떠나는 등 의심을 하려면 충분히 의심스러운 부분이 있었다. '아케치의 수급을 훔친 자'라고 한때 시정의 화제가 되었던 범인은 의외로 소문 속의 인물일지도 몰랐다.

주인 사이토 가가 멸망한 뒤 그는 지금의 처지에 만족하며 살아왔다. 예전에 사이토 가를 멸망하게 한 오다 가의 노부나가가 아즈치 성을 쌓을 때 천하의 화공을 널리 모아 장벽화의 화필을 휘두르게 했을 때도 그는 참여하지 않았을 뿐만 아니라 오히려 아케치 미쓰히데와 그 노신인 사이토 도시미쓰齋藤利三 등과 깊이 사귀었다. 특히 미쓰히데는 만년에 한가한 몸이 되면 유쇼 밑으로 들어가 그림을 배우며 유유자적하고 싶다고도 말했다.

아니 땐 굴뚝에서 연기가 날 리 없다고들 하는데 이런저런 일들을 생각해보면 그와 아케치와의 연고는 깊었다. 야마자키에서의 일전 이후, 산조 강변에서 어두운 밤에 마음속 벗의 수급을 품어 남모를 곳에 묻어준 범인이 실제로 유쇼였다 할지라도 그의 예술가로서의 명성을 더럽히는 것은 결코 아니다. 세상 사람들 역시 같은 도둑이라 할지라도 그 수급을 훔친 사람을 조용히 동정하고 이해하고 있었다.

하지만 당시 히데요시의 이름으로 내린 체포령은 아직 풀리지 않았다. 삼 년 넘도록 범인은 밝혀지지 않았으나 수사는 계속되고 있었다. 하지만 그것은 유쇼에게 아무런 고통도 주지 않았다. 숨어서 다니는 길이야말로 그의 화공으로서의 삶과 세상을 떠도는 나그네로서의 삶에 적합한 것이었기 때문이다.

"유쇼 님, 뭘 그렇게 바라보고 계세요?"

두 번째 목소리가 들려왔다. 이번에는 그의 등 바로 뒤에서 들려왔다.

아까부터 제방의 그늘에 오도카니 앉아 있던 아가씨였다. 유쇼는 뒤를 돌아보자마자 눈을 둥그렇게 떴다.

"오오, 오쓰 아니냐. 무슨 일로 온 게냐?"

"어머, 유쇼 님이야말로 저와의 약속을 잊으신 건가요?"

"약속?"

"나리께서 이와테를 떠날 때는 저를 틀림없이 교토로 데려가겠다, 아니면 교토의 지인을 소개해주겠다고 말씀하셨잖아요."

"아아, 그거 말이냐?"

유쇼는 자신도 모르게 머리를 긁으며 쓴웃음을 지었다. 아니, 당혹스러운 표정을 지었다.

"잊지 않았다. 이번 가을, 이와테에 다시 오면 약속을 꼭 지키마. 그때까지는 쇼킨 님 곁에 조용히 머물며 학문에 힘쓰도록 해라."

"이럴 줄 알았으면 유쇼 님께 그렇게 몇 번이고 청하지 않았을 거예요. 암자에서의 생활은 제게 영 맞지 않아요."

"젊은 아가씨들은 하나같이 교토로, 교토로 가는 꿈을 꾸지만 이렇게 어지러운 세상에 교토로 가는 것은 오히려 좋지 않단다."

"이제 와서 설득하시려는 건 비겁한 일 아닌가요? 그런 말도 귀가 따가울 정도로 들었어요. 하지만 제 마음도 그 이상으로 말씀드렸잖아요. 그렇게까지 원한다면…… 하고 나리도 마침내 동의하신 뒤 이와테를 떠날 때는, 하며 약속하신 거잖아요."

"그래, 그렇게 말하기는 했지."

"맞아요. 그렇게 말씀하셨어요."

"이를 어쩐다."

"안 돼요. 설령 거짓으로 말씀하신 거라 해도 저는 더 이상 암자로 돌아가지 않을 거예요. 솔직히 말씀드리면 스님께도 말씀드리지 않고 몰래 나리의 뒤를 따라 나온 거니까요. 틀림없이 약속을 지키지 않으실 거라 생각했기에 저는 지름길로 와서 이렇게 기다리고 있었어요. 이제 어쩌실 거예요?"

"뭐라고? 정말 스님께도 말씀드리지 않고 나온 게냐?"

"나리와는 달라서, 오쓰는 거짓말을 하지 않아요. 보시는 것처럼 언제라도 떠나겠다고 마음의 준비를 하고 있었어요."

"아아, 정말 말을 듣지 않는 아이로구나. 자, 거기에 앉아라. 그리고 이유쇼의 말을 다시 한번 잘 들어봐라. 결코 허튼소리는 하지 않을 테니."

유쇼는 먼저 자리에 앉아 생각에 잠긴 무릎을 끌어안았다.

"무슨 말씀이시죠?"

오쓰도 그를 따라 순순히 풀 위에 앉았다. 오쓰의 태도와 말투는 고분고분했지만, 그렇다고 그 정도로 고분고분하지 않은 아가씨를 본 적도 없었다.

달포 가까이 같은 마을에 머무는 동안 그가 묵고 있던 곳으로 오쓰가 자주 찾아왔다. 거기에는 그녀 나름대로의 목적이 있었다. 오쓰는 전원생활을 견딜 수 없었다. 암자에서 보내는 날들은 무척이나 쓸쓸했다. 교토로 가고 싶었다. 새로운 지식을 배우고 문화 속에서 희망적인 생활을 하고 싶었다. 오쓰는 간절히 바랐다. 하지만 유쇼는 적당히 대답했으며, 또 몇 번이고 잘못을 깨우쳐주었다.

"그건 허황된 야망이다. 나처럼 무문에 몸담았던 사람도 약육강식의 사회를 견디지 못하고, 영락하고 참담한 경우로 내몰려 지금은 투쟁에 대한 생각을 완전히 끊었다. 젊은 여자의 몸으로 어찌 난세의 중심, 유위변전有爲變轉의 소용돌이 속으로 뛰어들려 하는 것이냐? 이 유쇼는 이해할 수가 없구나. 나는 반대다. 그보다는 외진 곳이기는 하나 평화로운 시골에서 살며 달빛에서 《겐지모노가타리》를 읽고, 가을에는 화필을 잡고, 눈 내린 밤에는 노래를 지으며 보내는 것이 얼마나 즐거운지, 그보다 더 나은 삶도 없을 것이다. 그리고 성실한 사내를 남편으로 두고 건강한 아이를 낳아 모성애 속에서 여자로서 안주하며 만족하게 산다면 틀림없이 이루지 못할 것이 없으며 실망과 영혼의 아픔을 맛보는 일도 없을 게다."

언제나 유쇼는 그렇게 말했다. 평범한 젊은 여자에게라면 얼마간 효과가 있을지 모르겠으나 오쓰에게는 조금의 효과도 없었다. 그녀는 유쇼의 생각을 이미 나이 든 사람의 고정관념으로밖에 여기지 않았다. 그녀는 어렸을 때부터 아즈치 문화의 신선한 공기에 마음을 두고 있었다. 당시 노부나가의 화려한 생활도 보았으며, 성 아래 남만사南蠻寺에서는 해외의 지식을 배우기도 했다.

그곳에서 마태복음과 요한복음도 읽었다. 그보다 조금 더 어릴 때는 《이세》나 《다케토리竹取》나 《겐지모노가타리》와 같은 고전을 읽었다. 아즈치의 안채에서는 아직 열서너 살밖에 되지 않은 그녀를 미래의 재원이라고 칭찬했다. 노부나가의 귀에도 들어가 노부나가 앞에서 조그만 종이에

즉흥시를 써보여 맛있는 과자와 조그만 궤를 선물로 받은 적도 있었다.

틀림없이 뛰어난 천성을 가지고 있었다. 하지만 짧은 기간 동안 급진적으로 발전한 아즈치 문화는 이 민감한 소녀의 발아기에 너무나 강렬한 태양이었는지도 모른다. 그리고 본능사의 변으로 인해 맛본 비참한 패망의 아픔은 어린 그녀에게는 너무나 심각한 경험이었다.

잠시 고향인 오노로 돌아갔을 때, 전부터 그녀의 어린 시절을 알고 있었던 사람들이 그녀를 보더니 사람이 바뀌었다고 말했다. 실제로 그녀의 타고난 재능과 용모에 앞서 이야기한 경험들이 상당히 짙게, 후천적인 요소로 더해졌다. 그랬기에 보기와는 달리 한번 고집을 부리면 다른 사람의 말은 전혀 듣지 않았으며, 또 일단 다짐을 하면 끝장을 보고야 마는 성격이었다.

오노 마을의 노인들은 그녀를 두고 '더욱 아름다워지기는 했지만, 여자답지 않아졌다'며 고독한 그녀를 멀리했다.

어느 날 유모의 남편이 연줄을 더듬어 쇼킨의 암자로 그녀를 데려갔다. 기른 정이 있다 보니 고향의 차가운 바람 속에서 따뜻한 양지로 데려가 그곳에 뿌리내리게 하려고 했던 것이다.

오노의 노인들뿐 아니라 유쇼도 오쓰를 진심으로 아끼지는 않았다. 하지만 그녀의 재기에는 솔직히 놀랐기에 시골에 두기는 아깝다는 생각이 들었던 것이다. 원래 있어야 할 곳에 있지 못했기에 시골 사람들도 그녀를 멀리하고 그녀도 시골을 싫어하는 것이리라. 때와 장소를 얻으면 이 좋은 나무는 시대의 문화 속에서 꽃을 피워 향기를 더할지도 모른다.

문득 이런 생각이 들었을 뿐 아니라, 아무리 깨우쳐도 그녀가 처음의 뜻을 꺾을 리 없다고 판단해 마침내 약속을 하고 만 것이었다.

"알았다. 스님과 얘기해서 교토로 데려가주겠다. 그리고 좋은 집에 소개시켜주기로 하겠다."

그것은 벌써 열흘 전의 일이었다. 유쇼는 그림 때문에 까맣게 잊고 있었다. 오늘 아침 떠날 때 잠깐 생각이 나기는 했으나 그녀도 잊었을 것이라 생각했다. 어젯밤의 모습을 봐도 까맣게 잊고 있는 듯했다. 그렇다면 그녀를 위해서도, 자신을 위해서도 다행이라고 생각했다.

오쓰가 쇼킨과 함께 암자의 뒷문에 서서 자신의 모습을 지켜보고 있었기에 유쇼는 안심했던 것이다. 그는 그 일에 대해서는 조금도 고려하지 않은 채 아이 강의 제방까지 와서 홀로 오랜만에 여수에 잠겨 멈춰 서 있던 것이다. 그런데 갑자기 오쓰가 나타나 약속을 지키지 않았다며 타박했으니, 오십이 넘은 사내인 그가 아직 열일곱밖에 되지 않은 오쓰에게 얼굴을 붉히고 당황한 데도 이유가 없는 것은 아니었다.

"봄 가운데서도 초봄은 한층 더 평화롭구나."

유쇼가 아이 강의 크고 완만하게 흐르는 물의 곡선을 향해 혼잣말처럼 중얼거린 뒤 말했다.

"이런 평화로운 자연도 앞으로 며칠이나 더 무사할지. 이 제방의 벚꽃이 필 무렵이면 이 부근도 군마에 어지러워지고 총포의 연기와 피눈물로 물들 것이다."

"어젯밤에 온 손님들의 말에 따르면 또 큰 전쟁이 벌어질 것 같다고……."

"벌어질 게다, 어쩔 수 없이. 틀림없이 이번 전쟁은 온 세상을 떠들썩하게 할 대란이 될 거야. 그렇게 여겨졌기에 나는 곧 사람들의 마을에서 벗어나 히다의 오지에라도 들어가 조용히 그림을 그릴 장소를 찾을 생각으로 떠나온 거다. 그런데 너는 그와 반대로 지금부터 교토 한가운데로 들어가고 싶어 한다. 대체 어쩔 생각인지."

"물론 모르시겠죠. 하지만 저는 저를 잘 알고 있어요. 무분별한 것이 아니에요."

"네가 총명하다는 건 나도 알고 있다. 무분별하다고는 말하지 않겠다만, 공리심이 불타오르고 있는 것 같구나. 허영심도 꿈을 부추기는 것이겠지. 뛰어난 천성이 오히려 불행의 근원이 되지 않으면 좋겠다만."

"저…… 여기서 작별할게요."

오쓰가 벌떡 일어나자 유쇼가 눈을 크게 떴다. 드디어 오쓰가 마음을 고쳐먹었다고 생각했는지 기뻐하는 얼굴이었다.

"그래, 이제 깨달은 모양이구나. 마음을 꺾고 돌아갈 생각이냐? 돌아가거든 스님도 안심시켜드리도록 해라. 그리고 두 사람 모두 이 끔찍한 세파에 휩싸이지 말고 몸을 지켜 무사히 지내도록 해라."

"아니요, 유쇼 님. 전 그곳으로 돌아가지 않을 거예요. 한번 나온 암자로 다시 돌아갈 마음은 없어요."

"뭐? 그럼 어디로 갈 생각이냐?"

"오노로 갈 거예요. 거기서 다시 제가 가고 싶은 곳으로 갈 거예요. 더는 남에게 의지하지 않겠어요."

오쓰는 제방을 따라 상류 쪽으로 부지런히 걷기 시작했다. 강 바로 맞은편에 있는 가노加納 나루터를 지나 십 리쯤 가면 기타가타로 들어섰다. 그녀의 고향인 오노 마을은 나가라 가도 옆에 있었다.

나룻배를 발견한 오쓰가 발걸음을 멈추고 돌아보았다. 유쇼의 그림자가 멀리서 조그맣게 자신을 바라보고 있었다. 망연히 바라보던 유쇼의 얼굴이 떠오르자 그녀는 왠지 우습다는 생각이 들었다. 그래서 웃으며 갓을 흔들어 보였다. 맞은편에 있는 유쇼는 손도 흔들지 않았다. 장대를 세워놓은 것처럼 언제까지고 가만히 서 있었다.

나룻배 안에는 네다섯 명의 나그네와 마을 사람들이 타고 있었다. 오쓰도 그 안으로 들어가 다시 한 번 하류의 제방 쪽을 바라보았다. 어디로 떠난 것인지, 유쇼의 모습은 보이지 않았다. 이제 그녀에게 그의 모습은 과거에 스쳐 지난 한 마리 새의 그림자에 지나지 않았다. 일 년여를 보냈던 보다이 산 밑의 암자도 어제까지 함께 지냈던 쇼킨도 그저 과거일 뿐 그녀의 마음을 돌리기에는 아무런 매력도 지니고 있지 않았다. 그녀의 가슴속에서는 앞날의 꿈만이 봄의 들판처럼 향기를 피워 올리고 있었다. 뱃전을 때리는 물소리도, 하늘에서 지저귀는 종다리 소리도 자신의 용기와 희망찬 출발을 축복하기 위해 존재하는 것처럼 여겨졌다. 자신을 위해 존재하지 않는 것은 모두 이 배 안에 함께 타고 있는 사람들과 같아서 맞은편 나루터에 닿으면 곧 잊힐 것들이었다.

"이것들 보라고, 아무것도 모른 채 태평한 얼굴을 하고 있군."

배가 강 한가운데쯤 왔을 때 함께 타고 있던 무사가 상인과 농민들의 무지를 비웃듯 얕잡아보는 말투로 말했다.

"머지않아 여기서도 전쟁이 벌어질 거야. 지금 당장 산으로 달아나지 않으면 불길 속에서 노인과 어린아이를 끌어안고 우는 얼굴로 길을 헤매게 될 거야. 언제나 그날까지 장사를 하고 밭을 갈며 태평하게 지내기 때문에 화를 당하게 되는 거야."

농가의 아낙도, 떠돌이 장사치인 듯한 사내도 낯빛을 잃었으나 그렇다고 해서 무엇을 묻거나 대답하지도 않았다.

맞은편에는 가노의 여관이 있었다. 거기에 이르자 마침 해가 저물었다. 늘어선 지붕의 기울어진 처마에서는 저녁연기가 피어오르고 있었다. 오쓰는 말을 구한 뒤 짐을 없는 안장 위에 모로 앉았다. 오노 마을까지는 아직 시오리쯤 더 들어가야 했다.

"아씨는 오노 나리의 따님 아니십니까?"

마부는 오쓰를 희미하게 기억하고 있는 사람이었다. 그렇다고 대답하자 마부가 봄의 저녁 속으로 한가로이 고삐를 흔들며 말했다.

"역시 그러셨군요. 마을 사람들이 나리의 따님께서 일 년이 넘도록 어던가로 숨어드신 듯하다고 이야기하곤 했습니다."

　고향 사람들에게는 이 지방의 오랜 호족이었던 오노 마사히데가 아직도 기억 속에 깊이 남아 있는 모양이었다. 하지만 그녀는 자신의 아버지를 몰랐다. 어머니에 대한 기억도 매우 희미했다. 기억하고 있는 것은 예전에 자신이 태어난 곳이라고 하는, 성과 같은 곳의 돌담과 불에 타버린 저택의 흔적이 남아 있는 해자뿐이었다. 고향이라고는 하지만 그녀에게는 깊은 그리움도, 집착도 없었다. 몸을 맡기고 있던 쇼킨의 품에서 떠나 당장 갈 곳이 없었기에 잠시 돌아온 것뿐이었다. 단지 그곳에는 유모의 집밖에 없었다.

거취

기소 강의 상류는 이누야마犬山 성 아래를 휘돌아 백 리를 더 흘러 다시 하나의 성을 남쪽 강변으로 바라보며 흐른다. 그 성은 오와리 하구리葉栗 군의 구로다 성이었다. 성안의 사람들은 지난달 이후부터 이미 비상 태세에 돌입해 전시 생활을 보내고 있었다. 성주인 사에몬 다케시게는 언제나 갑주를 입은 사람들에게 둘러싸여 있었다.

"만나서 이런저런 말을 듣기도 귀찮다. 세객說客이란 어느 곳에서 온 자이든 말주변이 좋은 자들이어서 반드시 그럴듯한 말을 하는 법이다. 돌려보내라, 돌려보내."

사에몬 다케시게는 특히 마지막 말을 분명하게 말했다.

십여 명의 고굉지신들이 모여 있었는데, 그들의 모습에는 '만나주어도 상관없지 않습니까'라는 기운이 역력했다. 사에몬은 고하러 온 사람에 대한 대답이라기보다 그곳에 모인 사람들에게 자신의 의지를 명확하게 해두기 위해 강한 어조로 말한 것이었다.

"아…… 그게 나리."

다나하시 진베棚橋基兵衛가 가신들의 뜻을 대표하여 말했다.

"어쨌든 처음도 아니고 두 번째 온 하시바 나리의 사자입니다. 그렇게 돌려보내기만 하는 것도 오히려 속이 좁은 것처럼 보여 좋지 않을 듯합니다. 물론 나리의 뜻에 따라 승낙 여부를 결정해야겠지만 일단 사자라는 자를 한번 만나보시는 것이 좋을 듯 여겨지기도 합니다."

노신 야토 슈젠矢頭主膳이 뒤이어 말했다.

"세객의 말에서는 종종 뜻밖의 시사를 얻을 수 있는 법입니다. 마음껏 떠들게 한 뒤 현려를 내리시든, 혹은 다시 평의에 부치시든 결코 나리의 정절에 문제가 될 것은 없습니다."

구보 간지로久保勘次郎를 비롯해 네다섯 가신들도 옳은 말이라며 수긍하는 듯한 표정을 보였다. 사에몬은 그들이 여전히 양쪽 끈을 쥐고 히데요시에게 붙어야 할지 이에야스를 편들어야 할지 망설이며, 성의 향방이 아닌 자기 자신의 방도로 갈등하고 있는 듯한 모습을 놓치지 않았다.

"음…… 그렇게까지 말한다면."

사에몬은 마지못해 승낙했다.

"일단 만나보기로 하지. 그럼 하시바의 밀사라는 자를 바로 이곳으로 데려오도록 해라."

바로라고는 했지만 그로부터 거의 반 각은 걸렸다. 두 선승과 떠돌이 수행자 같은 사내가 마침내 객실로 안내되어 들어왔다.

방에는 평복을 입은 사에몬 외에는 아무도 없었다. 하지만 어느 성안에서나 그렇듯 만일의 경우를 대비해 뒤쪽 장지문 안에 세고 날랜 무사가 숨어 있었다.

"하시바 나리의 사자들인가?"

"그렇습니다."

세 사람이 예를 갖추었다. 떠돌이 수행자 같은 사람이 정사이며, 선승 중 하나가 부사였다. 그들은 하시바 히데요시의 신하 무토 세이자에몬과 대심원의 젠조스라고 고했다.

히데요시가 사자를 보낸 것은 이번이 두 번째였다. 첫 번째는 실패하고 말았는데, 그때 사와이 사에몬의 대답은 다음과 같았다.

"아무리 좋은 조건이라 할지라도 하시바 쪽을 편들 의향은 없소. 나는 어디까지나 주인으로서 은혜를 베푼 기타바타케 노부오 님과 행동을 함께할 것이오. 만약 노부오 님을 떠나게 된다면 히데요시와 같은 난신적자亂臣賊子의 무리에 들기보다 장래의 커다란 그릇이라 존경하고 있는 도쿠가와 이에야스 나리를 따를 것이오."

난신적자라 말한 것은 히데요시를 상당히 자극했을 것임에 틀림없지만 그러한 비난은 사와이 사에몬의 말이 아니라 당시 세상에서 들을 수 있는 말이었다. 대전을 앞둔 분위기 속에서 도쿠가와 쪽은 일찍부터 전쟁의 명분을 내세웠다. 동시에 사람들에게 히데요시의 기치에 대해 이유도 없이 야망의 난을 빚어내는 천하의 도적이라는 나쁜 인상을 심기 위한 책략도 널리 행해지고 있었다.

히데요시 쪽도 그 이상으로 선전을 펼치고 있었다. 히데요시가 화를 낼 이유는 없었다. 그는 며칠 뒤 두 번째 사자를 다시 보내기로 결정했다. 그렇게 보낸 사자가 무토와 젠조스였다. 그들을 뽑아 보낸 것 역시 실수였다는 사실은 나중에 알게 되지만 당시 히데요시 주변에는 삼척동자의 손이라도 빌리고 싶을 만큼 많은 일과 격무가 펼쳐져 있었다. 틀림없이 무난하고 평범한 점 때문에 무토가 뽑혔으며, 말솜씨가 좋았기에 젠조스를 붙여준 것이었으리라.

"또 다른 스님은 어떤 분이신가?"

사에몬의 질문에 젠조스 옆에서 잠자코 있던 선승이 대답했다.

"성 아래에 있는 운림원雲林院(우지이)의 화상이옵니다."

"운림원의 화상께서 무슨 일로 동행하셨는가?"

"실은 이와테 송금원松琴院과는 같은 계열의 벗인데, 그 여승 쇼킨이 소개를 해주었다기에 숙소를 빌려주고 있으며, 성안에서의 잔일도 제가 맡기로 하고 동행하게 되었습니다."

"그런가? 그것참 고생이 많소만 승려가 필요치 않은 밀사의 길잡이 같은 것은 하지 않는 편이 좋을 거요. 지금부터 할 이야기도 스님과는 관계가 없을 테니 먼저 돌아가시는 것이 어떻겠소?"

"네, 제 뜻도 그러합니다."

운림원의 화상은 얼굴을 붉히며 당황한 표정으로 허둥지둥 방 밖으로 물러났다. 그 뒤 사와이 사에몬은 그것으로 이미 대답을 한 것이라는 듯 입을 다물었다. 그 강경한 모습에 무토 세이자에몬은 쉽게 말을 꺼내지 못했다. 하지만 젠조스는 상대가 금동불이든 무엇이든 움직여 보이겠다는 듯 거침없이 말을 하기 시작했다. 먼저 눈앞으로 닥쳐온 천하 갈림길의 형세를 이야기했다. 그리고 하시바나 도쿠가와 중 한쪽으로 다음 세대가 이어질 것이라는 점을 이야기했다. 다시 이어서 히데요시를 지지하는 여러 영웅들이 얼마나 긴밀히 협력하고 있으며 또 얼마나 용맹한지를 이야기했다. 그런 다음 지금 공사가 끝난 나니와의 장관을 이루고 있는 오사카 성의 웅대한 규모를 이야기하고, 오사카 성을 둘러싸고 벌써부터 새로운 나니와 시가가 번화하고 있어 예전의 아즈치 문화보다 뛰어난 나니와 문화가 부녀자들의 복장에서부터 주택의 양식, 가무음곡에까지 드러나 참으로 활발하다는 사실까지 이야기했다. 그리고 그러한 말을 하면서 '최근에 이에야스 나리가 아무리 큰 인물인 양 회자된다 해도 결국은 지방에 있는 인물에 지나지 않는다'는 사실을 암암리에 내포했다.

"히데요시 님께서는 무슨 일이 있어도 나리를 한번 뵙고 싶다고 말씀하십니다. 하지만 세상이 소란스럽기에 바로는 뜻을 이루기 어려울 테지만, 머지않아 히데요시 님께서 친히 이곳으로 말을 몰고 오실 날이 있을 것입니다. 그때 기소 강을 건너기 전에 사와이 나리의 영접을 받는다면 더할 나위 없이 기쁠 것이라고 말씀하셨습니다. 그만큼 사에몬 나리께 크게 신경을 쓰고 계십니다. 얼마 전, 이 성에 왔다가 크게 꾸지람을 듣고 돌아간 사자들의 보고를 들으시고도 히데요시 님께서는 화를 내시기는커녕 오히려 나리의 절의를 사랑하시어 더욱 마음이 끌리시는 듯했습니다."

젠조스의 말이 여기까지 이르자 무토 세이자에몬도 분위기에 편승해 사에몬을 설득하기 시작했다.

"지금 젠조스가 올린 말씀에는 조금도 과장이 없습니다. 만일 아군 편에 서겠다고 승낙하시면 저희 쪽에서도 훗날의 약속에 대한 징표를 보이기 위해 히데요시 님의 주인朱印을 받아가지고 왔습니다."

세이자에몬은 속옷의 목깃을 풀고 안에 감춰두었던 글 하나를 꺼내 사에몬에게 건네주었다. 비슈 가운데 원하는 네 개의 군을 주겠다는 봉국의 인이었다. 사에몬은 그것을 힐끗 보더니 그 자리에서 찢어버렸다.

"대답은 하지 않겠소. 이대로 히데요시에게 전하면 충분할 것이오. 바로 떠나도록 하시오."

사에몬은 그렇게 말한 뒤 자리를 박차고 일어났다. 젠조스가 천연덕스레 자리에 앉아 혀를 놀리려 하자 사에몬이 그들을 노려보며 말했다.

"밤이 들기 전까지 기소 강 너머로 물러나지 않는다면 어떤 재난이 닥칠지 모를 것이오. 그래도 상관없다면 천천히 머물다 가시오."

그 순간 가신들이 우르르 몰려와 두 사신을 성문 밖으로 쫓아버리고 말았다. 그 가신들 또한 처음부터 주인과 함께 반히데요시의 뜻을 일관되게 지켜왔다.

그날 일을 계기로 성안에 조금이나마 감돌고 있던 거취를 정관하자던 분위기도 완전히 사라졌다. 그리고 구로다 성만은 노부오와 도쿠가와에게 두 마음을 품지 않겠다며 분명한 태도를 보였다.

전국적으로 서쪽과 동쪽을 놓고 어느 쪽에 가담할지 거취의 갈림길 앞에서 망설였다. 미노와 오와리는 단지 전국의 축소판에 지나지 않았다.

노부오가 세 노신을 주살한 데서 비롯된 이세의 전화(戰火)는 이미 하루가 다르게 확대되어가고 있었다. 더 이상 지방의 사건도 한정된 지역에서의 전쟁도 아니었다. 언제부터인가 천하의 패권을 놓고 다투는 대전의 양상이 되어 있었다.

남은 문제는 이제 히데요시 대 이에야스와 노부오의 양대 세력이 어디를 전장으로 삼을 것이며, 어디까지를 작전 지역으로 산정하고 있는가 하는 것이었다.

이곳 구로다 성에도 동서에서 시시각각 첩보가 들어왔다. 하지만 이세에서 오와리의 남부 지방에 걸친 지역의 형세는 지난 3월 초부터 전혀 알수가 없었다. 그래도 히데요시의 서군이 가모, 다키가와, 호리를 비롯해 각 장수들의 지휘 아래 노부오에게 빼앗겼던 미네노 성, 호시자키 성, 마쓰가시마 성 등에 맹공을 퍼부어 급속히 회복해가고 있다는 사실은 들어서 알고 있었다. 그리고 노부오가 이세의 수비를 숙부인 오다 노부테루(織田信照)와 사쿠마 진쿠로마사카쓰에게 맡기고 갑자기 기요스로 옮겼다는 사실도 전해 들었으며, 동시에 도쿠가와 쪽의 원군으로 미즈노 다다시게(水野忠重), 사카이 시게타다 등의 부대가 질풍처럼 이세로 달려갔다는 사실도 누구나 알고 있는 풍문이었다.

어느 곳의 성이 서군의 손에 넘어갔다. 아니, 다시 빼앗았다. 아니, 여전히 대치한 채 조석으로 성 밖에서 전투를 벌이고 있다는 등의 분분한 설이 정보에 섞여들어 억측이 가해졌다. 하지만 전화가 점점 가까이 밀려오고 있다는 사실만은 분명한 듯했다.

"말씀드리기 어려운 일입니다만 주군이 말씀하신 대로 전하겠습니다. 아드님 가운데 한 분을 인질로 삼아 곧 도쿠가와 가로 보내달라고 하셨습니다."

그날 아침 나가시마 이즈長島伊豆와 야스이 쇼겐安井將監이라는 도쿠가와가의 사자가 연락도 없이 구로다 성으로 찾아와 말했다. 전날 히데요시의 사자를 내쫓은 사와이 사에몬은 다음 날 이에야스의 사자를 만나 갑자기 인질을 내놓으라는 소리를 들었다. 사자는 사에몬의 감정을 살피며 조심조심 말했으나 사에몬은 바로 두 가신을 붙여 큰아들 분고 야스타케文吾安雄를 사자에게 맡겼다.

"무문의 관습대로 미리 준비해두고 있었소."

이즈와 쇼겐 두 사자는 그의 결백함에 오히려 놀라 실상을 있는 그대로 밝히고 돌아갔다.

"도쿠가와 나리의 뜻에 따라 얼마 전부터 이 댁에 말씀드린 것처럼 각 집안에 요청하고 있었습니다만, 나리처럼 흔쾌히 인질을 내준 집안은 거의 없었습니다. 예외 없이 이러쿵저러쿵 변명을 늘어놓기도 하고, 기일을 연기하기도 하고……. 그것만 봐도 이리저리 형세를 살피는 기회주의자가 얼마나 많은지 알 수 있습니다."

그런데 같은 날 집안에 전해진 풍설에 따르면 오가키 성의 이케다 쇼뉴가 노부오에게 인질로 보냈던 기이노카미 유키스케紀伊守之助(쇼뉴의 장남, 스물여섯 살)를 노부오가 갑자기 돌려보냈다는 것이었다.

"도쿠가와 나리는 우리처럼 결백한 집안에서도 가차 없이 인질을 데려가셨다. 기타바타케 나리는 반대로 두 마음을 품지 않은 자에게는 취했던 인질도 돌려보냈다."

그러한 대조적인 모습에 집안사람들이 불평을 토로했다. 하지만 사에몬은 언제까지고 그것을 선의로 해석했다. 아니, 그의 성격대로 해석했다고 하는 편이 옳을 것이다.

"불평할 필요 없네. 결국은 우리 아군 간의 관계가 더욱 견고해지기만

212

하면 서로에게 좋은 일일세. 오가키와 기후 두 성은 이 구로다 성과 기소 강과 나가라 강을 사이에 두고 삼각으로 대치를 이루고 있는데, 그들 부자의 향배에는 의심스러운 부분이 있었으나 노부오 님께서 이번에 이케다 부자를 믿고 인질을 돌려보내신 것은 참으로 현명한 판단이라 여겨지네. 또 충분히 신뢰할 수 있다 여기셨기에 일부러 돌려보내신 거겠지. 그렇다면 우리 성으로서도 큰 불안이 사라졌다고 할 수 있어. 아군 전체를 놓고 봐도 기뻐해야 할 일일세."

하지만 궤모반목詭謀反覆은 이 시대에 흔히 볼 수 있는 일이었으며, 이러한 일방적인 견해만큼 위험한 것도 없었다.

13일의 일이었다. 13일은 이에야스와 노부오가 기요스에서 만나 중대한 밀담을 나누던 날이기도 했다. 한밤중에 가까운 시각이었다.

"첩자로 나갔던 자요, 첩보를 가지고 왔소. 문을 여시오, 문을."

구로다 성문을 두드리는 사람이 있었다. 병사가 수하를 주고받은 뒤 철문을 열었다. 첩자인 듯한 사람의 모습이 성문 안으로 획 들어갔다. 그로부터 새벽녘에 걸쳐 성안의 분위기가 심상치 않게 바뀌었다. 중신에게서 부하 무사에게, 그리고 다시 하급 무사에게 새어나간 은밀한 이야기에 따르면 이누야마 성의 성주인 나카가와 간에몬中川勘右衛門이 어젯밤 습격을 받아 길 위에서 목숨을 잃었다는 것이었다.

그것이 사실이라면 성안을 경악시키기에 충분한 비보였다. 나카가와는 아군 가운데 한 명일뿐만 아니라 전투가 벌어지면 히데요시의 대군을 맞아 기소 강 일선을, 상류에 있는 이누야마와 하류에 위치한 구로다 두 성에 의지하여 함께 도우며 지키기로 약속한 인물이었다. 그는 윗니, 이곳은 아랫니인 셈이었다.

이누야마의 나카가와는 얼마 전부터 이세로 나가 있었다. 도쿠가와 가의 사카이, 미즈노 등의 이세 원군과 행동을 함께하고 있었던 것이다. 그가 난을 만난 것은 이세에서 돌아오던 길이었다고 한다. 노부오가 기요스로 옮긴 뒤 전운이 확대될 것 같은 심상치 않은 분위기가 있었다. 그 뒤 이누야마로 돌아가라는 갑작스러운 명령을 받고 그는 밤을 틈타 얼마 되지 않는 사람들만 거느린 채 급히 달려갔고, 그 길에서 변을 당했다고 한다.

어둠에 잠긴 나무 위에서 쏜 철포에 저격을 당한 것이었다. 말 위의 그림자는 단 한 발의 총성에 땅 위로 떨어졌으며, 그와 동시에 토민과 떠돌이 무사들이 섞인 십여 명의 무리가 일제히 함성을 올리며 달려들었다가 순식간에 바람처럼 사라지고 말았다. 그 뒤 허를 찔려 당황한 부하들이 주인 간에몬을 안아 일으켜보니 허리에 차고 있던 검이 보이지 않았다.

평소 나카가와야말로 자신의 적이라며 떠들고 다니던 이케지리 헤이자에몬池尻平左衛門이라는 자가 있었다. 모두 그가 하수인일 것이라고 말했다.

14일 아침까지 들어온 정보는 대충 그러했다. 구로다 성에서는 주장인 사와이 사에몬을 비롯해 모든 사람들이 살기를 드러내며 서로를 격려했다.

"기요스에서 언제 어떤 명령이 떨어질지 모른다. 말에게는 먹이를 주고 갑옷을 갖추어 입고 짐과 식량도 빈틈없이 준비해두도록 해라."

하지만 오와리의 남부와 이세 방면의 전장에만 신경을 쓰고 있던 것은 불찰이었다. 그리고 어제오늘 이에야스와 노부오가 있는 기요스 본진에만 신경을 쓰고 있던 것도 잘못이었다. 그들과 가장 가까운 곳, 그것도 치명적인 곳에서 불길이 치솟고 말았다.

마침내 이곳 노비濃尾의 대평야에서 첫 번째 불씨가 연기를 피워 올리고 있었던 것이다.

왜가리

작은 체구, 대담한 성격, 창을 들고 추는 춤. 이 세 가지 특색으로 젊은 시절부터 명물로 여겨졌던 이케다 노부테루 뉴도 쇼뉴사이도 벌써 지긋한 나이가 되었다. 히데요시와 같은 나이인 마흔아홉 살이었다. 오십 고개까지 이제 구 개월밖에 남지 않았다.

히데요시에게는 친아들이 없었다. 하지만 쇼뉴에게는 훌륭한 자식이라며 자랑할 수 있을 만한 아이가 사내만 해도 셋이나 있었다. 모두 이미 어엿한 성인이었다. 장남인 기이노카미 유키스케는 스물여섯 살로 기후의 성주였다. 차남 산자에몬 데루마사三左衛門輝政는 스물한 살로 아하치安八 군 이케지리池尻의 성주였다. 그 아래인 도자부로 나가키치藤三郎長吉는 올해 열다섯 살이 되어 아버지 곁에 머무르고 있었다.

"어떤가? 나가키치를 내게 양자로 주지 않겠는가?"

얼마 전 히데요시가 은근히 말을 건넸다. 히데요시와 쇼뉴는 히데요시가 도키치로라고 불리던 시절부터 짓궂은 장난도 함께하던 사이였다. 그러니 그런 말을 한다고 해서 이상할 것은 조금도 없었다. 하지만 지금 히데요시와 쇼뉴 사이에는 커다란 간극이 있었다. 인간적으로는 죽마고우였으나, 공적으로는 무게도 달랐고 관위도 달랐고 성망도 달랐다.

그렇다고 쇼뉴가 하는 일도 없이 평범하게 세월을 보내온 것은 아니었다. 노부나가의 사후 비록 한때라고는 하지만 시바타, 니와, 하시바와 함께 넷이서 교토의 서정을 분담했다. 그리고 지금도 미노에 머물고 있기는 하지만 세 부자가 오가키, 기후, 이케지리 성을 가지고 있으며 사위인 모리 무사시노카미 나가요시森武藏守長可도 가니可兒 군 가네야마兼山 성의 성주였다. 그러니 세력이 약하다고는 말할 수 없었다. 게다가 불평이 있을 리도 없었다. 하지만 히데요시에 비하면 격차가 너무 컸다.

빈틈이 없는 히데요시는 때때로 오랜 친구에게 신경을 써서 조카인 히데쓰구秀次로 하여금 쇼뉴의 딸을 아내로 맞아들이게 했으며, 만날 때마다 '나와 자네는 예전에는 악우惡友, 지금은 인척. 참으로 떼려야 뗄 수 없는 사이일세'라고 말하며 만일의 경우가 벌어졌을 때를 위해 관계를 유지하고 있었다. 그리고 올해 마침내 서로 양립할 수 없는 거물을 상대로 천하의 패권을 놓고 일전을 펼치게 되자 가장 먼저 오가키로 사자를 두 번이나 보내, 그가 자랑하는 가나假名 문자로 직접 쓴 서면을 전달하게 했다.

새삼스러운 이야기를 하는 듯하나 자네가 히데요시에게 가담한다고 약속해준다면 언젠가 말했던 것처럼 나가키치를 하시바 가의 양자로 삼고 그에게 비노산尾濃参의 삼 개국을 주기로 하겠네. 흔쾌히 허락해주게나. 답장 학수고대하고 있겠네.

쇼뉴가 바로 답을 하지 못한 것은 그에게 시기심이나 비굴함이 있기 때문이 아니었다. 히데요시와 함께 일하는 것은 그 누구와 일하는 것보다 유쾌하다는 사실을 잘 알고 있었다. 그리고 히데요시도 욕심을 채울 수 있지만 자신도 큰 이익을 차지할 수 있다는 사실 역시 잘 알고 있었다. 하지만 선뜻 응하지 못한 이유는 지금 세상에서 이야기하고 있는 동서 항쟁의 명분 때문이었다. 도쿠가와 쪽은 일찍부터 히데요시를 가리켜 '억지로 일을 꾸며 옛 주인의 아들들을 배제하고 노부나가 공의 뒤를 빼앗으려 하는 난신'이라는 비난을 극력 세상에 퍼뜨리고 있었다. 그리고 그것이 상당히 강하게 사람들의 마음을 사로잡고 있는 것도 사실이었다.

도의나 절조가 큰 힘을 발휘하는 세상은 아니었으나 그렇다고 해서 인간의 선미善美를 추구하는 성향이나 진실한 모습이 완전히 말라버린 세상도 아니었다. 세상의 대중은 아름다운 희생정신, 높은 양심, 향기로운 애정, 약속을 어기지 않는 정의 등 인도적 광채의 발로를 실천하는 모습을 볼 때마다 자신의 일처럼 절찬하고 감탄의 눈물을 흘리며 선행을 칭송해 마지않는다. 하지만 현세의 이면에는 도둑 떼가 횡행하고, 간음과 매색으로 문란하고, 승문이 타락하고, 거짓말쟁이와 완력이 있는 사람이 세상의 봄을 흔드는 등 암흑과도 같은 면도 존재한다.

서민 사이에 있는 모순은 무문에도 있는 모순이며, 일개 인간인 이케다 쇼뉴의 마음속에도 그대로 자리하고 있는 것이었다.

"히데요시를 편들면 명분상 보기가 좋지 않고, 노부오를 도우면 명분은 서나 장래에 대한 희망이 별로 없다."

쇼뉴에게는 고민이 한 가지 더 있었다. 고 노부나가와 쇼뉴가 한 젖을 빨며 자란 형제와도 같은 사이라는 점은 세상 모두가 알고 있는 사실이었다. 그러한 깊은 관계 때문에 노부나가가 세상을 떠난 뒤에도 노부오에게 주종의 예절을 버리지 못하고 작년에 아들인 기이노카미 유키스케를 노부오에게 인질로 보낸 것이었다.

"그 아이를 죽게 내버려둘 수도 없는 일이고……."

쇼뉴는 히데요시의 서면을 받을 때마다 그러한 생각을 떠올렸다.

이윽고 그는 자신의 생각을 가신들의 평의에 부쳤다. 그러자 한쪽에서는 의는 중하며 명분은 버리기 어렵다고 주장했고, 노신 이키 다다쓰구(伊木忠次)를 비롯한 사람들은 가문의 번영과 커다란 이익을 취할 수 있는 좋은 기회라고 주장했다. 결과는 쇼뉴의 가슴속에 있는 두 가지 마음을 그대로 드러낸 것과 다르지 않았다. 그곳 역시 추이를 관망하는 날이 계속되었다. 하지만 히데요시가 재촉하고 비노 근방에 전운이 드리워지자 더 이상 추이만 보고 있을 수는 없었다.

"어찌하면 좋단 말인가?"

쇼뉴의 망설임이 더욱 깊어진 순간, 참으로 뜻밖에도 나가시마에 인질로 가 있던 큰아들 기이노카미 유키스케가 갑자기 돌아왔다.

"기타바타케 나리의 관대한 뜻에 따라서 특히……."

유키스케는 그렇게 말했다.

기타바타케 노부오는 사태가 급박해지자 그렇게라도 하면 이케다 부자가 정을 느껴 히데요시 쪽에 가담하지 않을 것이라 생각하고 은혜를 베풀어 유키스케를 돌려보낸 것이었다. 하지만 이 같은 안일한 방법은 다른 사람에게는 효과가 있을지 모르나 세정世情의 표리에서부터 전쟁에서의 임기응변까지 인간의 온갖 미묘한 사정을 맛본 이케다 뉴도쇼뉴에게는 유치하게 느껴질 만큼 억지로 호의를 베푸는 뻔한 현금주의로밖에 보이지 않았다.

쇼뉴는 노부오가 배내옷에 감싸여 밤새 응애응애 울었던 때부터 인간으로서 어떤 애정을 가지고 있는지, 진실한 성격을 가지고 있는지 잘 알고 있었다.

"결심이 섰다. 평소 섬기는 묘켄妙見이 꿈에 나타나 서쪽에 가담하면 대길이라고 하셨다."

가신들에게는 그런 식으로 결의를 전달했다. 그리고 그날로 서군의 히데요시에게 '가담 승낙'이라는 답장을 보냈다.

처음부터 묘켄이 꿈에 나타났다는 것은 거짓이었다. 쇼뉴가 마음을 정한 직후 큰아들 기이노카미가 별생각 없이 아버지에게 한 말 가운데는 백전의 노장인 그로 하여금 '귀중한 정보다. 이야말로 하늘이 주신 기회다'라고 직감적으로 평소의 공명심을 한꺼번에 불태우게 한 내용이 있었다.

이누야마 성의 성주인 나카가와 간에몬이 갑자기 성으로 돌아가라는 명령을 받았기에 자신들의 바로 뒤를 따라서 이누야마로 돌아갈 것이라는 내용이었다.

어제까지만 해도 이누야마 성은 곧 아군이 될지, 적이 될지 알 수 없는 곳이었으나 히데요시 쪽에 가담하겠다고 답장을 보낸 이상 이누야마는 눈앞에 있는 적의 성이었다. 게다가 천혜의 요지이며, 성주인 나카가와 간에몬은 노부오와 이에야스가 본령 수비의 제일선을 맡기기에 부족함이 없는 인물이었다. 바로 그랬기에 갑자기 이세 전장에서 물러나 성으로 돌아가라는 명령을 내린 것임에 틀림없었다. 쇼뉴는 은밀히 계책을 세웠다.

"왜가리를 불러와라. 두목인 산조三藏를 불어와야 한다."

쇼뉴는 그렇게 말한 뒤 부하를 어딘가로 달려가게 했다.

성의 뒤쪽에 해당하는 구로사와黑澤 계곡에 구로사와파라고도, 왜가리파라고도 불리는 소토모노外者(번외藩外의 고용인)의 거처가 있었다. 쇼뉴의 명을 받고 달려간 부하는 그곳에서 스물대여섯 살쯤 되는, 체구는 작으나 단단하게 살이 찐 사내를 데리고 왔다. 바로 그가 왜가리파의 두목 산조였다. 그는 뒷문을 통해 안뜰까지 들어갔다. 성주 쇼뉴가 나무 그늘에 서 있었다. 쇼뉴가 턱으로 산조를 불렀다. 그러더니 자신의 발밑에 엎드린 산조의 귀에 대고 무엇인가를 명했다.

왜가리파라는 이름은 복색에서 붙여진 듯했다. 위아래 모두 검푸른 면직물로 된 옷을 입고 단도를 들었으며 모두 민첩했다. 그리고 일이 있을 때마다 어디든 달려갔다. 그 모습이 마치 하늘로 날아오르는 왜가리와도 같았다.

쇼뉴가 산조를 처음 만난 건 9일이었다. 삼 일 뒤인 12일 새벽, 산조가 어딘가에서 돌아왔다. 그전처럼 바로 뒷문 안으로 들어가 안뜰의 나무 그늘에서 다시 쇼뉴 앞에 엎드렸다. 쇼뉴는 그가 동유지 꾸러미에서 풀어 내민, 혈흔이 선명한 군도를 받아들고 이리저리 살펴본 뒤 고개를 끄덕이며 칭찬했다.

"틀림없군. 잘했네."

그리고 산조에게 황금 몇 개를 상으로 주었다. 그 군도는 이누야마 성나카가와 간에몬의 것이 틀림없었다. 그 집안의 가문이 분명히 새겨져 있었다.

"감사히 받겠습니다."

산조가 물러나려 하자 쇼뉴가 기다리라고 말한 뒤, 측근을 불러 말 등에 싣지 않으면 가져갈 수 없을 정도로 많은 금은을 가져오게 했다. 곳간을 담당하는 사람과 근신이 놀란 산조 앞에서 금은을 몇 개의 거적에 싸 꾸러미를 만들었다.

"산조, 한 번만 더 일을 해주게."

"네, 어떤 일입니까?"

"자세한 내용은 심복 세 명에게 이미 일러두었네. 자네는 마부로 위장해서 저 금은을 말 등에 싣고 그저 그 사람들을 따라가기만 하면 되네."

"대체 어디로?"

"묻지 마라."

"네."

"일을 마치고 나면, 자네 같은 사람을 소토모노로 버려두는 것도 아까운 일이니 가신으로 삼아 돌봐주도록 하겠다."

"고맙습니다."

산조는 대담한 성격이었지만 피를 뒤집어쓴 것보다 많은 금은을 보며 더 섬뜩한 전율을 느끼고 있었다. 그래서 그런지 그는 자꾸만 머리를 조아렸다. 그러다 문득 얼굴을 들어보니 어느 틈엔가 시골의 나이 든 향사 같은 노인 한 명과 언뜻 보기에도 강해 보이는 젊은 하인 둘이 말을 끌고 와서 꾸러미를 안장에 싣고 있었다.

쇼뉴는 장남인 유키스케와 다실에서 차를 한 잔 마셨다. 오래 헤어져 있던 부자가 단둘이서 아침을 먹는 것처럼 보였으나, 쇼뉴와 장남인 유키스케는 밀담을 나누기에 여념이 없었다.

"그럼, 바로 기후로 떠나겠습니다."

"그래, 그렇게 하도록 해라."

그곳에서 나온 기이노카미 유키스케는 자신의 가신들에게 바로 떠날 채비와 말을 준비하라고 명했다. 기후는 그의 성이었다. 유키스케는 바로 기후로 들어갈 예정이었으나 쇼뉴에게 어떤 사정이 있었는지 이삼 일 지체하고 말았다.

"내일 밤의 신호, 놓쳐서는 안 된다."

쇼뉴는 유키스케가 거실로 와서 인사를 하고 돌아가려는 순간까지 몇 번이고 작은 목소리로 주의를 주었다. 유키스케가 잘 알겠다는 듯한 얼굴로 고개를 끄덕였으나 아버지의 눈에는 아들의 불타오르기 쉬운 눈동자를 보고는 마음을 놓을 수 없었는지 '조금의 소홀함도 있어서는 안 된다. 절대 은밀히 해야 한다. 그때가 오기까지는 가신들에게도 비밀을 지켜야 한다'며 귀에 대고 속삭인 뒤 멀지도 않은 기후 성으로 급히 떠나게 했다.

하지만 이튿날인 13일 저녁에는 쇼뉴의 생각이 무엇이었는지, 기이노카미가 왜 기후로 서둘러 갔는지 모든 사실이 남김없이 드러났다. 오가키 성에 갑자기 명령이 떨어진 것이었다. 가신들에게는 아닌 밤중에 홍두깨였다.

명령은 '이누야마로!'였다. 갑옷을 입은 부장이 젊은 무사들이 많이 모여 북적북적 떠들고 있는 곳으로 와서 흙빛 얼굴로 말했다.

"오늘 밤 안으로 이누야마를 취할 것이다."

극도의 긴장은 얼굴빛을 이상하게 만드는 법이다. 강한 척하는 사람일수록 더욱 그러했다. 게다가 이처럼 급하게 출진 명령이 떨어진 경우에는 몸에 두르는 갑옷조차 평소와는 달리 잘못 입는 경우가 많았다.

과연 주장이 있는 쇼뉴의 거실은 조용하기만 했다. 쇼뉴는 차남 산자에몬 데루마사와 지금 막 축배를 나눈 뒤 함께 갑옷을 입고 걸상에 앉아 성을 나설 시간이 오기를 기다리고 있었다. 그때 성을 지키라는 명령을 받은 노신 이키 다다쓰구가 와서 물었다.

"나리, 성을 나서기 전에 중요한 일을 잊지 않으셨습니까? 그자들을 어떻게 처리하면 되겠습니까?"

쇼뉴가 얼른 떠오르지 않는다는 얼굴로 되물었다.

"그자들이라니……."

"며칠 전 오사카에서 구로다 성까지 사자로 갔다가 돌아오는 길이라는 사실을 알면서도 기소 강 하구에서 붙잡아 억류를 해두었던 승려와 수행자 차림의 사내 말입니다."

"아, 그들……."

쇼뉴가 우습다는 듯 중얼거린 뒤 이어 말했다.

"그랬지. 그대로 감옥에 넣어둔 채 잊을 뻔했군. 전에는 아직 우리의 거취가 결정되지 않아 훗날 추이에 따라 이용할 가치가 있을지도 모르겠다고 생각해 감옥에 넣어두었던 건데……. 이삼 일 바빴기에 잠시 잊고 말았군. 바로 풀어주어야겠지."

"히데요시 님 편에 서기로 한 이상은."

"물론 하시바 가에서 다른 곳으로 보낸 세객을 아무런 이유도 없이 억류한다는 것은 앞뒤가 맞지 않는 일이니. 그런데 그 두 사람의 이름이 뭐였더라?"

"한 사람은 젠조스, 다른 한 사람은 무토 세이자에몬이라고 합니다."

"아아, 그랬었나? 특히 다른 나라로 보낼 세객으로까지 뽑혔을 정도의 사람들일세. 틀림없이 잔꾀나 말솜씨가 좋은 자들일 게야. 이번 일에 원한을 품고 우리 집안을 좋지 않게 얘기해서는 안 되지. 이키, 잘 좀 처리하도록 하게."

"알겠습니다. 충분히 대접하고 수문을 지키는 자들의 실수를 사과해 뒤탈이 없도록 마음을 달래서 놓아주도록 할 테니 걱정 마십시오."

"음."

쇼뉴가 고개를 가볍게 끄덕이며 걸상에서 일어선 순간, 밖에서 준비가 모두 끝났다고 고해왔다.

당당하게 출진을 알리고 나서는 경우라면 나팔을 불고 북을 요란스럽게 울리며 성을 나섰을 테지만, 비밀리에 나서는 것이라 일부러 기마를 삼삼오오 흩어서 보병을 앞뒤에 서게 하고 깃발과 화기를 숨긴 채 출발하도록 했다. 춘삼월의 밤은 어슴푸레해서 마을 사람들이 무슨 일일까 하며 돌아보았지만 출진이라고는 분명히 알 수 없을 정도였다.

오가키에서 삼십 리쯤 떨어진 기후 성 밑의 아카네베茜部 들판에 이르렀을 때 멈추라고 명령한 뒤 흩어져 오던 병사들을 집결시켰다. 그리고 야습에 대비해 일찍 밥을 먹게 한 뒤 내일 아침에 먹을 식량을 휴대하라고 명을 내렸다.

"싸움은 새벽이 오기 전에 끝날 것이다. 또 내일 안에 성으로 돌아갈 것이다. 가능한 몸을 가볍게 하고 식량도 많이 가져가지 말도록 해라."

쇼뉴는 병사들이 말에게 물을 먹이고 창과 철포를 점검하는 동안에도 세심한 곳까지 살폈다. 마침내 부대가 전진했다.

"왜가리파의 산조는 아직 도착하지 않았느냐? 모습이 보이지 않느냐?"

쇼뉴는 좌우를 향해 두어 번 그렇게 물었다. 무엇인가를 기다리는 듯한 얼굴이었다.

대오의 전후에 선 척후병들은 전군의 촉수로서 들판을 가로지르는 새의 그림자조차 놓치지 않겠다는 듯한 눈빛으로 기소 강 상류를 향해 급히 기마와 보병을 따라 나아가고 있었다.

방탕한 아들

오쓰의 유모는 고향인 오노 마을을 떠날 수 없었다. 예전의 생활은 흔적도 없는 꿈과 같은 것이라는 사실을 알면서도 여전히 외진 오노의 한쪽 구석에서 봄이면 보리를 뿌리고 가을이면 누에의 실을 자으며 쓸쓸하게 노후를 보내고 있었다.

"아씨, 어젯밤에도 이 유모는 돌아가신 나리를 꿈에서 생생히 보았습니다. 매우 근심스러운 표정으로……."

유모인 오사와おきわ는 간신히 손끝만을 비추고 있는 등잔 옆에서 밤일로 누구의 속옷인지 해어진 남자의 옷에 바느질을 하고 있었다.

"또 그 소리야……."

오쓰가 거의 혀를 차는 듯한 목소리로 말했다. 어렸을 때부터 떼를 쓰기도 하고 따르기도 하고 애를 먹게도 했던 사람이기에 지금도 오쓰의 말투는 다른 사람을 대할 때와는 전혀 달랐다. 유모 앞에서는 태도에서 말투까지 자연스럽게 어렸을 때처럼 되어버리고 말았다.

"얄미운 할멈……. 걸핏하면 돌아가신 분 얘기만 한다니까. 자기 입으로는 말하지 못하니까 전부 돌아가신 분이 한 얘기라며 나보고 다시 스님에게로 돌아가라고 하는 거 아니야? 나도 다 알고 있어."

오쓰는 속마음을 숨기지 않고 마음이 상했다는 표정을 지어 보였다. 그러고는 흐릿한 빛이 비추는 깨진 창 옆으로 가서 턱을 괸 채 뾰로통한 표정으로 처마 끝의 희미한 달을 올려다보았다.

유모의 눈에 눈물이 고였다. 바느질하던 손을 멈추었다. 오쓰가 갑자기, 그것도 한밤중에 오두막의 문을 두드린 지도 벌써 며칠이 지났다. 헤아려보면 예닐곱 날밖에 지나지 않았지만 오쓰와 유모인 오사와는 오래전 일처럼 여겨졌다. 서로 늘 그와 같은 말만 주고받았기 때문이다.

오사와는 그녀가 이와테의 암자에서 말도 없이 나온 것을 '당치도 않은 행동', '있을 수 없는 일'이라고만 말할 뿐, 결코 어쩔 수 없는 일이라며 포기하지 않았다. 지난 며칠 동안에도 웃음 한번 지어 보이지 않았다.

'이렇게 고집스럽고 차가운 할멈이었던가?'

오쓰는 그런 오사와를 못마땅하게 여겼다. 하지만 그녀는 오사와의 달콤한 젖을 기억하고 있었다. 그러니 오사와가 무섭다는 생각은 조금도 들지 않았다.

유모의 남편은 이미 세상을 떠났다. 오쓰를 이와테로 데려가 먼 인연을 더듬어 쇼킨에게 맡긴 것이 바로 그 남편이었다. 하지만 그로부터 얼마 지나지 않은 재작년에 병으로 세상을 떠나고 말았다.

'예전처럼 대해서는 안 된다.'

오사와는 오쓰의 모습을 본 순간 그렇게 다짐했다. 남편의 뜻을 생각해서, 아니 오쓰의 아버지인 오노 마사히데가 평소 남편과 자신에게 '만일의 사태가 벌어지면 딸을 부탁하네'라고 입버릇처럼 걱정하던 것을 생각해서 마음을 굳게 먹어야 했다.

"할멈, 아무리 돌아가라고 해봐야 암자는 내 성격에 맞지 않아. 오쓰는 교토로 가고 싶어. 아무리 안 된다고 말려도 꼭 가고 말 거야."

226

"아가씨, 언제 그렇게 행실이 나빠진 거죠? 유모는…… 아니 아씨의 아버님도, 제 남편도 저승에서 틀림없이 한탄하고 계실 거예요."

"호호호. 저승이라니 그런 세상은 어디에도 없어. 그러니 암자는 재미가 없어."

"어머, 그런 소리를. 부처님의 벌이 무섭지도 않으신가요?"

"무서운 건 무지한 채 살아가는 거야. 이런 세상에서 무지한 채 떠도는 것만큼 무서운 것도 없어. 오쓰는 시골도 싫고 시골 사람도 싫어. 그 우둔함을 도저히 보고 있을 수가 없어. 나는 교토로 가서 무사에게도 뒤지지 않는 여자가 될 거야. 그림이든 노래든 그 외의 학문이든 여자라도 뛰어난 사람이 될 수 있는 길은 얼마든지 있어."

오쓰의 말에는 자신감이 묻어 있었다. 무문의 피를 이어받은 딸이니 그것을 이상히 여길 필요는 없었다. 하지만 오사와에게는 오쓰의 말이 참으로 서글프게 들렸다. 유모가 믿고 있는 여자의 길과 유모가 바라고 있는 여자로서의 행복과는 너무나도 다르기 때문이었다.

오노 가가 멸망한 뒤 오쓰는 완전히 변해버린 듯한 말들을 내뱉었다. 그럴 때마다 오사와는 불량해진 오쓰를 보며 슬픔에 잠겼다. 이 지방뿐만 아니라 한번 전쟁을 겪고 나면 마을과 도회에 집을 잃은 아이가 여럿 생겨나고, 그들이 자라 도적의 앞잡이나, 절을 털거나 불을 지르고 빈집을 터는 도둑이나, 전사자의 물품을 훔치는 사람이 되고, 그 숫자는 늦여름의 파리처럼 늘어나기만 할 뿐이었다. 오사와는 오쓰도 실제로 그렇게 되어가고 있는 것 같다는 생각이 들었다.

오사와는 이 모든 게 전쟁 때문이라며 전쟁을 저주했다. 그런 무시무시한 전쟁을 오쓰는 한 번도 아니고 두 번이나 경험했다. 주인 집안인 사이토 일족이 멸망한 뒤 오노 가는 노부나가에게 넘어갔고, 오노 마사히데는 그로부터 몇 년 동안 노부나가를 섬겼으나 아사이 공격에 나섰다가 전사했다. 그리고 마사히데가 성을 비운 동안 평소 오다 쪽에 깊은 원한을 품고 있던 본원사의 일파인 나가시마 문파에게 습격을 당해 그곳에 있던 오다의 신하들은 대부분 살육당하거나 불길 속에서 목숨을 잃고 말았다.

당시 오쓰는 겨우 다섯 살이었는데, 아직도 오사와의 귀에는 전화에 불타고 있는 성의 불길을 피해 달아나던 어두운 산속에서 어린 오쓰가 밤새 울며 아버지를 찾던 목소리가 남아 있었다.

오사와의 남편인 헤키 오이日置大炊가 혈로를 뚫어 오쓰를 찾아냈으며, 그 뒤로 유모 부부는 아버지와 집을 잃고 친척도 끊긴 오쓰를 자신의 딸처럼 길렀다. 오쓰가 열두 살이 되었을 때 오노 마사히데의 딸이라는 소리를 들은 노부나가가 가엾이 여겨 아즈치의 안채에 들게 한 것이었다. 하지만 오사와는 그것이 오쓰에게 더 큰 불행이 되었다며 지금도 후회하고 있었다.

그 아즈치 성도 얼마 지나지 않아 그와 같은 업화에 휩싸였으며 노부나가 일문의 최후야말로 지옥의 그림을 연상케 했다. 여자들이 놀라 달아나는 모습이 눈에 선했다. 그중에는 열다섯 살 오쓰도 있었다. 나이도 어린 여자의 몸으로 어떻게 달아난 것인지는 모르겠으나 어쨌든 어느 날 밤 오쓰는 오노 마을까지 유모를 찾아 돌아왔다. 무엇을 물어도 그저 울기만 할 뿐이었다. 며칠 동안 정신없이 잠만 잤으며 때때로 잠꼬대처럼 비명과도 같은 소리를 질렀다.

전쟁이 지난 뒤 산야에 반드시 출몰하는 떠돌이 무사나 좋지 않은 마을 사람들에게 붙들려 도중에 어떤 수모를 겪었을지 모를 일이었다. 오사와는 오쓰의 잠든 얼굴을 바라보며 울었다. 생각해보니 이곳으로 돌아왔을 때 오쓰의 백옥처럼 하얀 피부에는 멍과 맞은 자국이 자줏빛으로 부어올라 있었다. 입고 있던 옷도 모두 빼앗겼는지 처녀의 수치를 간신히 가릴 수 있을 정도의 헝겊 하나에 가느다란 허리끈 하나만을 두른 모습이었다.

하지만 자존심이 강한 오쓰는 도중에 겪은 끔찍한 일을 결코 누구에게도 이야기하지 않았다. 오사와에게조차 이야기한 적이 없었다. 그런데 생각해보니 그때부터 오쓰가 어딘지 모르게 변한 듯한 느낌이 들었다. 오쓰의 성격이 변하고 나니 앞날이 걱정되었다. 오사와의 남편인 헤키 오이는 사냥을 해서 근근이 연명하고 있었다.

"지금이라도 여승방에 넣는 것이 평생을 위한 길인 듯해. 그래야 돌아가신 나리께서도 안심하실 수 있을 게야. 이대로 시골에서 기르면 훗날 좋지 않은 여자가 될지 모르니 앞날이 걱정이야."

유모 부부는 그렇게 말하며 인연을 더듬어 쇼킨에게 맡긴 것이었다. 하지만 쇼킨은 오이가 살아 있을 때 편지를 보내 이렇게 말했다.

이 아이에 대해서는 저도 앞날을 보장할 수 없습니다. 제게는 스승의 자격도 없습니다. 맡아서 보살피고는 있습니다만 그저 지인의 딸이 잠시 와서 머무는 것 정도로만 생각하겠습니다. 그래도 상관없다면.

쇼킨은 오쓰가 암자에 오래 머물 성격이 아니라는 사실을 분명히 전달한 것이었다. 그러는 사이에 그럭저럭 안정을 되찾은 듯했고 어느 틈엔가 시간이 이 년 가까이 지났다. 그리고 이제는 됐다 싶어 오사와도 안심하고 있었다. 하지만 덩굴풀은 역시 덩굴풀이 되어 자랐다. 남편 오이가 살아 있었다면 하는 생각이 들기도 했고, 자신이 오쓰의 친어머니였다면 고집을 부리도록 내버려두지 않았을 것이라며 서글픈 생각이 들기도 했다.

"아씨…… 밤이 깊었으니 그만 주무세요. 내일이 되면 생각도 바뀔 테니."

오사와는 언제까지고 뾰로통해서 창가에 기대 있는 오쓰를 달랬다.

"……"

오쓰는 더 이상 대답도 하지 않았다.

봄밤의 달은 처마 곁을 떠났으며 어딘가에서 희미하게 벚꽃 냄새가 풍겨왔다. 그녀는 봄밤을 덧없이 보내는 자신의 젊음을 안타까워했다.

초라한 노파, 그을음투성이 벽, 몰래 켜놓은 듯한 밤의 등불. 참으로 견딜 수 없는 움막이라고 여겨졌다. 이것이 자신에게 주어진 숙명의 움막일까? 그럴 리 없었다. 인간이 자유로운 삶을 추구하는 것은 조금도 나쁜 일이 아니라 여겨졌다. 자신에게는 좋은 혈통의 부모 아래서 태어났다는 내력도 있었다. 남들보다 뛰어난 재능도 있다고 생각했다. 또 무엇보다 자신은 아름다운 용모를 가지고 있었다. 어째서 꽃도 피우지 못한 봉오리로 암자에 있지 않으면 안 되는 걸까. 그곳에서 나와서는 또 이런 움막 같은 초가집에서 머물지 않으면 안 되는 걸까. 누구의 탓도 아니었다. 운명은 개척할 수밖에 없었다. 이렇게 희미한 창가에서 불평만 한들 누가 밖에서부터 행운의 수레를 몰고 올 리 없었다.

"엄니, 엄니……. 엄니 벌써 잠들었나?"

그때 누군가 덜컹덜컹 봉당의 덧문을 두드리며 외치는 사람이 있었다.

"문 좀 열어줘. 얼른 일어나, 엄니. 아드님이신 산조께서 돌아오셨다고. 아하하하하……. 문을 안 열어줘도 우리 집이니 안 들어갈 수 없지."

산조는 꽤나 취한 듯했다. 기분은 좋은 듯했으나 실없는 소리를 해대며 덧문을 부술 듯 소란을 피웠다. 방탕한 아들이 돌아온 것이었다. 오사와의 얼굴에 또 다른 번민의 그림자가 겹쳐졌다. 아버지가 살아 있었을 때부터 산조는 집에 제대로 붙어 있지 않고 밖에서 무슨 짓을 하는지는 몰라도 늘 술에 취해 돌아다녔다.

"뭐야, 아직 잠자리에 들지도 않았으면서."

산조가 화로 옆에 털썩 앉더니 술 냄새를 풍기며 쪼글쪼글한 어머니의 팔목을 잡았다.

"그만두슈, 엄니. 낙담한 눈으로 바늘귀에 실을 꿰어봐야 바뀌는 건 아무것도 없으니. 본능사의 단 하룻밤으로 이 세상이 완전히 바뀌어버리지 않았수. 세상 사람들이 모두 커다란 파도에 휩싸여 헐떡이며 헤엄치고 있수다. 정직하게만 살아서는 살아남을 수가 없어. 이리저리 약삭빠르게 돌아다니는 게 최고야. 뱃심은 두둑하게, 눈치는 빠르게, 한번 쥔 덩굴은 절대 놓으면 안 돼. 엄니…… 한심한 아들이지만 가끔은 효도도 할 테니 또 눈에 쌍심지를 세우고 잔소리는 하지 마슈."

산조가 어머니의 무릎 앞으로 황금 하나를 내밀었다. 하지만 오사와는 쳐다보지도 않았다. 오히려 눈물을 글썽이며 현실의 고통을 잊으려는 듯 오로지 바늘땀만 쳐다보았다.

"받아두슈, 엄니. 그건 그렇고 술이 있겠지? 응…… 어디에 술이 있수?"

오사와가 무릎을 바꿔 세우더니 엄한 눈으로 비로소 아들을 바라보며 말했다.

"네놈 눈에는 불단이 안 보이는 게냐?"

산조가 코웃음을 치며 말했다.

"죽은 아버지를 끌어들일 건 없지 않수? 아버지라면 살아 계셨을 때만 해도 지긋지긋했으니까. 엄니도 고지식하지만, 아버지는 세상 물정 모르기로 따지자면 단연 으뜸이었지. 도무지 융통성이 없는 양반이었어. 그에 비하면 이 산조는 아버지와 달리 기특한 사람이라고 어제도 이케다 뉴도 쇼뉴 님으로부터 직접 칭찬을 들었고……. 게다가 오늘 밤의 일이 잘 풀리면 무사로 받아주겠다고 말씀하셨수다."

산조는 뭔가 굉장히 자랑스러운 모양이었다. 다른 사람에게는 극비지만 어머니에게라면 말해도 상관없다고 생각했다. 묻지도 않았는데 자랑스럽다는 듯 이야기를 늘어놓았다.

"세상 사람들은 오가키의 왜가리라고 하면 성의 뒤치다꺼리나 잡일을 하는 사람인 줄 알고 무시하지만, 같은 왜가리파라도 칼을 차고 있는 사람들과 아무것도 모르는 일용직, 두 종류가 있단 말이지. 내 이래봬도 성안에서 각별한 수당을 받고 적국으로 잠입하는 첩자로도 일하고 밀정으로도 일한다고. 게다가 그 두목이야. 얼마 전 이세 가도에서 목숨을 잃은 이누야마의 나카가와 간에몬을 처치한 것도, 뭘 숨기겠어, 바로 이 산조 님이시라고……. 그 뒤를 이어 어제부터 지난밤에 걸쳐서는 말 등에 천 냥 이상이나 되는 금궤를 싣고 창고관리 두 사람과 이케다 가의 노신, 그리고 나 이렇게 네 사람에서 그 황금을 전부 이누야마 성 아래에 사는 자들에게 뿌리러 갔었으니 정말 굉장하지 않수? 그것도 겨우 하루 밤낮 사이에 뿌렸다고."

산조는 마치 자신의 돈이라도 되는 양 우쭐했다.

"이누야마 성의 신하들은 주인이 변사했기에 뒤처리와 장례식 준비에 정신이 없었지. 그 틈을 이용해 이케다의 노신과 우리는 성 아래 마을에 살고 있는 사람들, 떠돌이 무사, 그리고 성을 지키는 무사와 말단 병사들 가운데 약삭빠른 자들을 골라 황금을 건네줬어. 물론 공짜로 준 건 아니야. 우리의 방책을 잘 이해시킨 뒤에 건네줬는데……."

천하의 술꾼도 과연 목이 마르기 시작한 모양이었다. 산조는 갑자기 부엌으로 가더니 대나무 국자로 벌컥벌컥 소리를 내며 물을 마신 뒤 돌아왔다.

"응?"

산조는 그제야 비로소 어두운 창가에 팔꿈치를 괴고 앉아 있는 오쓰의 모습을 깨달았는지 오쓰 쪽으로 가까이 다가가며 말했다.

"저기에 누가 있었단 말인가? 누구냐? 넌……."

술 취한 사람이 혹시 좋지 않은 농을 걸어올지도 몰랐기에 오쓰는 얼른 자세를 바로 하고 앉았다. 창에서 새어드는 희미한 달빛을 받고 있는 오쓰를 가만히 바라보던 산조의 눈동자에서는 갑자기 취기가 사라진 듯했다.

"음……. 놀랐습니다. 아름다워지셨네요. 오쓰 님 아니십니까?"

"응, 산조도 기억하고 있었구나."

"잊었을 리야 없지만, 몰라볼 뻔했습니다. 너무 변해서."

"어떻게 변했단 말이지, 내가?"

"글쎄, 뭐라고 해야 할지……. 한창 물이 오른 나이라고 해야 하나."

"어머, 나라고 안 자랄 줄 알았나?"

"맞습니다. 자라지 않는 건 우리 엄니밖에 없네요. 하하하하. 그런데 오쓰 님, 무엇하러 이런 곳에 오신 겁니까?"

"교토로 가고 싶어서."

"교토에……. 어려울 것 없지 않습니까? 엄니는 뭐라시던가요?"

"암자로 돌아가라고만 할 뿐, 내 마음은 조금도 알아주지 않아."

"아깝지, 아까워."

산조는 고개를 힘차게 흔든 뒤 순간 진지한 눈빛을 보였다. 그리고 단번에 술기가 가신 듯 가만히 생각했다.

'이런 선녀 같은 여자를 들판에서 헤매게 하지 말고 자신의 아내로 맞을 수는 없을까? 아내로 삼아도 이상할 건 없지 않을까?'

산조는 오쓰의 희망을 낚싯줄에 매달아야겠다고 생각했다. 하지만 어머니가 들으면 반대할 게 뻔했기 때문에 산조는 오쓰에게 속삭였다.

"잠깐 할 얘기가 있으니 밖으로 나가시지요. 옛 주인의 따님이니 할멈 따위는 신경 쓸 필요 없습니다. 희미한 달밤, 벚꽃 아래서 차분히 얘기를 나누시지요."

오쓰가 방탕한 아들의 감언이설에 넘어가 함께 문가로 나서자 오사와

가 맨발로 봉당까지 뛰쳐나가 오쓰의 소매를 잡아끌었다. 하지만 산조가 오사와의 손을 억지로 뜯어낸 뒤 밖에서 문을 잠가버리고 말았다.

"시끄러워. 새장 속의 새도 아니고 이렇게 다 자란 아가씨를 엄니 생각대로 하기 위해 안달복달하는 것이 잘못이지. 노인네는 잠이나 일찍 자고 있으라고. 곧 돌아올 테니."

"아…… 뒤따라오는군. 오쓰 아가씨, 뛰세요."

어디로 가는 것이냐고 물을 새도 없이 산조가 뛰기 시작하자 오쓰도 그저 따라 달렸다.

오노 마을은 밤안개에 휩싸여 있었다. 갑자기 오쓰의 이성이 움직이기 시작했다. 오쓰는 마을에서 너무 멀리까지 가서는 안 된다고 생각했다.

"산조, 이만하면 되지 않았나?"

"네, 이만하면 되겠네요. 그래도 이왕 여기까지 왔으니 열 정 정도만 서둘러 갑시다."

"그럼 어디로……."

"바로 요 앞이 나가라의 강변 아닙니까? 이나바 산이 보이는."

"그래 맞아, 어렸을 때 산조랑 자주 놀러오곤 했지."

산조는 온몸이 뜨거워졌다. 그는 예전에 경험한 적이 없는 흥분에 휩싸였기에 이거 일이 다 됐다 싶을 정도로 황홀경에 빠졌다.

두 사람은 나가라 강의 강변으로 나갔다. 오쓰는 쉴 곳을 찾고 있었지만 산조는 이미 배다리를 건너고 있었다. 오쓰가 뒤따라가며 물었다.

"산조, 대체 어디까지 갈 생각이지?"

"건넙시다. 이런 밤에 걷는 것도 좋지 않습니까?"

"하지만 이렇게 걷기만 해서야……."

"알고 있습니다. 교토에 가고 싶으신 것 아닙니까? 그러니 아무 말 말고 따라오시기 바랍니다. 세상이 뜻대로 되지 않아서 방탕한 척하고 있지만 이 산조도 혜키 오이의 아들입니다. 옛 주인의 따님께 청을 받고 잔꾀는 부리지 않을 겁니다. 이렇게 걸으면서도 제가 교토까지 모셔야겠다고 여러 가지로 생각하고 있습니다."

"네가 데려다줄래? 내게는 길을 갈 여비도 없고, 도중에 아는 사람도 없고, 또 후와의 산길과 고슈 가도에는 떠돌이 무사나 좋지 않은 사람이 많아 재작년에 아즈치가 함락되었을 때 그곳을 헤매며 무서운 일을 당했거든. 그래서 지금도 혼자서는 교토까지 갈 생각이 들지 않아……."

"그렇게 며칠 밤씩 묵을 필요도 없습니다. 제가 모시고 가면 어려울 것도 없는 일입니다. 하지만 안타깝게도 이 산조 놈에게는 내일 아침 우시(오전 6시)까지 목숨을 내놓고 해야 할 큰일이 있습니다. 그 일을 멋지게 해치우기 전에는 아무 데도 갈 수 없기에."

"하지만 너는 한가하게 술을 마시고 이렇게 빈둥거리고 있잖아."

산조가 과장스러운 몸짓으로 돌아보았다.

"무슨 말씀이십니까? 처음으로 이누야마에 들어간 일과 막대한 황금의 힘으로 일찌감치 사람을 매수하는 일이 뜻대로 잘 풀려 오늘 밤 해시(오후 10시)에 이케다 쇼뉴 님께 보고를 드려야 하는 일이 남았는데……. 그때까지 시간이 많이 남았기에 주막에서 잠깐 한잔 걸치고 엄니를 놀라게 하기 위해 집에 들렀던 것뿐입니다."

어느 사이엔가 흔들거리는 배다리도 건너고 이나바 산의 뒤쪽인 히노에서 옛 장터로 넘어가는 언덕길을 오르고 있었다. 오쓰는 여기까지 오는 동안 들은 이야기를 통해 산조가 이케다 가의 밀명을 받은 무사들과 함께 이누야마로 가서 어떤 암약을 했는지 상상할 수 있었다. 아니, 산조는 그녀에게 숨기려고 하지 않았다. 오히려 그 사실을 알려서 자신이 얼마나 믿음직한 사내인지 인정을 받으려고 했다.

이누야마 잠행 책동은 쇼뉴가 생각했던 것 이상으로 뜻대로 되었다.

산조의 남은 일이란 오늘 밤 오가키에서 이누야마로 길을 서둘러 행군할 이케다 쇼뉴의 말 앞에 가서 '계책이 적중해 뜻대로 풀려서 내응의 준비는 전부 끝났습니다. 저와 함께 동행했던 노신과 두 가신이 아직 성 아래 마을에 잠복한 채 나리가 오시기를 기다리고 있으니 걱정 마시고 이누야마로 가시기 바랍니다'라고 일의 성공을 고하기만 하면 끝나는 것이었다.

"그것도 이제 아침까지만 기다리면 됩니다. 그러니 아가씨, 여기서 기다리시기 바랍니다. 이미 밥상은 차려졌으니 이누야마가 떨어지는 건 날이 밝기 전일 겁니다. 그리고 쇼뉴 님께서 돌아오시는 길로 마중을 나가 '잘했다, 산조'라고 하시며 약속한 상을 내리시는 것을 받은 뒤 그길로 바로 교토로 모시고 가겠습니다. 저도 큰일을 마친 뒤에 천천히 교토를 구경하고 싶기도 하고⋯⋯."

산조는 언덕 위 적당한 지점에 자리를 잡고 앉아 자꾸만 오쓰의 마음을 달랬다. 자신은 남은 일을 하기 위해 지금부터 기슭의 가도로 나가 이케다 군이 오기를 기다렸다가 내일 아침 묘시까지 반드시 돌아올 테니 저쪽에 있는 당의 마루에서라도 눈을 붙이고 있으라는 것이었다.

오쓰의 눈동자는 흔들리지 않았다. 그렇다고 해서 그의 말을 그대로 받아들여 꿈에 취한 듯한 모습도 아니었다. 조금 차가운 듯하지만 언제나 이성과 영리한 판단을 가지고 있는 아름다운 눈, 그것이 그녀의 마음속 잔물결을 비추고 있었다.

"그래⋯⋯ 기다리고 있을게."

오쓰는 고개를 끄덕였다. 그것을 보자마자 산조는 곧 자리에서 일어나 산신당인지는 잘 모르겠으나 낡은 처마 밑으로 그녀를 데려갔다. 그러고는 절대 다른 곳으로 가서는 안 된다고 거듭 당부를 했다.

"아, 벌써 밤이 꽤나 깊은 듯하군. 나도 모르게 시간을 지체했군. 아셨습니까, 오쓰 님. 약속을 어기면 이 산조가 평생 원망할 겁니다. 내일 아침까지 틀림없이 여기서 기다리셔야 합니다."

산조의 발걸음은 마치 하늘을 나는 것 같았다. 그는 기슭의 노잇시키野
一色에서 가가미가하라各務ヶ原로 나와 서쪽에서 동쪽으로 똑바로 뻗어 있는
이누야마 가도를 이리저리 둘러보았다.

"여기를 벌써 지난 걸까, 아직일까?"

멀리로 농가의 불빛이 보였다. 산조가 뒷문으로 다가가 물었다.

"아저씨, 조금 전에 수많은 말과 무사가 이곳을 지나지 않았나요?"

외양간에서 소 울음소리가 들려왔다. 사람의 그림자가 뒤를 돌아보더
니 소가 대답하는 듯한 목소리로 답했다.

"글쎄, 지난 것 같기는 한데, 뭐였더라. 뭔지 잘 모르겠지만 아주 많은
사람이 동쪽으로 급히 달려갔다네."

이번에는 농부의 아내인 듯한 여자가 말했다.

"그보다 훨씬 많았지. 날이 밝을 때 배를 이십 척이고 삼십 척이고 소
달구지에 실어 동쪽을 향해 갔는걸. 가마우지로 물고기를 낚기에는 아직
이른 거 같은데, 이누야마에서 축제라도 벌어진 걸까?"

산조는 아차 싶어 하며 대답인지 자신에 대한 질타인지 모를 이야기를
했다.

"흠, 축제지. 이누야마에서는 피의 축제가 벌어졌어. 이러다 나는 뒷북
만 치겠어."

그러고는 이누야마 가도의 동쪽을 향해 있는 힘껏 달리기 시작했다.
밤은 이미 초경이 지나 달빛도 흐렸고 길도 안개에 잠겨 있었다.

이누야마 함락

이누야마 거리와 이누야마 성은 바로 맞은편에 있었다. 앞을 가로막고 있는 강은 말할 것도 없이 기소 강의 상류였다. 바위에 부딪치는 물소리와 여울에 흐르는 물소리는 들렸으나 짙은 수증기에 휩싸여 있다 보니 달과 산과 물이 운모 속에 있는 것처럼 느껴졌다. 단지 몇 개의 젖은 등불만이 맞은편의 높은 곳에서, 또 낮은 곳에서 번져 보일 뿐이었다.

"모두 말에서 내려 말을 한군데 묶어놓아라."

쇼뉴도 말에서 내려 강 앞에 걸상을 놓고 앉았다. 삼사십 명의 하타모토들도 곧 주인을 따라 말에서 내렸다. 뒤따라 달려온 사람들도 들판에 말을 맡기고 가벼운 차림으로 물가에 섰다.

"오오, 시각을 어기지 않고 기이노모리 님의 군대가 저기에……."

그곳에 모인 사람들이 손으로 가리키며 말했다. 쇼뉴도 자리에서 일어나 상류 쪽을 바라보며 빠른 어조로 말했다.

"척후병, 척후병."

척후병이 바로 달려갔다 돌아오더니 틀림없다고 보고했다. 그리고 얼마 지나지 않아 총 사오백 명쯤 되는 부대가 이케다 쇼뉴의 병력 약 육백 명과 합류했다. 이윽고 천여 명쯤 되는 인원이 물살을 가르는 물고기처럼 어지러이 움직이기 시작했다.

그때 왜가리파의 산조가 마침내 그들을 뒤따라왔다. 후방을 지키고 있던 보초병들이 산조를 창으로 감싼 채 이케다 쇼뉴의 걸상 앞으로 데리고 갔다.

쇼뉴는 산조가 쓸데없는 말을 하지 못하도록 요점만을 들은 뒤 눈에 거슬리는 사람이라도 내쫓듯 곧 물러나라며 턱을 흔들었다. 그때 물가 여기저기서 바닥이 평평한 배가 강물을 가로질러 나아가기 시작했다. 갑옷 차림에 가볍게 무장한 병사들이 배에 가득 타고 있다가 차례차례 맞은편 기슭으로 내려섰으며, 그 배는 다시 돌아와 다음 사람들을 실었다.

그들의 움직임은 순식간이라고 할 정도로 신속했다. 그 자리에 남은 사람은 산조뿐이었다. 잠시 뒤 맞은편 기슭, 이누야마 성 아래 부근에서 밤하늘을 흔드는 함성이 한꺼번에 일었다. 그 순간 습한 밤하늘의 한쪽이 갑자기 붉게 물들더니 성 아래 마을 위로 불꽃이 반짝반짝 피어올랐다.

성안에서도 떠들썩한 소리가 들려왔다. 하지만 그것은 사람들이 당황하고 혼란스러워하는 소리에 지나지 않았다. 그리고 달아나는 아군을 아군이 소리 높여 욕하는 소리에 지나지 않았다. 오직 한 사람, 성주인 나카가와 간베의 숙부만이 수선을 떨지도 놀라지도 않고 성벽 위에 서서 창을 휘두르며 적을 쓰러뜨렸다. 그러고는 온몸에 창상을 입고 훗날까지도 기억할 만한 죽음을 맞았다.

"상을 당해 슬픔에 빠진 틈을 타, 한밤중에 공격해온 비겁한 적은 누구인가!"

쇼뉴의 계책은 성공을 거두었다. 이누야마 성은 힘 한 번 써보지 못하고 겨우 반 각 만에 떨어지고 말았다.

성안과 성 아래 마을에서 배신자가 나와 허를 찔린 성병을 더욱 혼란스럽게 만든 것도 이 천혜의 요지가 단시간에 떨어진 원인 중 하나였을 테지만, 더 큰 이유는 따로 있었다. 원래 이누야마는 이전에 이케다 쇼뉴가 성주로 있었던 곳으로, 마을 사람들과 각 마을의 우두머리와 농민들이 아직도 옛 영주를 우러르고 있었기 때문이다.

이처럼 연고와 마음의 연결고리가 있다 보니 쇼뉴가 기습하기 전에 사람을 보내 행한 매수 작전도 황금의 힘 이상으로 효과를 거둘 수 있었던 것이다. 어쨌든 이케다 뉴도쇼뉴는 히데요시 쪽에 서겠다고 약속하자마자, 또 히데요시가 아무런 재촉도 하지 않았는데도 첫 번째 증거로 이누야마 성 공격이라는 큰 선물을 서군에게 보였다. 그리고 그것으로 노부오와 이에야스에 대한 대답을 한 셈이었다.

날이 밝을 무렵, 성안 사람들은 하나도 남김없이 이케다 가의 가신으로 바뀌어 있었다. 쇼뉴 부자는 성의 수비를 이나바 뉴도잇테쓰稻葉入道一鐵에게 맡긴 뒤 하타모토 수십 기를 데리고 어젯밤과는 다른 길을 달려 벌써 기후로 돌아와 있었다.

공격할 때와 마찬가지로 물러날 때도 마치 한 줄기 파도처럼 신속하기 이를 데 없었다. 돌아오는 길에 성안에서 사방으로 흩어진 나카가와의 잔병들이 매복해 있다가 기습을 가할지도 몰라 오구치小口, 가쿠덴樂田 등의 마을을 불태우며 돌아왔다.

몰락 과정에 있는 명문가 주위로는 참으로 복잡한 인물들이 몰려드는 법이다. 앞을 내다볼 줄 아는 사람, 경박한 사람, 직언충고가 받아들여지지 않은 강직한 사람은 곧 떠나버리고 만다. 그리고 자신에게 기울어가는 세력을 만회할 재능과 힘은 없으나 시세에 민감한 사람 역시 떠나버리고 만다. 남은 사람은 떠나면 달리 생활해나갈 곳도 자립할 능력도 없는 사람, 혹은 영고, 생사, 희비를 함께하며 끝까지 주종의 도를 지키려 하는 충신뿐이다.

그런데 누가 그처럼 성실한 무사인지, 누가 방편가인지, 누가 이용을 하기 위해 남아 있는 사람인지 구분하기란 쉽지 않다. 이러한 무리들 속에서 모두 거짓된 태도를 높이 평가받기 위해 허실을 교묘히 꾸미기 때문이다. 그러한 가운데 주인으로 있으며 그것을 올바로 식별할 줄 아는 사람이라면 설령 이 대째, 삼 대째라 할지라도 인위적인 운명을 단시간 안에 몰락에서 소멸에 이르도록 스스로가 재촉하지는 않을 것이다.

하지만 그와 같은 무리들 중에서도 도쿠가와 이에야스는 성격이 크게 다르다. 세상이 어떠한 곳인지도 제대로 알지 못해 젖비린내가 나는 노부오와는 도저히 함께 논할 수가 없다. 이에야스는 노부오가 가지고 있는 유형무형의 명문가적 유산을 반드시 필요로 하면서도 자신이 먼저 다가간 것이 아니라 그로 하여금 다가오게 하고 의지하게 만들어 손안에 쥔 자신의 물건 중 하나처럼 만들어버렸다. 다른 무리들과는 그러한 점에서 차이가 있었다.

"참으로 비할 데 없는 대접입니다, 주조(기타바타케 노부오) 나리. 이제 그만 더운 물에 만 밥이라도 먹기로 하겠습니다. 원래 가난하게 자란 이에야스이기에 오늘 밤의 호화로운 산해진미에는 혀도 놀라고, 위장도 놀랐을 뿐입니다. 저도 모르게 과식을 하고 말았습니다."

이에야스의 말대로 노부오는 이에야스에게 음식 공세를 펼쳤다.

13일, 기요스에 도착한 날 저녁이었다. 이에야스는 낮에 기요스에 도착하자마자 성 밖의 사원에서 노부오의 영접을 받았다. 그리고 밀담에 들어갔다가 몇 각이 지난 저물녘에 성안의 객전에 편히 자리를 잡고 난 뒤 또 대접을 받았다.

예전에 중원을 향해서는 노부나가의 변이 있었을 때조차 쉽게 움직이지 않았던 이에야스가 자신을 위해 오카자키에서 나왔을 뿐 아니라, 여러

해 동안 축적된 도쿠가와 가의 전력을 기울여 기요스까지 직접 오지 않았는가. 노부오는 경모와 감격의 눈으로 이에야스를 우러러보지 않을 수 없었다. 망부가 좋은 벗을 남기고 갔다고 생각하지 않을 수 없었다. 이에야스야말로 참으로 의를 중히 여기고 정의에 두터우며 약한 사람을 가엾이 여기고 강한 사람에게 굴하지 않는 정의인협의 무문이라고 생각했다. 노부오는 온갖 환대의 노고를 마다하지 않았고 산해진미를 내오며 최선을 다했다.

하지만 이에야스는 그 모든 것을 젖비린내 나는 어린아이의 짓으로 생각했다. 그저 불쌍하다고 여겨질 뿐이었다. 예전에 이에야스가 노부오의 아버지인 노부나가의 고슈 개선 때 후지富士 산 구경을 빙자로 칠 일 동안 대접하고 환대한 규모와 비교하면 오늘 밤의 초라함을 가엾게 여기지 않을 수 없었다.

그것은 물질의 호화로움을 이야기하는 것이 아니었다. 물질의 활용을 말하는 것이었다. 물질을 제대로 활용하지 못하는 노부오는 분명 주위에 아첨하고 추종하는 사람들만 득시글거릴 뿐 가신들을 잘 활용하지 못할 것이 뻔했다.

설령 상대방이 일을 꾸민 것이라 할지라도 노부오가 하필이면 히데요시를 상대로 일을 벌여 히데요시에게 전쟁의 구실을 준 셈이니 그것만으로도 이 명문가가 얼마 지나지 않아 단절할 것이라는 느낌이 들었다. 딱하다고 할 수밖에는 달리 길이 없었다. 이에야스는 노부오에게 동정심이 들었다. 하지만 그는 당연히 망해야 할 사람이 망하는 것이라며 인간이 죽어야 할 때가 오면 반드시 죽는 작용과 동일시했다. 자신 역시 예외라고는 생각하지 않았다. 자신도 그처럼 부덕하고 재주가 없으며 이러한 난국에 많은 것을 끌어안을 수 없는 사람이라면 곧 망할 것이라고 다짐했다.

환영연이 열리는 동안 이에야스는 노부오에게 가엾음을 느끼고 동정심을 품으면서도 일개 명문가의 유약한 아들을 자신의 수중에 넣어 완전히 이용하겠다는 저의에는 아무런 모순도 양심의 가책도 느끼지 않았다. 명문가에 남아 있는 인망과 유산을 물려받은 어리석은 유족만큼 화란의 불씨가 되기 쉬운 존재도 없는 법이기 때문이다. 이용 가치가 높으면 높을수록 더욱 위험한 존재라고 할 수 있다. 그들은 주위에서 끊임없이 희생자를 만들어내며, 사방에서 물의를 빚고, 서민에게 참담한 피해를 가져다주기 때문이다.

틀림없이 히데요시도 같은 생각을 가지고 있었을 것이다. 하지만 히데요시는 자신의 목적에 방해가 된다고 판단하여 노부오를 처치하려고 했으며, 이에야스는 더 원대한 야망으로 가기 위한 첫걸음을 다지기 위해 노부오를 이용하려고 했다. 두 사람은 이처럼 상반되는 시선으로 노부오를 바라보았으나, 히데요시와 이에야스가 품은 목적의 근저는 같은 것이다. 단지 그 책략에 있어서 대립하는 형태를 보이게 된 것이다. 만약 이와 반대로 이에야스가 노부오를 제거하기 위해 나섰다면 히데요시는 틀림없이 노부오를 돕는 입장에 섰을 것이다.

어쨌든 노부오는 일개 괴뢰傀儡에 지나지 않았다. 어느 편에 서든 노부오가 노부나가의 혈육이라는 생각을 버리고 실질적으로 그저 범인에 지나지 않는다고 인정하지 않는 한 그의 비운은 숙명적인 것이라고 할 수밖에 없을 것이다. 그것을 깨닫지 못한다는 점도 이에야스가 느낀 가엾음의 한 원인이었을 테지만, 좀 더 일반적인 시선으로 바라보면 이에야스나 히데요시와 같은 시절에, 게다가 두 사람이 동서로 대립하던 시절에 놓였다는 사실 자체가 이미 약속된 불행아의 운명이었다고 할 수 있을 것이다. 더군다나 노부오는 이에야스라는 사람을 둘도 없는 동정자, 이해자, 절대적인 아군이라 믿어 의심치 않고 있었다.

"무슨 말씀, 진짜 진수성찬은 지금부터입니다. 물론 피곤하실 테지만 노부오가 마음을 담아 준비했습니다. 도쿠가와 나리께 바치는 경의와 신뢰를 담은 것이라 여기고 더 드실 수 없으면 그냥 눈길이라도 주시기 바랍니다. 오늘 같은 봄밤에 벌써 각자의 침소로 들기는 참으로 아깝습니다.”

노부오는 접대에 최선을 다했다. 하지만 이에야스는 그곳에서뿐 아니라 원래 향락에 그다지 흥미가 없었다. 평소 그는 자신이 주최해서 손님과 가신에게 베푸는 주연도 고역으로 여겼다.

“아닙니다, 주조 님. 나리께서는 술을 더 드시지 못할 것입니다. 얼굴도 저처럼……. 술잔은 저희에게 내리시기 바랍니다.”

곁에 있던 사카이, 오쿠다이라奧平, 혼다 등이 하품을 참는 주인을 보고 노부오의 도를 넘어선 호의를 막고 나섰다. 하지만 노부오는 아직 주빈의 고충을 깨닫지 못하고 있었다. 그는 주빈이 졸린 듯한 모습을 보이자 오히려 엉뚱한 노력에 마음을 쏟았다. 그가 가신에게 무엇인가 속삭이자 정면의 장지문이 열렸고, 그곳에는 다음 향연으로 준비한 사루가쿠猿樂[11]의 배우가 분장을 한 얼굴로 악기를 끌어안고 있었다. 곧 연극이 시작되었다.

그 연극을 이에야스는 늘 보던 따분한 것으로 받아들였다. 하지만 그는 인내심 강한 얼굴로 때로는 흥겹다는 표정을 지어 보였으며, 때로는 웃기도 하고 연극이 끝나자 다른 사람들처럼 손뼉을 치기도 했다. 그의 가신들은 그것을 기회로 이에야스의 소매를 당겨 침소로 드는 것이 어떻겠느냐고 신호를 보냈으나 그럴 틈도 없이 다음 순간에 큰 악기 소리와 함께 익살스러운 사내 하나가 등장해 청산유수처럼 떠들어대기 시작했다.

“지금부터 오늘 밤의 귀빈을 위해 최근 교토는 물론 벽지에까지 이름을 떨치고 있는 오쿠니가부키於國歌舞伎를 펼쳐 보이겠습니다. 원래 이 오쿠니가부키라는 것의 유래는…….”

---

11) 우스꽝스러운 동작과 곡예를 주로 한 연극.

이즈모出雲의 무녀가 '신사의 춤에 세상의 기호와 시절의 장식을 가미하고 종전의 익살스러운 부분과 춤을 더해 재미있게 꾸며 각국을 돌아다녔는데, 뜻밖에도 커다란 인기를 얻었으며, 교토에서는 지난 덴쇼 11년(1583년) 초에 시조四條의 강변에서 흥행해서 연일 성황리에……'라며 신흥 가극을 한바탕 소개했다. 그리고 사내가 훌쩍 휘장 뒤로 몸을 숨기자 몇 명의 미인이 나와 춤과 노래를 선보였으며, 가극의 줄거리가 연애담으로 고조되었을 때 평판이 높은 오쿠니라는 주인공이 모습을 드러냈다.

피비린내 나는 세상의 한쪽에서 어떻게 이처럼 문란하고 관능적인 육욕주의를 구가하는 한 무리의 꽃이 필 수 있었는지 의심스러울 만큼 주인공의 움직임은 관능적인 분위기를 자아내 평소 거친 무사들을 황홀하게 만들었다. 그리고 이 연극의 작자 중에는 상당한 지성을 갖춘 인재도 있는 듯 최근 서쪽 지방의 다이묘들 사이에서 유행하는 기독교의 성가곡과 미사의 창가 등도 교묘하게 혼합되어 있었으며, 악기 중에도 교회에서 사용하는 비올라 비슷한 것이 있었고, 의상에도 새로운 서양풍의 현란한 도안이 자수가 되어 기존의 일본 의상과 조화를 이루고 있었다.

'이거 과연 교토에서도, 또 각국의 거리에서도 한번 본 자들이 모두 떠들어댈 만하군.'

모든 사람들이 감탄했으며 도취되었다. 범속이 좋아하는 것은 대장이나 무사 계급에서도 즐거워할 만한 것임에 틀림없었다. 게다가 이 가극은 요즘의 시세에 가장 억눌려 있는 인간 본능인 육감의 세계를 주제로 하고 있었다. 그리고 무로마치 시절 이전부터 오래도록 이어온 무상관無常觀과 체념의 생활과 내세주의에서 단번에 벗어나 극단적일 정도로 인간적인 현세주의를 노래하기도 하고 춤으로 펼쳐 보이기도 했다. 그런 점이 서민들의 마음을 사로잡은 것으로 보인다.

'이는 히데요시의 성격이 빚어낸 것 중 하나다.'

이에야스는 그렇게 생각했다. 히데요시적 정치는 앞선 노부나가적 강압주의를 단번에 바꾸었으며 무로마치 시대의 늘 어두웠던 느낌까지 급속히 밝게 만들었다. 민감한 서민의 본능은 강압과 어둠이 드리워져 있으면 음성적으로 그것을 드러낼 뿐, 이처럼 양성적으로는 결코 드러내지 않는 법이다. 이 새로운 가극이 서쪽 지방에서 일어나 교토에서 유행하고 도카이 방면까지 파급된 것은 일종의 형태를 달리한 히데요시 공세의 침투라고 보지 않을 수 없었다.

"주조 님, 나리께서 피곤해하십니다만."

도쿠가와의 신하인 오쿠다이라 규하치로奧平九八郎가 오쿠니에 넋을 잃고 있는 노부오를 향해 일부러 노골적으로 말했다.

"뭐, 피곤하시다?"

노부오는 갑자기 황송한 듯 창황히 일어나 이에야스의 침전으로 가는 복도까지 직접 배웅했다. 오쿠니가부키가 아직 끝나지 않았기에 그 이후로도 여전히 비올라의 선율과 피리, 북소리가 멀리까지 들려왔다.

이튿날 아침인 14일, 노부오는 특별히 아침 일찍 일어나 객전으로 갔다. 이에야스는 벌써 맑은 얼굴로 가신들과 잡담을 나누고 있었다.

"아침 식사는?"

노부오는 가신에게 물어 벌써 드셨다는 대답을 듣자 조금 부끄럽다는 표정을 지었다. 그때 저편에서 정원을 지키는 무사와 망루를 지키는 사람 중 상급자가 큰 목소리로 이야기를 주고받는 듯했다. 이에야스와 노부오도 그것을 깨닫고 잠시 입을 다물고 있는데, 가신 중 한 명이 이변을 고하러 왔다.

"지금 막 망루의 보초병으로부터 보고가 들어왔습니다. 멀리 북서쪽 하늘에서 검은 연기가 보여 처음에는 산불인 줄 알았으나 점차 장소를 바꿔가며 몇 줄기나 피어오르는 것이 아무래도 심상치 않은 일인 듯합니다."

"뭐라, 저 멀리 북서쪽 하늘에서?"

노부오는 고개를 갸웃거렸다. 남동쪽이라고 하면 이세나 그 외의 전장
이 떠올랐지만, 전혀 뜻밖의 방향이었기 때문이다.

이에야스는 그제 나카가와 간에몬이 변사를 당했다는 소식을 들었으
나 그 보고를 그대로 믿을 수 없다고 여기며 물었다.

"그것은 이누야마 방면이 아닌가?"

그러고는 대답도 기다리지 않고 좌우의 가신에게 명을 내렸다.

"규하치로, 보고 오도록."

사카키바라 고헤이타榊原小平太, 오스가 고로자에몬大須賀五郎左衛門, 오쿠다
이라 규하치로가 노부오의 가신들과 함께 복도를 달려 망루로 올라갔다.

"오오, 저 연기는 틀림없이 하구로羽黑나 가쿠덴, 이누야마, 어쨌든 그
부근에서 나는 것이야."

그곳에서 달려 내려오는 사람들의 발소리가 이미 이변이 일어났음을
말해주었다. 조금 전에 있던 객전으로 가보니 이에야스의 모습은 이미 그
곳에 없었다. 그는 다른 방으로 가서 벌써 갑옷을 입고 있었다.

솥 안의 끓는 물처럼 성안에 한바탕 소동이 일었다. 성 밖의 말을 대기
시키는 광장에서 나팔 소리가 들려온 뒤 장비도 제대로 갖추지 못한 채
허겁지겁 달려 나온 무사들 대부분이 이에야스의 모습을 보지 못했다. 이
에야스는 불이 치솟은 방향이 이누야마라는 것을 정확히 알게 된 뒤 한마
디를 외쳤을 뿐이다.

"방심했구나."

이에야스는 평소와는 달리 급히 서둘렀다. 말에 안장을 얹고 무리의
선두에 서서 북서쪽의 연기를 향해 달렸다. 혼다 야스시게本多康重, 사카키
바라 고헤이타, 마쓰다이라 마타시치松平又七, 오쿠다이라 규하치로 등도 뒤

처지지 않고 그의 앞뒤를 달렸다.

기요스에서 고마키까지 시오리, 고마키에서 가쿠덴까지 서른 정, 가쿠덴에서 하구로까지도 같은 거리를 가야 했고, 하구로에서 이누야마까지도 서른 정을 가야 했다.

고마키에 다다르자 벌써 전모가 드러났다. 지난밤 사이에 빼앗긴 이누야마 성에 관한 사실이었다. 이에야스는 고마키와 가쿠덴 사이에 말을 세우고 하구로, 이누야마 부근에 걸친 곳곳의 연기를 응시하며 통탄했다.

"늦었구나. 이에야스에게 이번 실수는 있을 수 없는 일이었다."

피어오르는 검은 연기 속에서 이에야스는 이케다 쇼뉴의 자랑스러워하는 듯한 얼굴을 떠올렸다. 얼마 전에 나가시마에서 이케다의 인질을 돌려보냈다는 소문을 들었을 때도 '노부오의 사람 좋음'이 효과를 거둘지 의심스러웠으나, 이전까지 태도를 보류하고 있던 쇼뉴뉴도가 이처럼 현실주의적으로 신속하게 빈 성을 빼앗으러 나설 줄은 생각지도 못했다. 하지만 그 불찰을 어디까지나 불찰로 여기며 자책하지 않을 수 없었다.

'쇼뉴라는 사내가 얼마나 의심스러운 자였는지 모르는 것도 아니었는데……'

이누야마라는 요충지가 전략적으로 얼마나 중요한 위치에 있는지는 새삼스럽게 생각할 필요도 없었다. 가까이에서 히데요시의 대군과 대치하게 된다면 그 중대함은 더욱 커질 터였다. 미노, 오와리의 경계가 되는 기소 강을 그 상류에서 감시하고, 가까이에 있는 우누마鵜沼에서의 도강을 막을 수 있는, 성 하나가 백 개의 보루와 다를 바 없는 곳을 애석하게도 적에게 빼앗기고 만 것이다.

다행스럽게도 기소 강 하류에 있는 구로다 성의 사와이 사에몬은 두 마음을 품지 않겠다며 태도를 분명히 해서 인질을 보내왔으나, 이누야마를 적의 손에 넘겨준 이상 그 가치도 크게 떨어지고 말았다.

"돌아가자. 물러나라. 연기가 저렇게 오르는 것을 보니 쇼뉴 부자는 이미 바람처럼 기후로 돌아간 게 틀림없다."

이에야스는 돌연 말 머리를 돌렸다. 그때 그의 눈에서는 평소에 볼 수 있는 기운이 번뜩였다. 그것은 주위의 하타모토들에게 늘어진 뱃속에 손실을 만회하고도 남을 만한 계책이 이미 세워진 것 같다는 느낌을 주었다. 하타모토들은 격렬한 어조로 쇼뉴 부자의 망은을 비난하기도 하고 기습 전법의 비열함을 욕하기도 하며 내일 있을 전장에서 쓴맛을 보여주어야 한다고 저마다 떠들어댔다. 하지만 이에야스는 그들의 목소리를 커다란 귓불 밖으로 흘려들으며 다른 일이라도 생각하고 있는지 혼자 히쭉히쭉 웃음을 머금은 채 기요스로 말 머리를 돌렸다.

그렇게 길을 가는 도중에 한참 늦게 기요스에서 나온 노부오와 그의 직속 군대와 마주쳤다. 돌아오는 이에야스의 모습을 보고 노부오가 참으로 뜻밖이라는 듯 물었다.

"이누야마에 이상은 없었습니까?"

이에야스가 대답하기 전에 이에야스 뒤쪽에 있던 하타모토들 사이에서 웃음소리가 들려왔다. 하지만 이에야스는 노부오에게 참으로 간곡하고 정중하게 상황을 설명했다. 진상을 알게 된 노부오는 완전히 풀이 죽었다. 이에야스가 말 머리를 나란히 하고 그의 어깨를 두드리며 말했다.

"주조 님, 조금도 걱정하실 것 없습니다. 저희도 실수를 했으나 히데요시에게는 더 큰 실수가 있습니다."

그러더니 고마키의 언덕을 가리켰다. 예전에 노부나가가 뛰어난 전략적 안목으로 기요스 성을 고마키로 옮기려고까지 했던 곳이었다. 표고는 겨우 이백팔십여 척밖에 되지 않는 둥그런 구릉에 지나지 않았으나 오와리의 히가시카스가이東春日井와 니와丹羽 군의 평야에 홀로 서 있어 사방을 내려다볼 수 있으며, 팔방을 공격하기 좋은 위치라 비노에 걸친 평야에서 전투가 벌어질 경우 이곳을 한발 앞서 취하고 중심에 깃발을 세운 뒤 보루를 주변 요소에 배치하면 서군의 동진에 대해, 공격과 방어를 모두 용이하게 할 수 있는 곳임은 말할 필요도 없었다.

거기까지 설명할 여유는 없었으나 이에야스는 손으로 가리키고 다시 돌아본 뒤 이번에는 하타모토들을 향해 말했다.

"고헤이타(사카키바라 야스마사)는 여기서 바로 병력을 나누어 저 고마키 일대에 보루를 쌓는 공사를 시작하라. 우선 가니시미즈蟹淸水, 기타토야마北外山, 우타즈宇田津 부근의 길, 언덕, 강을 따라 목책을 두르고 참호를 파도록 하라. 그리고 이에타다家忠(마쓰다이라)와 이에노부家信, 이에카즈家員 등도 일을 돕고, 밤낮을 가리지 말고 일하는 조와 쉬는 조, 네 개 조로 나누어 가능한 한 빨리 마치도록 하라."

이에야스는 즉석에서 명령을 내린 뒤, 노부오와 말 위에서 담소를 나누며 기요스로 향했다.

두 개의 세상

사람들은 지금 히데요시가 오사카 성에 있을 거라고만 생각했다. 하지만 히데요시는 고슈江州의 사카모토坂本에 있었다.

이에야스가 노부오와 기요스에서 회견한 3월 13일에도 히데요시는 사카모토에 있었다. 히데요시답지 않게 일의 시작이 늦은 감이 있었다.

이에야스는 이미 일을 시작해 훗날의 계책까지 모두 세워놓고 예정대로 하마마쓰, 오카자키, 기요스로 진출할 준비를 하는 데 반해, 예전에는 질풍신뢰疾風迅雷의 속도로 일을 처리해 종종 세상을 놀라게 했던 히데요시가 이번에는 무슨 이유에서인지 움직임이 둔했다. 아니, 둔하게 보였다.

"누가 좀 오너라. 이봐, 아무도 없는 게냐. 나베마루鍋丸도 오로쿠於六도 없단 말이냐?"

히데요시가 평소와 다름없이 큰 소리로 말했다.

일부러 멀리 떨어져 있던 시동들은 '드디어 일어나셨구나' 하고 서로의 얼굴을 마주 본 뒤, 몰래 하고 있던 주사위놀이를 다급히 정리했다. 그 사이에 열네 살인 나베마루가 자꾸만 손뼉을 쳐대는 주인의 방으로 얼른 달려갔다.

시동들의 얼굴도 어느 틈엔가 전부 바뀌어 있었다. 예전의 가토 오토라加藤於虎, 후쿠시마 오이치福島於市, 와키자카 진나이, 가타기리 스케사쿠, 히라노 곤페이平野權平, 오타니 헤이마大谷平馬, 이시다 사키치石田佐吉 등 이른바 새끼 사자들도 지금은 스물네다섯에서 서른 살 가까운 젊은이가 되었으며, 특히 시즈가타케 전투 이후에는 각자 이천 석, 삼천 석씩을 더 받게 되었고 말과 토지와 가신도 갖게 되어 시동의 무리에서 벗어나 있었다.

지금 있는 시동들은 2기생들이었다. 산골 출신이나 가난한 집안의 개구쟁이였던 1기생들과는 달리 2기생들은 모두 상당한 집안의 자제들이었다. 다이묘의 집안에서 인질로 온 아이도 있었다. 품위가 있고 예의 바르며, 지성이 풍부한 아이는 남만사 부속의 예수학교에서 배운 미사곡과 찬미가도 알고 있었다. 그 대신 지금의 시동들에게서는 1기생과 같은 난폭함과 야성으로 넘쳐나는 모습을 찾아볼 수가 없었다.

"나리께서 일어나셨어. 나 말고 다른 사람을 찾으시는데."

나이가 가장 어린 나베마루는 아무런 명령도 듣지 못하고 돌아와서는 다른 동료들에게 그렇게 말했다. 그러자 시동 하나가 물었다.

"심기가 불편하신 듯하더냐?"

나베마루가 머리를 흔들었다.

"아니, 그렇지는 않아."

스가 로쿠노조普六之丞는 그 말을 듣고 안심하며 히데요시의 방으로 갔다. 그곳은 재작년에 불에 탄 사카모토 성을 개축해서 완성한 임시 성이었는데 솔숲 너머로 호수가 보였으며 뒤편의 창문으로 히에이比叡 산의 벚꽃이 부옇게 보였다.

"어, 안 계신데?"

방 안에 산바람이 지나고 있었다. 히데요시는 아무리 바빠도 낮잠은 보약이라며 잠시 짬을 내서 낮잠을 잤다. 하지만 일어난 순간 얼굴에 상쾌한 기운을 가득 드러내며 활동하는 바람에 주위를 당황하게 만들곤 했다.

"저건 사키치 아니냐? 오사카에서 돌아온 사키치 같은데……. 얼른 이 곳으로 불러오너라."

히데요시는 툇마루로 나가 있었다. 성 아래서 큰길을 따라 성을 향해 말을 달려오는 조그만 그림자를 보고는 그렇게 명령했다.

무엇인가 다른 일을 명령할 생각이었던 듯했으나 그것은 잊은 얼굴로 변소에서 나오자마자 물 흐르는 소리가 들리는 세면장으로 가서 우글우 글 양치질을 한 뒤 이어서 사방으로 물을 튕기며 세수를 했다.

무사 한 명이 나와 시동들은 아무도 없냐며 소리를 지른 뒤 서둘러 히 데요시의 소맷자락을 잡으며 말했다.

"나리, 이곳은 변소의 세면장입니다만."

"상관없다, 물은 깨끗하니."

히데요시는 얼른 방으로 들어가 큰 소리로 말했다.

"차를 가져오너라. 아니, 너희라도 차를 우릴 수 있지 않느냐. 차를 담 당하는 자들에게 명할 필요는 없다. 그들에게 시키면 시간이 걸리니."

시동 중 하나가 찻사발을 들고 오기도 전에 이시다 사키치가 땀을 흠 뻑 흘리는 얼굴 그대로 히데요시 앞에 엎드렸다.

"오사카 성을 지키는 자들은 어떻게 하고 있느냐?"

"말씀대로 지체하지 않고 일을 시작했습니다."

"그러냐. 서쪽 지방인 비젠備前, 미마사카美作, 이나바因幡는 모두 모리에 대한 견제를 위해 병사를 움직이지 말라는 말도 틀림없이 전했느냐?"

"그 일에 대해서는 특히 신경을 쓰고 계신다고 충분히 주의를 주었으 며, 또 사자도 보냈으니 모리에 대한 견제에는 빈틈이 없을 것입니다."

"이 역시 만일을 위해 센슈泉州 기시와다岸和田의 마고헤이지孫兵次(나카무 라 가즈우지)에게 구로다 간베, 이코마 진스케生駒甚助, 아카시 요시로明石与四郎

등의 병력 육칠천을 보내라는 말도 전했느냐?"

"네, 제가 지켜보는 가운데 지원병이 기시와다로 향했습니다."

"그래, 그래."

히데요시는 차를 한 사발 맛있게 들이켜더니 이내 편안해진 듯했다.

"어머니도 평안하시더냐."

히데요시의 노모는 벌써 일흔네 살이 되었다. 아내인 네네도 마흔 살 가까이 되었다. 히데요시는 단 하루만 집을 비워도 아내는 그렇다 해도, 노모는 나이가 나이인 만큼 걱정이 되는 모양이었다.

"네, 별고 없이 잘 지내고 계십니다. 자당께서는 오히려 전쟁 때문에 나리께서 몸도 돌보지 않는 것 아니냐며 걱정하셨습니다."

"또 '그 아이는 뜸을 뜨고 있는 게 아니냐'고 물으셨겠구나."

사키치가 웃으며 그렇다고 대답했다. 히데요시는 다른 사람들을 물러나게 한 뒤 둘이서만 이야기를 나누다 웃음소리가 난 것을 계기로 다시 물었다.

"차차茶々는? 차차를 비롯해 아이들도 잘 지내고 있느냐?"

"네, 그 세 아가씨들께서는……."

사키치는 얼른 떠오르지 않는다는 듯한 표정을 지어 보였다. 기다렸다는 듯이 대답하면 오히려 주인이 '사키치 놈, 눈치챘구나' 하고 불편해할 것이 틀림없었다. 히데요시는 '차차는?' 하고 어색하게 물은 순간, 가신에 대한 주인의 체면도 잊은 채 무엇인가 숨기려는 듯 수줍은 얼굴로 매우 부끄러워하고 있었다. 그런 히데요시를 보며 사키치는 모르는 척하는 것이 최선이라고 생각하며 웃음을 참느라 애를 썼다.

세 아가씨란 말할 것도 없이 재작년에 기타노쇼北ノ庄 성이 떨어지기 직전에 시바타 가쓰이에와 부인인 오이치お市가 어린 자식들에게는 죄가 없다며 히데요시에게 양육을 부탁한 가련한 세 자매였다.

그 뒤 히데요시는 세 자매를 자신의 아이처럼 집에서 돌봤으며 오사카 성을 세울 때도 특히 그녀들을 위해 밝은 공간을 만들어 황금 새장 속에서 새를 기르듯 때때로 그곳으로 가서 함께 시간을 보냈다. 하지만 앞으로 그 새들과 주인 사이가 그 이상의 관계가 될 거라는 사실은 누구나 예측 가능한 일이었다. 특히 세 자매 중 장녀인 차차는 올해 열여덟로, 성안에서 세상에 둘도 없는 미인이라고 슬슬 소문이 돌기 시작했다. 기타노쇼의 업화가 세상에 남긴 명화名花라고 말하는 사람도 있었으며, 오다 나리 집안의 미인 혈통을 이어받아 어머니인 오이치보다 더 아름답다고 칭찬하는 사람도 있었다. 어쨌든 오사카 성의 신축과 차차가 눈에 띄게 아름다워진 사실이 때를 같이하여 하시바 가의 가운을 상징하는 듯했다.

아름다운 차차의 모습은 히데요시의 눈길을 끌기에 충분했다. 그 방면에 있어서 육도六韜의 비법과 삼략三略의 오묘함을 통달하고 있는 주인이었다. 어쩌면 밤중에 몰래 숨어드는 꽃 도둑의 흉내를 내다 차차가 내지른 소리에 놀라 달아난 적이 한두 번쯤 있었을지 모른다. 전부터 그런 냄새를 어렴풋이 맡고 있었던 이시다 사키치는 웃음을 숨기려고 했으나 숨길 수 없었다.

"사키치, 왜 웃는 겐가?"

히데요시가 사키치를 타박했다. 하지만 히데요시도 웃음기를 머금고 있었다. 역시 사키치의 마음을 꿰뚫어보고 있었다.

"아니, 특별한 일은 아닙니다만, 군무에 바빠서 이번에는 세 아가씨의 기거까지는 묻지 못하고 돌아왔습니다."

"그런가? 흠…… 어쩔 수 없지."

히데요시는 세상 돌아가는 이야기로 화제를 돌렸다.

"도중에 들은 요도 강과 교토 부근의 풍문은 어떠한가?"

히데요시는 멀리로 심부름을 보냈던 사람이 돌아오면 꼭 그렇게 물었다. 그것으로 세상의 움직임, 민심의 동향을 타진하는 모양이었다.

"요즘은 어디에서나 전쟁에 대한 이야기뿐입니다. 요도 강은 배로 건넜습니다만."

"요도와 히라카타枚方, 후시미 부근의 갈대와 억새는 잘 깎았는가? 세금도 잘 걷히고 있고?"

"덕분에 이 사키치도 수입이 넉넉합니다."

"그거 다행이로구나."

히데요시가 기뻐하며 말했다. 사키치도 동료들과 마찬가지로 요즘에는 많은 무사를 거느리고 있었는데, 그들에게 줄 녹봉이 모자라지 않은지 주인이 걱정해주고 있다는 사실에 다시 고마움을 느꼈다.

시즈가타케의 전투 이후 동료인 가토와 후쿠시마를 비롯해 '일곱 자루 창'이라 불렸던 젊은이들은 모두 천 석, 이천 석의 녹봉을 더 받게 되었다. 하지만 사키치는 실전의 무공을 따졌을 때 수급을 하나도 거두지 못한 상황이었다. 그래도 사키치에게 녹봉을 더하겠다는 은명恩命이 내려졌지만 그는 굳이 사양했다. 그 대신 요도 강변에 위치한 히라카타, 후시미, 요도 등의 쓰지 않는 땅에 버려진 마른 갈대와 억새를 마음대로 벨 수 있는 권리와 그 부근에 대한 운송권(하천세)을 청했다. 주는 사람에게는 아무런 가치도 없는 것들이었다. 사키치가 그것을 청하자 히데요시는 사키치가 그것을 어떻게 이용하며 어느 정도의 수입을 올릴지 흥미롭게 지켜보았다.

사키치는 그것을 청할 때 '만약 제게 그 쓸모없는 땅을 내리신다면 일이 생겼을 때 일만 석을 받는 자에 필적하는 무사를 내서 군문에 도움이 되도록 하겠습니다'라고 큰소리를 쳤다. 그것도 히데요시가 사키치를 '재미있는 소리를 하는 녀석'이라고 생각한 이유 중 하나였다.

그러한 사키치에게서 교토와 오사카의 세정을 들어보니 노부오에 의해 시작된 이번 전쟁을 누구도 히데요시 대 노부오라고 생각하지 않는 모양이었다. 다들 히데요시 대 이에야스라고 생각했다. 노부나가가 세상을 떠난 뒤, 사람들은 히데요시에 의해 마침내 평화가 찾아오는가 싶었으나 다시 천하를 둘로 나누어 각 주에 걸친 대전쟁이 눈앞에 다가왔다고 생각하며 극도의 불안에 휩싸여 있다는 것이었다.

예를 들어 교토의 벼슬아치 중에서도 이를 크게 슬퍼하는 사람이 있었다. 《다몬인多聞院 일기》의 저자는 덴쇼 13년(1585년) 3월 일기에 이렇게 적었다.

천하 동란의 빛이 나타났다. 어찌 될지 모르겠다. 불안한 일이다. 신의 뜻에 맡기고 암담함 속에서 살아갈 뿐이다. 덧없는 일이로구나, 덧없는 일이야.

그러한 통탄이 일반 세태에도 노골적으로 드러나 있었다.

"인간은 어째서 이토록 전쟁 없는 세상에서 살아갈 수 없는 것일까?"

당시 세상은 그러한 의문을 품지 않을 수 없었다. 오닌 시절 이후 전쟁의 참담함을 맛보았으며 살아남기 위해 온갖 시련을 견뎌온 서민들이었으나 그 무렵에는 회의적인 마음을 품고 있었다.

'이번에야말로 천하인이 결정될 것이라고 하지만 두 개의 천하라면 두 개의 천하인 채로 관계를 잘 유지할 수 없는 것인지? 그렇게 할 수도 있지 않겠는가?'

세상은 그렇게 생각하고 있었다.

입으로 평화를 기약하지 않는 지도자는 없다. 전쟁의 쓴맛을 모르는 무사도 없고, 목숨의 위협을 두려워하지 않는 서민도 없다. 평화를 원하지 않는 인간은 아무도 없다. 그러니 모든 사람들이 전쟁을 저주하는 것은 틀림없는 사실이다. 그러면서도 전쟁은 그치지 않는다. 그쳤는가 싶으면 다시 다음 전쟁을 준비한다. 단 두 개의 세력밖에 없는 세상이 되어서도 여전히 그치지 않을 뿐만 아니라 오히려 종전의 공포보다 더 큰 두려움으로 온 천하에 걸친 규모와 희생을 떠오르게 한다.

이는 인간 때문이 아니다. 인간이 하는 짓이라면 인간만큼 어리석은 동물도 없을 것이다. 그렇다면 누가, 어떤 사람이 그렇게 하는 것일까? 개인이 아니다. 인간과 인간이 결합되어 나타나는 것이다.

인간성이란 반드시 개인으로 평가해야 올바르게 평가할 수 있다. 인간과 인간이 무리를 이루어 만, 억으로 결합하면 이미 인간이 아니라 기이한 형태를 가진 지상의 군생 동물에 지나지 않는다. 이를 인간이라 보고, 인간적 해석을 가하려 하기 때문에 정체를 알 수 없게 되는 것이다. 그렇기에 서민들은 이렇게 말한다.

"천하를 두 개로 나누어 가지면 이상도 영화도 이룰 수 있지 않겠는가? 그런데 어째서 천하를 놓고 승부를 가르면서까지 그것을 독점하려 드는 것일까?"

범인이 흔히 하는 말이지만 이는 개인이 통념적으로 올바르다고 생각하는 바를 이야기하고 있는 것이다. 당시의 히데요시와 이에야스도 일개 인간으로서는 그러한 사실을 틀림없이 알고 있었을 것이다. 하지만 과거, 현재를 통해 봤을 때 세상이 인간의 의지만으로 움직여왔다고 생각하는 것은 인간의 착각으로, 사실은 인간 이외에 우주의 의지라고 여겨지는 것들도 상당히 개입되었다. 우주의 의지라는 말이 적당하지 않다면, 인간 역시 태양, 달, 별과 같은 우주의 순환이라는 약속된 운명에 의해 움직이고 있다고 말해도 좋을 것이다.

어쨌든 시대의 대표가 된 사람은 더 이상 순수한 일개 인간이라고 말할 수 없다. 히데요시와 이에야스 역시 마찬가지다. 일개 인간 안에 무수한 인간의 의지와 우주의 의지가 융합되어 있으나, 그 자신은 그것을 단순히 '나'라고 여기는 사람이다. 그리고 주위 사람들과 서민들도 그것을 단지 '그'라고 여기는 사람이다. 그 '나이자 그인 사람'에게 어마어마한 위계와 관직과 이름과 특별한 풍모가 있기에 인간 사이에서는 '무슨무슨 나리'라 불리며 강한 인상을 받지만 사실 이름과 관직은 단순한 임시 기호에 지나지 않는다. 그 정체 또한 수많은 인간 가운데 역시 하나의 생명체에 지나지 않는다.

그렇게 보자면 가엾은 서민들이 바라는 평화는 언제나 멀리 있는 듯하다. 하지만 시대의 대표라고 해서 평화를 바라지 않는 것은 아니다. 아니, 누구보다 거기에 도달하기를 열망하고, 또 실현을 서두를 것이다. 하지만 그에게는 조건이 있다. 그는 그 목적의 화신이기 때문이다. 따라서 상반된 대상을 만나면 곧 전쟁을 시작한다. 어떠한 외교적 비책도 과감히 단행한다. 그리고 그 대표의 의지와 움직임 사이에서 무수한 인간, 있는 그대로의 인간의 모습이 기만, 쟁투, 탐욕의 본능으로 날뛰게 된다. 또 희생, 책임, 인애의 선하고 아름다운 정신까지 비약시킨다. 이것이 인간 스스로 자신들이 사는 세상을 만들게도 하고, 채색하게도 하고, 때로는 그 부산물로 문화의 비약을 이루게도 하는 이해하기 어려운 신비로움을 덴쇼의 세상에도 부여한 것이다.

지도 병풍

사키치가 물러났다. 대신 가나모리 긴고金森金五와 하치야 요리타카蜂屋賴隆 두 사람의 모습이 보였다.

"저쪽으로 옮기자."

히데요시는 다리 모양의 복도를 넘어 한 건물로 들어섰다. 그러고는 시동들에게 그곳의 입구와 정원 주위를 지키게 한 뒤 오래도록 밀담을 나누었다.

가나모리와 하치야는 지금 호쿠리쿠北陸에 있는 니와 나가히데 휘하의 장수들이었다. 히데요시는 나가히데를 자신의 편으로 끌어들이기 위해 얼마 전부터 부심하고 있는 듯했다. 만약 나가히데가 적진에 가담하면 매우 불리한 상황이 될 거라고 생각했다. 전력에 있어서만이 아니라 전쟁의 명분에 있어서도 노부오와 이에야스의 말을 믿게 하는 큰 힘이 될 수도 있었다. 니와 나가히데가 시바타에 버금가는 노부나가의 중신이었을 뿐만 아니라 이 난세에서 드물게도 온후하고 독실한 인물이라 믿고 있었기 때문이다.

그만큼 명분에 있어서는 입지가 좋지 않다는 사실을 알고 있기에 히데요시는 무슨 일이 있어도 나가히데를 자신의 편으로 끌어들여야겠다고 생각하고 나가히데의 환심을 사기 위해 백방으로 노력했다. 물론 이에야스와 노부오도 나가히데에게 온갖 유인책을 쓰고 있었다. 하지만 히데요시의 열의에 나가히데의 마음이 움직였는지 며칠 전에 그는 지원병으로 가나모리와 하치야 두 장수를 보내왔다. 히데요시는 기뻤으나 그렇다고 해서 마음을 놓지는 못했다.

"이곳으로 서기를 바로 불러오라는 명령이시다."

가나모리 긴고가 밖으로 나가 시동에게 말했다. 그러자 오무라 유코가 바로 들어왔다. 이윽고 히데요시의 말에 따라 장문의 서장이 만들어졌다. 니와 나가히데에게 보내는 것이었다. 각 사항에서 주요한 내용을 살펴보면 다음과 같았다.

- 지난 11일, 미노노카미 히데나가에에 내리신 서면을 보고 눈물이 나왔다.
- 오기五畿 안의 방비는 물론 서쪽 지방까지 굳게 단속했다. 세이슈의 전황은 이곳 사카모토에서 지휘하고 있으며 고가와 이세 사이에도 성 세 개를 새로이 구축했다. 이로써 아군은 매일 날아드는 승전보에 사기가 더욱 오르고 있다.
- 미노 방면은 잘 아시는 바와 같이 이케다 쇼뉴, 이나바 이요稻葉伊予, 모리 무사시 등이 굳게 지키고 있기에 이상이 없으며, 고슈 나가하라長原에는 마고시치로 히데쓰구孫七郎秀次, 다카야마 우콘高山右近, 나카가와 히데마사中川秀政를 비롯해 일만 사오천이나 되는 병력을 배치했다.
- 히데나가를 모리야마守山에, 오쓰기於次(히데카쓰)를 구사쓰草津에, 나가오카 엣추長岡越中(호소카와 다다오키細川忠興)를 세타勢多

에 배치했다. 그리고 가토 사쿠나이加藤作内, 호리오 모스케堀尾茂助를 고가의 한가운데 두고, 쓰쓰이는 야마토에 이곳의 병력을 더해 그대로 남겨두었다.

— 비젠, 미마사카, 이나바 등 서쪽 지방은 병력을 하나도 움직이지 않아 커다란 반석이 되게 했다. 어제 기슈, 센슈에도 하치스카, 구로다, 이코마, 아카마쓰赤松 등의 병력 육칠천을 더했다.

이 외에도 히데요시는 이번 대전에 임하는 병력 배치를 세세하게 밝혔다. 그리고 나가히데의 건강을 염려하는 글을 덧붙였다.

위와 같이 이쪽은 만반의 준비를 갖추었기에 걱정할 것 없으나, 귀하의 건강과 귀성의 안전이야말로 무엇보다 중요하다 여겨진다.

그리고 마에다 마타자에몬 도시이에前田又左衛門利家야말로 호쿠리쿠에서는 둘도 없는 동지이자 호쿠리쿠 제일의 관문이기도 하니 모쪼록 충분히 의지의 소통을 꾀해 치순의 관계를 유지하라고 말했다. 그리고 마지막으로 이렇게 적은 뒤 붓을 놓게 했다.

만약 그쪽에 병력이 필요하다면 하치야, 가나모리는 돌려보내겠다. 그 외에도 오천이나 일만의 병력은 언제라도 보낼 여유가 있다.

최근 세상이 광기 어린 듯하고 민심이 흉흉하나 지쿠젠은 각오를 하고 앞으로 십사오 일 안에 틀림없이 세상을 진정시킬 테니 모쪼록 염려 마시길.

사자는 그것을 들고 호쿠리쿠로 발걸음을 서둘렀다.

그 뒤 저녁까지 이세 방면에서 전황을 보고하기 위해 달려온 전령만 해도 세 명에 이르렀다. 히데요시는 서장을 펼쳐보고 전령을 불러 직접 정세를 듣고, 또 자신의 말을 전하고 답장을 적게 하면서 저녁을 먹었다.

저녁은 다른 가신들과 함께 커다란 서원에서 먹었는데, 서원의 한쪽 구석에 병풍이 있었다. 두 면으로 된 병풍 전체에는 금박으로 일본 전국의 지도가 그려져 있었다. 히데요시가 그것을 바라보며 가신들에게 물었다.

"에치고로 보낸 사자로부터는 아직 아무런 소식도 없는가? 우에스기 가게카쓰에게 보낸 사자 말일세."

"날수로 따져 봐도 아직은."

가신이 손가락을 꼽아가며 먼 길을 가는 불편함을 이야기하자 히데요시도 손가락을 꼽아가며 다시 한 번 날짜를 중얼거렸다.

"그런가, 오늘이 13일이었지."

기소의 기소 요시마사木曾義昌에게도 사자를 보냈다. 히타치常陸의 사타케 요시시게佐竹義重에게도 몇 번에 걸쳐 밀사가 파견되었다. 그 밖에도 그의 외교망은 지도 병풍에 보이는 길고 가느다란 나라의 위쪽부터 아래쪽까지 펼쳐져 있었다.

히데요시는 전투를 최후의 수단으로 여기고 있었다. 외교야말로 전쟁이라고 생각했다. 옛 주인이었던 노부나가를 위한 복수전이라는 명분을 내걸고 야마자키의 일전에서 미쓰히데를 쓰러뜨렸을 때를 제외하고는 늘 그렇게 생각했다. 하지만 그는 외교를 위한 외교는 하지 않았다. 군사력이 부족해 외교전을 펼친 것도 아니었다. 군사력이 충분하지만 외교를 펼쳤다. 늘 군위와 군용을 완전히 갖춘 뒤 그 힘으로 외교를 펼쳐 나갔다. 니와 나가히데에게 보낸 편지의 내용에도 그러한 자신감이 엿보였다. 하지만 이에야스에게는 그런 방법이 통하지 않았다.

누구에게도 말은 하지 않았으나 사실 히데요시는 사태가 이렇게 되기 전에 하마마쓰로 은밀히 사람을 보내 이렇게 말했다.

"지쿠젠이 그대에게 호의를 가지고 있다는 것은 작년에 그대의 관위 승진을 위해 이쪽에서 조정에 주청했다는 사실만 봐도 알 수 있으리라 생각하오. 그대와 내가 싸워야만 할 이유가 어디 있겠소? 노부오 나리는 원래 그런 성격이라며 그의 암우暗愚한 성격은 천하에 널리 알려져 있소. 우매한 유족을 앞세워 그대가 아무리 명분을 내세워도 세상은 그대의 군대를 인자의 의군이라고 말하지 않을 것이오. 결국 우리 둘이 싸운다는 것은 의미 없는 일 아니겠소. 만약 현명한 그대가 이러한 사실을 깨닫고 우리와 장래의 공영을 기약한다면 그대의 영지에 미노, 오와리 두 주를 더하도록 하겠소. 그대의 뜻은 어떠하신지?"

그러한 전략도 상대를 봐가며 써야 하는 것이다. 히데요시는 실패하고 말았다. 그는 노부오와 관계를 끊은 뒤에도 다시 사자를 보내 전보다 더 좋은 조건으로 이에야스를 설득하려고 했다. 사자는 이에야스의 격분을 사서 허둥지둥 돌아오고 말았다. 그리고 이에야스에게 들은 말을 히데요시에게 전했다.

"지쿠젠은 이에야스를 모른다."

그러자 히데요시가 쓴웃음을 지으며 말했다.

"이에야스도 지쿠젠의 진가를 모르는구나."

이번 일에 대해서는 히데요시가 잘했다고 볼 수 없었다. 그랬기에 히데요시도 더는 언급하지 않았다. 근신들은 이에야스에게 교섭을 시도했다는 사실 자체도 모르고 있었다. 무엇보다 히데요시는 사카모토에서의 하루하루가 눈코 뜰 새 없이 바빴다. 이세와 오와리 남부 지방의 군사령부와 호쿠리쿠 동쪽 끝에서부터 난기南紀 서쪽 지방에 이르는 전국의 외교 첩보 본부를 겸하고 있었다. 이처럼 기밀을 요하는 일의 중추로는 오사카보다 사카모토가 지리적으로도, 시간적으로도 편리했을 뿐만 아니라 사람들의 눈에도 띄지 않았고 사통팔달로 통할 수 있는 장점이 있었다.

오사카와 교토에는 제오열의 활동이 활발했다. 표면적으로 이에야스는 도카이에서 도호쿠東北, 히데요시는 긴키近畿에서 서쪽 지방으로 세력 범위가 확연히 구분되어 있는 것처럼 보였으나 그의 본거지인 오사카 안에서조차 도쿠가와 쪽과 연결된 사람이 무수히 많았다. 조정의 벼슬아치 가운데에도 암암리에 이에야스를 편들어 히데요시의 실추를 바라는 사람이 있었다. 그리고 일반 인사 가운데도 부모는 간사이關西 지방에 머물고 있으나 자식은 동군의 장수를 섬기는 사람들도 있었으며, 형은 의를 지켜 이에야스 쪽에 가담해 있으나 동생은 오사카 성과 끊을 수 없는 연고를 가진 사람들도 있었다. 사상적인 면에서도 한쪽은 히데요시의 이상에 동조하고, 다른 한쪽은 이에야스의 명분에 공명하다 보니 한가족 안에서 커다란 갈등이 일어나 골육이 서로 갈라서서 다투는 비극을 연출하고 있었다.

전쟁의 처참함은 전장에서의 핏줄기보다 그 전후의 이와 같은 생생한 인간고에 더욱 짙게 배어 있다. 하지만 그런 괴로움과는 상관없이 인간의 대다수가 혼란과 망연함에 빠져 있는 사이 평상시에는 이룰 수 없는 소망을 이루려고 하는 악질적인 무사들까지 뒤섞여 경제와 도의와 질서가 어지러워지기 시작하며, 전쟁 외에도 전쟁 이상의 생활고와 투쟁이 소용돌이치기 시작한다.

히데요시는 그 쓴맛을 잘 알고 있었다. 그가 오와리 나카무라 촌의 쓰러져가는 집에서 자랄 때도, 여러 해 동안 세상을 방랑하던 시절에도 세상은 이미 그러했기 때문이다. 이후 노부나가의 출현으로 사회의 고충이 심해지기도 했지만 한편으로는 서민들이 기쁘게 생활하기도 했다. 노부나가의 의해 참된 평화가 찾아올 것처럼 여겨졌지만 갑자기 본능사의 변이 일어나고 말았다. 히데요시는 노부나가의 죽음에 의해 좌절된 평화를 자신이 이루겠다고 약속했다. 잠도 잊고 쉬지도 않으며 지난 이 년여에 걸친 노력으로 일보 직전까지 도달해 있었다. 지금은 그 뜻을 이루기 위한 마지막 단계였다. 천 리 길을 구백 리까지 온 것이라고 할 수 있을 것이다. 하지만 남은 백 리를 가는 길에 최대의 난관이 있었다. 언젠가는 그 난관을 정면에서 돌파하거나 깨야 한다는 것은 잘 알지만 막상 당면하고 보니 그것은 생각보다 훨씬 더 강한 것이었다.

이에야스, 지금까지 그의 이름만큼 히데요시의 머리를 무겁게 한 사람은 없었다. 요즘에는 잠을 잘 때도 '이에야스'의 이름만은 잊지 않았다.

시시각각으로 전해지는 첩보로 히데요시는 앉은 자리에서 이에야스의 행동을 알 수 있었다. 이에야스 역시 자신에게 뒤지지 않을 만한 각오와 악의와 전력이 있다는 사실이 눈에 선하게 보였다.

히데요시가 이곳에서 열흘가량 보내는 동안 이에야스는 대군을 기요스까지 전진, 배치했다고 한다. 이는 이세, 이가, 기슈를 벌집을 쑤셔놓은 것과 같은 상태로 남겨두고, 서쪽으로 진군해 일거에 교토로 들어가 오사카를 공격하겠다는 태풍의 진로를 나타내는 것이었다. 하지만 이에야스라고 해서 그 길이 탄탄대로일 거라고 생각하는 것은 아니었다. 서쪽으로 올라오기까지 커다란 싸움이 있을 거라고 예기했을 것이다. 히데요시도 그것을 예기하고 있었다. 그 땅은 어디인가? 말할 것도 없이 전국적인 동서 양군의 건곤일척을 펼치기에 자유로운 평원은 기소 강을 경계로 하는 비노 대평원밖에 없었다.

한발 앞서 나선다면 준비와 구축에 있어서 지리적 이점을 얻고 작전에도 부족함이 없으리라. 이에 이에야스는 이미 그곳으로 가서 만반의 준비를 하고 있었다. 그러한 점에서 히데요시는 한발 늦은 셈이었다. 그는 13일이 저물어갈 때까지 사카모토에서 움직일 기색을 보이지 않았다.

이는 상대를 몰랐기 때문이 아니라 이에야스가 어떤 사람인지를 잘 알고 있었기 때문이다. 이번 상대는 아케치, 시바타에 비할 수 없었다. 만전을 기하기 위해서는 한발 늦는 것도 어쩔 수 없는 일이었다. 그만큼 히데요시는 만전을 기하고 있었던 것이다. 니와 나가히데를 끌어안기 위해, 모리가 서쪽 지방에서 변을 일으키지 못하도록 하기 위해, 우에스기와 사타케로 하여금 간토의 후방을 위협하게 하기 위해, 그리고 가까이로는 노부오의 녹을 먹고 있는 미노와 오와리 지방의 각 장수들을 이利를 이용해 무너뜨리기 위해 노력했다.

"나리, 또 전령이 왔습니다."

밥을 먹는 동안에도 끊이지 않고 소식이 전해졌다.

이제 막 밥을 먹고 난 뒤였다. 히데요시는 젓가락을 놓자마자 서장을 담아두는 통으로 손을 내밀었다.

"어디서?"

"전령은 비토 진우에몬尾藤甚右衛門 나리의 가신입니다."

"드디어 왔구나."

기다리던 사람 중 하나였다. 오가키 성의 이케다 쇼뉴에게 다시 자신의 뜻을 전하기 위해 세객으로 보냈던 비토 진우에몬의 답장이었다. 길吉일지, 흉凶일지 알 수 없었다.

앞서 구로다의 성주인 사와이 사에몬을 설득하기 위해 보냈던 무토 세이자에몬과 젠조스 두 사자는 그 뒤로 감감무소식이었다. 밀정은 거의 실패한 듯하다고 알려왔다. 오와리 가스가이 군의 니와 간스케를 설득하기 위해 보냈던 이마이 겐교今井檢校도 바로 어제 치욕을 당한 채 덧없이 돌아와 있었다. 히데요시는 비토 진우에몬이 보낸 편지를 점괘를 펼치는 듯한 마음으로 뜯어보았다.

"됐다."

단지 그 말뿐이었다.

"전령을 잘 대접해라."

그날 밤, 히데요시는 잠자리에 든 뒤 무슨 생각이 든 것인지 갑자기 벌떡 일어나 커다란 목소리로 숙직을 하던 무사를 불렀다.

"진우에몬의 전령은 내일 아침에 돌아갈 예정이냐?"

"아닙니다. 때가 때인 만큼 한시도 지체할 수 없다며 잠시 쉰 뒤 밤길을 서둘러 미노로 돌아갔습니다."

"벌써 돌아갔는가……. 그럼 서기를 부르도록 하라."

"네, 서기 중 어떤 자를?"

"유코가 좋겠다."

히데요시는 그렇게 말했다가 서기를 배려하는 마음에 다시 생각을 바꾸었다.

"아니다, 종이와 벼루를 가져오너라. 서기도 잠을 자고 있을 테니."

사실은 서기가 머리를 매만지고 옷깃을 바로 한 뒤 오는 것을 기다리는 게 답답해서 그런 듯했다. 히데요시는 침상 위에서 붓을 잡고 글을 한 통 썼다. 비토 진우에몬에게 보내는 서신이었다.

　그대의 노고로 쇼뉴 부자가 우리와 뜻을 같이하기로 서약한 일, 더없이 축하할 일이오. 하나 이렇게 급히 다시 하고 싶은 말은 쇼뉴가 히데요시에 가담했다는 사실이 전해지면 노부오와 이에야스는 틀림없이 온갖 수단을 동원해서 싸움을 하려고 할 것이오. 하지만 결코 거기에 맞서서는 안 되오. 서둘러서는 안 되오. 이케다 쇼뉴, 모리 무사시는 전부터 자신의 무용에 대한 자부심이 강해 적을 쉽게 보는 듯한 경향이 있는 자들이오. 그러한 점, 군감으로서 잘 알아두기 바라오. 때를 놓치지 말고 말을 전해두시오. 이는 매우 중요한 일이오.

히데요시는 붓을 놓자마자 다시 명령했다.

"전령을 시켜 이것을 오가키의 진우에몬에게 전하도록 하라. 한시가 급하다."

하지만 이틀 뒤 15일 저녁에 오가키에서 다른 정보가 들어왔다. 이누야마가 낙성된 것이었다. 즉, 쇼뉴 부자가 거취를 정함과 동시에 기소 강 제일의 요지를 점령하여 히데요시 측에 가담한 것에 대한 선물로 보낸 쾌보였다.

"잘도 해냈구나."

히데요시는 기뻐하면서도 한편으로는 근심했다.

고마키 산

이튿날 16일, 히데요시는 더 이상 사카모토에 머물지 않았다. 그의 기우는 과연 단순한 기우로 끝나지 않았다. 16일과 17일 사이, 근심스러운 파탄의 조짐은 사실이 되어 나타났다.

이누야마에서의 승리 이후, 쇼뉴의 사위인 모리 무사시노카미가 공을 세워야겠다며 도쿠가와 군의 본영인 고마키를 기습하기 위해 하구로까지 잠행했다가 오히려 대패를 당하고 말았다. 그뿐 아니라 맹장으로 유명했던 모리 나가요시森長可가 목숨을 잃었다는 소식이 들려왔다.

"안타깝구나, 용맹한 자. 그 어리석음에 할 말이 없구나."

히데요시의 통탄은 자신을 향한 것이었다. 막 나서려던 순간 이에야스에게 당했다는 수치심이 불타올랐다.

"이제는 나설 순간."

19일에 오사카를 출발하기로 결심했으나 그 전날 다시 날벼락 같은 흉보가 기슈 방면에서 들어왔다. 기슈의 하타케야마 사다마사畠山貞政가 네고로와 사이가雜賀의 무리들을 선동해서 바닷길과 뭍길을 따라 오사카로 진격해오고 있는데 기세가 맹렬해서 방심할 수 없다는 것이었다.

노부오와 이에야스의 손길이 거기까지 뻗친 것은 말할 필요도 없는 사실이었다. 그렇지 않아도 기슈와 센슈 각지에서는 불평을 품은 본능사의 잔당들이 아와지淡路와 시코쿠의 호족들과 호응하여 호시탐탐 기회를 엿보고 있었다. 더욱 위험한 것은 그들의 동료들이 일반 서민으로 모습을 바꾸어 신흥 오사카 성 아래에 살고 있다는 사실이었다.

"우리의 살림살이는 크다. 경솔하게 급히 떠날 수 없는 것도 어쩔 수 없는 일이다."

히데요시는 출발을 미루었다. 그리고 거의 이틀 사이에 모든 일을 마무리 지었다. 성을 지키기 위해 시가의 전투 준비도 빈틈없이 해두었다. 그리고 앞서 하치스카와 구로다를 보내 힘을 보태게 했던 각지로 지휘하고 격려할 사람을 다시 보내 상황을 전해 들었다. 그리고 마침내 안심을 했는지 하치스카 마사카쓰에게 성을 맡기고 오사카를 떠났다.

"잘 부탁하네."

덴쇼 12년(1584년) 3월 21일의 이른 아침이었다. 나니와의 갈대에 개개비 우는 소리가 높이 들렸다. 갑주를 두른 무사와 말의 길고 긴 행렬이 지나는 봄 길 곳곳에서 떨어진 꽃잎과 먼지가 작은 소용돌이를 일으켜 마치 자연의 전별餞別처럼 보였다. 연도에는 그것을 구경하기 위한 서민들이 끝도 없는 담장을 이루고 있었다.

그날 히데요시를 따른 장병의 수는 삼만여 명이었다. 모든 사람이 행렬의 한가운데 있는 히데요시의 모습을 보려고 했다. '봤다'는 사람도 있었고 '보이지 않았다'는 사람도 있었다.

아마 알아보지 못한 사람이 많았을 것이다. 히데요시는 체구가 작아 말을 탄 늠름한 장수들에 둘러싸여 있으면 더욱 작게 보였다. 그러다 보니 그를 보았다 할지라도 저 사람이 히데요시라고 가르쳐주지 않으면 얼른 알아볼 수 없었다. 하지만 히데요시는 군중을 보고 남몰래 미소를 지으며 이렇게 확신했다.

'나니와는 번창할 것이다. 지금 한창 일어서고 있는 듯하구나. 이만하면 걱정할 것 없다.'

히데요시는 군중의 색채를 보며 그렇게 생각했다. 그곳에 모인 사람들은 밝고 대범한 색과 무늬의 차림을 하고 있었다. 망해가는 성 아래에서는 볼 수 없는 광경이었다. 남녀의 피부빛에도 진취적인 기운이 감돌았다. 시민의 생활은 순조롭게 이루어지고 있는 듯했다. 그들은 건강하고 근면하게 각자의 생활을 궁리하며 새로운 땅에서 희망을 느끼며 살아가고 있는 게 틀림없었다. 이것이야말로 이곳의 중심을 이루는 새로운 성에 대한 신뢰와 지지가 아니고 무엇이겠는가? 이길 수 있다. 이번에도 이길 수 있다. 히데요시는 장래를 그렇게 점쳤다.

그날 밤은 히라카타에서 숙영을 했다. 이튿날 이른 새벽부터 삼만의 병마는 다시 요도 강줄기를 따라 기다란 행렬을 이루며 동쪽으로 내려갔다. 후시미 부근에 이르자 요도 강 나루터에 사백 명 정도가 마중을 나와 있었다.

"저건 누구의 깃발인가?"

각 장수들이 이상히 여기며 눈을 커다랗게 떴다. 누군지는 모르겠으나 붉은 바탕에 검은 글씨로 '대일大一, 대만大萬, 대길大吉'이라고 쓴 커다란 깃발을 세우고, 다섯 개의 금빛 고리, 작은 깃발, 금빛 부채에 별이 그려진 말 옆의 깃발을 내걸고, 기마 무사 서른 명, 장창 서른 자루, 철포 서른 정, 활 스무 자루, 그 외에 한 무리의 보병이 화려한 모습으로 강바람을 맞으며 둥그렇게 모여 있었다.

그 모습을 본 히데요시가 시중을 드는 히라쓰카 다로베平塚太郎兵衛에게 명령했다.

"가서 알아보고 오너라."

272

다로베가 곧 돌아와 보고했다.

"이시다 사키치입니다."

히데요시가 안장을 가볍게 두드리며 자신의 생각이 맞았다는 듯 기분 좋게 말했다.

"사키치였군. 아무렴, 사치키일 테지."

히데요시가 다가가는 동안 이시다 사키치가 히데요시 앞으로 달려와 인사를 했다.

"전에 약속드렸던 일, 오늘을 위한 것이라 여기고 이 부근의 불모지를 개척했으며 평소 쌓아두었던 통행료로 일만 석을 받는 자와 같은 군용을 준비해두었습니다. 모쪼록 내일 일에 쓰신다면 황공하겠습니다."

"그래, 뒤따라오도록 해라. 사키치는 뒤에 머물며 일을 하도록. 후방의 군량과 치중을 맡아 잘 관리하도록 하라."

일만 석의 병마보다 히데요시는 사키치 한 사람의 두뇌를 더 중히 여기는 듯했다. 앞다투어 공을 세우려는 무사는 구름처럼 많았으나 경제적으로 뛰어난 머리를 가진 사람은 삼만의 갑주 가운데서도 찾아볼 수 없었다. 사키치는 나가하마 이후 시동들 중에서 태어난 이색적인 인재로서, 그의 두뇌는 히데요시에게 참으로 소중한 것이었다.

그날 그들은 교토를 지나 오우미 가도로 접어들었으며 이튿날인 23일 오전에는 벌써 후와, 아카사카의 옛 역참을 지나고 있었다. 히데요시에게 그곳은 길가의 나무 한 그루, 풀 한 포기에도 청년 시절의 역경에 관한 추억이 있는 곳이었다.

'아아, 보다이菩提 산도 보이는구나.'

히데요시는 보다이 산을 바라보자 보다이 산성도 떠올랐으며 그곳의 주인이자 구리하라 산에서 숨어 지냈던 젊은 다케나카 한베의 모습도 눈가에 어른거렸다. 구리하라 산에 몇 번이고 올라 무릎을 꿇고 몸을 낮추었던 때의 열의와 겸손과 희망을 가슴에 새로이 그려보자니 히데요시는 새삼스레 젊은 피의 순정이 존귀하게 여겨졌다. 돌아보니 그 짧은 청춘을 단 하루도 도식으로 보내지 않게 해준 다난多難함이 고마웠다. 어린 시절의 역경과 청춘의 고투가 지금의 자신을 만들어준 것이라 여겨졌다. 암흑의 세상과 탁류에 휩싸인 거리가 자신에게 준 은혜라는 생각이 들었다.

주인이라 불렸으나 마음의 벗이라 생각했던 다케나카 한베도 그의 반생에서는 잊을 수 없는 사람이었다. 한베가 세상을 떠난 뒤에도 어려운 일을 당하면 한베가 떠올랐다. 아무런 보답도 해주지 못하고 한베를 떠나보내고 말았다. 보다이 산 정상, 한 조각 구름은 무심했으나, 문득 통한의 눈물을 자극하는 듯 히데요시의 눈시울을 뜨겁게 만들었다.

"아. 오유……"

히데요시는 그 순간 길가의 소나무 아래에서 한 비구니가 하얀 두건을 쓰고 청초하게 서 있는 모습을 발견했다. 비구니의 눈이 히데요시의 눈과 얼핏 마주쳤다. 그 눈빛에는 원정을 떠나는 사람의 앞길에 대한 기원하는 마음과 얼마 전에 받은 물건에 대해 감사하는 마음이 담겨 있었다. 히데요시는 말을 멈추었다. 그러고는 무엇인가를 명령하려는 듯 뒤를 돌아보았다. 하지만 소나무 아래의 백조는 이미 보이지 않았다.

그날 밤, 히데요시가 묵고 있는 숙영지로 쑥떡을 담은 쟁반이 전해졌다. 한 젊은 비구니가 이름도 밝히지 않고 놓고 간 것이라 했다.

"이거, 맛있구나. 쑥향이 아주 좋아."

히데요시는 식사를 마친 뒤였지만 쑥떡을 두 개나 먹었다. 하지만 이상하게도 입으로는 '맛있다, 맛있다'고 말하면서 눈에는 자꾸 눈물이 고였다. 눈치가 빠른 시동들이 이상한 일이라며 나중에 그 사실을 수행하던 장수들에게 이야기했다. 그러자 모두 이해할 수 없다는 표정을 지었다.

"무슨 일로 눈물을 흘리신 걸까?"

"내일이면 비노 평원으로 말을 몰아 가서 도쿠가와 나리라는 커다란 적과 맞서야 하는데 평소의 나리답지 않게."

그렇게 궁금히 여기기도 하고 주인의 눈물을 걱정하기도 했으나 잠자리에 들자마자 히데요시의 코고는 소리는 걱정할 것 없다고 말하기라도 하듯 여전히 크게 들렸다. 겨우 이 각 정도 기분 좋게 자고 난 뒤, 하늘도 아직 희붐한 이른 새벽에 그곳을 출발해서 그날 안으로 제1부대와 제2부대 모두 속속 기후로 들어갔다.

쇼뉴 부자의 마중 속에 성안과 성 밖 모두 대군으로 넘쳐났다. 밤하늘을 불태우는 횃불과 모닥불이 멀리 나가라 강을 지나고 있었으며, 후속 부대인 제3부대, 제4부대는 평원이 좁게 느껴질 정도로 밤새 동쪽을 향해 흘러가는 것처럼 보였다.

"이거 오랜만일세."

히데요시와 쇼뉴는 만나자마자 그렇게 인사를 나누었다.

"두 부자가 이번 일에 뜻을 같이해준 것, 이 지쿠젠에게는 참으로 기쁜 일일세. 게다가 이누야마 성이라는 선물까지, 그 수훈을 무슨 말로 치하해야 할지 모르겠네. 이 지쿠젠조차 그 신속함, 기민함에는 놀라지 않을 수 없었어."

히데요시는 온갖 말로 공을 치하했으나 쇼뉴의 사위가 그 이후 범한 이와사키에서의 대패에 대해서는 아무런 말도 하지 않았다. 말을 하지 않았기에 쇼뉴는 더욱 면목이 없었다. 사위인 모리 무사시노카미가 저지른 실패와 손해는 이누야마의 공으로도 갚을 수 없는 것이라고 생각하며 부끄러워하는 듯했다. 특히 히데요시가 13일에 사카모토에서 보낸 서장이 비토 진우에몬의 손에 도달한 것은 17일 저녁이었는데 거기에는 이에야스의 도전에 대응하지 말라, 공을 서두르지 말라는 경계가 담겨 있었으나 그때는 이미 일이 벌어지고 난 뒤였다. 쇼뉴가 그것을 보았을 때는 이미 사위가 가벼이 행동해 참패를 당하고, 주장인 모리의 죽음이라는 커다란 상처를 맛본 뒤였다. 그에 대해 쇼뉴가 먼저 말을 꺼냈다.

"너무 그렇게 치켜세우기만 하면 이 쇼뉴는 쥐구멍에라도 들어가고 싶은 심정이오. 짧은 생각으로 아군의 기선을 꺾어버려 뭐라 사죄를 해야 할지, 실은 이렇게 얼굴을 마주하기도 괴로운 심정이오."

"어찌 그리 쓸데없는 걱정을 하시는 겐가. 하하하, 이케다 쇼자부로池田勝三郎답지 않군."

히데요시는 일부러 그가 청년 시절에 불리던 이름으로 그의 기운을 돋으려 했으나 함께 웃어도 쇼뉴의 웃음은 어딘지 밝지 않았다. 그 순간 히데요시의 머릿속에는 이번 대전에서 혹시 쇼뉴가 목숨을 잃는 것이 아닐까 하는 생각이 스쳐 지나갔다.

어려운 문제였다. 질타를 해야 할지, 조용히 넘어가야 할지 고민이 되었다. 히데요시는 이튿날 아침에 눈을 뜰 때도 그 문제를 생각했다. 하지만 누가 뭐래도 앞으로 벌어질 대전에 앞서 이누야마 성이 아군의 수중에 있다는 사실은 크게 득이 되는 일이었다. 히데요시는 단순한 위로가 아니라 그 사실을 거듭 쇼뉴에게 들려주며 공을 치하했다.

25일, 히데요시는 휴식을 겸해 각 병력의 집결을 마쳤다. 그 뒤 모여든 군대까지 합치자 총 팔만여의 병력이 집결했다.

이튿날인 26일에는 출진이 아니라 이미 출전이었다. 아침에 기후 성을 출발해서 낮에 우누마에 도착해 바로 기소 강에 배다리를 놓게 하고 야영을 시작했다. 그리고 이튿날인 27일 아침, 진을 걷어 이누야마로 향했다. 히데요시가 이누야마 성으로 들어간 것은 마침 그날의 정오였다.

발 아래로 기소 강 상류의 물소리를 들으며 연둣빛으로 타오르는 4월에 가까운 푸른 하늘 밑에 서자 히데요시는 한시도 아깝다는 생각이 들었다. 그의 피는 여전히 젊었다.

"다리가 튼튼한 말을……."

히데요시는 그렇게 명하고 점심을 먹고 난 뒤 가벼운 차림으로 성문을 나섰다.

"앗, 어디로 가십니까?"

히데요시는 뒤따라 나오는 장수들을 돌아보며 말했다.

"너무 많이 따라오지는 말게. 적의 눈에 띄니."

히데요시는 쇼뉴의 사위인 모리 무사시노카미가 며칠 전에 전사했다는 하구로 촌을 지나 적의 본영에서 가까운 니노미야二宮 산으로 올랐다. 그곳에서 바라보면 고마키 산은 바로 눈앞에 있었으며 비노 평원은 풀의 바다처럼 보였다.

기타바타케와 도쿠가와 연합군은 육만 천 명 정도라고 들었다. 히데요시는 멀리로 시선을 돌렸다. 한낮의 햇살이 눈부셨다. 아무 말 없이 손을 이마에 대고 고마키 산 가득 층층이 진을 친 적의 진영을 바라보았다.

그날 이에야스는 아직 기요스에 있었다. 아니, 고마키까지 가서 포진에 대한 지시를 내리고 다시 기요스로 돌아간 것이었다. 진퇴에 조금도 소홀함이 없었다. 그 조심스러움은 명인이 일생일대에 놓는 바둑돌 하나의 무게와도 같았다.

"지쿠젠노카미가 어젯밤에 기후로 들어갔습니다."

이에야스가 그러한 첩보를 들은 것은 26일 저녁이었다. 마침 사카키바라와 혼다를 비롯해 신하들과 함께 각 요새의 구축이 끝났다는 보고를 들으며 사방침을 가슴에 끌어안은 채 도면을 보고 있던 순간이었다.

"지쿠젠…… 드디어 왔구나."

이에야스는 낮은 목소리로 중얼거리며 좌우의 사람들을 돌아보더니 거북이 같은 눈가에 주름을 만들며 싱긋 웃었다.

'예상이 거의 들어맞았다.'

이에야스는 그렇게 생각한 것이었다.

늘 발 빠르게 움직이던 히데요시가 쉽게 움직일 수 없었던 것은 그의 주력을 이세로 보내야 할지, 노비로 움직여야 할지를 고민했기 때문이었다. 기후까지 왔다고는 하지만 태풍의 진로는 언제든 급격히 바뀔 수도 있었다. 이에야스는 다음 첩보를 기다렸다.

"지쿠젠이 기소 강에 배다리를 놓고 이누야마로 들어간 듯합니다."

27일 저물녘, 그것을 확인할 수 있었다. 이에야스의 표정은 '그렇다면' 하는 것이었다. 밤새 출전을 위한 준비는 해놓았다. 기요스 성의 혼마루에는 나이토 노부시게內藤信成를, 니노마루에는 미야케 야스사다三宅康貞, 오사와 모토이에大澤基宿, 나카야스 조안中安長安 등의 장수를 남겨두고 28일 경쾌한 걸음으로 고마키 산으로 진출했다.

노부오도 일단은 나가시마로 돌아가 있었으나 보고를 받고 그날 즉시 고마키 산으로 서둘러 가서 도쿠가와 군과 회동했다. 이에야스는 마중을 나갈 생각이었지만 뭔가 차질이 생겨서 그렇게 하지 못했다. 이에야스의 모습이 보이지 않으면 부르면 될 것을 '사람이 좋은' 노부오는 도착하자마자 자신이 먼저 이에야스의 막사로 가서 급히 서둘러 왔다는 등의 이야기를 하고 이런저런 상황을 물었다.

"지쿠젠의 병력은 여기만 해도 팔만여 명, 곳곳의 군세를 합치면 십오만 명이 넘을 것이라고 들었습니다. 이번 대전은 어떻게 되겠습니까?"

노부오는 자신으로 인해 이처럼 커다란 규모로 천하를 가르는 일대 전쟁이 일어날 줄은 생각지도 못했다는 듯 숨길 수 없는 가슴의 동요를 겁먹은 듯한 고귀한 두 눈에 드러내고 있었다.

고마키의 나비

봄 하늘 아래였으나 미노와 오와리의 경계를 이루는 기소 강과 널따란 광야는 폭풍 전야와도 같은 고요함에 잠겨 밭을 가는 사람의 그림자 하나, 나그네의 모습 하나 보이지 않았다. 묘한 평화였다. 나비와 새에게는 있는 그대로 천지의 봄이었으나 인간에게는 한낮에도 뭔가 섬뜩한 기운이 느껴지는 봄이었다. 서민들은 평화를 가장한 거짓된 평화라며 그림자를 완전히 감추어버렸고, 하늘에는 반짝반짝 빛나는 태양만이 남아 지상을 더욱 스산하게 만들었다.

"어쩐다지……."

소녀는 당혹스러웠다. 한낮에 발걸음이 막혀버리고 말았다. 강가에 있는 어부의 오두막을 들여다보아도, 농가의 안채를 두드려보아도 마치 한밤중처럼 아무 소리도 들려오지 않았다.

"마을로 가보자."

그녀는 다른 길로 가보았으나 마을 근처에는 반드시 군의 책문이 설치되어 있고 병마가 있었으며 '통행금지'라는 팻말이 엄중하게 걸려 있었다. 마을 안에서는 그저 들개 소리만 들려올 뿐이었다. 멀리 희미하게 보이는 산으로 가면 전쟁을 피해 있는 사람들이 있을 테지만 그녀는 성격상 그렇게 해서까지 목숨을 지키고 싶어 하지 않았다.

'전쟁에 겁을 먹고 숨어들어봐야 죽을 때는 죽는 법. 차라리 전쟁의 한 가운데에 있는 본진을 찾아가면 분별력 있는 사람이 있을지 몰라.'

그녀는 그렇게 생각하고 이누야마 산성의 하얀 벽을 바라보며 여기까지 온 것이었으나 강변을 돌아다녀도 나룻배는 보이지 않았으며 기소의 빠른 물살이 바위와 여울에 하얀 물보라를 일으키며 격렬하게 흐르고 있었기에 아무리 대담한 그녀라도 건너지 못하고 그저 방황하고만 있었다.

'밤이 찾아오면……'

아무리 마음이 강한 그녀라도 아직 열일곱 살 처녀였기에 어디서 자야 할지, 무엇을 먹어야 할지 여러 가지 걱정이 가슴으로 밀려왔다.

피난을 떠난 농가에는 어쨌든 먹을 것도 있고 잠자리도 해결할 수 있어 여기까지 오기는 했으나 이 부근에는 그럴 만한 오두막이라도 과연 있을지 모를 일이었다. 그녀는 피곤한 몸도 쉴 겸 강변의 돌 위에 앉았다. 그리고 멍하니 저녁 구름을 바라보며 강 건너, 가야 할 길을 꿈결처럼 그려보았다.

"응? 여자가?"

그때 그녀의 등 뒤에서 남자들의 목소리가 들려왔다. 사내들도 놀란 듯했으나 그녀 역시 놀란 듯 뒤쪽에 있는 갈대 사이의 제방을 돌아보았다. 정찰대의 병사들인 듯 각자 창과 총을 들고 있었으며 장수풍뎅이처럼 무장을 하고 있었다. 그들은 하나같이 그녀의 아름다움에 시선을 빼앗긴 채 한동안 그저 바라보기만 할 뿐이었다. 잠시 뒤 일고여덟 명의 정찰대원들이 그녀를 둘러싸고 저마다 질문을 하기 시작했다.

"너는 어디서 온 자냐?"

"여기서 무엇을 하고 있었느냐?"

그녀는 겁을 먹지도 않고 당당하게 대답했다.

"네……. 벌써 나흘째 헤매고 있었습니다. 지쳐서 쉬고 있었습니다."

"어디서 어디로 갈 생각이지?"

"집은 기후와 오가키 사이에 있는 오노 마을입니다. 그 오노 마을에서 나와 이나바 산 뒷길에서 동행과 만날 약속을 했는데 무슨 일이 생겼는지 그 남자가 돌아오지 않아……."

"남자? 뭐 하는 놈이지?"

"유모의 아들입니다."

"그 아들과 대체 어디로 가기로 약속했던 거지?"

"교토에."

"교토?"

"네."

"흠……."

모두 감탄하기도 하고 큭큭 웃기도 했다. 그중에서 나이 어린 잡병 하나가 과장스러운 표정으로 말했다.

"이거 정말 대단하군. 이런 대전쟁은 거들떠보지도 않고 남자와 교토로 달아나는 거야 그렇다 쳐도, 아직은 어린 여자아이로밖에 보이지 않는데 우리 앞에서 부끄러워하는 기색도 없이 그런 얘기를 할 줄이야……. 정말 놀라지 않을 수 없어."

다른 병사들도 새삼스레 그녀의 머리와 차림새를 다시 살폈다.

"하지만 말투도 그렇고, 머리 모양도 그렇고 서민의 딸이라고는 여겨지지 않는데."

"지금 한 말은 거짓말일지도 몰라. 거짓말이 아니라면 이렇게 차분하게 남자에 대해 이야기할 수 있을 리가 없어."

의심을 품고 바라보자면 의심스러운 점은 얼마든지 있었다.

"너희 아버지는 무사였느냐? 이름은 무엇이냐?"

"아버지는 오노 마사히데로 원래는 사이토 요시타쓰 나리의 가신이었다고 들었으나 어렸을 때 전사하셨습니다."

"그럼 너는?"

"유모인 오사와의 손에서 자랐고 오노의 오쓰라 불리고 있어요. 열세 살 때 연줄을 따라 아즈치 성에서 일했는데 덴쇼 10년(1582년)에 노부나가 님이 본능사에서 덧없이 최후를 맞이하신 뒤 아즈치도 망했기에 시골로 돌아와 있었어요."

"뭐, 노부나가가 공의 성에서 일한 적이 있었다고?"

"얼마 전까지는 쇼킨 스님 밑에서 공부를 했어요. 유모는 무슨 일이 있어도 저를 비구니로 만들려고 했어요. 하지만 저는 비구니가 되는 게 싫어요. 교토로 가서 좀 더 공부해서 보람이 있는 일생을 보내고 싶어요. 오사와의 방탕한 아들과 달아날 생각 같은 건 조금도 없었어요."

오쓰는 기품이 있었으며 말도 시원시원했다. 정찰대의 잡병들은 질문하는 동안 왠지 이 소녀의 차분함에 압도당한 듯했다. 하지만 그들은 여전히 의심을 풀지 않았다. 그들은 서로 어떻게 하면 좋을지 상의하기 시작했다. 그들은 무엇인가 소곤소곤 이야기를 나누었는데 대전의 시작을 눈앞에 둔 날이기는 했으나, 예전에 아즈치 성에 머문 적이 있다고 하는 이 단정한 소녀를 불문에 부치고 떠나기는 어딘가 아깝다는 생각이 들었다.

"어쨌든 진중까지 끌고 가기로 하세. 만에 하나 적의 밀정이라면 후회가 될 테니."

병사들은 그렇게 결정을 내린 뒤 오쓰를 자리에서 일으켜 세웠다.

그곳에서 상류로 조금 올라가니 정찰대들이 타고 온 듯한 뗏목이 있었다. 그녀는 창에 둘러싸인 채 뗏목 위로 올랐다. 기소 강의 물보라를 삿대로 찌르며 뗏목은 격류를 가로질러 이누야마 성 아래에 도착했다.

"조심해."

그녀가 내릴 때 한 병사가 그녀의 손을 향해 창의 손잡이를 내밀어주었다. 거기서부터 절벽을 올랐다. 그러자 지상의 모습이 갑자기 바뀌어 있었다. 이에야스의 본진이 있는 고마키에 맞서 히데요시의 대군 팔만이 히가시카스가이 군의 수십 리에 걸쳐 가득 넘쳐나고 있었다.

불과 이틀 전에 대군을 움직여 내려온 히데요시는 적이 진을 친 고마키 산과 지호지간이라 할 수 있을 만큼 가까운 거리에 있는 가쿠덴 촌에 본진을 설치했으며, 이누야마 성에는 기후 오가키에서 전진해온 이케다 쇼뉴와 그의 아들인 기이노카미 유키스케가 들어가 있었다. 정찰대는 이케다 가에 소속된 일개 소대였다.

저녁밥을 짓기 위해 성 밖의 진영은 어디에나 연기가 드리워져 있었다. 마분과 땀 냄새로 인마가 뒤섞여 있는 속을 그녀는 겁을 먹지도 않고 정찰대와 함께 지났다.

"저거 대단한데."

"이봐, 어디서 주워온 거야, 그렇게 좋은 걸."

그녀를 보며 한마디씩 거들지 않는 병사가 없었다.

"흠……?"

정찰대의 대장인 센다 몬도千田主水도 부하들의 보고를 들으며 눈을 둥그렇게 떴다.

"오노 마을의 오쓰란 말이냐?"

"네……."

"그럴듯하기는 하다만 사실은 도쿠가와 가와 연줄이 있는 자에게 부탁을 받은 것 아니냐? 솔직히 말하는 게 좋을 게야. 숨기고 있다가 나중에 발각되면 혼쭐이 날 테니."

"의심스러우시다면 저를 대장님인 히데요시 님과 만나게 해주세요."

"뭐? 하시바 나리를 뵈면 알 수 있다고?"

"네, 얼마 전까지 제가 스승으로 모시고 있던 보다이 산의 쇼킨 스님은 히데요시 님도 잘 알고 계시는……. 지금은 돌아가신 다케나카 한베 시게하루 님의 여동생이시니."

"오호……."

몬도는 반신반의했다.

"이봐."

부하를 돌아보고 말했다.

"우선은 군량이라도 나누어주고 임시 숙소에서 잠시 쉴 수 있게 해줘. 어쩌면 미친 아이일지도 모르겠어. 하는 말 하나하나가 도저히 납득이 가지 않아."

그날도 이케다 쇼뉴는 겨우 네다섯 기만 데리고 성 밖에 나가 있었다. 전날에도 성 밖으로 나가 어딘가를 한 바퀴 둘러보고 돌아왔다. 이틀 전에도 두 무리의 장교 정찰대를 풀어 이누야마와 고마키 지방에서 도카이도 방면으로 나가는 산길의 지세를 살피게 했다.

"연기가 심하구나."

쇼뉴는 밥 짓는 연기에 얼굴을 찡그리며 말을 탄 채 성문을 지났다.

"아직도 심기가 불편하신 듯해……."

이케다 가의 장병들은 쇼뉴의 눈빛만 보고도 그를 두려워했다. 쇼뉴가 사위인 모리 나가요시 때문에 심기가 불편하다는 것은 누구나 알고 있는 사실이었다. 나가요시는 급히 공을 세우고 싶은 마음에 고마키의 적진으로 기습을 감행했다가 실패하고 말았다. 그로 인해 총사인 히데요시가 대결전의 전장에 도착하기도 전에 서전에서 아군에게 커다란 손해를 입히고 말았다.

며칠 전 이누야마에 도착한 히데요시는 바로 포진에 들어가 지금은 가쿠덴 촌에 진을 치고 있었다. 그는 마중을 나온 쇼뉴 부자에게 '이누야마를 그렇게 빨리 함락시키다니 참으로 잘했소'라고 공을 치하하면서 그 공으로도 갚을 수 없는 사위 모리 무사시노카미 나가요시의 커다란 실수에 대해서는 아무런 말도 하지 않았다.

쇼뉴는 히데요시가 아무 말도 하지 않아 더욱 괴로웠다. 그뿐만 아니라 아군 중에서는 여러 가지 악평이 분분했다. 이케다 쇼자부로 노부테루라 불리던 시절부터 사람들에게 손가락질을 받을 만한 일은 하지 않았다고 자부하며 마흔아홉 살까지 무인 생활을 일관해온 그에게 적어도 이번 실책은 참으로 유감스러운 일이었다.

"유키스케도 오너라. 산자에몬도 오도록. 노신들도 모두 모이도록 하게."

혼마루의 거실에 앉자마자 쇼뉴는 곧 아들 기이노카미 유키스케(스물여섯 살)와 산자에몬 데루마사(스물한 살), 그리고 중신들을 불러 모았다.

"여러분의 기탄없는 의견을 듣고 싶소."

통로에 지키는 사람을 세워두고 은밀한 회의에 들어갔다.

"우선 이것을 보게."

쇼뉴가 겉옷 안쪽에서 산이 그려진 지도 하나를 펼쳐보였다.

"도쿠가와와 기타바타케의 군은 고마키 산에 모여 있고 나머지는 기요스에 남아 뒤를 지키고 있을 뿐이오. 생각건대 이에야스의 본국인 미카와의 오카자키에는 소수의 병력만 남아 있을 듯하오."

사람들은 쇼뉴의 말을 들으며 앉은 순서대로 지도를 돌려보았다. 지도에는 이누야마에서 산을 넘고 강을 건너 산슈三州 오카야마로 가는 길이 붉은색으로 점점이 그려져 있었다. 그것을 보고 자연스레 퍼뜩 떠오르는 것이 있었다.

'그렇다면…….'

지도를 보고 난 사람들은 그렇게 생각하면서도 말없이 쇼뉴의 입술을 바라보고 있었다. 그러자 쇼뉴가 사람들에게 자문을 구했다.

"적의 고마키나 기요스는 내버려두고 도쿠가와의 본성인 미카와 오카자키로 아군을 곧장 몰아간다면 천하의 이에야스라고 할지라도 당황하지 않을 수 없을 것이오. 단, 주의해야 할 것은 행군 도중 고마키 산에 있는 적의 눈을 어떻게 피해 병마를 움직일까 하는 점뿐인데……."

쇼뉴의 갑작스러운 말에 입을 여는 사람은 아무도 없었다. 쇼뉴가 말한 작전은 참으로 기발했지만 잘못하면 아군 전체에 치명적인 파탄을 가져다주는 화근이 될지도 모를 일이었다.

"나는 이 계책을 하시바 나리께 헌책할 생각이네. 사활이 걸린 작전이기는 하나 뜻대로 되기만 한다면 도쿠가와 이에야스와 기타바타케 노부오도 우리 손으로 사로잡을 수 있을 게야."

쇼뉴는 작전을 감행할 생각이었다. 뭔가 큰 공을 세워 사위의 패배를 만회해서 자신을 손가락질하는 사람들에게 되갚아주고 싶은 모양이었다. 다들 그 속내를 너무도 잘 알고 있었기에 '기발한 계책이란 성공하기 그리 쉽지 않은 법입니다. 위험합니다'라고 지적하지 못했다.

무릇 무인들이 모인 자리에서는 자칫 장거壯擧네 결사네 하는 위세 좋은 안으로 결정되기 쉬운 법이다. 마음속으로는 위험하다 여기고 있으면서도 나약하게 보이는 의견을 내는 것을 싫어하는 법이다. 그것을 굳이 이야기하는 사람은 상당한 신념가이거나 충신이라 해도 좋을 것이다.

쇼뉴의 계략도 그날 밤 회의에서는 '그야말로 필승의 기묘한 계책', '침투의 선봉으로는 꼭 저를'이라며 모두 찬성했고, 결국 어느 틈엔가 실행하기로 결정을 내리게 되었다.

이번 침투는 적진 깊숙이 잠행해 적국 안에서 적을 깨뜨려야 하는 작전이다. 예전에 시즈가타케에서 시바타 가쓰이에의 조카인 겐바가 이 작전을 썼다가 대패한 경험도 있었으나 쇼뉴는 무슨 일이 있어도 히데요시를 설득해 이 작전을 쓰고 싶었다.

"내일이라도 가쿠덴의 본진으로 가서."

잠자리에서도 비책을 생각하며 하룻밤을 보냈다. 그런데 아침이 되자 가쿠덴에서 전령이 왔다.

"오늘 정오 무렵에 진을 둘러보시고 지쿠젠 나리께서 이리로 오실 것입니다."

쇼뉴는 학수고대했다.

그날 히데요시는 가쿠덴에서 나와 말 위에서 4월 초의 미풍을 맛보며 이에야스의 고마키 본진과 부근에 있는 적의 요새를 자세히 살펴본 뒤 시동과 근신 등 십여 기를 데리고 이누야마 쪽으로 길을 가고 있었다.

"오호…… 저쪽에 아름다운 나비가 들판에서 춤을 추고 있구나. 누가 가서 잡아오도록 해라."

히데요시가 문득 말을 멈추고 한쪽을 가리키며 말하자 사람들이 무슨 일일까 싶어 하며 의아해했다.

히데요시는 눈이 밝았다. 아니, 그를 따르는 장병들은 모두 대장의 경호에 긴장하고 있었으나 그는 봄이 무르익은 4월의 들판을 유람이라도 하듯 즐기고 있었기에 볼 수 있었던 것이다.

"너희 눈에는 저 나비가 보이지 않느냐?"

히데요시는 좌우의 사람들이 이상하다는 듯 앞을 바라보자 다시 손을 들어 가리키며 살짝 웃어 보였다.

"저기, 저기에 있지 않느냐."

후쿠시마 이치마쓰福島市松가 히데요시의 표정을 보고 알았다는 듯 대답했다.

"아, 저것 말입니까?"

"그래, 저거 말이다."

"저 나비를 잡아오란 말씀이십니까?"

"그렇다."

과연 어렸을 때부터 곁에 두고 기른 아이는 어설픈 여관의 안주인보다 눈치가 빠르다고 말하기라도 하듯 히데요시가 고개를 끄덕이며 대답했다. 이치마쓰는 벌써 말을 몰아 그쪽으로 달려가고 있었다.

"어디로?"

아직 눈치를 채지 못한 사람들은 이치마쓰가 가는 곳으로 시선을 두고 있었다. 그의 그림자는 벌판 끝을 향해 점점 작아져갔다. 마침내 이치마쓰가 말 위에서 훌쩍 뛰어내렸다. 그가 선 자리에서 붉은 것이 얼핏 보였다. 그 붉은 것이 여자의 허리끈이거나 소매의 무늬 중 일부일 것이라는 사실을 안 것은 이치마쓰가 한 손으로 고삐를 쥔 채 여자를 데리고 이쪽으로 한참 다가온 뒤였다.

"아하, 나리께서 나비라고 하신 건 바로 저 여자아이를 두고 하신 말씀이구나."

그제야 모든 장병이 깨닫고 나자 행렬이 술렁이기 시작했다. 그곳은 적과 아군 모두에게 있어서 곧 결전장이 될 위험한 장소였다.

'어째서 가녀린 소녀가 이런 곳에?'

모든 사람들이 궁금증을 넘어 호기심으로 뜨거운 시선을 보낸 것은 당연한 일이었다.

"잡아왔습니다."

이치마쓰가 소녀의 한 손을 잡아끌며 대열 옆에 섰다. 그러자 히데요시가 소녀를 보고 무엇인가를 느꼈을 때 보이는 눈빛을 얼핏 내보였다.

"어떠냐, 아름다운 나비지?"

히데요시는 문득 자신과 다른 무사들이 모두 갑주를 두르고 있다는 것을 깨닫고 슬쩍 에둘러 말했다.

"하지만 독나비일지도 모르지. 누가 뭐래도 소녀가 혼자 이런 곳을 돌아다닌다는 건 이상한 일이니. 이치마쓰, 말 옆으로 좀 더 가까이 데려오너라."

이치마쓰는 소녀와 함께 몇 걸음 앞으로 나가 안장 바로 옆까지 다가갔다. 하지만 그녀는 이누야마 성의 장병들 속을 차분히 걸었던 것처럼 조금도 주눅 들지 않았으며, 조금도 두려워하지 않았다. 세상의 다른 처녀들처럼 고개조차 숙이지 않았다.

"너는 누구냐?"

히데요시는 천진할 정도로 겁 없이 서 있는 하얀 얼굴을 일부러 빤히 내려다보며 물었다.

"오노의 오쓰라고 합니다."

오쓰도 히데요시를 빤히 바라보았다. 전날 밤 오쓰는 성 밖의 이케다 부대 안에서 간신히 하룻밤을 보냈다. 부장인 센다 몬도는 부하들에게 친절히 대하라고 말했으나 병사들은 좋은 먹잇감인 그녀를 보고 그저 친절하게만 대할 수가 없었다. 당연히 짓궂은 장난으로 밤새 그녀를 괴롭혔다.

날이 밝은 뒤 오쓰는 방 한쪽 구석에서 간신히 눈을 붙이고 나서 아침을 먹으며 도망치기로 결심했다. 이런 잡병들 속이 아니라 총군의 대장이 있는 곳으로 가서 보호를 요청할 생각이었다. 하지만 이누야마에서 나와 길을 잘못 들어서서 어딘지도 모를 들판을 걷다가 그곳에서 세 명의 병사를 만났다. 그런데 그들 또한 어젯밤 병사들처럼 짓궂은 장난을 치려고 했다. 오쓰는 병사들을 향해 '얼뜨기들!' 하고 소리를 지른 뒤 있는 힘껏 벌판을 달려 달아나던 중이었다.

꼬마 아가씨의 서슬에 놀란 것인지, 아니면 멀리 가로수 길로 히데요시의 행렬이 보였기 때문인지 들개처럼 쫓던 병사들이 어리둥절한 표정을 지었다. 히데요시가 멀리서 나비라고 본 것은 더는 쫓아오지도 않는 병사들을 두려워하며 달리던 그녀의 모습이었다.

"오쓰라고?"

히데요시는 직접 이런저런 질문을 했다. 무슨 일로 이런 곳을 돌아다니고 있는 것인지, 나이는 몇 살이며, 고향은 어디인지, 아버지의 이름은 무엇인지 등을 꽤나 자세히 물었다.

오쓰는 어제 기소 강변에서 이케다의 정찰대에게 이야기한 것처럼 겁먹지 않고 숨김없이 신상을 이야기했다. 어젯밤에 애를 먹은 일이며 지금도 벌판에서 위험한 일을 당할 뻔했다는 사실도 아무런 수줍음 없이 이야기했다. 그리고 마지막으로 백옥 같은 이를 살짝 드러내고 웃으며 말했다.

"저는 열두어 살 때 멀리서나마 나리를 가끔 뵌 적이 있습니다."

"오, 그러냐?"

히데요시는 고개를 갸웃거렸으나 이내 오쓰가 예전에 아즈치 성에서 일한 적도 있었다고 이야기한 것을 떠올리고 다시 물었다.

"아즈치 성에서 봤느냐?"

"네."

"이 지쿠젠도 돌아가신 우다이진右大臣 님(노부나가) 곁으로 자주 불려갔었으니 그때 본 모양이로구나."

"노부나가 님께서 선교사들이 데려온 검둥이를 아즈치의 정원으로 불러 쓰보네 님도 보실 수 있게 하고 여러 사람도 부른 적이 있었습니다."

"그래, 있었지. 그런 일도……."

"그때 나리께서도 가까이에 계셨습니다. 나리의 얼굴도 한번 보면 잊을 수 없다고 모두 말했었습니다."

히데요시가 원숭이를 닮았다는 사실은 모두 알고 있는 일이었으며, 히데요시 자신도 잘 알고 있는 사실이었다. 하지만 히데요시는 매우 부끄러워하며 '발칙한 계집, 무슨 소리를 하는 건지'라고 말하듯 오쓰의 입술을 응시했다. 오쓰는 선천적인 예지로 빛나는 눈을 더욱 맑게 뜨고 '정말 닮으셨어'라고 말하기라도 하듯 히데요시의 얼굴을 더욱 빤히 바라보기만 했다.

히데요시는 남몰래 지금껏 경험한 적이 없는 두려움을 느꼈다. 그는 예전부터 자신의 눈빛에 대해 상당한 자신감을 가지고 있었다. 세상의 어떠한 효웅이라도, 다루기 어려운 호걸이라 할지라도 그와 담소를 나누다 문득 시선이 부딪치면 열에 열 모두가 시선을 옆으로 돌리거나 아래로 떨어뜨려 똑바로 바라보는 히데요시의 시선을 견디지 못했다. 그토록 자신의 눈빛을 오래 쏘아 보낼 수 있는 사람은 거의 없었다.

노부나가가 세상을 떠난 뒤 그의 눈빛의 힘은 기요스 회의에서도 자리에 있는 모든 사람들을 압도했으며, 야마자키와 시즈가타케 전투에서도 시바타, 다키가와 무리들을 완전히 꼼짝 못하게 했다. 그리고 지금 도카이의 혹성이라고도 일컬어지고 천하의 커다란 그릇이라고도 여겨지며 히데요시의 앞날에 가장 번거로운 사람이라고도 여겨지는 도쿠가와 이에야스의 대군과 이세 일원의 기타바타케 노부오의 병력 총 육만여 명이 진을 치고 있는 고마키 산의 적에 대해서도 그는 마음속으로는 어떻게 생각할지 모르나 적어도 눈빛만큼은 '이에야스 따위가 무엇이란 말이냐'라고 말하듯 적을 집어삼킬 듯한 기세였다.

그런데 그러한 자신감으로 넘쳐나는 눈을 이름도 없는 일개 소녀의 눈이 처음부터 아무런 두려움도 없이, 오히려 히데요시가 먼저 부끄러움을 느낄 정도로 맑게 바라본 것이었다. 그러니 히데요시가 '대체 어떻게 된 계집아이이지?' 하며 두려워하거나 호기심을 느낀 것도 어쩌면 당연한 일이었다.

"여봐라, 헤이마는 어디에 있느냐?"

히데요시가 갑자기 뒤를 돌아보며 시동들에게 외쳤다. 그러자 대열 안에서 오타니 헤이마(후의 교부)가 '네' 하고 대답하며 말 머리를 주인 곁으로 몰아왔다.

"부르셨습니까?"

"흠, 네 말을 빌려주도록 해라."

"말을…… 말씀이십니까?"

"내려서 이 아이를 태우도록 해라. 그리고 부리망을 쥐고 이 아이를 이 누야마까지 데려가라."

헤이마가 부루퉁한 표정을 지으며 대답하지 않았다.

"헤이마, 왜 대답하지 않는 게지?"

"싫습니다."

"뭐, 싫다고?"

"네. 전장에서는 설령 전우가 부탁한다 할지라도 말만은 빌려주지 않아도 우정에 금이 가지 않는 법이라고 들었습니다. 하물며 계집에게 말을 빌려주고 제가 부리망을 쥐고 가야 하다니……. 야단을 맞는다 해도 저는 싫습니다. 사양하겠습니다."

주종 사이라고 해도 싫은 것은 싫다고 말하고 기쁜 것은 기쁘다고 말해 서로 형식에 연연하지 않고 생명과 생명을 진실하게 대하는 것이 히데요시와 그 가신들 사이의 관계였다. 아니, 당시 선배와 후배 사이, 나이 든 사람과 젊은이 사이에 이러한 기풍이 있었다. 따라서 헤이마가 싫다고 떼를 썼으나 정당한 이유가 있다 보니 히데요시도 그저 웃기만 할 뿐 탓하지 않았다.

"하하하하, 어쩔 수 없는 녀석이로구나. 헤이마 놈은 전장이라 빌려주기 싫다는구나. 여봐라, 오쓰에게 말을 빌려주고 직접 부리망을 끌어 이누야마까지 걸어갈 우아한 사내는 어디 없느냐? 누구든 상관없다."

히데요시의 말은 살벌한 대열에 오히려 화기애애함과 웃음을 가져다 주었다. 잠시 뒤 스스로 안장에서 내려 말을 몰고 온 사람이 있었다.

"그렇다면 제가 말을 빌려주기로 하겠습니다."

누군가 보니 가모 다다사부로 우지사토였다. 그는 히노 성주의 아들로 스물아홉 살의 젊은이였다.

"아, 우지사토. 이거 미안하게 됐구먼."

히데요시가 예를 갖춰 말했다.

"이것도 풍류입니다."

우지사토가 오쓰를 도와 말에 태운 뒤 아무런 거리낌도 없이 부리망을 쥐고 히데요시의 뒤를 따랐다. 히데요시는 고개를 끄덕인 뒤 대열을 출발시켰다. 여러 젊은 인재들 속에는 이시다 사키치처럼 경리적 재능을 가지고 있거나 지모에 뛰어난 사람도 있었으나 대부분 첫 번째 전공만을 호시탐탐 노리는 사람들뿐이었다. 그러다 보니 히데요시는 우지사토의 모습을 보며 '과연 다다사부로의 앞날이 기대되는구나'라고 생각했으며, 우지사토는 히데요시의 그런 시선 속에서 싱글싱글 웃고 있었다.

이누야마에 도착했다. 이케다 쇼뉴 부자가 성안에서 마중을 나와 있었다. 히데요시와 병사들은 모두 혼마루와 그 외의 곳으로 들어갔다. 그리고 정오를 조금 지난 시각이었기에 바로 점심을 먹었다.

점심을 다 먹은 뒤 히데요시는 극히 소수의 사람들과 편안하게 차를 마셨다.

"그런데 사위님의 경과는 좀 어떤가? 나가요시의 용태는?"

히데요시는 쇼뉴와 만나 이야기를 나눌 때면 언제나 오랜 벗 그대로의 모습을 보였다. 쇼뉴가 이케다 쇼자부로라 불리던 시절부터 마에다 이누치요前田犬千代 등과 함께 기요스 거리를 취해 돌아다니기도 했던 악우惡友이

자, 이후 생사를 넘나드는 전장에서도 서로를 배반하지 않고 지내온 선우
善友였기 때문이다.

"이거 사위의 혈기 때문에 체면을 잃었으나 회복 속도가 생각보다 훨
씬 빨라서 하루라도 빨리 진중에 나가 오명을 씻고 싶다는 말만 입버릇처
럼 하고 있소."

사위란 말할 것도 없이 모리 무사시노카미 나가요시였다. 한때 그는
적과 아군 사이에서 하구로의 패전 때 전사했다고 알려졌으나 실은 이누
야마 성의 깊은 곳에서 온몸의 상처를 필사적으로 치료받고 있었다.

병든 맹장

히데요시는 잡담을 좋아했다. 잡담을 하며 여러 사람의 지혜를 모았다. 좌우의 사람들에게 여러 가지 말을 건넸고 젊은 무사들의 솔직한 의견들을 들었다.

"이치마쓰(후쿠시마)는 오늘 고마키에서 보고 온 적의 요새 중 어느 곳의 방비가 가장 견고하다고 생각하는가?"

"요이치로(호소카와)는 적의 이중 해자의 진형을 공격해야 한다면 사카키바라의 진을 공격하겠는가, 마쓰다이라의 요새를 무너뜨리겠는가?"

"오늘 한 바퀴 둘러보고 온 사이에 적의 약점으로 보였던 점, 혹은 아군의 약점이라 여겨졌던 점이 있다면 무엇이든 말해보게. 스케사쿠(가타기리)는 어땠는가? 도라노스케(가토)도 의견이 있으면 말해보게."

히데요시의 질문에 젊은 근신들은 언제나 솔직하게 의견을 이야기했다. 그들이 열을 내면 히데요시도 열을 냈다. 그럴 때면 주종인지, 친구인지 모를 정도의 분위기가 되기도 했으나 히데요시가 한번 엄한 표정을 지으면 그 자리에서 모두 옷깃을 바로 했다.

곁에 있던 이케다 쇼뉴가 언제 끝날지 알 수 없는 주종의 이야기를 끊더니 히데요시에게 말을 건넸다.

"그건 그렇고 오늘은 이 쇼뉴가 긴히 드리고 싶은 말씀이 있소."

히데요시가 '흠' 하고 고개를 한 번 끄덕이고 나서 가신들에게 물러나라고 말했다.

"모두, 자리를 잠시 비켜주게, 자리를."

"네."

비질을 한 것처럼 모두 물러나 휴식을 취하러 갔다. 모두 나가자 쇼뉴가 말했다.

"지쿠젠 나리, 뒤에 있는 여자분은 누구신지?"

"아, 이 아이 말인가?"

잊고 있던 것을 떠올렸다는 듯 돌아보며 말했다.

"이곳으로 오는 길에 데려온 아이일세."

"호…… 이 전장에서?"

"그렇다네. 좀 특이한 여자아이 아닌가? 오쓰, 너도 나가 있어라."

오쓰가 '네' 하고 자리에서 일어서려다 문득 쇼뉴에게 물었다.

"어디로 가 있으면 되겠습니까?"

쇼뉴가 차남인 산자에몬 데루마사를 불러 오쓰를 다른 방으로 안내하라고 명했다.

"산자에몬, 산자에몬."

히데요시가 뒤에서 부르며 말했다.

"이 아이에게 어울릴 만한 겉옷과 갑옷이 있으면 좀 빌려주게. 진중에서 저런 차림을 하고 있으면 다니기에도 불편하고 병사들이 보기에도 좋지 않으니. 알겠는가? 기다리는 동안 갈아입을 수 있도록 해주게."

히데요시는 여자에게 친절한 자신의 성격을 새삼스레 감출 필요가 없다는 듯 쇼뉴를 개의치 않고 명을 내렸다.

드디어 모든 사람이 나갔다. 방에는 쇼뉴와 히데요시 둘만 남았다. 그곳은 혼마루의 널따란 방이었다. 주위가 전부 보였기에 경계병도 필요 없었다.

"쇼뉴, 긴히 할 말이란…… 무엇인가?"

"실은 그 일 때문에 본진으로 갈 생각이었네만."

"여기서 하도록 하게. 무슨 말인지 들어보기로 하지."

"다름이 아니라 오늘의 순시로 마음은 이미 정하셨으리라 생각하네만, 이에야스의 고마키의 진, 참으로 견고하지 않은가?"

"참으로 훌륭했소. 그 정도의 축성과 포진을 그처럼 단시일 안에 해낼수 있는 자는 이에야스밖에 없을 게요."

"나도 몇 번인가 말을 몰아 고마키 부근을 둘러보았으나 그곳을 공략할 방법은 거의 없을 듯하오."

"서로 대치해야겠지, 늘 그랬던 것처럼……."

"이에야스도 상대가 상대인 만큼 신중을 기하고 있고, 우리도 이름 높은 도쿠가와 군과의 첫 번째 결전이기에 자연히 이렇게 서로 눈싸움을 하는 형국이 되고 말았소."

"재미있지 않은가? 연일 소총 소리 하나 들리지 않는 정적 속에서 싸움 없는 싸움을 하고 있으니……. 백미는 그 미묘함에 있지."

"바로, 그렇다네."

쇼뉴는 히데요시 곁으로 가까이 다가가 산길이 그려진 지도를 펼쳐놓고 얼마 전부터 가슴에 품고 있었던 기발한 계책을 열심히 이야기했다.

"음, 음…… 과연."

히데요시는 쇼뉴의 이야기를 열심히 들으며 몇 번이고 고개를 끄덕였다. 하지만 마지막 결론에 다다르자 난색을 표했다. 가타부타 말도 없이 계책을 쉽게 받아들일 듯한 얼굴빛이 아니었다.

"만약 허락하신다면 이 쇼뉴는 일족을 들어 솔선해서 오카자키 성을 반드시 손에 넣어 보일 생각이네. 고마키의 견고한 요새가 아무리 대비를 잘하고 있다 할지라도, 또 이에야스가 아무리 무문의 커다란 그릇이라 할지라도, 일단 도쿠가와의 본국인 오카자키가 느닷없이 아군의 말발굽 아래 있다는 소식이 들려오면 싸우지 않아도 그의 내부에서부터 무너질 것은 틀림없는 사실이라 여겨지네."

쇼뉴는 끝도 없이 설명했으며, 집요할 정도로 자신의 '침투 계략'을 설득했다.

"알겠네. 음…… 생각해보기로 하지."

히데요시는 즉답을 피하며 쇼뉴를 살살 달랬다.

"자네도 그렇게 자신의 일로만 생각하지 말고 남의 일이라 여기고 하룻밤 더 생각해보도록 하게. 기발한 계책이고 또 장거이기는 하나, 그만큼 위험한 일이기도 하다네."

쇼뉴의 무용과 대담함은 히데요시도 잘 알고 있었다. 하지만 그 이상으로 높이 평가하지는 않았다. 두 사람의 목소리가 잠시 끊겼다. 순간 옆방 문이 열리더니 쇼뉴의 장남인 기이노카미가 멀리서 머리를 조아렸다.

"아버지, 괜찮으시다면 잠시 이리로……."

그보다 조금 앞서, 성안의 한 방을 병실로 삼아 상처를 치료받고 있는 쇼뉴의 사위 모리 무사시노카미 나가요시가 밤낮으로 간병을 하는 열여섯 살짜리 동생 모리 센치요森仙千代에게 자꾸만 고집을 부리고 있었다.

"센치요, 산자에몬을 불러오너라. 산자에몬을."

"형님, 그렇게 자꾸 몸을 움직이시면 밤에 또 상처에서 열이 나고 아플 것입니다."

"쓸데없는 걱정 말고 산자에몬이나 불러와라."

"안 됩니다, 지금은."

"네놈은 왜 뭐든지 안 된다는 게냐?"

"지금은 히데요시 님께서 혼마루에 오셔서 기이 님과 산자에몬 님 모두 말씀을 나누는 중이라고 하지 않습니까?"

"바로 그래서 히데요시 님께서 돌아가시기 전에 산자에몬에게 말을 전하려는 게다. 알았다, 네가 말을 전해주지 않겠다면 내가 직접 가겠다."

나가요시는 자리에서 일어나려고 애를 썼다. 하지만 그는 전신에 붕대를 감고 있었다. 머리와 얼굴, 한쪽 팔이 하얀 천에 뒤덮인 상태라 천하에 용맹을 떨치고 있던 그도 마음대로 움직일 수가 없었다. 무사시 나가요시는 답답하기 짝이 없었다.

지난달 18일, 나가요시는 서둘러 공을 세우고 싶은 마음에 고마키 산에 있는 적의 견고한 요새를 공격하다 참담한 패배를 맛보았다. 부하 팔백여 명을 잃었을 뿐만 아니라 자신도 중상을 입어 아군의 들것에 실려 간신히 도망쳐왔을 정도로 참담한 상태였다. 자신뿐만 아니라 장인인 쇼뉴의 이름에까지 쉽게 씻을 수 없는 불명예를 가져다주고 말았다.

'무사시가 전사했다.'

적은 개가를 불렀으며, 아군 중에서도 그 말을 믿는 사람들이 있다는 소리를 듣고 나가요시는 '이대로 죽을 수 없다'며 밤낮으로 눈을 치켜떴고, 몸의 상처보다 마음의 상처 때문에 온몸을 뜨겁게 불태우고 있었다.

"안 됩니다, 형님."

센치요가 눈물을 흘리며 형을 뒤쪽에서 끌어안고 화를 냈다.

"이야기가 끝나고 나면 산자에몬 나리를 모셔올 테니 그때까지만 기다려달라는 것인데, 형님은 어째서……."

"지쿠젠 나리께서 돌아가시고 난 뒤에는 소용이 없기에 서두르는 게다. 그런데 너는."

"그럼 기이 나리까지 모셔올 테니 움직여서는 안 됩니다."

센치요는 형을 자리에 가만히 눕힌 뒤 일어났다.

잠시 뒤 산자에몬이 왔다. 얼굴을 보자마자 나가요시가 물었다.

"어떤가? 장인어른께서 그 일을 하시바 나리께 말씀드렸는가?"

"지금 사람들을 물리치고 두 분께서만 밀담을 나누고 계시는 중일세."

"그렇다면 하시바 나리께서 그 계책을 받아들였는지는 아직 모르겠군."

"음, 아직 모르네."

"만약 받아들이지 않으신다면 바로 알려주게. 내 지쿠젠 나리의 발에라도 매달려 청할 생각이니. 알겠는가, 산자에몬."

한편, 조금 전의 방에서는 사람들을 물린 채 히데요시와 쇼뉴 둘이서만 말없이 대좌하고 있었다. 지금 막 옆방에서 아들 기이노카미가 아버지 쇼뉴를 불러 무슨 말인가를 속삭였다. 쇼뉴는 이야기를 마치고 히데요시 앞으로 돌아와 있었다.

"오카자키로 '침투'하는 일, 감행하라고 이 자리에서 명을 내릴 수 없겠는가? 병상에 있는 나가요시까지 승낙했는지 걱정하며 지금도 기이를 통해 물어올 정도로 열의를 보이고 있다네. 모쪼록 결단을 내려주길."

조금 전에 했던 이야기를 다시 되풀이했다. 쇼뉴의 전략은 틀림없이 기상천외한 것이었다. 조심스럽기로 따지자면 돌다리도 두드려보고 건너야 한다고 주장하는 이에야스조차 깨닫지 못할 만한 전략이었다. 하지만 히데요시의 생각은 조금 달랐다.

히데요시는 선천적으로 기발한 계책도 기습도 그다지 좋아하지 않았다. 그는 시간이 걸린다 해도 전술보다 외교, 작은 국면에서의 쾌승보다 커다란 국면에서의 제패를 바랐다.

"그리 서두를 것 없네."

히데요시가 쇼뉴의 마음을 달래주었다.

"내일까지 마음을 정해두겠네. 내일 아침에 가쿠덴의 본진까지 오도록 하게. 가부를 들려줄 테니.”

“그럼 내일 아침에.”

“그만 돌아가겠네.”

히데요시가 자리에서 일어났다.

“돌아가신다.”

기이노카미가 곳곳의 방에 알렸다. 근신들이 복도에서 기다리고 있다
가 히데요시의 뒤를 따랐다. 그런데 혼마루의 출입구까지 다다랐을 때 말
을 묶어놓는 곳 옆에 이상한 모습을 한 무사 하나가 무릎을 꿇고 앉아 있
었다. 머리와 한쪽 팔에 붕대를 감고 있었으며 갑옷 위에 입은 겉옷에는
하얀색 바탕에 금란초가 그려져 있었다.

“응? 자네는?”

히데요시가 바라보자 중상자가 하얀 붕대를 두른 얼굴을 들어 말했다.

“쇼뉴의 사위인 모리 나가요시 놈입니다. 이처럼 추한 모습을 보여드
려 더욱 불쾌하시리라 생각됩니다만.”

“오오, 무사시노카미인가? 부상은 좀 어떤가?”

“오늘부터 병상에서 일어나기로 했습니다.”

“무리하지 말게. 몸만 나으면 오명은 언제든지 씻을 수 있으니.”

다혈질이자 감정의 기복이 심한 나가요시는 오명이라는 말을 듣고 한
줄기 눈물을 흘렸다. 그러고는 겉옷 안에서 글 하나를 꺼내 공손히 히데요
시의 손에 건넨 뒤 다시 머리를 조아리고 말했다.

“진으로 돌아가신 후 읽어주신다면 더없는 행복으로 알겠습니다.”

“그래 알겠네, 읽기로 하지. 부디 몸을 중히 여기도록 하게.”

히데요시는 나가요시의 마음을 가엾이 여겼는지 고개를 끄덕이며 그
렇게 말하고 성문을 나섰다.

진중의 꽃 한 송이

왜가리파인 산조는 이케다 쇼뉴의 밀서를 들고 이누야마에서 사십 리 정도 떨어진 곳에 있는 오토메大留 성의 성주 모리카와 곤에몬森川權右衛門에게 전령으로 가 있었다. 왜가리파란 이케다 가의 비밀 부대, 즉 밀정의 다른 이름이었다.

산조는 이누야마 공격에 앞서 공을 세웠으니 상으로 금도 받고 휴가도 얻어 자신의 꿈을 이룰 줄 알았다. 하지만 상금만 받았을 뿐 전쟁은 지금부터라는 이유로 군에서 벗어나지 못했다.

산조의 꿈이란 오쓰와 교토로 가서 사는 것이었다. 하지만 이 방탕한 사내의 어머니 오사와는 오쓰의 아버지인 오노 마사히데의 신하 헤키 오이의 후처로 오쓰를 길러준 어머니와 다를 바 없는 유모였다. 오쓰는 방탕한 산조를 이용하고, 산조는 오쓰를 꾀여낼 속셈으로 오노 마을의 오두막을 뛰쳐나간 뒤 오사와는 슬픔에 잠겼다.

어쨌든 젊은이의 꿈은 좋은 것이든 나쁜 것이든 전쟁에 끊임없이 위협을 받으며 거칠게 살아가야 하는 삶에서는 견디지 못하는 게 일반적이다. 더군다나 오쓰의 꿈과 산조의 꿈 사이에는 커다란 차이가 있었다. 마치 동상이몽이나 마찬가지였다.

욕정에 불타오른 산조는 이케다 가로부터 상금과 휴가를 받으면 오쓰가 있는 곳으로 돌아가 그녀의 손을 잡고 교토로 갈 수 있을 것이라 생각했다. 하지만 그의 생각은 대전을 앞두고 결코 있을 수 없는 일이 되어버리고 말았다. 그는 탈주할까도 생각해봤으나 붙잡히면 당연히 참수에 처할 일이었다. 이세 가도와 미노 가도 할 것 없이 이 대전장의 백 리 사방에는 관문이 없는 곳이 없었다.

'오쓰는 어떻게 됐을까?'

산조는 그렇게 생각하면서도 목숨이 아까웠기에 군에 머물 수밖에 없었다. 그러던 중 쇼뉴가 산조를 불러 다시 명을 내렸던 것이다.

"이 밀서를 가지고 도쿠가와 가의 모리카와 곤에몬의 성에 다녀오도록 하라. 답서는 짚신 끈 안에 넣어 돌아오면 될 것이다. 혹시 도쿠가와의 병사들에게 붙잡히면 목숨을 잃더라도 적에게 보여서는 안 된다."

그렇게 산조는 그 중요한 일을 마치고 지금 막 이누야마 성으로 돌아온 참이었다. 마침 히데요시가 돌아가려던 때라 성문 앞은 병마로 북적이고 있었다. 산조는 길가에 무릎을 꿇고 앉아 그들이 지나기를 기다렸다.

히데요시의 말이 길잡이, 하타모토, 근신들 사이를 지나갔다. 그 순간 산조가 앗 하고 놀라며 자리에서 벌떡 일어섰다. 그 가운데 오쓰가 있었기 때문이다. 하지만 곧 사람을 잘못 본 것이 아닐까 의심이 들었다. 닮기는 했으나 화려한 갑옷에 겉옷까지 걸치고 하얀 말에 올라 히데요시 바로 뒤를 따라가고 있었기 때문이다.

히데요시는 그날의 전장 시찰을 마치고 저녁에 가쿠덴의 본진으로 돌아갔다. 가쿠덴 촌에 있는 그의 본진은 적의 고마키 산처럼 고지대가 아니었다. 하지만 부근의 숲과 경작지, 작은 강까지 이용해 사방 이십여 리에 걸쳐 참호와 목책을 둘렀기에 포진은 철벽이나 다름없었다.

마을 신사의 문에서부터 그 안의 넓은 경내와 본전은 히데요시가 있는 것처럼 위장되어 있었다. 히데요시는 적의 야습에 대비해 신사 안에 있지 않았다. 그곳의 숲에서 동쪽으로 떨어진 곳에 위치한 한 무리의 가건물에 묵고 있었다.

적인 이에야스 쪽에서는 히데요시가 이누야마에 있는지 가쿠덴에 있는지조차 파악할 수 없었다. 그만큼 서로의 진형은 물샐 틈 없는 일선을 사이에 두고 서로의 정찰을 어렵게 하고 있었다.

"목욕을 좋아하는 내가 오사카를 나선 이후로는 욕조에 몇 번 들어가지도 못했구나. 오늘은 땀을 한번 씻어내고 싶다."

가건물의 잡병들이 히데요시를 위해 야전 목욕탕의 물을 데웠다. 땅에 구멍을 파고 커다란 기름종이를 구멍 가득 두른 것이었다. 거기에 물을 담고 낡은 쇠를 달구어 넣어두면 적당하게 물이 끓었다. 몸을 씻는 곳에는 판자를 두르고 주위에는 장막을 둘렀다.

"아아, 좋구나……."

그다지 봐줄 것 없는 몸을 가진 사내가 노천탕에 어깨까지 몸을 담그고 끝도 없이 밤하늘의 별을 올려다보고 있었다.

"천하의 사치로구나……."

히데요시는 몸의 때를 밀기도 하고 배꼽 아래를 가볍게 두드리기도 하면서 진심으로 그렇게 생각했다. 작년부터 나니와를 개척하고 오사카 성의 대공사를 시작해 천하의 이목을 놀라게 했으나, 그가 느끼는 쾌락은 금전옥루金殿玉樓보다 뜻밖에도 이러한 곳에 있는 듯했다. 그는 어렸을 때 어머니가 야단을 치며 등을 밀어주었던 오와리 나카무라의 고향집이 문득 그리워졌다.

"거기 누구 있느냐?"

장막 밖에 대고 사람을 부르자 목욕 중에도 창을 들고 밖에서 지키던 무사 가운데 한 명이 얼굴만 안으로 들이밀고 대답했다.

"무슨 일이십니까?"

"흠, 아무리 밀어도 때가 나오는구나. 오쓰를 불러라, 오쓰를. 등을 밀게 해야겠다."

시동이 해야 할 일이었으나 히데요시가 특별히 말했기에 곧 오쓰가 불려왔다.

"그래, 오쓰냐. 이리 들어와서 등을 좀 밀어주어라."

아무리 오쓰가 아직 아무것도 모르는 아가씨라 할지라도 마흔아홉 살인 히데요시는 왕성한 나이의 사내였다. 명령을 하기는 했으나 어쩌면 오쓰가 수줍어서 망설일지 모른다고 생각했다.

"네."

하지만 오쓰는 곧 알몸뚱이인 히데요시의 뒤로 돌아가 등을 벅벅 밀기 시작했다. 히데요시는 몸을 맡긴 채 등뿐만 아니라 팔과 다리까지도 밀게 했다. 그러고는 욕실에서 나와 몸의 물기를 닦게 했다. 속옷과 갑옷을 완전히 갖춰 입을 때까지 오쓰는 여자답게 시중을 들었다. 살벌한 진중이었기 때문일까? 여자 무사의 하얀 손이 더욱 아름답게 보였다. 히데요시는 오랜만에 마음까지 풀어져 가건물로 들어섰다.

"아아, 벌써 와 있었는가?"

그곳에는 그날 밤 부름을 받은 장수들이 나란히 앉아 있었다. 그들은 아사노 나가요시淺野長吉, 스기하라 이에쓰구杉原家次, 구로다 간베, 호소카와 다다오키, 다카야마 우콘 나가후사高山右近長房, 가모 우지사토, 쓰쓰이 준케이, 하시바 히데나가羽柴秀長, 호리오 모스케 요시하루堀尾茂助吉晴, 하치스카 쇼로쿠 이에마사蜂須賀小六家政, 이나바 뉴도잇테쓰 등이었다.

"아아, 목욕을……."

장수들은 히데요시의 말쑥한 얼굴을 바라보며 크게 안심했다. 하지만 히데요시를 따라와 시동들의 끝자리에 앉은 오쓰를 보고는 조금 지나치게 한가로운 시간을 보내는 것 같다고 생각했다. 분명 갑옷을 입고 있기는 했으나 여자라는 사실을 금방 알 수 있었다.

"모두 밥은 먹고 왔는가?"

히데요시가 묻자 장군들이 대답했다.

"군량을 먹고 왔습니다."

"오랜 진중 생활로 모두들 피곤하지?"

"아니, 나리야말로."

"아닐세, 오사카에 있을 때가 훨씬 더 바빴어. 노천탕에 들어가 씻고 나니 마치 요양을 온 듯하네."

히데요시는 천진하게 웃어 보였다.

"이걸 좀 보게."

히데요시는 겉옷 안에서 꺼낸 글 한 통과 지도 하나를 장수들 앞에 던져놓고 차례로 보였다. 서면은 병중에 있는 모리 무사시노카미 나가요시가 이누야마로 돌아오기 직전에 히데요시에게 직접 바친, 피로 쓴 탄원서였다. 지도는 이케다 쇼뉴가 은밀한 계획을 세워 헌책한, 바로 그 오카자키를 기습하자는 '침투'의 산길 지도였다.

"어떻게 생각하는가? 쇼뉴와 무사시노카미가 내놓은 작전을……. 기탄없이 의견을 듣고 싶네만."

한동안 아무도 말하지 않고 생각에 잠길 뿐이었다. 얼마 뒤 절반 정도의 장군들이 찬성하는 뜻을 내비쳤다.

"묘책이라 생각합니다."

하지만 절반 정도의 장군들이 반대하는 뜻을 내비쳤다.

"기발한 계책은 뜻밖의 공에 의지해야 하며, 운을 걸어야 합니다. 아직 일전도 치르지 않았는데 아군 팔만여의 운명을 단번에 건다는 것은 좋지 않을 듯합니다."

찬성과 반대, 서로의 의견이 대립되었다. 히데요시는 그 사이에서 싱글싱글 웃으며 듣고 있을 뿐이었다. 너무나도 큰 문제였기에 장수들은 의견을 일치하지 못한 채 그저 '명단에 맡길 수밖에 없습니다'라고 결론을 내리고 밤이 되어서야 각자의 진지로 돌아갔다.

"오쓰, 목침을 가져오너라."

진중에서는 히데요시도 갑옷을 벗지 않았다. 수시로 누워 가면을 취했다. 시동들은 무기를 들고 교대로 불침번을 섰다. 오쓰는 옆방에서 벼루 상자를 꺼내 무엇인가를 쓰고 있었다.

쇼뉴의 계책을 쓸 것인가, 말 것인가. 사실 히데요시는 이누야마에서 돌아올 때부터 마음을 정한 상태였다. 그는 돌아오는 길에 말 위에서 모리 나가요시의 혈서를 읽었다.

다시 말해, 결정을 내리지 못해 장수들을 불러 모은 것이 아니라 마음을 정했기에 장수들을 불러 '어떤가?'라고 물었던 것이다. 거기에도 그의 계산이 있었으며, 장수들은 '아마 쓰지 않을 것이다'라고 생각하며 돌아간 것이었다. 하지만 히데요시의 의중은 이미 결행을 다짐하고 있었다.

만약 쇼뉴 부자의 계책을 쓰지 않으면 무문 사이에서 그들의 입장은 매우 난처한 것이 되어버리고 만다. 그리고 그처럼 굳게 결심한 쇼뉴 부자의 고집을 일단 꺾는다 할지라도, 다른 상황에서 어떠한 형태로든 다시 나타날 것임에 틀림없었다. 그것은 군대를 통솔해야 하는 상황에서 큰 위험이었다. 아니, 히데요시가 그 이상으로 두려워한 것은, 쇼뉴 부자에게 불평을 품게 하면 노회한 이에야스가 반드시 그들 부자에게 배신을 하라는 유혹의 손길을 내민다는 사실이었다.

그렇지 않아도 쇼뉴 부자는 원래 기타바타케 노부오와 젖을 함께 빨며 자란 형제와 다름없는 사이였다. 게다가 그 노부오는 이에야스가 고마키의 진영으로 와서 '저는 싸움을 싫어하나 고 우다이진(노부나가)의 아드님이신 나리를 위해 의로써 싸우는 것입니다'라고 말한 것처럼 도쿠가와 쪽의 싸움은 정의로운 싸움이며 사욕의 군대가 아님을 천하에 알리고 있는 유일한 증인이 되어 이 전장에 임한 것이었다.

만약 그 노부오나 이에야스가 이번 전쟁의 명분을 앞세우고 이익을 은밀히 보장하며 이누야마로 유혹의 밀사를 보낼 경우 쇼뉴 부자에게 불평불만이라도 있다면 언제 배신하게 될지 모를 일이었다.

'젊었을 때부터 감정의 기복이 심하고 한번 마음먹으면 포기할 줄 모르는 사내였다.'

히데요시는 잠들기 전에도 생각에 잠겨 있었다. 누구보다 쉽게 잠드는 히데요시였으나 그날 밤은 목침에 머리를 대도 좀처럼 잠이 오지 않았다. 젊은 시절 기요스 성 아래 마을에서 쇼자부로(쇼뉴), 이누치요(마에다) 등과 함께 밤새 술을 마시며 돌아다니던 때가 떠올랐다.

'당시의 이케다 쇼자부로가 지금은 내 휘하에 있고, 거기에 불명예스러운 일을 당했으니…… 그가 조바심을 내는 것도 당연한 일이겠지.'

이런 생각이 들기도 했으며, 동시에 지금의 상황은 무승부가 될 가능성이 높은 대국이라고 여겨졌다. 그러니 변화를 꾀해 적극적으로 나서지 않으면 안 될 때였다.

"그래, 내일 아침에 쇼뉴가 여기에 오기를 기다릴 것도 없이 오늘 밤 안으로 사자를 보내두기로 하자."

히데요시가 벌떡 일어나 불침번에게 종이와 벼루를 가져오라고 외쳤다. 시동들이 벼루 상자를 찾는 사이에 오쓰가 히데요시 앞에 종이를 가지런히 놓으며 말했다.

"허락도 받지 않고 벼루를 쓰고 있었습니다. 용서해주십시오."

"너도 아직 잠을 자지 않았느냐."

"네."

"무엇을 쓰고 있었느냐?"

"서툰 시조를."

"너, 시를 지을 줄 아느냐?"

"그저 고금의 흉내를 내고 있을 뿐입니다."

"싸움이 길어지면 때로는 다도회도 열고 시회도 여는 법이지만 이번 싸움에서는 그럴 여유도 없을 듯하구나. 나중에 내게만 살짝 보여주도록 해라."

"하지만 나리께 보일 만큼의 시는……."

오쓰는 수줍어하며 벼루에 물을 새로 부어 먹을 갈고 있었다. 한쪽 구석에 앉아 있는 시동들은 그다지 유쾌하지 않은 표정을 짓고 있었다.

진중에 여자를 두는 일은 장수들 사이에서도 있는 일이었다. 시대의 풍습으로 봐서도 특별히 이상할 게 없는 일이었다. 하지만 길가에서 주워 온 고양이처럼 천한 여자를 히데요시가 귀여워하며 중용하는 모습을 본다는 것은 목숨을 걸고 섬기고 있는 이름 높은 하시바 가의 시동들로서는 매우 불쾌한 일이었다.

"그만 됐다."

히데요시가 먹을 갈던 오쓰의 손을 멈추게 하더니 붓을 들어 이미 마음속에 생각해둔 내용을 단번에 써내려갔다.

자네의 뜻 납득했소. 아울러 할 이야기가 있으니 날이 밝기를 기다리지 말고 바로 말에 채찍을 가해 이곳으로 오기 바라오.

지쿠젠

옆에서 지켜보던 오쓰는 히데요시의 악필에 놀라고 말았다. 그리고 아무런 꾸밈과 기교가 없으며 호방하고 진솔한 필치에도 놀라지 않을 수 없었다.

히데요시는 편지를 다 쓴 뒤, 시동을 향해 말했다.

"얘, 오타니 헤이마와 니와 나베마루 둘이서 이것을 전령인 가토 마고로쿠에게 건네주고, 셋이서 함께 바로 이누야마 성으로 가서 쇼뉴에게 전하고 오너라. 답장은 필요 없다."

"넷."

두 사람은 서둘러 나갔다.

"이젠 됐다. 오쓰와 나머지 사람 모두 푹 자두도록 해라."

히데요시는 다시 자리에 누웠다. 잠시 뒤, 그의 코고는 소리가 옆방까지 들려왔다.

아직 한밤중이라고 해도 좋을 사경 무렵, 서장을 받은 이케다 쇼뉴가 말을 타고 달려왔다.

"쇼뉴, 마음을 정했네."

"그래! 오카자키 기습 공격을 허락해주시겠는가?"

낡이 밝기 전, 두 사람 사이에서 철저한 준비를 위한 논의가 끝났다. 쇼뉴는 히데요시와 아침을 먹고 이누야마로 돌아갔다.

허실

이튿날도 겉으로는 무풍지대와 같은 전장이었으나 저류에서는 미묘한 움직임이 감지되고 있었다. 정적이 감도는 흐릿한 오후의 하늘로 오나와테大繩手 쪽에서 적과 아군의 총성이 들려오기 시작했다. 멀리 우다쓰宇田津의 군용도로에서도 흙먼지가 일었으며, 이삼천 정도의 서군 병사가 마침내 적의 요새에 공격을 가하기 시작했다는 소리가 들려왔다.

"곧 시작될 게야."

"총공세가."

"오늘 밤이나 이른 새벽에."

각 장수들의 진영에서도 살기가 기세등등하게 하늘을 찌르고 있었다.

고마키 산 대 가쿠덴. 여기서 서군 쪽의 기치를 살펴보면, 이중 해자의 망루에 히네노 히로나리日根野弘就 형제(병사 이천오백 명), 다나카의 진에 호리 히데마사堀秀政와 가모 우지사토와 하세가와 히데카즈長谷川秀一와 가토 미쓰야스加藤光泰와 호소카와 다다오키 등(총 병력 일만 삼천팔백 명), 고마쓰데라小松寺 산에 미요시 히데쓰구三好秀次(병사 구천칠백 명), 소토쿠보外久保 산에 니와 나가히데(병사 삼천오백 명), 우치쿠보內久保 산에 하치야 요리타카와 가나모리 나가치카金森長近(삼천 명)가 있었다. 그 외에 이와사키 산, 아오쓰카青塚, 고구치小口, 만다라사曼陀羅寺 등의 각 진을 합쳐 대략 총 병력 약 팔만 팔천이라 칭하고 있었다.

동군의 도쿠가와와 기타바타케 연합군은 이이 효부井伊兵部, 이시카와 가즈마사, 혼다 헤이하치로本多平八郎, 히코하치로彦八郎 등의 일족, 도리이鳥居, 오쿠보大久保, 마쓰다이라, 오쿠다이라 등의 오랜 가신, 사카이, 사카키바라 등의 정예, 미즈노, 곤도近藤, 나가사카長坂, 사카베坂部 등의 하타모토들이 있었다. 거기에 이세 기타바타케의 각 장수들을 더해 총 육만 칠천이라 일컬어지는 병력이 고마키 산을 깃발로 뒤덮었으며 기슭, 도로, 저지대, 고지대 등의 온갖 지형의 변화를 이용하여 요새와 참호를 만들고 목책을 친 채 '이 철벽진을 뚫을 수 있을 듯싶으냐'며 세력을 과시하고 있었다.

그야말로 천하의 장관이었으며 당대 전국의 세상을 판가름 지을 갈림 길이라 할 수 있었다. 히데요시가 이기면 히데요시의 세상, 이에야스가 이기면 이에야스의 세상이었다. 이는 곧 커다란 '시대의 분수령'이었다.

이에야스는 히데요시를 잘 알고 있었다. 히데요시가 두려워하는 사람은 예전에는 노부나가였으나, 지금은 이에야스밖에 없었다. 그 이에야스 쪽에서도 오늘 아침부터 정찰대가 부지런히 움직였다. 다만 미리 떠보기 위한 서군의 소규모 공격에는 경계를 하는 듯 고마키 산 가운데 어떠한 부대도 움직이지 않았다.

저물녘, 아오쓰카 방면의 전투에서 돌아온 서군의 한 부대가 길에서 주운 몇 장의 격문을 히데요시의 본진으로 보내왔다. 히데요시는 그중 한 장을 집어 읽었다. 거기에는 히데요시에 대한 비난의 말들이 전문에 걸쳐 적혀 있었다.

히데요시는 천하를 강탈한 도적이다. 히데요시는 커다란 은혜를 입은 옛 주인 노부나가 공의 아들인 간베 나리를 자멸케 했으며, 지금은 다시 노부오 나리께 활을 겨누어 무문을 소란스럽게 하고 서민을 혼란에 빠뜨리며 자신의 야망을 이루기 위해 수단을 가리지 않는 원흉이다.

각 항목별로 온갖 비난이 적혀 있었으며, 도쿠가와 나리야말로 올바른 전쟁의 명분을 갖고 일어선 의군이라며 과장되게 말하고 있었다. 이에 히데요시는 격노했다. 히데요시가 얼굴에 격노의 빛을 띤 것은 참으로 보기 드문 일이었다.

"이 격문은 적 가운데 누가 쓴 것이냐?"

하치야 고스케가 대답했다.

"이에야스의 가신인 이시카와 가즈마사의 부하가 각지에 뿌린 것으로 봐서 가즈마사가 쓴 것인 듯합니다."

히데요시가 뒤를 돌아보며 명을 내렸다.

"서기, 곳곳에 방을 내걸어라. 이시카와 가즈마사의 목을 가져오는 자에게는 일만 석의 큰 상을 내리겠다고. 당장 방을 써서 각 진으로 돌려라."

그래도 히데요시는 분이 풀리지 않는다는 듯, 그 자리에 있던 장수들의 이름을 부르며 직접 출격 명령을 내렸다.

"쓰쓰이 이가筒井伊賀, 다키가와 기다유瀧川儀太夫. 천하에 몹쓸 가즈마사 놈의 짓이다. 너희는 유격대가 되어 가즈마사 진의 전면에 있는 아군을 도와 밤새 공격을 하도록 하라. 내일도 공격하라. 내일 밤에도 공격하고 또 공격해서 가즈마사 놈의 숨통을 끊어놓아라."

히데요시는 사납고 날랜 장군들을 가려 뽑은 뒤 병력 육칠백 명씩을 주어 전선으로 달려가게 했다. 그리고 난 뒤 저녁을 서둘러 먹었다.

"더운 물에 만 밥을 가져오너라."

어떠한 때라도 히데요시는 식사를 거르지 않았다. 오쓰가 시중을 들었다. 밥을 먹는 동안에도 전령이 이누야마와의 연락을 위해 빈번하게 드나들었다.

"됐다."

마지막 전령이 이케다 쇼뉴의 보고를 전하러 왔을 때 히데요시는 홀로 중얼거리며 식사를 마치고 더운 물을 천천히 마셨다.

밤이 되자 멀리서 소총 소리가 후방의 본진까지 콩을 볶는 소리처럼 들려왔다.

"무섭지 않느냐?"

히데요시가 오쓰에게 물었다. 오쓰가 웃으며 대답했다.

"아즈치 성에서도 철포 소리는 늘 들어왔습니다."

"그러냐? 그렇다면……."

히데요시가 눈으로 오쓰를 무릎 앞으로 부르더니 그녀에게 하나의 임무를 주었다.

"네게는 어려운 심부름이다만, 지금부터 가줄 수 있겠느냐?"

"심부름이라면 어려울 것 없습니다."

"아니, 쉬운 길이 아니다. 왜냐하면 가야 할 곳은 적국의 영지이니. 오카야마로 가는 샛길에 있는 도쿠가와 군의 모리카와 곤에몬의 성으로 가서 이 증서를 건네주면 좋겠는데."

히데요시가 그 이유를 들려주었다. 오토메 성의 모리카와 곤에몬에게는 이케다 쇼뉴가 이미 손을 써놓았기에 오카자키로 가는 샛길을 지날 때 배신을 해서 아군에게 붙기로 약속이 되어 있었다. 하지만 성공한 뒤에 상으로 오만 석을 주겠다고 내건 조건은 아직 쇼뉴의 구두약속일 뿐, 히데요시의 보증서는 도착하지 않았다. 히데요시는 문득 그것이 마음에 걸렸다.

"가겠습니다."

히데요시의 말이 끝나자마자 오쓰가 대답했다. 오히려 히데요시가 갈 수 있겠느냐고 두 번이나 확인할 정도로 오쓰는 서슴지 않고 분명하게 대답했다.

"네, 지금 당장이라도."

오쓰는 웃는 얼굴로 눈썹에 결의를 내보였다. 그러고는 벌써부터 차림새와 가는 길에 있는 적의 상황 등을 세심하게 물었다.

"차림은 농민의 딸로 변장하고, 길은 산길 지도를 참고해서 가능한 샛길로 가는 것이 안전하다. 그리고 만에 하나라도 적병에게 붙잡히면 어디까지나 농민의 딸을 가장해야 한다. 무슨 일이 있어도 히데요시의 증서를 들키지 않아야 한다."

오쓰는 히데요시에게 주의를 받은 뒤, 마침내 한밤중에 홀로 진영을 나섰다.

"모두 보았는가?"

그 뒤 히데요시가 근신과 시동들에게 말했다.

"저 아이가 사내였다면 너희는 머지않아 오쓰 앞에서 상장에게 취하는 예를 취해야 했을 게다. 여자아이라 다행인 줄 알아라."

좌우의 젊은이들은 참으로 유감스러운 일이라는 듯한 표정을 짓고 있었다. 그리고 모두 뾰로통한 얼굴로 입을 다문 채 내일이라도 도쿠가와 군과 맞닥뜨리게 되면 새끼 사자의 본성을 드러내 주인 히데요시의 여존남비女尊男卑의 실언을 정정하도록 하겠다고 맹세했다.

소규모 전투의 총성은 새벽녘부터 이튿날까지 전선의 곳곳에서 끊임없이 들려왔다. 그것을 도화선으로 당장이라도 서군인 히데요시의 대군이 총공격에 나설 것처럼 여겨졌다. 하지만 어제부터의 움직임은 히데요시의 '속임수'로 진짜 움직임은 이누야마를 중심으로 한 이케다 쇼뉴의 오카자키 기습 준비에 있었다.

이에야스로 하여금 허상의 '총공세'에 신경을 쓰게 한 뒤 그사이에 샛길로 내려가 단번에 도쿠가와의 본국인 오카자키의 얼마 되지 않는 병력을 치겠다는 작전이었다. 지금은 그에 대한 준비가 모두 끝난 상태였다.

이누야마 성을 중심으로 한 기습군은 다음과 같이 편제되었다.

제1대 이케다 쇼뉴의 병사 육천 명.
제2대 모리 무사시노카미의 병사 삼천 명.
제3대 호리 히데마사의 병사 삼천 명.
제4대 미요시 히데쓰구의 병사 팔천 명.

위의 부대 가운데 선봉에 서는 제1, 2대가 결사대의 중심 세력이었다. 호리 히데마사는 군감, 히데쓰구는 총사 자격이었다.

4월 6일(양력 5월 15일) 밤, 한밤중을 기해 이만 명의 장병이 극비리에 이누야마를 떠났다. 깃발을 숨기고 발소리를 죽여 니노미야 촌, 이케우치池內 촌을 지나 모노쿠루이物狂い 고개에서 아침을 맞았다. 잠시 휴식을 취하고 다시 행군을 시작했다. 이윽고 오구사大草, 가시와이柏井, 시노키篠木를 거쳐 가미조上條 촌에 도착했고, 그곳에서 숙영을 하고 정찰대를 풀었다.

"오토메 성의 모습을 살펴보고 오라."

얼마 전에 오토메 성의 모리카와 곤에몬에게는 이케다 쇼뉴가 왜가리파의 산조를 보내 배신을 약속받았으나, 만약을 위해 그 산조를 우두머리로 한 한 무리의 밀정을 다시 파견한 것이었다.

산조와 왜가리파들은 거기서 십 리 정도 앞에 있는 쇼나이 강의 나루터를 지키고 있는 오토메 성을 멀리 바라볼 수 있는 곳까지 접근해 갔다. 그 순간 왜가리파 중 한 사람이 길에서 숲 속으로 재빠르게 뛰어든 사람의 그림자를 보고 다른 사람들에게 주의를 주었다.

"앗, 지금은? 수상한데."

"아니, 농민이 그냥 우리가 무서워서 달아난 거야."

"무슨 소리, 여자 같았어."

"아니, 적병일지도 몰라."

그들은 각자 한 마디씩 했다.

"잡고 보면 알 수 있는 일. 헛수고라도 일단 잡고 보자."

산조가 그렇게 말하며 앞장서서 숲 속으로 뛰어들었다. 여기저기 사슴을 사냥하듯 뒤를 쫓았다. 마침내 산조는 그녀를 붙잡았다.

"이 농민의 계집이."

"왜 달아난 거냐?"

"뭔가 두려워해야 할 이유가 있어서 달아난 거겠지. 숨기지 말고 말해라."

"말하지 않으면 옷을 벗기겠다."

왜가리파에게 포위당한 그녀는 땅바닥에 털썩 주저앉아 있었다. 벙어리처럼 하얀 얼굴을 흔들어 보일 뿐이었다.

"응……."

산조가 갑자기 외쳤다. 별빛에 비춰가며 그녀의 얼굴에 자신의 얼굴을 가만히 가져갔다가 자신도 모르게 다시 큰 소리로 말했다.

"이건 오쓰인데……. 넌 오쓰가 아니냐?"

동료인 왜가리파들이 뜻밖이라는 듯한 표정으로 물었다.

"산조, 너 이 여자를 알고 있는 거야?"

"알고 있는 정도가 아니야! 이 여자는 나와 정혼한 사이야."

"뭐! 정혼한 사이라고?"

"아니, 미래에 부부가 되기로 약속했으니 약혼녀라고 하는 편이 더 좋겠지."

"정말이야? 그래, 예쁜 여자이기는 하군."

"내가 거짓말이라도 하는 줄 알아!"

산조가 동료들에게 자랑하듯 말했다.

"예쁜 게 당연하지. 우리 엄니와 아버지의 옛 주인인 오노 마사히데 님이 이 세상에 남기고 간 아가씨니까. 우리 엄니는 이 아가씨의 유모였어."

"흠, 그런 아가씨께서 잘도 너 같은 놈하고 부부의 약속을 맺었군."

"우습게 보지 말라고! 이래봬도 이 산조 님은 얼마 전 이누야마 성을 공격할 때도 커다란 공을 세워 곧 이케다 가 최고의 수훈자가 될 몸이니! 전쟁만 끝나면 이 오쓰와 함께 교토로 가서 살 생각이야. 그런데 오쓰, 어째서 그런 차림으로 이런 곳을 돌아다니고 있었던 거지?"

산조가 동료들을 둘러보더니 갑자기 멋쩍은 표정을 지었다.

"미안하지만…… 다들 자리 좀 비켜주지 않겠나? 나야 상관없지만 아가씨 신분으로 곱게 자란 오쓰라…… 자네들이 죽 늘어서서 구경하고 있으면 아무런 말도 할 수 없는 듯하니. 잠시 둘만 남겨두고 저쪽으로 가 있어주지 않겠나?"

"뻔뻔스러운 놈이로군."

동료들이 서로의 얼굴을 바라보며 웃었다.

"산조, 한턱내라고."

그들은 그곳에서 물러나 잠시 멀리 떨어진 곳에 몸을 숨겼다. 그러자 산조가 갑자기 오쓰를 끌어안았다.

"아아…… 보고 싶었어. 오쓰, 내가 너를 얼마나 걱정했는지 모를 거야."

오쓰는 산조의 손길을 거부하지도 않았으며 그렇다고 자신의 손을 내밀지도 않았다.

"그런가? 그렇게……."

"당연하지. 너는 나하고 한 약속을 잊은 거야?"

"잊지는 않았지만, 약속한 곳에 오지 않았잖아."

"그게 말이지, 쇼뉴 님께서 다시 큰일을 맡기셔서 시간을 얻지 못했어. 그냥 도망쳐버릴까도 생각해봤지만 전장에서 섣불리 행동했다가는 목이 달아날 테고."

"그러니 네 잘못이잖아. 내가 약속을 어긴 게 아니야."

"그, 그런 일로 다툴 때가 아니야. 내가 이렇게 가슴 가득 너를 잊지 않고 있었다는 사실만 알아주면 돼. 그건 그렇고 얼마 전에 이누야마 성 밖에서 네가 히데요시 님의 가신들 속에 섞여 당당하게 말을 타고 지났을 때는 정신을 잃을 정도로 깜짝 놀랐다고. 대체 어떻게 해서 히데요시 님 곁으로 간 거지?"

"지쿠젠 님하고는 아즈치에 있었을 때부터 알고 지냈어. 나리께서는 모르셨지만 나는 처음이 아니야."

"그렇군. 그때의 인연으로 본진에 들어간 거로군. 그런데 오늘 밤은?"

"심부름을 갔다 돌아가는 길이야."

"누구의? 그리고 어디로 갔다가?"

"지쿠젠 님의 증서를 들고 오토메 성의 모리카와 곤에몬께."

"아, 그럼 그 증서를 전달했겠군. 그렇다면 곤에몬으로부터 히데요시 님께 보내는 서약서나 답장을 받았겠지?"

"물론, 받아가지고 왔지."

"그걸 잠깐 보여줘."

"안 돼."

"너무 쌀쌀맞게 굴지 마."

"하지만 극비의 공무인걸. 산조도 그것 때문에 정찰하는 거 아니야? 얼른 가서 오토메 성의 배신은 틀림없으니 안심하고 군을 전진시키라고 쇼뉴 님께 전하도록 해."

"고마워."

산조가 경박하게 머리를 숙인 뒤 말했다.

"네가 그렇게 말하니 곤에몬의 답서는 보지 않아도 그 일에 대해서는 안심했어. 그런데 오쓰…… 우리의 약속은 어떻게 되는 거지?"

"우리의 약속이라고?"

"그, 그렇게 시치미 떼지 마. 부끄러워할 거 없다고."

산조는 짐승과도 같은 눈빛으로 갑자기 오쓰의 하얀 얼굴에 자신의 얼굴을 겹치려 했다.

"무슨 짓 하는 거야!"

오쓰가 부드러운 손으로 산조의 뺨을 강하게 내리쳤다. 그리고 그녀는 벌써 별 아래를 달리고 있었다. 왜가리파의 동료들이 나무 아래서 한꺼번에 웃음을 터뜨렸다. 산조가 풀이 죽은 채 자리에서 일어나자 그들은 또다시 웃음을 터뜨렸다.

적지로 들어가 행군하던 이케다 군, 모리 군, 호리 군, 미요시 군 이만 병력은 8일 새벽에 진을 철수하고 다시 전날처럼 극비리에 남하를 계속했다.

벌써 도쿠가와의 영지였다. 그곳은 적지였다. 미카와로, 미카와의 오카자키로. 전군의 한 걸음, 한 걸음은 그렇게 이에야스가 없는 이에야스의 본성으로, 용장과 강병은 전부 고마키의 전진으로 나갔기에 빈집이나 다를 바 없이 '허물'이 되어버린 도쿠가와 가 본국의 중핵으로 단번에 치명타를 가하기 위해 시시각각 다가가고 있었다.

게다가 이 샛길에 있는 도쿠가와 쪽의 오토메 성은 이미 쇼뉴의 설득에 넘어갔으며 히데요시로부터도 오만 석을 약속하는 증서를 받았다. 그날 아침, 그들은 아침 안개 속에서 이케다 쇼뉴 이하의 남하 부대를 보고는 어서 지나라는 듯 성문을 활짝 열고 성주인 모리카와 곤에몬이 직접 길안내를 했다.

무너진 도의, 무문의 타락은 단지 무로마치 막부에서만 볼 수 있는 모습이 아니었다. 주종 모두 피죽과 고구마죽을 먹으며 나가서는 싸우고 돌아와서는 손수 밭을 갈며 마침내 빈곤과 가난의 시대를 넘어 천하의 대세를 양분한 채 히데요시와 대치할 정도로 강대해진 신진 세력 이에야스 아래에도 곤에몬과 같은 무사는 있었다. 하지만 잠행 기습군에게 있어서 이는 최고의 길잡이자 더할 나위 없이 좋은 징조였다.

"아아, 곤에몬 나리. 약속대로 오늘 이처럼 맞아주시니 참으로 황공하오. 일을 이루고 난 뒤에는 반드시 하시바 나리께 진언해서 오만 석을 드리도록 하겠소."

쇼뉴가 얼굴 가득 기쁜 빛을 띠며 말했다.

"아니, 어젯밤 이미 전령을 통해 하시바 나리의 증서를 받았소. 그러니 우리도 다른 마음을 품지 않고 가담할 것이오."

곤에몬의 대답을 들은 쇼뉴는 히데요시의 배려와 확실한 실행 능력에 놀라고 말았다.

"그런데 진로는?"

"지도를 보면 여기서 오카자키로 들어가는 샛길이 세 갈래가 있는 듯하오만."

"그렇소. 한 갈래는 산본기三本木를 지나 이호伊保로 나가는 길. 또 하나는 모로와諸輪를 거쳐 고로모擧母로 가는 길. 그리고 나가쿠테, 우복사祐福寺(유후쿠지)를 넘어 아케치明智, 쓰쓰미堤로 나가 오카자키에 이르는 길이 있소."

쇼뉴는 사위인 무사시노카미와 상의한 끝에 마지막으로 이야기한 유복사, 아케치로 통하는 길을 골라 쇼나이 강을 건너기 시작했다. 군단은 세 개 종대로 나눠 스와가하라諏訪ケ原, 히라코平子 산의 기슭, 인바印場로 나갔

으며, 야다矢田 강을 건너 다시 가나레香流 강을 넘어 나가쿠테 벌판으로 접어들었다. 여기에도 성 하나가 있었다. 도쿠가와 휘하의 가토 다다카게加藤忠景, 니와 우지시게丹羽氏重 두 사람이 겨우 사졸 이백삼십 명 정도와 함께 지키고 있는 이와사키 성이었다.

"그냥 버리고 가도록 하자. 이처럼 보잘것없는 작은 성에서 시간을 보낼 필요는 없다."

쇼뉴와 무사시노카미 모두 그들을 쓰레기만큼도 생각하지 않고 그냥 지나치려고 했다. 하지만 성안에서는 총을 쏘기 시작했다. 그중 한 발이 쇼뉴가 탄 말의 옆구리에 맞았다. 말이 울부짖으며 뒷발로 곧추서는 바람에 쇼뉴는 말에서 떨어질 뻔했다.

"쳇, 귀찮구나."

쇼뉴가 분노에 찬 채찍을 들어 첫 번째 부대의 장병들에게 큰 소리로 명령했다.

"저 조그만 성을 짓밟아라."

잠행 부대에게 처음으로 전투가 허락되었다. 이누야마를 떠난 이후 밤낮을 쉬지 않은 채 근질거리는 팔을 쓰다듬으며 여기까지 온 무리들은 그호령에 '와아' 하고 답했다. 왕성한 기운을 폭발시킨 것이었다.

가타기리 한에몬片桐半右衛門, 이키 다다쓰구 두 부장이 각각 일천 명 정도의 부하들을 데리고 성으로 돌진해 들어갔다. 이와 같은 의지력과 마음을 가진 병사 앞에는 아무리 철옹성이라 할지라도 소용없는 일이다. 더구나 성안의 병사는 숫자가 적었다.

잠행 부대원들은 순식간에 돌담을 기어올랐다. 해자가 깨졌고 기와조각이 던져졌으며 불을 질러 중천의 태양이 검은 연기에 가려지기 시작하자 성의 장수인 니와 우지시게는 칼을 뽑아들고 나와 싸우다 전사했다. 성안의 병사들도 모두 무참히 목숨을 잃고 말았다.

오직 한 사람, 이 급보를 고마키 산의 이에야스에게 알리려고 혈로를 뚫어 서쪽으로 달아난 장수가 있었다. 우지시게의 동생 시게쓰구茂次였다.

이 단시간 동안의 전투 중에 모리 무사시노카미의 제2대는 제1대와 상당한 거리를 두고 있었기에 오우시가하라生牛ヶ原에서 병마를 쉬게 하고 밥을 먹고 있었다.

"저 연기는 뭐지?"

병사들이 밥을 먹으며 말했다. 이윽고 앞쪽 부대에서 온 전령에 의해 이와사키 성이 떨어졌다는 사실을 알고 병사들은 떠들썩하게 웃으며 말에게도 풀을 먹였다.

그에 따라 제3대 역시 일정한 거리를 두고 가나하기가하라金萩ヶ原에서 병마를 쉬게 했으며 최후방인 제4대도 하쿠야마바야시白山林라는 지점에 말을 세우고 조용히 전방의 부대가 다시 행진하기를 기다렸다.

봄은 가고 여름이 가까웠다. 산간의 낮 하늘은 한없이 맑아서 바다보다 깊었다. 잠시 머물기만 하면 말은 졸음에 빠졌으며, 산속 밭의 보리에서는 종다리, 나무에서는 직박구리 소리만이 간간이 높다랗게 들려왔다.

이틀 전인 4월 6일 저녁, 시노키 촌의 농부 둘이 서군의 눈을 피해 밭을 기고 나무 그늘을 달려 고마키 산의 본영으로 들어갔다.

"드릴 말씀이 있습니다. 큰일 났습니다."

이이 나오마사井伊直政가 사정을 물은 뒤 곧 이에야스가 있는 진영 깊숙한 곳으로 두 사람을 데리고 갔다.

이에야스는 조금 전까지 막사 안에서 노부오와 이야기를 나누고 있었다. 노부오가 자신의 진영으로 돌아간 뒤에는 멀리서 들려오는 총성을 흘려들으며 갑옷 상자 위에 있던 논어를 집어 묵독하고 있었다. 히데요시보다 여섯 살 어린 마흔세 살로 한창 왕성하게 활동해야 할 나이의 무장이었다. 이처럼 부드러워 보이는 살과 허연 피부를 가진 호인물이, 왜 가슴에 백계를 가지고 눈으로 대병을 바라보며 전쟁을 하는 걸까 의심이 들 정도로 그는 온화하게 보였다.

"누구냐. 뭐, 나오마사라고. 들어오게, 들어와."

이에야스는 논어를 덮고 걸상을 돌려 앉았다. 두 농부는 시노키 촌에 사는 주민 서른여섯 명의 대표라고 했다. 그리고 오늘 저녁, 히데요시의 군대가 이누야마에서 샛길을 따라 미카와 방면으로 남하해 갔기에 큰일이다 싶어 알리러 달려왔다는 것이었다.

"잘 와주었네. 우선은 이걸 받아두게."

이에야스는 두 농민에게 은전을 내려 돌려보냈다. 그는 갑작스러운 일에 당황하는 모습도 보이지 않았다. 아니, 아직 그 진위를 의심하는 듯했다. 반 각쯤 지났을 때 아오쓰카 방면에서 돌아온 첩자 핫토리 헤이로쿠服部平六가 이렇게 고했다.

"미심쩍은 움직임이 보입니다. 모리 무사시의 병사가 어느 틈엔가 썰물처럼 아오쓰카에서 물러났는데 어디로 갔는지 행방을 알 수가 없습니다."

같은 첩자인 구와야마 규타桑山久太, 하나다 니스케花田仁助, 시마 겐조島源三 등도 이누야마와 각지에서 돌아와 시노키 촌 농민 대표의 밀고를 뒷받침하는 보고를 했다.

"적에게 의심스러운 움직임이 있었습니다."

이에야스가 눈썹을 찌푸렸다. 오카자키가 공격을 받는다면 모든 일이 끝장이었다. 주도면밀한 그도 적이 고마키 산을 내버려두고 미카와의 본국으로 진격하리라고는 예측하지 못했다.

"다다카쓰忠勝와 가즈마사 있느냐? 사카이 다다쓰구酒井忠次도 들어오너라."

이에야스는 당황하지 않았다. 오히려 둔중하게 보이기까지 했다. 그는 바로 들어온 사카이, 혼다, 이시카와 세 장수에게 명령했다.

"고마키를 지키고 있어라."

그리고 나머지 전군을 이끌고 서군을 추격하기로 결심했다.

그 무렵, 뇨이如意 촌의 향사인 이시구로 젠쿠로石黒善九郎라는 사람이 노부오의 진영으로 밀고를 하러 왔는데, 노부오가 젠쿠로를 데리고 이에야스를 찾아갔을 때 이에야스는 이미 추격을 위한 작전과 편제와 진로를 협의하기 위해 각 장수들과 밤새 머리를 맞대고 있었다.

"노부오 나리도 함께 가도록 하십시오. 이 추격전이야말로 주력전이라 할 수 있습니다. 주력이 있는 곳에 나리께서 계시지 않는다면 이번 싸움은 의의가 없습니다."

이에야스의 말에 노부오는 적극 추격대에 가담했다.

"당연하신 말씀입니다."

추격대는 본대와 지대支隊로 나뉘었는데 총 병력은 일만 구천오백 명이었다. 미즈노 다다시게의 사천여 명이 선봉이 되어 가이와이 촌에서 오바타小幡 성으로 서둘러 달려갔다.

같은 날 8일 밤, 이에야스와 노부오의 본대는 이미 고마키에 없었다. 벌써 미나미토南外 산, 가쓰勝 강을 지났으며, 병사들은 깃발을 숨기고 말은 하무를 문 채 쇼나이 강을 조용히 건넜다.

적의 잠행 부대인 모리 무사시, 호리 히데마사 등의 부대는 그날 밤 그곳에서 이십 리 정도 떨어진 지점인 가미조 촌에서 숙영을 하고 있었다. 위험한 순간이었다. 잠행 부대는 이미 잠행의 의미를 잃고 있었다. 기발한 계책에 의한 공을 너무 서둔 나머지, 도쿠가와 군에게 들켜 추격당하고 있다는 사실은 꿈에도 생각하지 못했던 것이다.

한밤중, 아직 8일이 지나지 않은 때였다. 이에야스는 용원사龍源寺(류겐지)로 들어가 더운 물에 만 밥을 먹었다. 그리고 한잠 자고 난 뒤 처음으로 갑옷을 입었다.

"내일은 틀림없이 적을 보게 될 것이다."

그곳의 향사인 하세가와 진스케長谷川甚助를 불러 지리를 묻기도 하고, 선발대에서 보낸 전령을 만나기도 했다.

아군의 오바타 성은 아주 가까운 곳에 있었다. 선봉인 미즈노의 부대는 한발 앞서 성에 도착해 밤새 척후병을 풀어 서군의 진로와 정황을 자세히 파악했다. 잠시 뒤, 이에야스의 주력이 도착하자 곧 군사 회의가 열렸다. 미즈노 다다시게가 말했다.

"적은 이만여, 아군은 일만 사천. 그들이 우세하니 정공법을 취하는 것은 불리하다 여겨집니다. 일단은 앞질러 가서 적의 후미에서부터 격파하는 것이 좋을 듯합니다."

이에야스가 고개를 끄덕이고 결의를 알렸다.

"뒤에서부터 역공을 당해도 상관없다. 어쨌든 중요한 것은 적을 두 개로 분열시키는 것이다. 너희는 적의 후방을 치도록 하라. 나는 적의 선봉을 향해 가겠다."

누구에게도 이의는 없었다. 이러한 때일수록 무엇보다 신속함이 중요하다는 사실은 일개 병사들까지도 잘 알고 있었다.

9일 인시(오전 4시 무렵)에 도쿠가와 군의 절반은 이미 오바타 성에서 나와 은밀히 이동했다. 시시각각, 밤이고 낮이고 미카와 가도를 남쪽으로 크게, 신속하게, 게다가 강력한 파괴력을 가지고 나아갔다. 서군의 잠행부대를 추적하기 위해서였다.

추적대는 우익과 좌익으로 나뉘었는데 오른쪽의 일천팔백 명은 오스가 야스타카大須賀康高가 지휘했으며, 왼쪽의 일천오백오십 명은 사카키바라 야스마사, 혼다 야스시게, 아나야마 가쓰치요穴山勝千代 등의 부장이 앞장서서 길을 열었다. 희뿌연 논과 작은 강은 이른 새벽에도 보였으나 사위는 검은 솜 같은 안개에 둘러싸여 있었으며, 하늘에는 미명의 구름이 낮게 드리워 있었다.

"앗, 저기 있다."

"엎드려라, 몸을 엎드려라."

추적대는 밭과 수풀과 나무 그늘과 움푹 파인 땅에 몸을 숙인 채 가만히 귀를 기울였다. 그때 서군의 긴 행렬이 방풍림을 관통하는 한 줄기 길 위를 거뭇거뭇 흘러가고 있었다. 적은 이쪽의 움직임을 아직 눈치채지 못했다. 그저 공명심에 들떠 목적지인 오카자키를 그리며 발걸음을 서두르고 있을 뿐이었다.

"은밀하게."

"조용히."

9일 아침, 추적대는 서로 눈과 표정으로만 의견을 주고받으며 좌우익으로 나뉘어 적의 최후방 부대, 즉 이케다 쇼뉴를 선봉으로 하는 잠행 부대의 제4대인 미요시 히데쓰구의 뒤에서 은밀히 미행을 시작했다. 하지만 히데요시에게 뽑혀 총사로 참가한 히데요시의 조카 히데쓰구는 날이 밝은 뒤에도 그 사실을 여전히 모르고 있었다.

흔들리는 조릿대

히데쓰구는 히데요시 누나의 아들이었다. 히데요시는 이세의 다키가와를 공격할 때도, 시즈가타케에도 조카인 히데쓰구를 데리고 가서 부장으로 썼다. 그리고 공을 세우면 '잘했다'며 기쁜 표정으로 칭찬해주었다. 그 정도로 미요시 가즈미치三好一路의 아들 히데쓰구는 외삼촌 히데요시로부터 사랑을 받았다.

히데요시는 이번에 미카와를 침입할 때도 군감으로 견실한 호리 히데쓰구를 임명했으며, 총사령관 격으로 보냈다. 하지만 히데쓰구는 아직 나이 어린 열일곱 살이었다. 그랬기에 히데요시는 자신의 좌우에서 기노시타 스케에몬木下助右衛門과 기노시타 가게유木下勘解由 두 사람을 선발해 하타모토들 사이로 들어가게 했다.

"마고시치로孫七郎(히데쓰구)를 잘 보살펴주기 바라네. 마고시치로도 두 사람의 힘을 빌려, 애를 먹이는 일이 있어서는 안 된다."

9일 아침, 잠행 부대는 밤새 행군을 한 뒤라 지치기도 했고 태양이 화창하게 아침을 알리자 배가 고파왔다. 잠행 부대의 최후방에 선 히데쓰구의 부대에도 명령이 떨어졌다.

"멈춰라. 밥을 먹어라."

하쿠야마바야시에서 장수는 장수와 함께, 병사는 병사와 함께 각자 다리를 쉬며 아침을 먹기 시작했다. 조그만 언덕 위에 하쿠야마 신사가 있었으며 부근에 듬성듬성한 숲이 많았다.

"스케에몬, 물 좀 없는가? 내 물통의 물은 벌써 떨어졌어. 아아, 목말라라."

히데쓰구는 언덕의 높은 곳에 걸상을 놓고 앉아 부하의 물통까지 집어 꿀꺽꿀꺽 마셨다.

"행군 중에 물을 너무 많이 마시는 것은 좋지 않습니다. 조금 참으십시오."

기노시타 가게유가 주의를 주었다. 하지만 히데쓰구는 얼굴을 돌리지 않았다. 히데요시가 특별히 붙여준 두 사람은 그에게 어딘가 눈엣가시 같은 존재였다. 열일곱 살의 총대장은 당연히 지지 않으려고 기를 썼다.

"앗, 누가 달려오는 거지?"

"아아, 호토미 나리입니다. 호토미 야마시로 나리입니다."

"야마시로가 무슨 일로 온 걸까?"

히데쓰구가 눈썹을 찌푸리며 자리에서 일어났다. 창 부대의 부장인 호토미 야마시로노카미穗富山城守는 가까이 다가와 무릎을 꿇은 뒤에도 여전히 숨을 헐떡였다.

"마고시치로 님, 이변입니다."

"이변? 이변이라니……."

"언덕 위로 조금 더 올라가보시기 바랍니다."

히데쓰구는 그를 따라 달려 올라갔다. 그는 그런 일에는 민첩하고 조금도 귀찮아하지 않았다.

"저기, 저 흙먼지를 보십시오. 아직 멀기는 합니다만, 저쪽 산 아래에서부터 평지에 걸쳐서."

"음…… 회오리바람은 아닌 듯하구나. 앞쪽에 한 무리, 그리고 뒤에도 한 무리. 무엇일까? 틀림없이 여러 사람인 듯한데."

"각오를 해야 할 듯합니다."

"적인가?"

"그렇게 생각할 수밖에 없을 듯합니다."

"잠시만…… 정말 적일까?"

히데쓰구는 설마 하는 생각에 아직 한가롭기만 했다. 하지만 기노시타 가게유, 기노시타 스케에몬, 야마다 헤이이치로山田平市郎, 다니 헤이스케谷平助, 호노 구나이芳野宮内 등의 하타모토가 연달아 달려 올라와 외쳤다.

"아뿔싸!"

"적에게는 추격의 계책이 있었던 듯합니다."

히데쓰구의 명령을 기다리지 못하고 술렁이기 시작했다. 땅이 울리고, 말이 울부짖고, 장병들이 웅성댔다. 밥을 먹으며 쉬고 있던 병사들이 전투 태세를 갖추자 한순간에 흙먼지가 일었다. 한편 동군인 도쿠가와 군의 부장 오스가 야스타카, 오카가와 나가모리岡川長盛 등의 추격대는 히데쓰구 군의 한가운데로 소총과 활을 일제히 쏟아부었다.

"쏘아라, 쏘아라!"

"됐다. 돌격하라."

적이 어지러워지는 것을 보고 우익의 부대가 창을 휘두르며 우르르 달려들었다. 사카키바라 야스마사의 좌익은 적 부대의 가장 끝에 있던 치중대를 불시에 습격했다. 치중대에는 보병, 인부, 그리고 무거운 짐을 실은 말이 많았다. 흥분한 말은 그 짐을 떨어뜨린 채 자기 군의 대열 속을 헤집고 다녔다. 치중대의 부장인 아사노야 단고朝舍丹後가 지휘해서 싸우기는 했으나 거치적거리는 것이 너무 많았다. 눈을 치켜뜨고 사카키바라 야스마

330

사를 향해 다가갔으나 야스마사의 무사인 나가이 구란도^{永井藏人}가 앞을 가로막고 창을 마주 댔다.

"단고의 목을 쳤다."

구란도가 이번 전투의 첫 번째 공을 세웠다며 소리 높여 외쳤다. 히데쓰구 군의 중간 부분에는 부장 하세가와 히데카즈가 있었다.

"뒤에도 적, 앞에도 적······."

그는 어디를 도우러 가야 할지 몰라 망설였다.

"미요시의 젊은 나리가 걱정이다."

결국은 히데쓰구를 돕기 위해 발걸음을 서둘렀으나 도쿠가와 군의 미즈노 부대, 니와 부대가 맹렬하게 그들을 막아섰다.

"어디를 가느냐!"

"짓밟아라."

치열한 격투가 한바탕 소용돌이를 일으켰다. 이는 전투라기보다 사력을 다해 물어뜯는 형국이었다. 하지만 그 어느 곳보다 강한 압박을 받은 곳은 당연히 히데쓰구의 본진과 그를 지키는 하타모토의 진영이었다.

"나리를 지켜라."

"여기서 물러나서는 안 된다."

하타모토들은 히데쓰구의 몸을 감싼 채 '나리의 목숨을 지켜라, 지켜야 한다'며 미친 듯 소리쳤다. 하지만 곳곳의 숲과 초원 사이, 관목들 사이, 길 곳곳에 모여 싸우는 갑주의 무리들 가운데 눈에 넘쳐나는 병력은 적이었으며, 혈로가 끊긴 소수의 병력은 히데쓰구의 부하들이었다.

히데쓰구는 두어 군데 상처를 입었지만 창을 들고 싸우고 있었다. 그 모습을 본 하타모토들은 야단을 치듯 말하며 목숨을 잃어갔다.

"아직도 여기에 계셨습니까?"

"어서 물러나십시오. 피하십시오."

기노시타 가게유는 히데쓰구가 말을 잃은 채 뛰어다니는 것을 보고 자신의 말을 내주었다.

"자, 이 말을 타고 눈을 감은 채 채찍을 휘둘러 이곳에서 벗어나시기 바랍니다."

기노시타 가게유는 깃발을 땅에 세우고 적 속으로 뛰어들어 목숨을 잃었다. 히데쓰구는 간신히 말을 잡았으나 말에 오르기 전 그 말도 총알을 맞고 말았다. 그 옆에서 기노시타 스케에몬도 히데쓰구를 돕다 칼을 맞았다.

"이봐, 말을 빌려주게."

히데쓰구가 어지러운 싸움 속에서 정신없이 달아나다 바로 옆을 달려 나가는 아군의 기마 무사를 보며 말했다. 명령을 받은 기마 무사는 미요시가의 가신인 가니 사이조 요시나가可兒藏吉長였다. 그는 고삐를 힘껏 당겨 뒤를 돌아 주인 히데쓰구를 바라보았다.

"작은 나리, 무슨 일이십니까?"

"사이조, 말을 빌려주게."

"아무리 주군이라 해도 비 오는 날 우산은 빌려드릴 수 없습니다."

"어째서 못 빌려주겠다는 겐가?"

"나리께서는 달아나는 자, 저는 지금부터 적 속으로 달려 들어갈 병력이기 때문입니다."

사이조는 매정하게 거절하고 그곳에서 떠나버리고 말았다. 그 뒤에서 한 줄기 조릿대가 바람에 울고 있었다. 평소 사이조는 조금 특이한 사내였다. 그는 '호들갑스러운 깃발과 집안의 문양 등을 등에 꽂고 싸우는 것은 명예욕의 징표를 끌어안고 있는 것과 다를 바 없는 일이다. 생각이 깊지 못한 장식물이다'라고 말하며, 전장에 나가면 늘 길가 조릿대의 가지를 꺾어 아무렇게나 갑옷의 등에 꽂고 사나운 말을 달려 싸움에 임했다. 사람들은 그런 그를 일컬어 '조릿대 사이조'라고 불렀다.

"쳇……."

히데쓰구는 사이조가 자신을 길가 조릿대 잎만큼도 생각하지 않았다고 분노하며 그의 뒷모습을 바라보았다. 그리고 뒤를 돌아보았다. 적이 흙먼지를 일으키고 있었다. 그 순간 창, 총, 칼이 한데 뒤섞인 채 달아나고 있던 한 무리의 병사들이 히데쓰구의 모습을 보고 외쳤다.

"나리, 나리. 그쪽으로 가시면 다시 다른 적을 만나게 될 것입니다."

그들은 히데쓰구 곁으로 다가와 그의 몸을 둘러메듯 안아서 가나레 강쪽으로 달아났다. 다행히 도중에 임자 잃은 말을 잡아 히데쓰구를 태웠다. 그리고 호소가네細ヶ根라는 곳에서 한숨 돌리고 있는데 또다시 적의 기습을 받고 정신없이 이나바 쪽으로 달아나야 했다. 그렇게 해서 이케다 쇼뉴의 작전에 따른 침입군은 본대이자 주장이 있는 최후방의 제4대가 가장 먼저 섬멸을 당하고 말았다.

제3대는 군감 호리 규타로 히데마사가 이끄는 삼천 명의 병력이었다. 제1대부터 제4대까지의 부대와 부대 사이에는 십 리에서 십오 리 정도의 거리가 있었다. 연락을 위해 전령이 그 사이를 끊임없이 오갔기에 제1대가 쉬면 당연히 각 부대도 차례로 행군을 멈추었다. 문득 규타로 히데마사가 멀리로 귀를 기울이며 말했다.

"철포 소리 아닌가?"

그 순간 히데쓰구의 신하 다나카 규베田中久兵衛가 말을 달려 휴식 중인 진영으로 고꾸라질 듯 달려왔다.

"아군이 패하고 말았다. 본군은 도쿠가와 군에 의해 흔적도 없이 흩어져버리고 말았다. 히데쓰구 님의 몸도 걱정이니 바로 군사를 돌리기 바란다."

다나카 규베가 핏발 선 눈으로 외쳤다.

규타로는 깜짝 놀랐다. 하지만 그의 중후한 눈썹은 감정을 억누르고 있었다.

"규베, 그대는 전령인가?"

"이러한 때에 무슨 말을 하는 게요?"

"전령도 아닌 그대가 허겁지겁 무엇을 하러 달려온 것인가? 도망쳐온 것인가?"

"아니, 소식을 전하러 온 것이오. 비겁한지 어떤지는 모르겠으나 한시가 급한 일이오. 이 소식을 모리 나리와 이케다 나리께도 얼른 전해야겠소."

히데쓰구의 부하인 다나카 규베는 그렇게 말한 뒤 채찍을 휘두르며 십리, 다시 십 리 앞에 있는 아군 쪽으로 사라져버리고 말았다.

"전령이 와야 할 일이거늘 규베가 온 것을 보니 후방의 아군은 이미 패해 어지러이 흩어진 모양이구나. 아아!"

호리 규타로는 치밀어 오르는 조바심과 마음의 동요를 가만히 짓누르느라 한동안 걸상에서 일어서지 못했다.

"모두 앞으로 오라."

벌써 사태를 알고 얼굴이 흙빛이 되어버린 하타모토 부장들이 모였다.

"잠시 후 여세를 몰아 도쿠가와 군이 우리를 치러 올 것이다. 그들의 승세야말로 들뜬 마음이라 보고, 그들의 약점이라 생각하라. 그 적이 열 간 이내로 들어오기 전까지는 함부로 총을 쏴서는 안 된다. 맞서서는 안 된다. 마음을 가라앉히고 가만히 신호를 기다려야 한다."

호리 규타로는 배치를 마치고 난 뒤 무사들을 향해 약속했다.

"말을 탄 적군 하나를 쓰러뜨린 자에게는 백 석의 상을 내리겠다."

호리 규타로의 예상은 빗나가지 않았다. 히데쓰구 군을 단번에 흩어버린 도쿠가와 군의 미즈노, 오스가, 니와, 사카키바라가 기호지세騎虎之勢로 달려왔다. 미즈노 다다시게는 이러한 파죽지세破竹之勢를 스스로 경계했다.

"위험하다. 너무 서둘러서는 안 된다."

하지만 이는 앞을 다투는 다른 우군에게 일부러 앞을 내주는 결과가 되어버리고 말았다. 미즈노 다다시게의 부하들이 분해하며 소리쳤다.

"어째서 다른 자들에게 앞을 내준단 말인가!"

그러고는 다다시게의 호령에 따르지 않고 노도처럼 앞으로 나아갔다. 거품을 물고 있는 말의 얼굴, 긴장된 사람의 얼굴, 피와 먼지투성이가 된 갑주의 노도. 그것들이 땅을 울리며 사정거리 안으로 바싹 들어온 순간 가만히 지켜보고 있던 호리 규타로가 명을 내렸다.

"쏘아라!"

그 순간 총탄이 무시무시한 소리와 연기의 벽을 만들었다. 숙련된 자라 할지라도 화승총에 탄알을 장전하고 점화를 하기 위해서는 대략 대여섯 번은 호흡할 만큼의 시간이 필요했다. 따라서 교대로 사격하는 방법을 취했기 때문에 총성은 연발을 쏘는 것처럼 적을 덮쳤다. 급히 기습해오던 병마가 털썩털썩 쓰러졌다. 연기가 자욱했지만 눈앞에는 땅에 쓰러진 적병이 수없이 많았다.

"대비하고 있었다."

"물러나라, 멈추어라."

그렇게 외쳤으나 노도는 갑자기 멈출 수 없는 법이다.

규타로 히데마사는 지금이라며 다시 명령을 내려 공격해 들어온 적들에게 역습을 가했다. 이러한 경우의 승패는 결과를 보지 않아도 심리적으로나 실질적으로나 알 수 있는 법이다.

승리에 한껏 들떠 있던 혼다, 사카키바라, 미즈노, 오스가 등의 부대는 조금 전 자신들이 히데쓰구를 공격했던 대로 이번에는 적에게 공격을 당하고 있었다. 호리의 창을 쓰는 부대는 하시바 가 중에서도 정예로 이름이 높았다. 그 창에 걸려 무참히 쓰러진 시체가 덧없이 달아나려는 부장들의 말발굽을 방해했다. 미즈노 소베 다다시게, 사카키바라 고헤이타 야스마사 등은 추격해오는 적의 창을 향해 손에 든 칼을 쉴 새 없이 휘두르며 간신히 그곳을 빠져나왔다.

금부채 깃발 도착

나가쿠테 일대는 가나레 강의 수면까지 포함해 옅은 탄연의 막 아래 시체와 피의 냄새를 머금고 있었으며, 아침의 태양도 무지갯빛으로 번져 있었다. 그곳은 이미 한바탕 연극이 끝나고 난 것처럼 고요한 상태였으나 인마는 소나기구름처럼 차례차례 새로운 땅을 아수라장으로 만들며 야자 고猪子石 방면으로 순식간에 이동해 있었다.

달아나는 발걸음은 달아나는 발걸음을 더욱 재촉하게 해서 끝도 없이 달아나게 하는 법이다. 호리 히데마사는 작전상의 명령을 쉴 새 없이 내리며 도쿠가와 군을 끝까지 뒤쫓았다.

"뒤쪽 부대는 나를 따라오지 마라. 이노코이시猪子石 쪽으로 우회해 양면에서 뒤쫓아라."

거기서 갈라져 나온 한 부대가 다른 길로 돌아갔으며, 히데마사가 휘하 육백 명을 이끌고 달아나는 적을 더욱 압박해 독 안에 든 쥐로 만들어 버리고 말았다.

도중에 동군인 도쿠가와 군이 버리고 간 사상자의 수는 오백 명이 넘었다. 히데마사도 전진할수록 점점 부하들의 숫자가 줄었다. 본대는 이미 멀리 앞으로 달려갔으나 시체와 시체 사이에 남아 여전히 숨을 쉬고 있는 적과 아군은 서로 창을 맞대다 귀찮다는 듯 창을 버리고 육탄전을 벌이기도 하고 떨어지기도 하고 아래에 깔리기도 하고 위로 올라서기도 했다. 승부를 가리지 못한 채 격투를 펼치는 무사도 있었다.

"목을 베었다."

마침내 한쪽이 한쪽의 목을 들고 미친 듯이 큰 소리로 외친 뒤, 본대의 전우들을 뒤따라가 다시 검은 핏줄기 속으로 모습을 감추는 병사도 있는가 하면, 본대를 따라잡기 전에 총알에 맞아 쓰러지는 병사도 있었다.

"앗, 더 멀리 추격할 필요는 없다. 겐자, 겐자, 모모에몬. 멈추어라. 퇴각하라고 말해라."

무슨 생각을 한 것인지 히데마사가 갑자기 소리 높여 외쳤다.

"퇴각이다."

"깃발 아래로 모여라."

"더 나아가지 마라. 멈춰라."

부하인 시바타 겐자柴田源左, 나무라 모모에몬名村百右衛門, 나가세 고산지長瀨小三次 등이 말을 타고 돌아다니며 아군 병사를 간신히 멈추게 했다. 말에서 내린 히데마사는 절벽 끝까지 걸어갔다. 그곳에 서자 시야를 가로막는 것이 하나도 없었다. 그는 가만히 멀리 바라보다 중얼거렸다.

"아아, 벌써 왔구나."

저쪽을 보라는 듯 핏기가 걷힌 것 같은 얼굴로 나가세 고산지와 나무라 모모에몬을 돌아보았다. 그곳에서 서쪽, 아침 해와 정반대에 있는 고지인 후지가네ふじケ根 산의 한쪽 끝에 반짝거리는 것이 있었다. 이에야스의 표식인 금부채 깃발이었다. 호리 규타로 히데마사는 탄성을 올렸다.

"안타깝지만 우리는 저 대적에 맞설 수 있는 계책이 없다. 이 자리에서의 역할은 이제 끝났다."

그는 앞으로 파견했던 부대까지 거두어 급히 퇴각하기 시작했다. 그때 아군 제1대, 제2대의 전령 네다섯 명이 하나가 되어 나가쿠테 쪽에서 히데마사를 찾고 있었다. 말할 것도 없이 제1대인 이케다 쇼뉴, 제2대인 모리 무사시노카미 두 사람의 말을 전하러 온 것이었다.

"돌아오시기 바랍니다. 그리고 아군의 선봉대와 합류하라는 말씀이십니다. 이케다 나리 부자의 말씀이십니다."

"아니, 돌아가지 않겠다."

호리 히데마사는 단번에 거절했다. 이케다와 모리의 전령은 자신들의 귀를 의심하며 큰 소리로 다시 말했다.

"싸움은 지금부터입니다. 즉시 군대를 돌려 합류하시기 바랍니다."

그러자 규타로 히데마사가 더욱 큰 소리로 말했다.

"돌아가지 않는다면 돌아가지 않는 줄 알아! 우리는 히데쓰구 님의 앞길도 보살펴드려야 해. 게다가 이쪽의 군병도 대부분 부상을 입었거나 지쳐 있으니 새로운 적과 부딪쳐봐야 싸움의 결과는 뻔하지 않은가? 이 호리 규타로는 질 것이 뻔한 싸움을 할 수 없다고 쇼뉴 님과 무사시노카미 님께 전하도록 하게."

호리 규타로는 병사들에게 그대로 말을 달리게 했다. 호리 부대는 이나바 부근에서 뿔뿔이 흩어졌던 히데쓰구의 잔병을 만났으며, 히데쓰구도 부대 안으로 맞아들였다. 그리고 도중에 있는 민가에 불을 질러 도쿠가와 군의 추격을 간신히 막으며 그날로 히데요시의 본진이 있는 가쿠덴 기지로 돌아갔다. 화가 난 것은 이케다와 모리 두 부대에서 협력을 구하기 위해 달려왔던 여러 기의 전령들이었다.

"이러한 때에 어려움에 빠진 아군을 돌아보지 않고 기지로 도망쳐가다니 이 무슨 겁쟁이 짓이란 말인가."

"겁을 먹은 것이 틀림없어."

"호리 규타로도 오늘은 제 스스로 본심을 드러냈어. 살아 돌아가면 마음껏 비웃어주겠어."

그들은 전령으로서의 임무를 수행하지 못했다는 울분까지 더해 마구 욕을 해댔다. 하지만 화풀이하듯 말의 배에 채찍을 힘껏 휘두르며 나가쿠테에 남아 머지않아 이에야스의 금부채 깃발에 맞서야 할 외로운 군대인 이케다 부자의 부대로 돌아갈 수밖에 없었다. 어쨌든 이케다 쇼뉴뉴도 노부테루도, 사위인 모리 무사시노카미 나가요시의 제2대도 지금은 이에야스의 좋은 먹잇감이 되고 말았다.

사람의 차이, 그릇의 차이는 어쩔 수 없는 일이다. 히데요시와 이에야스의 이번 전투는 그야말로 천하장사들끼리의 씨름으로, 두 사람 모두 상대방이 어떠한 사람인지를 잘 알고 있었다. 이에야스와 히데요시는 언젠가 이런 날이 올 줄 알고 있었으며, 오늘에 이르러서는 잔꾀나 속임수로 제압할 수 있는 적이 아니라는 사실을 서로 잘 알고 있었기에 더욱 자중하고 있었던 것이다. 가엾은 것은 무인으로서의 자부심만 있고 적을 모르며 자신에 대해서도 깨닫지 못해 그저 의욕에만 불타오르는 용맹한 사람이었다.

이케다 쇼뉴는 적지를 달려 산슈 오카자키로 가는 길에 옆길에 있는 이와사키 성을 간단히 빼앗았다. 그는 기쁨에 잠겨 무사들에게 명령했다.

"승리의 함성을 올려라!"

그리고 로쿠보六坊 산에 걸상을 펼치게 해서 적의 수급 이백여 급을 살펴보았다.

"산슈로 들어서기 전의 길조다."

그것은 그날 아침 진시(7시) 무렵의 일이었다.

이케다 쇼뉴는 후방의 변을 아직 알지 못했다. 눈앞에서 연기를 피워 올리는 적의 성만을 바라보며 용맹한 사람이 빠지기 쉬운 조그만 쾌락에 취해 있었다. 그는 수급을 살펴보고 군공을 기록한 뒤 그곳에서 아침을 먹었다.

병사들이 때때로 북서쪽 하늘을 바라보며 중얼거리자 쇼뉴도 문득 그것이 마음에 걸렸다.

"단고. 뭔가, 저쪽의 하늘빛은……."

이케다 단고池田丹後, 이케다 규자池田久左, 이키 세이베伊木清兵衛 등 그를 둘러싼 장성들이 같은 각도에서 모두 북서쪽으로 얼굴을 돌렸다.

"마을 사람들이 소란을 피우는 것 아닐까요?"

"소란을? 이상한데."

"그런가?"

이케다 쇼뉴는 그렇게 말하며 여전히 밥을 먹고 있었다. 그때 언덕 아래서 떠들썩하게 외치는 소리가 들려왔다. 무슨 일인가 궁금히 여길 새도 없이 모리 무사시의 전령인 가가미 효고加賀見兵庫가 달려 올라와 큰 소리로 고하며 걸상 앞에 엎드렸다.

"실패했습니다. 적이 뒤따라오고 있습니다."

철로 된 투구를 꿰뚫고 지나가는 듯한 차가운 기운이 쇼뉴 이하 주위 무사들의 머리를 스치고 지나갔다.

"효고, 뒤따라오고 있다니?"

"밤새 따라온 듯한 적군이 히데쓰구 님의 제4대를."

"아, 뒤쪽으로 왔군."

"양쪽에서 갑자기 감싸는 듯한 진형으로."

"쳇, 눈치챈 모양이군."

쇼뉴가 일어선 순간이었다. 사위 무사시노카미가 보낸 두 번째 전령이 찾아왔다.

"이러고 있을 때가 아닙니다. 히데쓰구 님의 부대가 완전히 무너졌다는 소식입니다.”

로쿠보 산 정상이 술렁이기 시작했고 뒤이어 호령, 질타, 무기와 갑옷 소리가 뒤섞여 산 아래 길로 흘러 내려갔다. 그 소용돌이가 진열을 채 갖추기도 전에 앞서 호리 규타로에게 소식을 전했다가 전령도 아닌 사람이 무엇 하러 온 것이냐는 말을 듣고 그 자리에서 떠났던 다나카 규베 요시마사가 ‘큰일이다, 큰일이다’라고 소리치며 달려왔다. 그는 더욱더 자세히 소식을 전했다. 이로써 처참하게 섬멸당한 히데쓰구 군의 운명은 더 이상 의심할 여지가 없었다.

“무사시노카미에게도 알렸는가?”

“알렸습니다. 모리 나리께서는 즉각 나가쿠테로 향하셨습니다.”

“사위는 뭐라고 하던가?”

“빙그레 한 번 웃으시더니 ‘그렇다면 오늘이야말로 이에야스를 만나는 날이로군’ 하시며 바로 말에 오르셨습니다.”

규베의 말을 들은 쇼뉴도 싱긋 웃더니 마음을 정한 듯 이렇게 말했다.

“그렇고말고.”

쇼뉴는 아들인 기이노카미 유키스케와 산자에몬 데루마사와 같은 젊은이들까지 데리고 왔다. 그리고 하타모토인 가지우라 헤이시치로梶浦兵七郎를 통해 어린 무사들에게 말을 전해 각오를 다지게 했다.

마침내 갑주를 입은 무리가 오늘 아침까지 줄줄이 늘어서서 온 방향과는 반대 쪽으로 되돌아 걷기 시작했다.

도중에 그는 후지가네 산의 뒤편에서 도쿠가와 군 위의 금부채 깃발이 찬란하게 흔들리며 나타나는 것을 보았다. 그것은 이른바 ‘표적의 상징’과도 같은 매력으로 광야의 무사 혼을 몸서리치게 했다.

똑바로 직진해서 달려온 군과 몸을 돌려 원래 왔던 길로 되돌아가는 군 사이에는 자연히 사기에 있어서도 심리적 차이가 있는 법이다. 뒤돌아서 맞서면 무너지기 쉬웠다. 말 위에서 그들을 고무하며 가는 모리 무사시노카미의 모습은 이미 죽음을 기약하는 것처럼 보였다. 감색 실에 검은빛 가죽의 갑옷과 하얀 바탕에 금란초가 그려진 겉옷을 입고, 투구 앞에는 사슴뿔이 달려 있었으나 그것은 뒤로 벗어 젖혀지고, 여전히 낫지 않은 머리 상처에는 붕대가 뺨까지 걸쳐 감겨 있었다.

그는 도쿠가와 군이 추격해온다는 사실을 알자마자 곧 오우시가하라에서 쉬고 있던 제2대를 움직였다. '이에야스는 여기에 있다'며 적을 불러들이는 후지가네 산의 금부채를 향해 되돌아가는 그의 보무는 당당한 결전의 의지를 드러내고 있었다.

"부족함이 없는 상대다."

그는 몇 번이고 말했다.

"하구로에서의 치욕을 씻는 것도 오늘, 나뿐만 아니라 장인어르신까지 잃은 명예를 되찾는 것도 눈앞의 일전에 달렸다."

좌우의 하타모토들에게 그러한 말도 했다. 그가 남보다 앞서 공을 세우려다 실패로 돌아간 하구로 촌에서의 패배는 온몸의 상처 이상으로 그의 마음을 괴롭혔다. 오늘을 설욕의 날로 정한 마음을 하얀 천에 둘러싸인 눈썹에서 읽을 수 있었다. 마치 인이 되어 하얀 불꽃을 일으키고 있는 것처럼 보였다.

미남으로 쇼뉴의 딸과는 알게 모르게 염문까지 일으켜 부부가 된 그에게 있어서 오늘의 수의壽衣는 너무나도 쓸쓸했다. 하지만 미남인 그를 악귀라고 부르게 된 이유는 세상에 있는 것이 아니라 그 자신의 성정 속에 있었던 것이리라.

"그래, 효고인가. 선봉에까지 소식을 전했는가?"

로쿠보 산에서 바로 돌아온 전령 가가미 효고가 주인의 안장 옆으로 말을 몰아 보조를 맞추며 보고했다.

"아아, 그런가?"

무사시노카미는 귀로만 들으며 고삐를 당겼다.

"그렇다면 로쿠보 산의 병력은?"

"곧 대오를 정비하여 오우시가하라, 가나하기가하라를 지나 뒤따라올 것입니다."

"그렇다면 제3대인 호리 규타로 나리께 우리는 각자 군세를 모아 이에야스가 있는 후지가네 산으로 향할 테니 호리 나리도 방향을 돌려 힘을 보태라고 말씀드리고 오게."

"네! 알겠습니다."

그 자리에서 달려 나가 행렬보다 앞에 선 순간, 이케다 부대의 전령 2기도 쇼뉴로부터 같은 명령을 받고 호리 부대가 있는 곳으로 서둘러 가고 있었다. 하지만 호리 히데마사가 그 요구를 받아들이지 않았고 전령들이 격노해서 돌아왔다는 사실은 앞서 이야기한 대로다.

"히데마사가 말하기를……."

모리 무사시노카미가 전령의 보고를 들은 것은 그의 부대가 이미 좁고 험한 산 사이의 습지를 지나 기후가타케岐阜ヶ嶽 위로 진을 칠 곳을 찾기 위해 오르던 때였다. 금부채 깃발, 그리고 무수한 기치. 적이 바로 눈앞의 고지에 있었다. 무사시노카미는 다른 어떤 감정을 품을 여유가 없었다.

모리 무사시노카미 나가요시는 기후가타케로 병사 삼천을 오르게 한 뒤 우선 후속 부대인 이케다 쇼뉴의 군이 도착하기를 기다리기로 했다. 하지만 큰 병력을 가진 적들은 좁은 저지대를 사이에 두고 눈앞의 산에 포진한 채 조용히 이쪽을 바라보고 있었다.

무사시노카미도 노신인 하야시 도큐林道休와 이키 세이자에몬 등과 의논해서 곧 대비를 마치고 자리를 잡고 앉아 사방을 둘러보았다. 복잡한 지형이었다. 그곳에서 바라보면 멀리 히가시카스가이 평야의 한쪽 끝을 입구로 삼아 나가쿠테라는 이름처럼 산과 산 사이에서 좁아지기도 하고, 작은 평야를 품기도 하고, 굽이치기도 하면서 남쪽 멀리 오카자키로 이어진 미카와 샛길이 내려다보인다. 하지만 시야의 절반 이상이 산이었다. 험준하고 높은 산은 아니었으나 고개와 낮은 산 들의 물결이, 봄을 지나 마침내 나뭇가지에 발그레한 싹을 머금고 있었다.

"보인다."

"드디어 왔구나."

병사들 사이에서 환호와도 같은 술렁임이 지나갔다. 무사시노카미는 마음속으로 쇼뉴의 얼굴을 그려보았다. 그도 그들의 모습을 바라볼 수 있는 곳으로 자리를 옮겼다. 가나하기가하라에서 산길을 지나 자신이 그곳으로 온 대로 이케다 군 육천의 깃발과 기치, 무기의 끝이 부지런히 다가오고 있었다.

몇 개의 군단, 몇 개의 조로 나뉜 부대가 곧 고베こうべ 골짜기에 멈춰서더니 바로 앞에 있는 기후가타케를 향해 '우리가 왔다'고 외치기라도 하듯 술렁이기 시작했다.

전령과 전령이 연달아 오갔다. 무사시노카미의 의중과 쇼뉴의 의중은 무언중에도 서로 통하고 있었다.

쇼뉴의 병사 육천이 곧 둘로 나뉘었다. 약 사천은 그곳에서 떠나 고오로기こおろぎ 골짜기의 저지대를 북쪽으로 향해 갔다. 그리고 다노지리田の尻라 불리는 고지대의 남동쪽에 진을 쳤다.

진의 주장을 나타내는 기치와 깃발은 쇼뉴의 장남인 기이노카미 유키스케와 차남인 데루마사가 있다는 사실을 분명히 보여주었다. 쇼뉴는 이를 우익으로 삼았으며 기후가타케에 있는 모리 무사시노카미의 병사 삼천을 좌익으로 삼았다. 그리고 나머지 이천을 예비대로 삼아 그대로 고베 골짜기에 진을 쳤다.

쇼뉴는 학익진의 중심에서 조금 뒤쪽인 꼬리 부근에 걸상을 놓고 앉았다. 그러고는 적인 이에야스가 어떻게 나오는지 보겠다는 표정으로 커다란 입을 굳게 다물고 있었다. 하늘을 올려다보니 아직 진시(오전 9시) 무렵이었다. 긴 것 같기도 하고 짧은 것 같기도 하고. 어느 쪽이라고 해야 할지, 모두가 평소의 시간관념을 잊고 말았다.

　　목이 말랐다. 하지만 물을 마시고 싶지는 않았다. 아니, 허리에 찬 물통조차 떠오르지 않았다. 문득 산 사이의 음산한 정적이 살갗을 조여 왔다. 직박구리인지 새 한 마리가 요란하게 울부짖으며 계곡을 가로질러 갔다. 하지만 그뿐이었다. 새들은 모두 땅을 인간에게 내어준 채 다른 평화로운 산으로 날아가버렸다. 이 장대하고 호화롭기 짝이 없는 인간의 연무演舞가 대체 무엇을 위한 것인지 그들에게는 이해할 수 없는 일이었으리라.

훈풍진

이에야스는 등이 조금 구부정한 것처럼 보였다. 마흔을 넘으면서부터 살이 더 올라 갑옷을 입어도 등이 구부정하고 양 어깨가 봉긋해서 사슴벌레 모양 투구의 무게에 목이 눌려 들어간 것처럼 보였다. 부채를 들고 있는 오른손과 왼손의 주먹을 무릎 위에 올려놓고 다리를 벌려 걸상에 앉아 있는 모습도 너무 구부정해서 어딘가 위풍이 느껴지지 않았다. 아니, 그러한 버릇은 평소 손님과 마주 앉아 있을 때도 걸을 때도 마찬가지였다. 몸을 뒤로 젖힌 적이 없었다.

언젠가 한번은 노신이 은근히 주의를 준 적이 있었다. 그러자 그때는 '그런가, 그런가' 하며 고개를 끄덕였다고 한다. 하지만 이에야스는 다른 날 밤 좌우의 사람들과 이야기를 하다 이렇게 말했다고 한다.

"어쩌겠는가, 나는 가난하게 자랐으니. 게다가 여섯 살이라는 어린 나이 때부터 다른 집안에 인질로 잡혀 있었기에 눈에 보이는 주위 사람들은 모두 나보다 권위가 있는 자들뿐이었다네. 그랬기에 아이들 속에서도 자연히 당당히 걷지 못하는 버릇이 들고 말았어. 그리고 또 하나의 이유는, 임제사臨濟寺의 추운 방에서 공부할 때 낮은 궤짝 하나를 놓고 곱사등이처럼 매달려서 책을 읽었기 때문이야. 언젠가 이마가와 가의 인질에서 풀려나 내 몸이 내 것이 될 날이 올 것이라며 한껏 몸을 웅크린 채 어린아이다운 놀이도 하지 못하고……."

이에야스는 이마가와 가에서 보냈던 어린 시절을 잊지 않겠다고 스스로 다짐한 듯, 도쿠가와 가의 가신 중에 그가 인질로 있던 시절의 이야기를 듣지 못한 사람은 한 명도 없었다.

"하지만 말일세."

이에야스가 말을 이었다.

"임제사 셋사이雪齋 스님의 말에 따르면 선가에서는 인상보다 어깨의 모습, 즉 견상肩相을 매우 중히 여긴다고 하네. 어깨를 보면 그 사람이 깨달음을 얻었는지 얻지 못했는지, 인간됨이 어떤지를 알 수 있지. 위엄이 있는 척 뒤로 젖히는 것도, 팔꿈치를 펴는 것도 견상의 관점에서 보면 별로 좋지 않다는 것일세. 그래서 스님의 어깨는 어떤가 하고 지켜보았더니 원광圓光처럼 둥글고 부드러웠다네. 삼천 세계를 품 안에 받아들이려 해도 뒤로 젖혀진 몸으로는 받아들일 수 없는 모양일세. 서로 대립해서 뻗대는 모양이더군. 그래서 나는 내 버릇도 그리 나쁘지 않다고 생각하게 되었다네. 하지만 자네들처럼 전쟁이 일어나면 가장 먼저 공을 다투어야 할 젊은이들에게 어울리는 말은 아닐세. 내 버릇은 내 버릇일 뿐이야."

그 뒤로 이에야스의 자세에 대해 이야기하는 사람은 아무도 없었다. 그런데 이에야스도 마흔이 넘고, 또 가난하기로 유명했던 미카와가 세를 불려 점차 도카이의 영웅다운 위치에 서게 되면서 그의 구부정한 자세는 어딘가 크고 위대한 것을 품고 있는 것처럼 보였으며, 이 자세가 있는 곳이면 백난의 성 중이라 할지라도 고전의 전장이라 할지라도 늘 결코 깨지지 않는 굵직한 기둥이 떡하니 앉아 있는 것 같은 강인함을 느끼게 했다. 지금도 그는 후지가네 산의 한쪽 끝에서 그러한 모습으로 조용히 주위를 둘러보고 있었다.

"그래, 기후가타케란 말이지. 저기에 진을 친 것은 모리 무사시의 병력이로군. 그렇다면 머지않아 쇼뉴의 부대도 산 어딘가에 진을 치겠지. 정찰병, 정찰병. 급히 가서 살펴보고 오너라."

이에야스의 명령에 적이 있는 사지를 향해 앞다투어 정찰을 나가는 용사가 몇 명이나 보였다.

잠시 뒤, 정찰을 나갔던 용사들이 차례로 돌아와 이에야스에게 보고했다. 어차피 개인이 가져오는 적의 상황은 국지적인 정황에 지나지 않았다. 이에야스는 그것을 종합해서 머릿속으로 전투를 그리고 있었다.

"도조는 아직 돌아오지 않았느냐?"

"어찌 된 일인지 아직 돌아오지 않았습니다."

하타모토들도 아까부터 스가누마 도조菅沼藤藏가 돌아오지 않은 것을 걱정하고 있었다. 전쟁의 기운은 무르익었다. 적이 언제 방아쇠를 당길지, 아군이 언제 움직일지 한 치 앞을 내다볼 수 없었다. 정찰을 나갔던 사람들이 재빨리 몸을 돌려 돌아왔는데 젊은 도조만은 함흥차사였다.

"붙잡힌 것일까, 목숨을 잃은 것일까?"

사람들은 그렇게 말하며 애석해했다.

도조는 평소 시동의 무리에 속해 있었으나 고마키 출진 이후부터 정찰대에 몸을 담았다. 얼마 전, 고마키에서 대치하던 때 그는 대담하게도 히데요시 쪽의 다나카 요새와 이중 해자 부근까지 들어가 백마에 탄 적장한 명을 부하 여섯 명과 함께 생포하고 중요한 적의 기밀을 이에야스에게 전하기도 했다. 그 뒤로 이에야스는 그를 분명히 기억하고 있었다.

"아아…… 저건 도조가 아닌가? 맞아, 스가누마 도조야. 저런 짓을 하다니."

산 끝에 선 장수들이 손가락으로 한곳을 가리키며 바라보고 있었다.

이에야스도 멀리서 그의 모습을 바라보았다. 도조는 말을 타고 있었다. 이윽고 그는 말에서 내렸다. 그가 있는 곳은 모리 무사시 군이 모여 있는 기후가타케 아래, 부쓰가네仏ヶ根 연못의 물가였다. 그는 말에게 물을 먹이고 말의 다리를 물에 담그게 해 발을 식히고 있었다.

"한가한 녀석이군."

후지가네의 아군 중에는 어처구니없어 하는 사람도 있었다.

"아니, 말의 발을 식히고 있는 것을 보니 습지고 산성이고 가리지 않고 말을 달려 여기저기 돌아다닌 것이 틀림없어. 곧 돌아올 거야."

한편으로는 도조의 대담한 행동에 감탄하는 사람도 있었다.

연못은 적의 눈 아래에 있었다. 찰싹찰싹 물고기가 뛰는 것처럼 하얀 비말이 일어나는 것은 적이 그를 저격하기 위해 쏜 총알이 빗나갔기 때문이리라. 그럼에도 불구하고 스가누마 도조는 연못을 향해 유유히 소변을 보고 있었다. 볼일을 보며 잠시 숨을 돌렸는지 그는 바로 말을 타고 달리기 시작했다. 하지만 아군 쪽이 아닌 적지 더욱 깊은 곳으로 달렸다.

마침 쇼뉴의 아들인 기이노카미가 육천의 병사를 데리고 다노지리로 이동한 때였기에, 도조는 그 진용이 갖추어지기를 기다렸다가 그쪽으로 달려간 것이었다. 정찰은 당연히 은밀하게 행해야 하는 것이지만 그때 그는 공공연하게 적의 좌익 앞을 달렸으며, 다시 우익의 진용을 맴돌며 살펴보고 있었다. 물론 다노지리의 이케다 군도 그의 모습을 보기는 했다.

"저 녀석 뭐지?"

"적 아닐까?"

"과연 적일까? 혼자 있는데."

"그럼 전령인가?"

그들은 도조가 정찰대라고 생각하지 않았다. 도조가 자신의 군이 있는 후지가네 야마를 향해 질풍처럼 달리기 시작했을 때 비로소 총을 쏘아대기 시작했으나 때는 이미 늦었다.

마침내 스가누마 도조가 후지가네 산에 있는 아군 속으로 무사히 돌아오자 산의 장병들이 와아 하고 환호성을 질러 그를 맞아들였다. 이에야스도 걸상에서 일어나 그의 보고를 기다렸다.

"적 포진의 겉과 속을 자세히 살펴보고 왔습니다."

도조가 이에야스 앞에 무릎을 꿇고 앉아 다노지리, 기후가타케, 고베골짜기 세 군데 고지에 걸쳐 삼단으로 포진해 학익진을 취한 이케다 군의 배치를 눈앞에서 보듯 자세히 설명했다. 그 부장은 누구인지, 철포 부대는 어디에 많고 창을 든 부대는 어디에 숨어 있는지, 보이지 않는 유격대의 위치는 어디인지, 사기는 어떠한지, 적의 약점은 무엇인지 등을 자세하게 이야기했다.

"흠, 그렇군."

이에야스는 도조가 한 마디 한 마디 이야기할 때마다 납득했다는 듯 고개를 끄덕였다. 도조는 다른 정찰대원과는 달리 적 앞, 적 안의 십칠팔 정에 걸친 저지대와 고지대를 혼자 말을 타고 천천히 돌며, 훔쳐본 것이 아니라 담력으로 살펴보고 돌아왔다. 그러니 이에야스는 그를 신뢰할 수밖에 없었다.

"도조의 정찰은 오늘의 전투에서 가장 먼저 적의 목을 친 자보다 더 뛰어난 공이야. 고생 많았다."

평소 쉽게 칭찬하지 않는 이에야스가 이 정도로 칭찬하는 일은 매우 드문 일이었다. 도조는 자랑스러워했으나, 다른 장수들은 질투심을 느끼지 않을 수 없었다. 전국 시대의 거친 무사들에게도 사내의 질투라는 것이 있었다.

'흥, 그 정도의 공 가지고.'

그들은 도조가 물러나는 모습을 보며 비아냥거렸고 한편으로는 투지를 불태웠다.

이때 시각은 이미 진시(10시) 무렵이었다. 적의 기치가 눈앞의 산들에 보이기 시작한 지 벌써 두 시간 가까이 지났다. 하지만 이에야스는 아직도 걸상에 앉은 채 사방을 둘러보며 느긋하고 환한 표정을 짓고 있었다.

"시로자, 한주로. 이리 다가오게."

"네!"

군무를 담당하고 있는 나이토 시로자에몬內藤四郎左衛門과 와타나베 한주로 마사쓰나渡辺半十郎政綱가 갑옷을 절걱이며 다가왔다. 이에야스가 손의 지형도와 현장 부근을 비교해가며 두 사람의 의견을 물었다.

"내 생각에는 고베 골짜기에 있는 쇼뉴의 부대가 눈엣가시라 여겨지네. 그 이천 명이 어떻게 움직이느냐에 따라 이 후지가네도 좋은 지점이라고는 할 수 없을 듯한데."

시로자에몬이 동남쪽에 있는 봉우리를 가리키며 대답했다.

"서로 맞붙어 싸울 생각이라면 이곳보다는 마에前 산과 부쓰가네 산을 본영으로 삼는 것이 더 좋을 듯합니다."

"음, 옮기도록 하게."

결단은 참으로 빨랐다. 곧 진을 옮기기 시작했다. 기타바타케 노부오의 군은 부쓰가네 산으로, 이에야스는 마에 산으로 이동했다.

그곳에 서니 적의 고지대가 마치 코를 맞대고 있는 것처럼 가깝게 느껴졌다. 부근의 부쓰가네 연못과 가라스からす 계곡의 저지대를 사이에 두고 적의 얼굴도 보였으며 이야기 소리도 바람을 타고 서로에게 들릴 것만 같았다.

〈10권에 계속〉

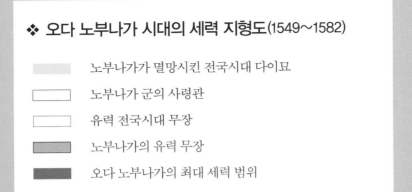

❖ 오다 노부나가 시대의 세력 지형도(1549~1582)

노부나가가 멸망시킨 전국시대 다이묘
노부나가 군의 사령관
유력 전국시대 무장
노부나가의 유력 무장
오다 노부나가의 최대 세력 범위

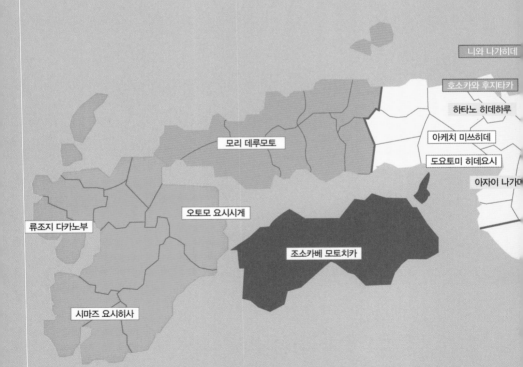

니와 나가히데

호소카와 후지타카

하타노 히데하루

아케치 미쓰히데

도요토미 히데요시

아자이 나가마

모리 데루모토

오토모 요시시게

조소카베 모토치카

류조지 다카노부

시마즈 요시히사

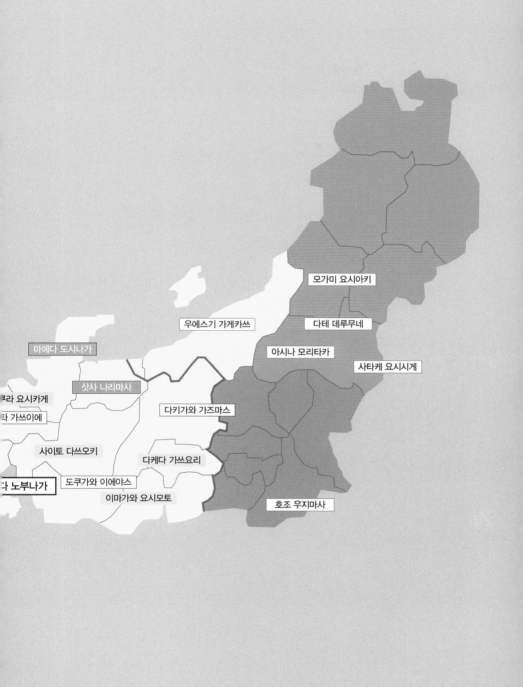

모가미 요시아키

우에스기 가게카쓰

다테 데루무네

마에다 도시나가

아시나 모리타카

사타케 요시시게

삿사 나리마사

쿠라 요시카게

다키가와 가즈마스

타 가쓰이에

사이토 다쓰오키

다케다 가쓰요리

다 노부나가

도쿠가와 이에야스

이마가와 요시모토

호조 우지마사